Un Romance
Inoportuno

MARY BALOGH

*U*N *R*OMANCE *I*NOPORTUNO

Titania Editores

ARGENTINA - CHILE - COLOMBIA - ESPAÑA
ESTADOS UNIDOS - MÉXICO - PERÚ - URUGUAY - VENEZUELA

Título original: *Indiscreet*
Editor original: Jove Books, The Berkley Publishing Group, New York
Traducción: Alicia del Fresno

1.ª edición Mayo 2013

ISBN: 978-84-92916-43-6
E-ISBN: 978-84-9944-572-4
Depósito legal: B. 8.269-2013

Fotocomposición: Moelmo, SCP
Impreso por: Romanyà-Valls – Verdaguer, 1 – 08786 Capellades (Barcelona)

Impreso en España – *Printed in Spain*

Capítulo 1

*U*na señal inconfundible de la llegada de la primavera era el regreso del honorable señor Claude y de su esposa a Bodley House, la residencia que tenían en Derbyshire.

Naturalmente, no era la única señal. Estaban también las campanillas de invierno, las prímulas e incluso algunos azafranes que salpicaban los bosques y los setos que bordeaban el camino, además de los ocasionales destellos de verde que asomaban ya en los jardines desnudos. Los árboles anunciaban sus primeras pinceladas de verde, aunque era preciso mirar con atención para distinguir los delicados brotes. La temperatura del aire había aumentado y el sol parecía brillar con mayor intensidad. Las calles y los callejones se habían secado, libres por fin del último espeso manto de nieve.

Sí, llegaba la primavera. Sin embargo, el signo más incuestionable de todos, y sin duda el mejor recibido por la mayoría de los habitantes del pequeño pueblo de Bodley-on-the-Water, era el regreso a casa de la familia que, casi de un modo invariable, se marchaba poco después de Navidad, a veces incluso antes, y pasaba los meses de invierno visitando diversas amistades.

La ausencia de la familia era un auténtico suplicio para muchos habitantes del pueblo, para quienes el invierno ya resultaba bastante sombrío. No obstante, durante esos dos meses en que debían vivir sin poder ver a la señora Adams paseando en carruaje por el pueblo, a menudo saludando elegantemente con la cabeza por la ventanilla a algún afortunado transeúnte, o a la misma señora Adams, una auténtica visión de refinada elegancia, entrando a la iglesia y deslizándose por el pasillo central sin mirar a derecha ni a izquierda, para tomar asiento en el almohadillado banco delantero. Los pobres, los enfermos y los ancianos tenían que vivir sin el reparto de las cestas con comida, del que ella se encargaba personalmente —aunque un lacayo siempre las transportaba desde el carruaje hasta la casa—, y sin la elegante condescendencia que mostraba al preguntarles por su salud. Los que ostentaban cierta estatura social se veían obligados a vivir sin la ocasional y halagüeña visita, durante la cual la señora Adams se quedaba sentada en su carruaje con la ventanilla bajada mientras un lacayo con librea llamaba al favorecido recipiente de su atención para que saliera de casa, se acercara por el sendero y la saludara con una inclinación de cabeza o con una reverencia, y preguntara cómo estaban el señorito William y la señorita Juliana.

Ni siquiera a los niños se les veía con frecuencia durante los meses de invierno, aunque normalmente sus padres no les llevaban consigo de visita. La niñera estaba firmemente convencida de que el aire invernal era perjudicial para ellos.

Ese año, el señor y la señora Adams habían pasado el mes anterior en Stratton Park, en Kent, con un personaje tan insigne como era el vizconde Rawleigh. Era de todos sabido que el vizconde era el hermano mayor del señor Adams, e igualmente que su señoría se llevaba con su hermano menor tan sólo veinte minutos, un singular golpe de buena fortuna para él, puesto que obraba actualmente en posesión del título, mientras que el gemelo menor se había quedado sin él. Había quien, entre chismorreos, comentaba melancólicamente que, de haber sido la situación a la inversa, podrían haber tenido a un vizconde y a una vizcondesa viviendo en Bodley. Aunque quizá la abuela materna habría dejado la propiedad al otro hermano, y en ese caso habrían tenido igualmente a un señor soltero viviendo allí.

En realidad, no es que les importara que la familia careciera de título alguno, pues poseía todo el boato de la gentileza, y cualquier desconocido en seguida era convenientemente informado de que el dueño de Bodley era un Honorable, además del hermano del vizconde Rawleigh de Stratton.

El honorable señor Adams y su esposa regresarían a casa en el plazo de una semana. Uno de los lacayos de Bodley así lo había comentado en la posada del pueblo, a la que acudía de noche a tomarse su cerveza, y desde la posada la noticia había corrido como la pólvora. Los Adams llegaban acompañados de invitados, le había dicho al herrero el primer mozo de cuadra, desatando así toda suerte de especulaciones.

¿Sería el vizconde Rawleigh uno de ellos?

El vizconde Rawleigh sería uno de los invitados, efectivamente. La señora Croft, el ama de llaves de Bodley, había comunicado la noticia a la señora Lovering, la esposa del rector. Y serían más las señoras y caballeros invitados. No tenía la menor idea de si habría algún otro título entre ellos. Y no habría tenido noticia de la llegada de su señoría de no haber sido porque la carta de la señora Adams hacía referencia a su cuñado, y el señor Adams no tenía más hermanos que el vizconde, ¿o no era así? En cualquier caso, estaba garantizado que cualquier grupo que incluyera al vizconde Rawleigh debía de ser sin duda un grupo distinguido.

El consenso general era que casi había merecido la pena haber tenido que prescindir de la familia durante dos espantosos meses. Habían pasado dos años desde la última vez que el señor y la señora Adams habían regresado a casa acompañados de invitados, y hacía muchos más que el vizconde Rawleigh no visitaba a su hermano en el campo.

La expectación en el pueblo era enorme. Y aunque nadie conocía la hora ni el día exactos de la llegada, estaban todos alerta. Indudablemente llegaría más de un carruaje para la familia y los invitados, y una flota adicional para el transporte de sus pertenencias y de los criados. Era a todas luces un espectáculo que nadie quería perderse. Afortunadamente, la familia no tenía otro modo de volver desde Kent que cruzando el pueblo. Y era de esperar que llegaran antes de que oscureciera. En cualquier caso, eso era algo que estaba prácticamente garantizado cuando había damas entre los viajeros, pues nunca se sabía cuándo los salteadores acechaban en la oscuridad de los caminos.

La primavera por fin llegaba y traía con ella una vida, un vigor y un esplendor renovados, un esplendor en los bosques y en los setos, y también un esplendor de otra suerte incluso más excitante en Bodley.

Muy a su pesar, la señora Catherine Winters, viuda, reparó en que miraba mucho más a menudo de lo que era habitual en ella por las ventanas delanteras de su pequeña casa de campo con techo de paja, situada en el extremo más al sur de la calle del pueblo, y que escuchaba con todos sus sentidos alerta, a la espera de oír el sonido de carruajes acercándose. Adoraba más su jardín posterior que el delantero debido a los árboles frutales, con sus ramas colgando sobre el césped y la sombra que ofrecían en verano, y porque el río pasaba y borboteaba sobre las piedras cubiertas de musgo al fondo de aquel espacio. Aun así, últimamente se sorprendía frecuentando más el jardín delantero, viendo asomar los primeros brotes del azafrán y viendo también abrirse paso desde el suelo a unos cuantos valientes y fugaces destellos de los bulbos de narcisos. Sin embargo, habría entrado apresuradamente en la casa si realmente hubiera oído acercarse algún carruaje. Eso fue precisamente lo que ocurrió una mañana, y no tardó en descubrir que se trataba del reverendo Ebenezer Lovering, que volvía en su calesa de una visita a una granja situada en las inmediaciones.

La señora Winters albergaba sentimientos encontrados hacia el regreso de la familia a Bodley. Los niños se alegrarían. Hacía semanas que esperaban ansiosos el regreso de su madre. Obviamente, la señora Adams llegaría sin duda cargada de regalos y pasaría semanas mimándoles, de modo que las clases de los pequeños se verían interrumpidas. Pero lo cierto es que los niños necesitaban a su madre más que cualquier clase de lecciones. Catherine les daba clase de música en casa de los Adams dos veces por semana, aunque ninguno de los niños tuviera demasiadas aptitudes para el pianoforte. En cualquier caso, todavía eran muy pequeños. Juliana sólo tenía ocho años, y William siete.

La vida resultaba ligeramente más interesante cuando el señor Adams y su esposa estaban en Bodley. A veces, la invitaban a cenar a casa o a una partida de cartas. Catherine era perfectamente consciente de que eso sólo ocurría cuando la señora Adams necesitaba a alguien que completara el grupo y siempre que ese alguien fuera una mujer. Y también era consciente de la condescendencia con la que la trataban en esas ocasiones. Aun así, había algo de engañosamente agradable en la oportunidad de ponerse sus mejores galas —aunque estaba convencida de que, a ojos de la gente de la ciudad, su ropa, confeccionada por ella misma, debía de resultar anticuada— y gozar de la compañía de gente que tenía un poco de conversación.

Y el propio señor Adams se mostraba siempre afable y cortés con ella. Era un caballero extremadamente apuesto, cuyo atractivo habían heredado sus hijos, si bien la señora Adams también era preciosa. Pero Catherine había aprendido a evitar la compañía del señor Adams en la casa. La lengua de la señora podía volverse decididamente afilada si les veía conversando. Qué mujer más tonta… como si su comportamiento alguna vez hubiera dado indicios de que tenía el menor interés en alguna suerte de flirteo.

No, no lo tenía. Había terminado con los hombres. Y con el amor. Y con el flirteo. Todo eso la había llevado a su situación actual. Y no es que se quejara. Tenía una casa muy agradable en un pueblo suficientemente agradable, y había aprendido a ocupar su tiempo de un modo útil, para que los días no le resultaran insoportablemente tediosos.

Le alegró el regreso de la familia, o al menos en parte. Pero volvían con invitados. «Invitados», en plural. Al vizconde Rawleigh no le conocía. No le había visto nunca y jamás había oído hablar de él antes de instalarse en Bodley-on-the-Water. Pero habría otros invitados, sin duda gente de *ton*. Y existía la posibilidad de que conociera a alguno de ellos, o quizás incluso a más de uno… o, para ser más precisos, de que al menos alguno de ellos la conociera.

Era una remota posibilidad, aunque la llenaba de inquietud.

Catherine no quería que nada turbara la paz de su espíritu. Le había costado demasiado esfuerzo ganársela.

Llegaron en mitad de una fresca aunque soleada tarde en que Catherine estaba en el extremo del sendero delantero de su casa, despidiéndose de la señorita Agatha Downes, la hija solterona de un antiguo rector que había ido a verla para tomar el té con ella. Fue prácticamente imposible regresar dentro sin ser vista y poder apostarse tras la cortina de la salita a observar desde allí sin ser observada. Lo único que pudo hacer fue quedarse allí de pie, sin tan siquiera un sombrero que le protegiera la cara, y esperar a que la reconocieran. Envidió a *Toby*, su terrier, que estaba a salvo en casa, ladrando ruidosamente.

Había tres carruajes, sin contar los coches que transportaban el equipaje, que avanzaban ligeramente retrasados. Era imposible ver quién viajaba en ellos, a pesar de que la señora Adams se inclinó hacia delante en su asiento del primer carruaje para levantar una mano y saludarlas con una inclinación de cabeza. «Casi como una reina saludando a sus súbditos campesinos», pensó Catherine con el humor que se apoderaba de ella durante todos sus encuentros con la señora Adams. Asintió, también ella, en respuesta al saludo.

Había tres caballeros a caballo. Una fugaz mirada bastó para que Catherine reconociera en dos de ellos a dos desconocidos. El tercero tampoco era ninguna amenaza. Sonrió al señor Adams, acompañando el gesto con una inclinación de cabeza —algo que siempre que podía intentaba evitar en presencia de su esposa—, antes de que algo en su porte y en la arrogancia, en la frialdad y en la seriedad con la que le devolvió la mirada la alertara de que aquél no era en realidad el señor Adams.

Claro, el señor Adams tenía un hermano gemelo, el vizconde Rawleigh. ¡Qué humillación! Sintió que el color le ardía en las mejillas y esperó y deseó que él hubiera pasado lo bastante lejos como para no haberse dado cuenta. Esperó también que pareciera que su inclinación de cabeza había sido en deferencia a todo el grupo.

—Mi querida señora Winters —decía la señorita Downes—, qué gratificante haber estado aquí fuera y tan cerca del camino cuando el señor Adams, su querida esposa y sus distinguidos invitados regresaban a casa. La señora Adams ha tenido un gesto muy agradable al saludarnos como lo ha hecho, sin duda alguna. Podría haberse mantenido en la sombra, como seguramente debía de ser su predisposición tras el tedio de un largo viaje.

—Sí —concedió Catherine—, viajar es sin duda una actividad agotadora, señorita Downes. Estoy segura de que agradecerán llegar a Bodley House a tiempo para tomar el té.

La señorita Downes salió por la verja del jardín y giró en dirección a su casa, ansiosa por compartir lo que acababa de ver con su anciana e inválida madre. Catherine la vio alejarse calle abajo y vio también, divertida, que todo el mundo parecía haber salido de sus casas. Era como si una gran procesión acabara de pasar y todos siguieran regocijándose en la gloria de haberla presenciado.

Catherine no dejaba de sentirse mortificada. Quizás el vizconde Rawleigh se había dado cuenta del error que había cometido al distinguirle con su pequeña reverencia… y con su sonrisa. Quizá, pensó esperanzada, otros en el pueblo habían hecho lo mismo. Quizás algunos ni siquiera habían caído todavía en la cuenta del error que habían cometido.

El aspecto del vizconde era casi idéntico al del señor Adams, pensó Catherine. Pero si era un error juzgar a partir de primeras impresiones —y así lo hacía ella, a pesar de saber que quizás estaba siendo injusta—, el carácter de ambos era claramente distinto. Ese hombre era altivo y carecía de sentido del humor. Había percibido frialdad en sus ojos oscuros. Quizá fuera una diferencia que venía marcada por veinte fatídicos minutos. Lord Rawleigh ostentaba toda la importancia de un título, una gran fortuna y una rica e inmensa propiedad que le obligaban a estar a la altura.

Catherine esperaba y deseaba no tener que pasar por el bochorno de volver a verle. Y que la estancia del vizconde en Bodley fuera breve, aunque lo más probable era que él ni siquiera hubiera reparado en ella más que en cualquiera de los testigos de su regio desfile a lo largo de la calle.

—Bien —dijo Eden Wendell, barón de Pelham, mientras recorrían la única calle de Bodley-on-the-Water, sintiéndose casi como parte de la caravana de un circo—, al menos estábamos equivocados en una cosa.

Sus dos amigos no le preguntaron a qué se refería, pues habían hablado específicamente al respecto antes de decidir pasar unos días en el campo de Derbyshire y durante el camino que había de llevarles hasta allí.

—Pero sólo en una de las tres —dijo el señor Nathaniel Gascoigne con fingido pesar—, a menos que haya unas cuantas docenas más ocultas tras las cortinas de las ventanas de estas casas de campo.

—Ni lo sueñes, Nat —dijo Rex Adams, vizconde de Rawleigh—. No creo equivocarme si os digo que todos los lugareños con su perro han salido a la calle a mirar embobados cómo pasábamos. Y, según he podido observar, sólo había entre ellos una persona de buen ver.

Lord Pelham suspiró.

—Y sólo ha tenido ojos para ti, Rex, malditos sean tus ojos —dijo—. Si bien debo reconocer que más de una dama de entre mis conocidas ha calificado de irresistibles mis ojos azules, la atractiva lugareña ni siquiera ha reparado en ellos. Sólo ha tenido ojos para ti.

—Quizá te habría convenido más que ninguna mujer hubiera encontrado tus ojos tan irresistibles, Eden —replicó secamente lord Rawleigh—. Si yo hubiera estado en la ciudad, quizá la dama en cuestión habría mirado los míos y no habrías tenido que retirarte unos meses al campo, perdiéndote toda la Temporada.

Lord Pelham se estremeció al tiempo que el señor Gascoigne echó atrás la cabeza y se rió.

—*Touché*, Ede —dijo—. Vamos, reconócelo.

—Era nueva en la ciudad —dijo lord Pelham, frunciendo el ceño—, y tenía un cuerpo para caer rendido a sus pies. ¿Cómo iba a saber yo que estaba casada? Puede que a vosotros la idea de veros sorprendidos en la cama por un marido en pleno acto, por así decirlo, os resulte hilarante, pero a mí no me lo pareció entonces ni me lo sigue pareciendo ahora.

—A decir verdad —dijo el señor Gascoigne, llevándose una mano al corazón—, lo siento por ti, Ede. No pudo ser todo más inoportuno. Por lo menos el hombre podría haber tenido la decencia de esperar en las sombras hasta que hubieras debidamente —o indebidamente— terminado.

Echó nuevamente la cabeza atrás y volvió a reírse. Afortunadamente, estaban ya fuera de los confines de la calle del pueblo y subían por la avenida bordeada de robles que llevaba a Bodley House.

—En cualquier caso —intervino su amigo tras fruncir los labios y negarse a recoger el guante. Y es que, a fin de cuentas, llevaba varias semanas soportando las mismas mofas—, no soy yo el único que se ha visto obligado a retirarse al campo, Nat. ¿Debo acaso airear el nombre de la señorita Sybil Armstrong?

—¿Y por qué no? —respondió el señor Gascoigne, encogiéndose de hombros—. Lo has hecho a menudo últimamente, Ede. Un beso navideño, eso fue todo. Bajo el muérdago. Habría sido una grosería habermе resistido. La muchacha estaba allí de pie deliberadamente, fingiendo no haber reparado ni en él ni en mí. Y entonces los hermanos, los padres y los primos, y los tíos y las tías…

—Vemos la imagen con dolorosa claridad —le tranquilizó el vizconde.

—… saliendo por las puertas, las paredes, los techos y los suelos —dijo el señor Gascoigne—. Y todos mirándome expectantes, esperando de mí una inminente declaración. Os digo y os repito que aquello habría bastado para darle un buen susto a cualquiera. Menudo trago.

—Sí, hemos pasado por ellos en más de una ocasión —intervino el vizconde—. Y por eso habéis caído sobre mí como un par de conejos asustados, y ahora me veo obligado a retirarme al campo con vosotros y perderme yo también la Temporada.

—Qué injusto, Rex —dijo el señor Gascoigne—. ¿Acaso somos nosotros los culpables de que hayas decidido perderte la Temporada y a todas las jóvenes aspirantes con sus madres? Oh, vamos, ¿lo somos? Díselo tú, Ede.

—Nos ofrecimos a mantener Stratton caldeado y a vivir allí durante tu ausencia —dijo lord Pelham—. Vamos, admítelo, Rex.

El vizconde sonrió de oreja a oreja.

—Os está bien empleado que mi cuñada nos haya invitado a venir y que yo haya decidido que me acompañarais, en vez de quedaros haraganeando en Stratton. Y os está bien merecido que entre las lugareñas sólo haya una mujer atractiva y que se haya fijado en mí.

Hubo un coro de protestas, aunque fueron incoherentes y rápidamente silenciadas por la llegada del grupo a la casa. Desmontaron y entregaron las riendas de las monturas a los mozos de cuadras antes de proceder a ayudar a las damas a descender de los carruajes.

Sin duda la lugareña era una mujer atractiva, pensó el vizconde Rawleigh, aunque ya no era joven y parecía demasiado refinada para ser una simple lechera o una criada, o una muchacha de la que podría disfrutar a cambio de unas monedas. Estaba en el jardín de una pequeña aunque respetable casa de campo. Muchas eran las probabilidades de que hubiera un marido incluido en la casa que reclamara para sí la propiedad de esa belleza.

Una lástima. La mujer era definitivamente hermosa, con su cabello dorado, los rasgos proporcionados y la tez cremosa. Y poseía además una agradable figura, ni demasiado delgada ni demasiado voluptuosa. A diferencia de la mayoría de sus conocidos, al vizconde no le atraían las mujeres voluptuosas. Tampoco tenía el pelo encrespado, ni rizado, ni adornado. Dejaba que su belleza se cimentara sobre sus méritos propios, sin la ayuda de ningún artificio. Y su belleza tenía, sin duda, muchos méritos.

Indudablemente, era una descarada. Los ojos del vizconde habían encontrado los suyos cuando ella saludaba a Clarissa con una inclinación de cabeza. Rex había reparado ya entonces en el modo en que los ojos de la dama habían recorrido a Eden y a Nat antes de fijarse en él. La impúdica criatura había sonreído e inclinado entonces la cabeza en un gesto clara y exclusivamente dedicado a él.

Bueno, decidió que no tenía nada en contra de un pequeño y discreto flirteo si se daba la milagrosa situación de que no había ningún marido que pudiera sorprenderles en comprometedoras circunstancias, como le había ocurrido al pobre Eden. Ciertamente, no estaba interesado en ninguna de las dos damas solteras que eran parte del grupo de invitados de Claude, una de las cuales era la hermana de Clarissa. Y menos aún en ninguna otra perspectiva de matrimonio. Si Clarissa hubiera tenido algo de cerebro en su cabeza, se habría dado cuenta de que le convenía más mantenerle soltero que intentar endilgarle a su hermana. A fin de cuentas, Claude era su heredero, y después de Claude, el hijo de Clarissa.

Pero quizás ella temía que pudiera dejarse llevar por algún capricho y permitir que cualquier otra mujer le echara el guante mientras ella no estaba presente para mantenerle debidamente vigilado.

Clarissa no tenía motivos para albergar semejante temor. El único roce cercano que él había tenido con el matrimonio había bastado para durarle toda una vida, junto con las dolorosas y tremendas emociones que habían sido parte de la experiencia. Por lo que a él respectaba, la señorita Horatia Eckert podía colgarse, aunque en su día la hubiera amado mucho. Y últimamente ella le había hecho proposiciones, otra razón por la que se alegraba de haber ido a Bodley con su hermano y sus amigos en vez de trasladarse a la ciudad para pasar allí la Temporada. Se le endureció la mandíbula durante un instante.

—Rawleigh. —Su cuñada le puso una mano en la manga del gabán cuando él la depositó en el suelo, tras ayudarla a bajar del carruaje. Ella siempre le llamaba por su título, aunque él la había invitado a hacerlo por su nombre. Rex creía que saberse emparentada con un título le hacía sentirse más importante—. Bienvenido a Bodley. Acompaña a Ellen dentro. Está muy fatigada. Ya sabes lo delicada que es. La señora Croft te acompañará a tus habitaciones.

Clarissa parecía albergar el firme convencimiento de que cuanto más delicada era la mujer, más atractiva debía de resultar en calidad de posible esposa. Y sin duda había dedicado las dos últimas semanas, desde que la señorita Hudson se había reunido con ella en Stratton por sugerencia del vizconde, a describir así a su hermana a oídos de Rex.

—Será un placer, Clarissa —dijo el vizconde, volviéndose a ofrecer su brazo a la menor de las dos hermanas—. ¿Señorita Hudson?

La señorita Ellen Hudson le tenía miedo, pensó él con cierta irritación. O quizá se sentía intimidada por su presencia, que era más o menos lo mismo, y desde luego igualmente fastidioso. Sin embargo, Clarissa parecía creer que los dos disfrutarían viviendo irritados e intimidados juntos el resto de sus vidas.

¿Estaría casada?, se preguntó Rex, abandonando con el pensamiento a la joven que llevaba del brazo.

¿Y cuánto tiempo tendría que esperar para poder averiguarlo decentemente?

La copa de la felicidad de la señora Clarissa Adams estaba rebosante. Tenía invitados en Bodley durante un tiempo indeterminado: once en total, y con no menos de tres títulos entre ellos; cuatro, si contaba a su cuñada Daphne, cuyo esposo, sir Clayton Baird, la había convertido en lady Baird.

Estaban Rawleigh y sus dos amigos; su propia hermana, la de Claude y el marido de ésta; Ellen; Hannah Lipton, la gran amiga de Clarissa, con el señor Lipton, la hija de ambos, la señorita Veronica Lipton, que era un año mayor que Ellen y no tan hermosa ni de constitución tan delicada, y su hijo, el señor Arthur Lipton, con su prometida, la señorita Theresa Hulme. La señorita Hulme sólo tenía dieciocho años, una edad peligrosa, aunque desgraciadamente era una joven muy insípida, con su cabello castaño y sus ojos de color verde claro. En cualquier caso, estaba a salvo prometida con el joven señor Lipton y Clarissa no tenía el menor deseo de ser desagradable.

Sólo había un detalle que ensombrecía la felicidad de la señora Adams. Eran un número impar. Todas las insinuaciones que le había lanzado al señor Gascoigne, el amigo desprovisto de título de Rawleigh, habían caído en saco roto, y éste había aceptado la invitación que se había visto obligada a extenderle, como lo había hecho el barón Pelham. Y su intento de convencer a una joven amiga viuda para que se uniera a ellos en su carruaje de regreso a Bodley había fracasado cuando una respuesta a su carta le había dado la noticia de que la amiga en cuestión estaba nuevamente prometida y tenía previsto casarse en el plazo de un mes.

De ahí que la señora Adams sintiera la vergüenza propia de una anfitriona que había hecho tan mal sus cálculos como para verse de pronto con un número impar de damas y de caballeros. Sin duda, una situación de lo más bochornosa. Se devanó los sesos, intentando dar con alguna dama adecuada que no viviera demasiado alejada de Bodley para poder agregarla como invitada durante unas semanas, pero no se le ocurrió ninguna. De ahí que se viera obligada a recurrir al recurso de mandar invitaciones a alguna dama soltera local a la que razonablemente no podía pedírsele que se alojara en la casa. No tenía sentido dar demasiadas vueltas a quién podía ser. De hecho, sólo había una posibilidad.

La señora Catherine Winters.

La señora Adams no sentía simpatía por la señora Winters. Se daba demasiados aires, sobre todo teniendo en cuenta que vivía inmersa en una elegante pobreza en una pequeña casa de campo y que tenía un armario de tamaño extremadamente limitado. Y nadie parecía saber de dónde procedía exactamente cuando cinco años antes había llegado al pueblo, ni quién había sido su esposo. Ni tampoco su padre, puestos a saber. Pero la señora Winters mostraba un aire de discreta elegancia, y su conversación era igualmente refinada y juiciosa.

A la señora Adams le molestaba que se diera por hecho que la mujer en cuestión era una dama simplemente porque se comportaba como tal. Y le irritaba sobremanera tener que invitar a la señora Winters a almorzar o a completar ocasionalmente una partida de cartas, cuando en realidad era la profesora de música de los niños. Aunque no aceptara pago alguno por esa labor, cierto. Aun así, resultaba denigrante tener que juntarse socialmente con alguien que era prácticamente una criada.

Si la señora Winters no se hubiera vestido de un modo tan poco acorde con la moda ni hubiera llevado ese peinado tan sencillo, casi podría habérsela considerado hermosa. Naturalmente, no tanto como Ellen. Pero estaban esos aires que se daba. Y nada debía distraer la mente de Rawleigh y apartarla de Ellen. La señora Adams estaba segura de que el vizconde había mostrado un educado interés por la joven durante las últimas dos semanas.

Por interesante que pudiera parecer, a la señora Adams nunca le preocupaba demasiado la mirada extraviada de Claude. Claude estaba entregado a ella. Nueve años antes, ella había tenido algunas dudas sobre si debía o no casarse con aquel joven apuesto y encantador, siendo como era una joven con cierto sentido común, así como con cierta dosis de vanidad. No creía ser el tipo de mujer que sonreía y fingía ignorancia mientras su marido buscaba saciar su placer con furcias y amantes. Sin embargo, el matrimonio era sin duda para ella un enlace en gran medida ventajoso. A fin de cuentas, Claude era heredero de un vizconde. Y le gustaba su apostura. De ahí que hubiera decidido casarse con él y retenerle a su lado. Se había convertido deliberadamente en su esposa y también en su amante, animándole a hacer con ella en la privacidad de su alcoba lo que habría llevado a morir de conmoción a la mayoría de esposas de exacerbadas sensibilidades. Y vale decir que Clarissa no se había conmocionado: le gustaba lo que hacía.

No, la señora Adams no temía perder a su marido en manos de mujeres como la señora Winters, aunque tampoco animaba a la mujer a que se arrimara demasiado a él. Pero le habría gustado poder disponer de alguna dama en cierto modo más… fea para poder completar con ella su grupo de invitados.

Desgraciadamente, no disponía de nadie más.

—Mandaré a buscar a la señora Winters para que venga a cenar esta noche —le dijo al señor Adams esa mañana tras su regreso a casa—. Estoy convencida de que agradecerá poder elevar su posición social durante una noche. Y podemos confiar en que no deshonrará la compañía.

—Ah, la señora Winters —dijo su marido con una cálida sonrisa—. Siempre es una compañía agradable, mi amor. ¿Te tuve despierta hasta muy tarde anoche tras tan largo viaje? Te ruego que me disculpes.

Claude sabía que sus excusas no eran necesarias. Clarissa cruzó el estudio hasta llegar al lado del escritorio donde estaba sentado y agachó la cabeza para que él la besara.

—La sentaré al lado del señor Gascoigne —dijo—. Podrán distraerse mutuamente. Me parece una provocación que él no haya regresado a Londres después de haberse aprovechado durante tres semanas de la hospitalidad de Rawleigh.

—Me parece una idea espléndida sentarles juntos, mi amor —dijo Claude. Había diversión en su sonrisa—. Sin embargo, creo que malgastas tus esfuerzos intentando emparejar a Ellen con Rex. Él no va a dejarse atrapar, o eso dice. Y empiezo a creer que habla en serio. Me temo que la señorita Eckert haya dejado en él una profunda herida.

—Ningún hombre ha nacido para dejarse atrapar hasta que se le ayuda a ver que hay cierta dama hecha a su medida —respondió ella, burlona—. La primera sencillamente no era la adecuada.

—Ah. —Claude volvió a sonreír—. ¿Fue eso entonces lo que me hiciste ver, Clarissa? ¿Que estabas hecha para mí? Qué perspicaz fuiste.

—Ellen y Rawleigh están hechos el uno para el otro —replicó ella, negándose a que Claude distrajera su atención.

—Eso ya lo veremos —dijo él, echándose a reír.

Capítulo 2

*E*s extremadamente amable por parte del señor y la señora Adams invitarnos a la señora Lovering y a mí a cenar a Bodley —dijo el reverendo Ebenezer Lovering al tiempo que ayudaba a bajar de su carruaje a Catherine y se volvía para hacer lo propio con su esposa—. Y le han prodigado un singular honor incluyéndola, señora Winters. Sobre todo teniendo como invitado al vizconde Rawleigh.

—Sin duda —murmuró Catherine. Levantó las manos para alisarse el pelo y asegurarse de que la brisa de la tarde no le había estropeado el peinado, a pesar de su sencillez. Intentó hacer caso omiso de los acelerados latidos de su corazón. Aunque había decidido en un centenar de ocasiones no aceptar la invitación, había terminado por ceder. No tenía sentido mantenerse apartada. No podía ocultarse hasta que todos los invitados hubieran regresado a sus casas. Podían tardar varias semanas en hacerlo.

Se había vestido con cierto esmero. Había elegido un vestido de seda verde que sabía que quedaba bien con su pelo. Y se había arreglado el cabello con menos severidad de lo que era habitual en ella, permitiendo que algunos zarcillos se le rizaran en las sienes y sobre el cuello. Sin embargo, en cuanto hizo entrega de su capa a un lacayo y el mayordomo la acompañó al salón, supo que presentaba un aspecto lamentablemente anodino y totalmente anticuado. Dando muestras de su viejo sentido del humor, Catherine supuso que era de esperar de una vecina pobre que se había visto honrada con una invitación por el simple hecho de que, por algún motivo, había más caballeros que damas, que presentara un aspecto ligeramente andrajoso. Aunque, a decir verdad, no veía en ello motivo de diversión.

—Ah, señora Winters —dijo la señora Adams, volviéndose hacia ella en un mar de aspavientos, destellos de joyas e inclinación de plumas—, qué alegría que haya venido.

Sus ojos recorrieron a su invitada, dando muestras de una evidente satisfacción al comprobar que era muy poco probable que pudiera eclipsar a alguna de las damas presentes. Se volvió entonces a saludar al rector y a la esposa de éste.

—Señora Winters, cuánta amabilidad. —El señor Adams le sonreía afectuosamente. Era sin duda alguna el señor Adams, pensó Catherine antes de permitirse devolverle la sonrisa. El señor Adams mostraba su habitual expresión afable. Además, la había llamado por su nombre—. Permitidme que os presente a algunos de nuestros invitados.

Catherine no tuvo el valor de dejar que sus ojos recorrieran la habitación. Parecía llena de gente. Sin embargo, sí se detuvo a observar a cada una de las personas por separado a medida que se las presentaban, y en cada ocasión se sintió aliviada. Ninguna le resultó familiar, con excepción de Ellen Hudson, la hermana de la señora Adams, que durante los últimos cinco años había sido invitada a Bodley en varias ocasiones. Estaba muy hermosa, se había hecho mayor e iba vestida a lo que Catherine supuso que debía de ser la última moda. Era sin duda una versión más joven de la señora Adams, con su espeso pelo castaño y sus mismos ojos verdes.

Todos la saludaron educadamente. Vio admiración en los ojos azules de lord Pelham, que le tomó la mano y se inclinó sobre ella, y en los perezosos ojos del señor Gascoigne. Ambos eran apuestos jóvenes. Se sintió bien al saberse admirada, y así lo reconoció en su fuero interno, aunque jamás volvería a cortejar la admiración ni a dejarse cautivar por ella.

Por fin, restaban sólo dos personas a las que todavía no había sido presentada, aunque en todo momento había sido consciente de su presencia —de una de ellas al menos— con un íntimo estremecimiento de incomodidad desde que había hecho su entrada en la habitación. Pero tenía que enfrentarse a ello. Quizás él ni siquiera hubiera reparado particularmente en ella el día anterior, o si en efecto lo había hecho, quizá no la reconociera. O quizá se hubiera dado cuenta de que ella le había tomado por su hermano.

—Permitidme que os presente a mi hermana Daphne, lady Baird —dijo el señor Adams—. La señora Winters, Daph.

Lady Baird era tan rubia como morenos eran sus hermanos. Pero era también tan afable como el señor Adams y saludó a Catherine con una sonrisa que acompañó de unas palabras corteses.

—Y a mi hermano, el vizconde Rawleigh —dijo el señor Adams—. Como veréis, señora Winters, somos gemelos idénticos, cosa que a lo largo de nuestras vidas ha sido motivo de vergüenza ajena y para nosotros una inagotable fuente de diversión, ¿no es así, Rex?

—Y ambos han sabido explotar descarada y deliberadamente el parecido, señora Winters —dijo lady Baird—. Podría estar toda la velada contándoos historias y todavía me quedarían muchas que contar mañana.

Lord Rawleigh había saludado a Catherine con una rígida inclinación de cabeza.

Sí, eran idénticos, pensó Catherine. Ambos altos y apuestos, con el pelo oscuro y unos ojos aún más oscuros. Pero eran distintos. Aunque ella había cometido aquel error inicial en el pueblo, no creía que pudiera volver a cometerlo. Aparentemente, los dos hombres tenían la misma estatura, y aun así le pareció que el vizconde era más atlético y fuerte que el señor Adams. Y tenía el pelo más largo, un corte de pelo sin duda pasado de moda. Y su rostro era marcadamente distinto. Oh, los rasgos eran indistinguibles de los de su hermano, pero si su hermano tenía un rostro despejado y afable, el de lord Rawleigh era arrogante, encriptado y cínico.

A Catherine le gustaba el señor Adams. Y le desagradaba aquel hombre, aunque, tal y como no dudó en reconocer, ésa era una opinión que bien podía estar mediatizada por el hecho de haberse abochornado en su presencia.

—¿Y el señor Winters? —preguntó lady Baird, recorriendo la estancia con unos ojos en los que refulgía la curiosidad.

—Falleció, Daph —se apresuró a responder el señor Adams—. La señora Winters es viuda. Estamos encantados de que haya elegido Bodley-on-the-Water para fijar aquí su residencia. Les lee a los ancianos, da clases a los niños y durante el verano se encarga de adornar la iglesia con flores de su propio jardín. Enseña a Julie y a Will a tocar el pianoforte, aunque mucho me temo que ambos muestran la misma falta de oído musical que su padre.

—La señora Winters es entonces lo que se da en llamar un tesoro —dijo el vizconde Rawleigh, mirándola de arriba abajo y sin duda llegando a la misma conclusión a la que aparentemente había llegado minutos antes la señora Adams.

Bueno, no importaba, pensó Catherine, tragándose la humillación. No se había vestido para impresionar a su todopoderosa señoría. Si la veía como una mujer de poderosos recursos, viviendo lejos de cualquier centro de moda, en ese caso el vizconde estaba en lo cierto. Eso era exactamente lo que era.

—Sin duda alguna —respondió el señor Adams con una sonrisa—. Pero os estamos avergonzando, señora Winters. Contadme cómo han progresado mis hijos en estos dos últimos meses. La verdad, os lo ruego —añadió, riéndose entre dientes.

A Catherine le molestó darse cuenta de que se había sonrojado. Aunque no fue tanto de satisfacción como de vergüenza ante el cumplido, como de rabia al ver que el comentario no había sido proferido con esa intención. Había habido cierto aburrimiento en la voz del vizconde. Lo que realmente estaba diciendo es que era una mujer anodina. En fin, también lo era, sí.

—Ambos han estado practicando a diario, señor —dijo—. Y han adquirido una visible mejoría en la práctica de sus escalas y en los sencillos ejercicios que les he puesto.

El señor Adams volvió a reírse.

—Ah, sois una consumada diplomática —dijo—. Aunque supongo que con Julie al menos debemos perseverar. La idea de que una joven dama crezca sin ese logro en particular es escalofriante. Al menos muestra alguna promesa con el pincel y las acuarelas.

—Yo tampoco toco el pianoforte con el menor grado de aptitud —dijo lady Baird—, y no he sido una paria social desde que me presenté en sociedad. A decir verdad, creo que acerté de pleno al cazar a Clayton como marido, dejando a un lado el hecho de que estábamos locamente enamorados el uno del otro. Lo único que hacemos en una fiesta cuando nos piden que toquemos una pieza, señora Winters, es encandilar con nuestra sonrisa, levantar las manos y decir algo como: «Miren. Diez pulgares», y todos los presentes se ríen como si fuéramos poseedores de un avezado ingenio. Os aseguro que funciona.

—Quizás, en ese caso, la señora Winters debería enseñarles diplomacia a tus hijos en vez de música, Claude —intervino lord Rawleigh.

—Sin duda debe de resultar tedioso enseñar a niños faltos de interés —dijo lady Baird con cierta compasión.

—No lo creáis, señora —respondió Catherine—. Y no es interés lo que les falta, sino...

—Talento —intervino el señor Adams cuando ella se interrumpió bruscamente. Luego volvió a reírse entre dientes—. No temáis, señora Winters. No les quiero menos por su falta de oído musical.

—Ah, la cena —dijo lady Baird, viendo hablar al mayordomo con la señora Adams al otro extremo de la habitación—. Bien. Estoy hambrienta.

—Disculpen —dijo el señor Adams—. Debo acompañar al comedor a la señora Lipton.

—¿Dónde está Clayton? —preguntó lady Baird, mirando en derredor.

Catherine reprimió un íntimo arrebato de pánico. Oh, no, aquello era demasiado bochornoso. Sin embargo, se vio salvada, como sin duda tendría que haber imaginado que ocurriría, por la llegada de la señora Adams, que obviamente lo tenía todo perfectamente organizado.

—Rawleigh —dijo, tomándole del brazo—, naturalmente, acompañarás a Ellen. —Miró a Catherine con una condescendencia casi cómica—. Le he pedido al reverendo Lovering que os acompañe, señora Winters. He creído que os sentiríais más cómoda en compañía de alguien conocido.

—Sin duda —murmuró Catherine, al tiempo que la diversión reemplazaba al pánico—. Gracias, señora.

El rector estaba ya invitándola con una inclinación de cabeza a tomarla del codo mientras le aseguraba que sería para él un singular honor que le permitiera acompañarla al comedor y sentarla a su lado.

—La señora Adams sabe que un hombre de mi vocación disfruta con una compañera de mesa dotada de gran juicio —dijo el reverendo mientras la dama todavía podía oírle.

Era sin duda un maravilloso cumplido, pensó Catherine, poniendo su brazo en el de él, y sin duda ratificaría la idea de mujer aburrida que el vizconde Rawleigh se había hecho de ella. Aunque, a decir verdad, le traía por completo sin cuidado la opinión que el vizconde hubiera podido hacerse de ella.

Catherine se instaló con filosofía en lo que sin duda iba a ser una velada aburrida. El señor Nataniel Gascoigne estaba sentado a su izquierda y parecía un agradable caballero, además de apuesto. Pero Catherine tuvo pocas oportunidades de hablar con él. El reverendo Lovering monopolizó su atención, como era habitual en él cuando se sentaba a su lado, cosa harto frecuente cuando ambos eran invitados a Bodley. Durante la cena, el reverendo le aseguró que ambos debían sentirse humildemente agradecidos por el honor que les había sido concedido al haber sido invitados a compartir una velada en tan ilustre compañía. Y también le confirmó la superior calidad de cada uno de los platos que les servían.

Catherine le escuchaba a medias y disfrutaba observando la compañía. El señor Adams, que presidía la mesa, era el genial anfitrión. La señora Adams, sentada al pie de la mesa, ejercía de regia anfitriona. A ella siempre le había intrigado que fueran aparentemente tan felices el uno con el otro, cuando tenían caracteres tan distintos. Naturalmente, ambos eran personas atractivas. Vio que Ellen Hudson, que estaba sentada junto al vizconde, protagonizaba algunas nerviosas tentativas de captar su atención. Sin embargo, cuando él se la concedía, ella enmudecía y se mostraba visiblemente incómoda. Entonces él volvía a centrar su atención en la conversación de la señora Lipton, que estaba sentada al otro lado. A la señora Adams se la veía claramente molesta. Catherine intuyó que en el futuro la señora Lipton estaría sentada lejos del vizconde. Reparó en que lady Baird y el señor Gascoigne flirteaban entre sí en lo que obviamente era una actitud inofensiva. Vio también que la señorita Theresa Hulme intercambiaba varias anhelantes miradas con el señor Arthur Lipton, su prometido, que estaba demasiado alejado de ella en la mesa como para poder mantener con él una conversación. La señorita Hulme parecía tener poca conversación y la pobre muchacha fue rápidamente ignorada por los caballeros sentados a su izquierda y a su derecha. Lord Pelham estuvo conversando animadamente con la señorita Veronica Lipton durante toda la cena.

Catherine disfrutaba más en su condición de observadora que de participante, aunque no siempre había sido así. Ser una mera observadora aportaba diversión a la vida y ahorraba muchas aflicciones. En el curso de los años, había descubierto gradualmente que era mucho más agradable preservar las emociones y mantenerse retirada de la vida, por así decirlo. Y no es que no se implicara en una gran cantidad de atareadas actividades, ni que no tuviera amistades. Pero todas ellas eran actividades seguras, como seguras eran también sus amistades.

Catherine vio que su mirada quedaba prendida en la de lord Rawleigh en un momento en que escuchaba distraídamente el panegírico del reverendo Lovering sobre el *rosbif* que acababan de consumir y estaba sumida en una especie de ensueño. Sonrió al rostro familiar durante una décima de segundo antes de acordarse de que no tenía nada de familiar. Era un desconocido. Y había vuelto a hacerlo poco después de haberse prometido que jamás volvería a ocurrir. Sus ojos se retiraron torpemente de los de él al tiempo que el tenedor tintineaba ruidosamente contra su plato.

Aunque ¿qué había de malo en sonreírle cuando sus miradas se cruzaban por casualidad en la mesa? A fin de cuentas, habían sido presentados y habían conversado en un grupo durante unos minutos antes de la cena. No había motivo alguno para que ella tuviera que apartar la mirada, presa de la confusión. Actuar así la había hecho parecer culpable, casi como si hubiera estado lanzándole disimuladas miradas de admiración y la hubieran sorprendido en pleno acto. Frunció el ceño, apesadumbrada, y volvió a mirarle, esta vez con determinación.

El vizconde Rawleigh seguía observándola. Arqueó una ceja oscura y altiva antes de que ella volviera a apartar la mirada.

Y ahora había empeorado las cosas. ¡Qué torpeza! ¿Simplemente porque él era un hombre apuesto y ella sentía el poder de su atractivo como le habría ocurrido a cualquier mujer normal?

Catherine sonrió al reverendo Lovering, que viéndose así alentado, se deshizo en halagos al superior juicio del señor Adams en su elección del chef.

Así que era viuda. Interesante. Las viudas eran cien veces más deseables que cualquier otra clase de hembra. Con las damas solteras había que manejarse con cuidado… con mucho cuidado, como el propio Nat había descubierto recientemente a un alto coste. Si eras un hombre de fortuna y de cierta posición social, te veían como un trofeo matrimonial al que había que dar caza a cualquier precio por los familiares interesados, o bien por la propia joven dama. Además, era ciertamente difícil acostarse con las damas solteras, a menos que uno estuviera dispuesto a pagar el precio definitivo.

Y él no lo estaba. Sólo lo había estado en una ocasión. Y eso no volvería a ocurrir.

Y las damas casadas eran peligrosas, tal y como Eden había descubierto en el curso de los últimos meses. Uno podía perder la vida víctima de la bala de un marido airado o tener que vivir con la culpa de haber matado a un hombre al que habías desairado. Incluso en el caso de que el marido en cuestión fuera demasiado cobarde para retar a un duelo, como parecía ser el caso del hombre al que Eden había convertido en cornudo, siempre había que cargar con la censura del *ton*. Eso se traducía en tener que ausentarse de Londres, e incluso quizás hasta de Brighton y de Bath durante un año o más tiempo.

Las mujeres que no eran damas solían ser aburridas. Eran necesarias para la satisfacción de los apetitos masculinos, sin duda alguna, y a menudo maravillosamente hábiles entre las sábanas. Pero eran demasiado fáciles de conseguir y normalmente no tenían nada que ofrecer, salvo sus cuerpos. Eran aburridas. Hacía varios años que Rex no empleaba los servicios de una querida habitual. Prefería los encuentros casuales, si podía elegir. Sin embargo, tales encuentros encerraban su propio peligro. Había conseguido mantener su cuerpo más o menos indemne durante seis años de combates en la Península, así como durante la campaña de Waterloo. No tenía el menor deseo de entregarlo a una enfermedad sexual.

No, las viudas eran perfectas en todos los sentidos. En dos ocasiones había tenido aventuras con una viuda. Y en ningún caso había habido complicaciones. Las había dejado cuando se había cansado de ellas. Ninguna había protestado. Ambas se habían concentrado en su siguiente amante. Rex las recordaba con cierto afecto.

La señora Winters era viuda. Y una viuda extraordinaria, sin duda. Oh, quizás en ningún aspecto demasiado obvio. Ellen Hudson vestía de un modo notablemente más opulento y a la moda. Peinaba su cabello más intricadamente. Era más joven. Pero era justamente en la ausencia de esos encantos donde brillaba la belleza de la señora Winters. Con su sencillo y a todas luces anticuado vestido verde la mujer lograba ser aparente. La mirada no se entretenía en el aspecto del vestido, sino que penetraba más allá, hasta la forma alta, delgada aunque torneada, que encerraba. Se trataba sin duda de un cuerpo eminentemente atractivo para disfrutar de él en la cama. Y la sencillez del peinado, liso sobre la coronilla y sobre las orejas, sujeto detrás en un moño, con tan sólo unos cuantos rizos sueltos que daban alivio a tamaña severidad, captaban la atención, no en el peinado en sí, sino en su opulento y dorado resplandor. Y el pelo no era lo bastante llamativo como para distraer la atención de su rostro, de armónicos rasgos, ojos almendrados, inteligente. Hermoso.

Era viuda. Rex bendijo en silencio al fallecido señor Winters por haber tenido el detalle de morir joven.

La estancia en el campo prometía resultar tediosa. Oh, sin duda era un placer volver a la que había sido la casa de sus abuelos. Reavivaba en él muchos recuerdos agradables de infancia. Y también le apetecía pasar unas semanas con Claude. Compartían la inhabitual intimidad que sólo comparten los gemelos idénticos, a pesar de que sus vidas habían tomado caminos muy distintos desde que éste se había casado a la edad de veinte años. Ya no se veían a menudo. Por otro lado, tampoco podía pedir una compañía más agradable que la de dos de sus tres mejores amigos. Eran amigos desde que habían servido juntos como oficiales de caballería en la Península. Allí Eden, Nat, él y Kenneth Woodfall, barón de Haverford, habían recibido el apodo de los Cuatro Jinetes del Apocalipsis gracias al ingenio de un compañero oficial, porque siempre parecía que estuvieran donde estaba la acción.

Pero la estancia en Bodley se anunciaba tediosa. No había modo de que sintiera simpatía hacia Clarissa, aunque debía reconocer que parecía hacer muy feliz a Claude. En cualquier caso, le resultaba más que evidente que ella se había propuesto llevar a cabo una misión en el curso de las semanas siguientes. Le quería para su hermana. De ahí que tuviera que enfrentarse a todo el tedio resultante de tener que mostrarse cortés con la joven sin darle la falsa impresión de que la cortejaba. Sabía que habría de enfrentarse a la determinada manipulación de su cuñada.

A veces se maldecía, considerándose un auténtico idiota por sentirse tan obligado con Eden y Nat. ¿Debía acaso sentirse en la obligación de retirarse con ellos al campo simplemente porque ellos no tenían otra opción? ¿Acaso no podía dejarle al uno en compañía del otro? Pero Rex sabía que ellos lo habrían hecho por él. Además, Horatia probablemente estaría en la ciudad durante la Temporada. Le alegraría evitar verla.

De modo que tendría que quedarse allí a pasar unas semanas como poco. Y necesitaba más diversión de la que podían proporcionarle un hermano y dos amigos íntimos. Necesitaba diversión femenina.

Y la señora Winters era viuda.

Y estaba disponible.

Y así lo había insinuado ella en más de una ocasión. De un modo inconfundible. Su comportamiento fue del todo correcto a lo largo de toda la velada. Se mostraba discreta aunque encantadora, tal y como cabría esperar de una mujer de su aparente posición y medios. En ningún momento se hacía notar en demasía, pero tampoco se mostraba recatada ni falsamente modesta. En el salón, después de cenar, había conversado con Clayton, con Daphne y con el señor Lipton, y parecía hacerlo dando muestras de buen juicio, a juzgar por las expresiones de interés de sus contertulios durante la conversación. Después de que la señorita Hudson, la señorita Lipton y la señorita Hulme hubieron deleitado a los invitados con canciones y recitales de pianoforte, Claude la había invitado a tocar para ellos, y ella así lo había hecho sin mayor alharaca. Tocaba bien, aunque no se quedó esperando al término de su pieza como lo había hecho la señorita Lipton. Cuando la señora Lovering se levantó, dispuesta a marcharse, la señora Winters se unió a ella sin el menor titubeo, se despidió educadamente de Claude y de Clarissa, y asintió cortésmente al grupo en general. Esperó discretamente a que el ridículo y pomposo rector vertiera su torrente de efusivos agradecimientos sobre sus anfitriones, para felicitarles por sus distinguidos invitados, y ensalzar la cena que todos habían disfrutado. Casi transcurrieron diez minutos hasta que por fin los tres se marcharon. Claude salió con ellos para ayudar a subir a las damas al vehículo del rector y despedirles.

Ah, pero la señora Winters había apuntado su disponibilidad. Ahí estaba la sonrisa, la fingida confusión y la bajada de pestañas durante la cena…, unas pestañas hermosas y largas, por cierto, varios tonos más oscuros que su cabello. Y ahí estaban también las varias miradas disimuladas en el salón, especialmente notoria la que le había dedicado después de haber tocado el pianoforte sonriendo ante el pequeño aplauso. Había mirado directamente hacia el lugar donde él estaba, de pie y apoyado contra la repisa de la chimenea, con una copa en la mano, y se había sonrojado. Él no estaba aplaudiendo, aunque había alzado su copa un par de centímetros y había arqueado una ceja.

Sí, la señora Winters estaba claramente disponible. Cuando horas más tarde, después de haber despedido a su criado y haber apagado las velas, Rex se tumbó en la cama, sintió que le dolía el bajo vientre de pura anticipación.

Se preguntó entonces si el fallecido señor Winters habría sido un buen maestro en las artes de la alcoba. Aunque poco importaba eso. Él mismo no tardaría en asumir ese papel.

Capítulo 3

Acababa de recorrer los cinco kilómetros de regreso desde la pequeña casa de campo que el anciano señor Clarkwell ocupaba con su hijo y su cuñada. Había estado leyendo para él, como intentaba hacerlo una vez a la semana. El señor Clarkwell ya no podía moverse sin la ayuda de dos bastones, y su cuñada afirmaba que pasarse el día entero sentado en casa o incluso en la puerta le volvía irritable.

Catherine le rascó el estómago a un extático *Toby*, primero con la punta del pie y después con la mano.

—Perro tonto —dijo, cogiéndolo de ambos lados de la boca y sacudiéndole la cabeza a un lado y a otro—. Cualquiera diría que he estado un mes fuera. —Se río al verle agitar con furia la cola.

Hacía un día gélido a pesar de que lucía el sol. Removió las brasas de la chimenea de la cocina y logró devolver el fuego a la vida. Echó más madera y luego llenó de agua el hervidor y lo puso a hervir.

Siempre era agradable volver a casa y cerrar tras de sí la puerta, sabiendo que no tenía que volver a salir en lo que quedaba de día. Pensó en la noche anterior y sonrió para sus adentros. Esas noches eran agradables y la compañía le había resultado grata, a pesar de algunos momentos de bochorno. En cualquier caso, no le habría gustado haber hecho de ellas una forma de vida.

Ya no.

No obstante, al parecer no iba a disfrutar del resto del día para ella. Alguien golpeó bruscamente la puerta. Catherine corrió a abrir, suspirando para sus adentros al tiempo que *Toby* ladraba enloquecidamente. Era un mozo de cuadra de Bodley.

—La señora Adams viene a visitaros, señora —dijo.

La señora Adams nunca iba a visitar a quienes consideraba socialmente inferiores. Lo que hacía era emplazar a una persona a que saliera a la verja del jardín, independientemente del tiempo o de lo que la tuviera ocupada en ese momento dentro de su casa, y allí hablaba con ella durante unos minutos hasta que, con una señal, indicaba a su cochero que reemprendiera la marcha.

Catherine volvió a suspirar y cerró la puerta a un indignado *Toby* antes de acceder por el sendero hasta la verja. De inmediato vio que en esa ocasión no era el carruaje el que se acercaba, sino un grupo de jinetes: el señor y la señora Adams, la señorita Hudson, la señorita Lipton, lady Baird, lord Pelham, el señor Arthur Lipton y el vizconde Rawleigh. Todos se detuvieron y hubo un coro de saludos.

—¿Cómo estáis, señora Winters? —dijo el señor Adams con una alegre sonrisa—. Clarissa ha decidido que debía convocaros para que salierais de casa y no negaros así la posibilidad de que admiréis el paso de tan espléndida cabalgata de caballos y sus jinetes.

La señora Adams hizo caso omiso de su esposo. Inclinó la cabeza regiamente. Era una cabeza coronada por un encantador sombrero de montar azul, con una pluma que se le enroscaba atractivamente bajo la barbilla. Vestía un traje de montar azul a juego. A Catherine le pareció que era nuevo. Y caro.

—Buenos días, señora Winters —dijo—. Confío en que anoche no os enfriarais volviendo a casa en el carruaje del vicario. Es una lástima que no tengáis carruaje propio, aunque imagino que tampoco tenéis demasiada necesidad de él.

—Así es, señora —convino Catherine, divertida de pronto al imaginar una cochera construida en su jardín trasero… del doble del tamaño de su casa—. Y hacía una noche muy agradable para dar un paseo en coche, siempre y cuando fuéramos adecuadamente vestidos.

—Qué preciosidad de casa de campo —dijo lady Baird—. Es sin duda un marco idílico, ¿no te parece, Eden?

—Hay mucha gente en Londres que mataría por tener una propiedad junto al río como la vuestra, señora Winters —dijo lord Pelham, cuyos ojos azules centellearon desde las alturas al mirar a Catherine.

—En ese caso, debo estar agradecida por no vivir cerca de Londres, mi señor —fue la respuesta de Catherine.

—No me parece que una propiedad tan pequeña pueda despertar el interés de nadie que viva en la ciudad, Pelham —intervino la señora Adams—. Aunque debo admitir que el río es un marco agradable para el pueblo. Y el puente de piedra es muy pintoresco. ¿Reparasteis en él cuando llegamos, hace dos días?

—Seguiremos nuestro paseo a caballo y le rendiremos homenaje —dijo el señor Adams—, y dejaremos que la señora Winters regrese al calor de su casa. Estáis tiritando, señora.

Catherine le sonrió, y en general a todos ellos mientras se despedían de ella y se alejaban por la calle en dirección al puente de piedra de triple arco situado al cabo. Sí, había tiritado. Y sí, tenía frío de pie allí fuera sin su capa y su sombrero.

Pero no era el frío la principal causa de su malestar. Era él. Quizá no fuera nada. Quizás estuviera comportándose de un modo infantilmente estúpido ante un hombre apuesto. Se sentiría realmente molesta consigo misma si éste resultaba ser el caso. Había creído que tenía todo eso superado. Tenía veinticinco años y vivía tranquila en el campo para el resto de sus días. Se había resignado a ello y había adaptado su vida a esas coordenadas. Y era feliz. No, estaba satisfecha. La felicidad llevaba implícita la emoción, y si se era feliz, también se podía ser infeliz. Catherine no quería tener ninguna relación con lo uno ni con lo otro. Estaba satisfecha estando satisfecha.

O quizá no estaba simplemente comportándose como una estúpida. Quizá realmente había algo. Ciertamente, él se había pasado gran parte de la noche mirándola, a pesar de que no había intentado en ningún momento darle conversación ni unirse a ninguno de los grupos de los que ella había sido parte, salvo antes de cenar, ocasión en la que no había tenido elección. Evidentemente, no podía ser una mera coincidencia que cada vez que ella le miraba él la estuviera mirando a su vez. Catherine había sentido la mirada de Rawleigh incluso cuando no le miraba. Y siempre que le miraba, había sido a regañadientes, buscando demostrarse que eran imaginaciones suyas.

Lo mismo había ocurrido hacía unos instantes. Él no le había dedicado una sola palabra, sino que había permanecido rezagado tras el resto del grupo. Mientras todos miraban en derredor, admirando la casa de campo y el jardín, el pueblo y a ella, los ojos del vizconde no habían vacilado.

Y eso era ridículo, se dijo Catherine, volviendo a entrar en la casa y padeciendo el excitado asalto de *Toby*, al que se le había negado el placer de ladrar a los desconocidos. Había mirado relajadamente a todos los demás, incluidos los otros tres caballeros, y no había sentido la menor incomodidad ni el menor bochorno, a pesar de que el señor Adams y lord Pelham eran tan apuestos como el vizconde Rawleigh, y que el señor Lipton era también un caballero de gran apostura. ¿Por qué debía entonces sentir vergüenza? Habían acudido a hacerle una visita. Ella en ningún momento había osado invitarles.

¿Por qué le había resultado imposible volver la cabeza o la vista en la dirección del vizconde? ¿Y cómo podía saber que él la había mirado fijamente con esos ojos oscuros y entrecerrados sin haberse vuelto a mirarle? ¿Y cómo iba él a interpretar el hecho de que ella no le hubiera devuelto la mirada ni una sola vez... serena y educadamente?

Catherine se sintió de nuevo como una niña que acabara de salir de la escuela, aturdida y desconcertada por la simple visión de un apuesto rostro masculino.

La noche anterior nadie había mencionado cuánto tiempo iban a quedarse los invitados en Bodley. Puede que pensaran permanecer allí tan sólo unos días. O quizás una o dos semanas a lo sumo. Seguramente no más. Todavía faltaba un tiempo para que diera comienzo la Temporada en Londres, aunque los jóvenes gallardos desearían ansiosos estar allí antes de que dieran comienzo los bailes, los eventos y demás. El vizconde Rawleigh, lord Pelham y el señor Gascoigne entraban definitivamente en la categoría de jóvenes gallardos, aunque tampoco eran ya tan jóvenes. Debían, todos ellos, rondar los treinta. El vizconde era gemelo del señor Adams, y el señor Adams llevaba casado el tiempo suficiente como para haber tenido una hija de ocho años.

Catherine intentó desesperadamente dejar de pensar en los invitados de Bodley y en uno de ellos en particular. No estaba en su deseo hacerlo. Le gustaba su nueva vida y se gustaba a sí misma tal como era. Se preparó el té, lo sirvió tras dejar que se filtrara el tiempo adecuado y se sentó con uno de los libros de Daniel Defoe que le había prestado el rector. Quizá podría perderse en una descripción del año de la peste.

Por fin lo consiguió. *Toby* se tumbó sobre la alfombra y suspiró ruidosamente, profundamente satisfecho.

Era realmente hermosa, una de esas escasas mujeres que estarían hermosas incluso vestidas con un saco. O sin nada. Ah, sí, sin duda. Rex se había quedado sentado a lomos de su caballo delante de la casa de campo de Catherine, desnudándola con los ojos mientras ella charlaba con los demás. Y su ejercicio mental había desvelado unos largos miembros, un estómago liso que no precisaba la ayuda de corsés, unos pechos firmes, curvados hacia arriba y coronados por un par de rosas, además de una piel cremosa. Y con sus ojos, el vizconde le había liberado el pelo de aquel sencillo y sensato moño, viéndolo derramarse cual cascada, convertido en una dorada melena sobre la espalda hasta la cintura. Se ondularía atractivamente… y en ese momento se acordó de los zarcillos que ella había dejado sueltos la noche anterior.

No había sido ajeno al hecho de que ella no le había mirado directamente ni una sola vez, como tampoco lo había sido a que ella era mucho más consciente de él que cualquiera de los demás, a los que miraba y con los que conversaba relajadamente. Había habido un tenso hilo invisible tendido entre ambos y Rex había tirado de él con mucha suavidad. No tenía el menor deseo de que Eden volviera a mofarse de él. No tenía el menor deseo de que nadie —Claude especialmente, entre cuya mente y la suya propia existía un extraño vínculo— se diera cuenta.

Se alegró de que Catherine fuera una mujer discreta. Naturalmente, de no haber sido así, jamás habría alimentado su interés en ella. Obviamente no habría aceptado la invitación que ella tan disimuladamente le había extendido la noche anterior.

Pero estaba del todo decidido a aceptarla. Y sin demora alguna. Su estancia en Bodley probablemente no se prolongaría más allá de unas cuantas semanas, y tenía la sensación de que había en la señora Winters material suficiente como para mantener vivo su interés durante ese tiempo.

No hubo invitados esa noche, a pesar de que Clarissa parecía ser de la opinión que los números impares eran motivo de vergüenza. Había gente suficiente interesada en las cartas como para llenar las mesas. Él quedó libre.

—Saldré a tomar un poco de aire fresco —anunció lánguidamente, con la esperanza de que nadie mostrara de pronto un ardiente deseo por acompañarle. Afortunadamente, Ellen Hudson era una de las jugadoras de cartas sentadas a la mesa.

—Está anocheciendo —dijo Clarissa, visiblemente molesta por el hecho de que él hubiera evitado ser pareja de su hermana en el juego—. Podrías perderte, Rawleigh.

Claude se rió entre dientes.

—Cuando éramos niños, Rex y yo disfrutamos aquí de un sinfín de aventuras clandestinas y nocturnas, amor mío —dijo—. Mandaremos a un grupo de rastreo si no has vuelto a medianoche, Rex.

—Usaré una madeja de hilo, si eso te deja más tranquila, Clarissa —dijo su señoría con tono aburrido.

Había salido minutos más tarde, dichosamente a solas. Y bendijo asimismo su familiaridad con la finca, aunque hacía años que no la visitaba. En cualquier caso, no se olvidaban con facilidad los rincones favoritos de la infancia. Incluso en el creciente crepúsculo, Rex conoció infaliblemente la ruta que cruzaba el césped y seguía entre los árboles, cruzando la puerta privada del muro que circundaba el parque y que le llevó directamente al camino, a escasa distancia del extremo más alejado del pueblo…, el extremo donde estaba la señora Winters. No le apetecía tentar al destino cruzando el pueblo de camino a su casa.

Casi había oscurecido cuando cruzó la puerta privada y salió al camino. Vio que las cortinas estaban echadas en las ventanas delanteras de la casa. Había luz en una de ellas. Eso quería decir que ella estaba en casa. Esperaba que estuviera sola. Debía inventar alguna excusa por si no era así.

Abrió la verja del jardín y la cerró tras de sí con cuidado. Una rápida mirada a la calle le confirmó que estaba desierta. Ahora que había llegado el momento, se sentía extrañamente nervioso. Jamás había hecho algo semejante en el campo. Desde luego, nunca en Stratton. Y jamás había pasado tiempo suficiente en ninguna otra parte como para plantearse la conveniencia de hacerlo. Era esa clase de cosas que uno relacionaba con el anonimato de un gran lugar como Londres.

A Claude no le haría ninguna gracia si llegaba a enterarse.

A Eden y Nat les divertiría y no dejarían nunca de recordárselo.

Tenía que asegurarse de que nadie lo supiera nunca.

Llamó a la puerta.

Creyó que tendría que volver a llamar, aun a pesar de que oyó ladrar dentro con entusiasmo a un perro, pero cuando ya levantaba el brazo para hacerlo, oyó que la llave giraba en la cerradura y la puerta se entreabrió. Ella le miró, visiblemente sorprendida. Llevaba un gorro con adornos de encaje, que la hacía parecer encantadoramente hermosa en vez de mayor, y el mismo vestido de lana de cuello alto y manga larga que había llevado horas antes. Rawleigh se preguntó si era consciente de que el vestido realzaba su delgadez, ciñéndose atractivamente a sus curvas.

—¡Mi señor! —dijo Catherine.

Apenas pudo oírla debido a los ladridos del perro. Por primera vez se preguntó cómo había sido capaz de distinguir las diferencias entre Claude y él. A la mayoría de la gente le resultaba imposible, al menos tan pronto.

—¿Señora Winters? —Se quitó el sombrero—. Buenas noches. ¿Me permitís pasar?

Catherine miró por encima del hombro de Rawleigh, como si esperara encontrar a alguien con él. Pasaron unos segundos antes de que abriera más la puerta y se hiciera a un lado para que él pudiera pasar por su lado. Un pequeño terrier blanco y marrón dio un paso al frente y anunció así su intención de defender su territorio.

—No muerdo —le dijo el vizconde al perro con tonos lánguidos—. Espero que me devolváis el favor, señor.

—Cállate, *Toby* —dijo Catherine.

Pero sus palabras no fueron necesarias. El perro se tumbó boca arriba y empezó a golpetear el suelo con el rabo al tiempo que agitaba las patas en el aire. Rex lo acarició con la punta de la bota y el animal se puso en pie de un brinco y se alejó al trote, aparentemente satisfecho.

Rawleigh se encontró de pronto en un estrecho pasillo. Parecía una casa en miniatura. Casi tuvo la impresión de que debía agachar la cabeza para no golpear el techo con ella.

Catherine cerró la puerta y se quedó plantada delante de ella más tiempo del estrictamente necesario. Luego se volvió hacia él y le miró a los ojos, que eran de un color miel muy claro y con unas largas pestañas marrones.

—No tengo encendido el fuego en el salón —dijo—. No esperaba visitas. Estaba en la cocina.

Un delicioso olor a algo que se horneaba llegaba desde la cocina, y al entrar Rex vio una bandeja de pastelillos dispuesta encima de un mantel sobre la mesa. Era una habitación acogedora y aparentemente vívida. La mecedora a un lado de la chimenea tenía un cojín con bordados de vivos colores en el asiento. Había una lámpara encendida en la mesa que se hallaba a su lado y un libro abierto boca abajo. El perro estaba tumbado en la silla.

Rex se volvió a mirar a la señora Winters. Ella había palidecido. Hasta sus labios parecían haber perdido su color.

—¿Os apetece sentaros, mi señor? —preguntó de pronto, indicando con la mano en un gesto brusco la silla que estaba al otro lado de la chimenea.

—Gracias.

Rex cruzó la estancia hasta la silla y tomó asiento al tiempo que ella hacía lo propio en la mecedora. El terrier había saltado al suelo al verla acercarse. Rex pensó que era una mujer elegante. La espalda de Catherine no tocaba el respaldo de la mecedora, aunque no había el menor asomo de rigidez en su postura. Entonces se puso de nuevo de pie de un brinco.

—¿Puedo ofreceros una taza de té? —preguntó—. Me temo que no tengo nada más fuerte.

—Nada, gracias —respondió él.

Ahora que estaba allí con ella, disfrutaba de la tensión que se había creado entre ambos. Y Catherine era casi tan consciente de ella como él. Era una tensión mayor de la que Rex había experimentado jamás con ninguna otra mujer.

Vio cómo Catherine se adiestraba para lidiar con la situación al tomar una vez más asiento. Puso las manos sobre su regazo, con el dorso de una en la palma de la otra, aparentemente relajada.

—¿Habéis disfrutado de vuestro paseo a caballo esta mañana, mi señor? —preguntó cortésmente—. El campo en esta zona es hermoso incluso en esta época del año.

—Extremadamente hermoso —concedió él—. Una parte más que las demás.

—¿Oh?

La boca de Catherine conservó durante un instante la forma de la palabra. Rawleigh se imaginó metiendo la punta de la lengua en la pequeña oquedad.

—En el pueblo —dijo él—. En este mismo extremo. Nos hemos

detenido a admirarla. Aunque supongo que «campo» no es la definición más exacta.

Vio que Catherine caía en ese instante en el significado de sus palabras. Rex se fijó en que era una de las pocas mujeres cuyo rubor resultaba favorecedor.

Catherine bajó bruscamente la mirada, fijándola en sus manos.

—Debe de resultaros agradable ver a vuestros sobrinos —dijo—. No suelen salir de aquí. Supongo que no les veis a menudo.

—Lo suficiente —respondió él—. Esta mañana he descubierto para mi desgracia que los niños tienen tendencia a creer que los tíos servimos para que trepen sobre nosotros.

—¿Y no os place que trepen sobre vos? —preguntó Catherine.

Era una pregunta demasiado maliciosa como para haber sido ingenua, aunque su rubor no hizo sino pronunciarse en la breve pausa que tuvo lugar antes de que llegara la respuesta de él.

—Depende absolutamente de quién trepe, señora Winters —dijo—. Imagino que puede sin duda resultar muy placentero.

Catherine tendió un pie enfundado en su zapatilla para acariciar con él el lomo del perro, que estaba tumbado delante de ella. Bajó los ojos para ver lo que hacía. Una vez más, fue sin duda una acción taimada. Rex sintió que se le aceleraba el pulso. Pero estaba disfrutando. Se dio cuenta de que no era su deseo acelerar las cosas, incluso aunque su regreso tardío a Bodley suscitara preguntas curiosas. Esperó a que Catherine retomara la conversación.

Por fin, ella levantó los ojos, vaciló al llegar a la barbilla de él y las miradas de ambos se encontraron.

—No sé a qué debo vuestra presencia, mi señor —dijo—. No me parece apropiada.

Ah. No estaba tan satisfecha como él dejando que la situación evolucionara a su propio ritmo. Quería llevarle al grano.

—Creo que lo sabéis —dijo—. Y os aseguro que nadie me ha visto venir. No habrá chismorreos.

—Alguien que recorre de un extremo a otro la calle del pueblo rara vez pasa desapercibido —fue la respuesta de Catherine.

—He salido por la portezuela del muro —dijo él—. Quizás ignoráis que Claude, Daphne y yo pasamos mucho tiempo aquí con nuestros abuelos cuando éramos niños.

—Sí, por supuesto —dijo ella—. ¿Por qué habéis venido? Quiero decir aquí, a mi casa.

—Estoy aburrido, señora Winters —respondió Rawleigh—. Todo parece indicar que pasaré en Bodley unas cuantas semanas, y aunque quiero mucho a mis hermanos, y he venido acompañado de dos de mis mejores amigos, ando falto de compañía femenina agradable. Me aburro, y algo me dice que a vos os ocurre lo mismo. Sois viuda en un lugar donde no abunda la actividad social, salvo cuando Clarissa se digna a invitaros a su casa. Y menos abundante todavía debe de ser la compañía masculina.

Las manos de Catherine no estaban ya relajadas. Las tenía firmemente entrelazadas.

—No busco los placeres sociales —replicó—. Y no he vuelto a buscar la compañía masculina desde… desde la muerte de mi esposo. Estoy satisfecha tal como estoy. No estoy aburrida ni me siento sola.

Así que iba a fingir indiferencia. Bien. Rawleigh estaba disfrutando. Y ella era tan hermosa así, vista desde la distancia, que no tenía ninguna prisa por ver menguar esa belleza. La expectación conllevaba su propio deleite.

—Sois una mentirosa, señora —dijo.

Eso la silenció durante unos instantes. Los ojos de Catherine se abrieron como platos cuando los fijó en él.

—Y vos no sois un caballero, mi señor —dijo por fin.

Rawleigh la estudió con la mirada: delgada, remilgada e infinitamente deseable.

—Durante las semanas que dure mi estancia aquí podríamos aliviar nuestro mutuo aburrimiento —dijo.

—¿Con visitas como ésta? —preguntó—. No son decentes, mi señor. No tengo conmigo a ninguna carabina.

—Precisamente por eso esta noche ambos podemos rezar una plegaria de agradecimiento —dijo él—. Sí, con semejantes visitas, señora. ¿Y realmente nos importa la decencia? Vos sois viuda y atrás quedó ya vuestro primer rubor, si me permitís la franqueza de tamaño comentario.

—Yo… —Catherine tragó saliva—. No creo que vuestra visita a mi casa vaya a aliviar nuestro aburrimiento, mi señor —dijo—. Al parecer, tenemos muy pocos puntos de interés en común sobre los que mantener una conversación.

Era una mujer hilarante.

—En ese caso, supongo que tendremos que entretenernos el uno al otro sin palabras —dijo él.

—¿Qué decís?

Los labios de Catherine habían palidecido una vez más. Eran unos labios que necesitaban ser besados.

—¿Nunca entretuvisteis a vuestro esposo sin palabras? —le preguntó Rawleigh—. ¿Ni él a vos? Con una esposa dotada de tan obvios encantos, no puedo imaginar que vuestro esposo se negara uno de los mayores placeres que hay en la vida.

—Queréis que sea vuestra furcia —susurró Catherine.

—Qué fea palabra —dijo él—. Las furcias deambulan por las calles, escogiendo a sus clientes al azar. Yo quiero que seáis mi querida, señora Winters.

—No veo ninguna diferencia.

Catherine seguía susurrando.

—Al contrario —dijo él—. Hay una gran diferencia. Un hombre elige a una mujer en particular para que sea su querida. Si es afortunada y no vive en la estrechez, ella elige al hombre al que desea como protector. A decir verdad, en muchos aspectos no es demasiado distinto del matrimonio.

—En la estrechez —repitió Catherine—. ¿Estáis ofreciéndoos a pagarme, mi señor?

Rawleigh se lo había planteado. No quería ofenderla, pero quizá estuviera necesitada de dinero. Estaba realmente dispuesto a pagarle.

—Si ése es vuestro deseo, estoy seguro de que podemos llegar a un acuerdo amistoso —dijo.

—¿Me pagaríais por yacer con vos? —preguntó ella—. ¿Por acostarme con vos? ¿Por permitiros tener acceso a mi cuerpo?

Rawleigh decidió que no podría haberlo expresado de un modo más erótico.

—Sí, señora —dijo—. Os pagaría. Aunque pondría todo mi empeño en procuraros tanto placer como el que vos me daríais a mí.

—Fuera —dijo ella en voz tan baja que él tardó un instante en entender lo que había dicho.

Arqueó las cejas.

—¿Señora?

—Fuera —repitió ella, aunque está vez mucho más claro, al tiempo que el rubor volvía a teñirle el rostro y se le agitaban las aletas de la nariz—. Marchaos y no volváis.

El perro se había sentado y había empezado a gruñir.

—¿Me habéis traído hasta aquí para echarme ahora? —dijo él—. ¿Acaso he leído mal las señales? Han sido demasiadas para haberme equivocado.

Catherine se había levantado.

—Fuera.

Rex se tomó su tiempo para ponerse de pie. La miró con atención. Sí, la señora Winters hablaba absolutamente en serio. No había posibilidad alguna de que estuviera haciéndose la difícil. Había efectivamente leído mal las señales. O, si no las había leído mal, sí las había interpretado erróneamente. Era una mujer virtuosa... ¿por qué si no había fijado su residencia en un pueblo como aquel? Y era además una mujer orgullosa. Jamás debería haber reconocido que estaba dispuesto a pagarle. Y se sentía atraída hacia él. De eso no había la menor duda. Pero sólo había pretendido un simple flirteo..., algo en lo que él no estaba en absoluto interesado.

No obstante, quizá de no haberse precipitado y haber hecho una falsa interpretación habría logrado conducirla poco a poco desde el flirteo, pasando por el devaneo, a una aventura. Aunque probablemente habría tardado semanas en conseguirlo.

Pero ya era demasiado tarde para saber cómo habrían resultado las cosas si hubiera actuado de otro modo.

—No —dijo cuando ella abrió la boca para volver a hablar—, no hace falta que lo repitáis. —Se levantó—. Mis más sinceras excusas, señora. Vuestro servidor.

Se despidió con una breve inclinación de cabeza antes de salir con grandes zancadas al pasillo, donde cogió su sombrero y salió a la oscuridad de la noche.

El perro volvía a ladrar dentro de la casa.

—*Toby*. —Catherine se desplomó en la mecedora y no opuso resistencia cuando el perro se le subió al regazo y procedió a ponerse cómodo. Ella le rascó las orejas—. No me he sentido más insultada en toda mi vida, *Toby*.

Apoyó entonces la cabeza contra el respaldo de la mecedora y clavó los ojos en el techo. Se rió con suavidad. Oh, sí, sí se había sentido más insultada. ¿Había algo en ella que invitaba a hacerla blanco de un comportamiento tan insultante?

¿Lo había?

Había mirado al vizconde unas cuantas veces y le había sonreído en dos ocasiones al confundirle con el señor Adams. No le había mirado una sola vez a lo largo de la tarde. ¿Y por eso se veía obligada a sufrir aquello? ¿Había creído él que sería su querida? ¿Había creído que aceptaría que le pagara a cambio de abrirle su cuerpo en una cama?

—Estoy muy enfadada, *Toby* —dijo—. Muy enfadada.

Siguió rascándole las orejas a su perro, con la mirada fija en el techo mientras lloraba, en silencio primero, ruidosamente después.

Lo que no reconocería, ni siquiera ante *Toby*, naturalmente, era que se había sentido terrible y espantosamente tentada.

Su cuerpo todavía penaba por sentirse acariciado por él.

Capítulo 4

Catherine se quedó en la cama a la mañana siguiente, intentado sentir los síntomas que podían mantenerla allí. Pero sus fosas nasales estaban despejadas y no le picaba la garganta. Tragó dos veces saliva e intentó convencerse de lo contrario y de que lo más juicioso era quedarse en casa, disfrutando del calor, que aventurarse fuera, empeorando así su resfriado y quizás incluso contagiándoselo a los niños.

«¿Qué resfriado?» Se sentía más sana que nunca. Y a juzgar por la luz que se adivinaba tras las cortinas, parecía que hacía un perfecto día de primavera.

No, no podía postergar lo inevitable. La verdad es que era uno de los días de clase de música de William y Juliana y que a Catherine le daba pavor acercarse a Bodley House por si se encontraba con *él*. Se moriría de bochorno. Los acontecimientos de la noche anterior parecían incluso peores esa mañana de lo que le habían parecido entonces. Rawleigh la había visitado a solas en su casa. Su reputación se vería seriamente dañada si alguien le había visto llegar o marcharse. Y se había sentado en su cocina, haciéndole insinuaciones deshonestas e incluso una propuesta más indecente aún.

¡Oh, cómo había osado! ¿Qué había hecho ella para darle la impresión de que iba a recibir con buen agrado semejante insolencia? Naturalmente, conocía la respuesta. Le había sonreído en dos ocasiones, tomándole por el señor Adams. Pero ¿acaso eran dos sonrisas evidencia irrefutable de que estaba dispuesta a convertirse en su furcia?

Catherine había puesto todo su empeño en encajar en su nueva identidad y comportarse como una viuda respetable. Había fijado su residencia en Bodley-on-the-Water y se había esforzado lo indecible por ser parte de la vida del pueblo. Y no había sido fácil para una desconocida como ella. Había hecho todo lo que había estado en su mano por mostrarse amable, amigable y buena vecina. Y se había ganado el respeto e incluso el afecto de algunos, o al menos eso creía. Había conseguido cierta medida de paz y de satisfacción.

—Oh, *Toby*. —Giró la cabeza para mirar al terrier, que estaba de pie junto a su cama. Catherine se rió a pesar de todo. *Toby* se mostraba siempre muy paciente cuando ella se levantaba más tarde de lo habitual, permaneciendo de pie educadamente donde ella pudiera verle, con las orejas erguidas y la lengua colgando, haciéndole saber mediante sus persistentes jadeos que estaría sumamente agradecido de que le dejaran salir en la siguiente media hora—. ¿Estoy siendo esta mañana una espantosa dormilona? —Sacó decididamente las piernas de la cama, poniendo los pies en el suelo y se puso el abrigado camisón—. Ven, vamos.

Toby salió correteando del dormitorio delante de ella y bajó alegremente la empinada escalera, siguiendo después por el pasillo hacia la puerta trasera.

Catherine le habló a la cola en constante movimiento.

—Que sepas que no es justo —dijo—. Y ni siquiera tengo un solo síntoma de resfriado para poder quedarme en casa contigo. ¿Te parece que podría fingir que creo que hoy no habrá clases porque los padres de los niños acaban de volver a casa, *Toby*?

Toby no respondió, sino que salió correteando por la puerta en cuanto ella la abrió para dejarle salir.

Y entonces Catherine se sintió enfadada. Era sin duda un día hermoso. En el cielo azul apenas se veía una nube. Oyó el gorgoteo del agua sobre las piedras al fondo del jardín. El frescor que impregnaba el aire la hizo tiritar durante un instante, aunque no cerró la puerta.

Por la tarde, si no se registraba un cambio drástico en el tiempo, probablemente haría calor. Era uno de esos días en los que normalmente salía a dar un largo paseo con *Toby*.

Y eso es lo que haría si seguía con ánimos después de regresar de Bodley House. No podría salir de paseo si ponía como excusa una enfermedad para no ir esa mañana.

¿Y por qué no iba a ir? ¿Simplemente porque podía accidentalmente encontrarse con el vizconde Rawleigh? ¿Por qué iba a evitarle? Ella no había hecho nada malo, a menos que permitirle la entrada a su casa la noche anterior hubiera sido un error. En cualquier caso, la visita del vizconde la había pillado tan por sorpresa que ni siquiera se le había ocurrido negarle la entrada.

No, no pensaba evitarle. Ni bajar la cabeza si volvía a verle. Ni ruborizarse, ni tampoco tartamudear o darle la satisfacción de saber que había conseguido descomponerla.

Seguía enojada —muy enojada— por el hecho de que su condición de mujer la volviera tan débil, y le otorgara tan poca libertad. La enojaba que el mundo de los hombres tuviera a las mujeres en tan poca estima salvo en una única capacidad. La enojaba tener conciencia de que el mundo en el que vivía era sin duda un mundo de hombres. Durante unos instantes, hasta que *Toby* regresó correteando a la casa y Catherine cerró la puerta, fue presa de la vieja, cruda y vacía sensación de impotencia. Pero no estaba dispuesta a alimentar esa clase de emociones negativas. Había luchado demasiado duro por su tranquilidad como para dejar que la hiciera añicos un rufián arrogante y despiadado, que creía que simplemente porque ella le había sonreído dos veces, le sonreiría una tercera en cuanto se le metiera en la cama para obtener de ella su propio placer.

—*Toby* —dijo al tiempo que se disponía a prender el fuego de la cocina para poner a hervir la tetera y tomar así el té de la mañana—. Debería haber elegido a una perra. Quizás una hembra no daría por descontado que la silla más cómoda de la casa ha sido diseñada para su uso exclusivo. ¿Cuántas veces tengo que repetirte que no puedes subirte a mi mecedora?

Toby, que caracoleó hasta encontrar una postura cómoda sobre el cojín bordado que cubría el asiento de la mecedora, la miró jadeante y meneó el rabo, encantado con la atención recibida. Se quedó donde estaba.

Catherine estaba decidida a ir a Bodley House después de desayunar para dar sus lecciones a los niños, tal y como lo hacía siempre. Y por la tarde, saldría con *Toby* a dar un largo paseo. Se comportaría como si no hubiera invitados en la casa. No iba a empezar a ocultarse ni a moverse sigilosamente por temor a encontrarse cara a cara con él en cualquier esquina.

—Y eso es todo, *Toby* —concluyó con firmeza, sacudiéndose el carbón de las manos cuando el fuego por fin prendió.

Toby meneó la cola, mostrando así su acuerdo.

El vizconde Rawleigh había estado dando un paseo a caballo con el señor y la señora Adams, sir Clayton y lady Baird, lord Pelham, la señorita Veronica Lipton y la señorita Ellen Hudson. Habían tomado la ruta norte que ascendía por suaves colinas, desde donde pudieron deleitar la mirada con varias vistas impresionantes. Hacía un día glorioso a pesar de ser tan temprana primavera y de que el aire era todavía un poco frío.

Sin embargo, su mal humor se hizo evidente durante el regreso del grupo a casa. Su cuñada había dispuesto las cosas de tal modo que no sólo le había hecho cabalgar junto a la señorita Hudson la mayor parte del camino —Rawleigh lo había supuesto y se había resignado a su suerte—, sino que había conseguido separarles del resto del grupo durante casi todo el trayecto. Rex no sabía cómo lo había conseguido. Clarissa podía ser muy taimada cuando se empeñaba en algo.

¿Acaso esperaba Clarissa que desapareciera tras alguna roca con su hermana para besarla apasionadamente y de ese modo comprometerla para verse así obligado a pedir su mano e incluso volver a toda prisa a Londres en busca de una licencia especial? Rawleigh no tenía la menor intención de verse engañado ni tampoco apremiado en la dirección del matrimonio, sobre todo con una joven tan rematadamente insípida como Ellen Hudson. Y no es que la joven le desagradara ni que le deseara ningún mal, y quizás hasta fuera desagradable de su parte considerarla insípida. A Ellen le irían indudablemente bien las cosas con algún caballero que no la asustara hasta los límites de la incoherencia. Desgraciadamente, todo daba a entender que él provocaba ese efecto en ella.

Rex se preguntó, cuando por fin metieron los caballos en el establo, lo que tendría preparado Clarissa para el resto de la mañana. ¿Un íntimo *tête-à-tête* para él y la señorita Hudson en el saloncito de la mañana, mientras encargaba misteriosos recados al resto de sus ocupantes, quitándoselos así de en medio? ¿Quizá le pediría que acompañara a la señorita Hudson al pueblo a comprar algo esencial, como un pedazo de cinta? Rex estaba seguro de que, fuera lo fuera, algo habría.

Se acercó a Daphne y le lanzó una mirada que esperó le resultara lo bastante implorante. Obviamente, así fue. La mirada de Daphne se desplazó de Rex a la señorita Hudson y sonrió, cómplice y hasta compasiva. Le guiñó un ojo.

—Rex —dijo alzando la voz para que todo el mundo pudiera oírla, entrelazando su brazo en el de él en cuanto desmontaron—, he prometido a nuestros sobrinos que pasaría a verles mientras tomaban su lección de música si volvía temprano de nuestro paseo. Acompáñame, te lo ruego. A fin de cuentas, eres su único tío. Sin contar a Clayton, naturalmente, que es tío político suyo. Pero Clayton ha prometido jugar al billar con Nathaniel.

—Aseguraos de halagar sus esfuerzos —dijo Claude sonriendo de oreja a oreja—. Will insinuó ayer que tocar el pianoforte no es una actividad masculina. Aun así, Clarissa insiste en que es un logro propio de un caballero. Le animaréis a que obedezca a su madre, ¿verdad?

Lord Rawleigh ofreció el brazo a su hermana y se alejó decididamente con ella. A decir verdad, no estaba muy seguro de no haber saltado de las brasas al fuego. ¿No era la señora Catherine Winters quien enseñaba música a los niños? ¿O se equivocaba acaso? Se estremeció en su fuero interno. No tenía ningún acuciante deseo de volver a encontrarse con ella. Aun así, todo parecía indicar que eso era precisamente lo que estaba a punto de suceder, a menos que las clases de música hubieran concluido.

La noche anterior había llegado incluso a plantearse durante un breve intervalo mandar a que le prepararan el equipaje y abandonar la casa por la mañana. Podía volver a Stratton durante unas semanas y seguir desde allí a Londres. Pero la vida no era nunca tan sencilla. Había aceptado la invitación de Clarissa. Sería una muestra de extrema descortesía marcharse casi antes de haber llegado, sobre todo porque Eden y Nat probablemente decidirían acompañarle.

¡Eden y Nat! Se habían burlado infinitamente de él cuando había regresado a la casa la noche anterior. Naturalmente, habían adivinado su propósito cuando dijo que iba a salir a tomar el aire nocturno. Y, sin embargo, la brevedad de su ausencia les había indicado que su misión había fracasado. Rex supuso que tendría que soportar durante largo tiempo esa ignominia.

Y ahora todo parecía indicar que iba a encontrarse de nuevo con ella. Tan pronto. Aunque quizás era mejor así. No habría forma de evitarla si iba a pasar unas cuantas semanas más en Bodley. De modo que lo mejor sería acabar cuanto antes con ese primer encuentro. Y convencerla con su actitud de que la pasada noche no había sido más que un incidente del todo insignificante en su vida.

Dudaba mucho de haber dormido más de una hora la noche anterior.

—Pobre Rex —dijo su hermana, riéndose y apretándole el brazo—. Ya veo que en ciertos aspectos debe de ser terrible haber heredado el título, la propiedad y la fortuna, además de ser apuesto y soltero. Aunque supongo que tampoco lo tendrías más fácil si te parecieras al más feo de los bulldogs. Resultas irresistiblemente casadero para cualquier familiar de una joven soltera de entre dieciséis y treinta años. Pero si Clarissa tuviera un poco de juicio, se daría cuenta de que éste es un matrimonio del todo imposible. Ellen todavía no posee la menor pátina ciudadana a pesar de haber pasado ya una Temporada entera. Aunque es desde luego una joven muy dulce. Y hermosa.

—Gracias por haberme rescatado —dijo él muy seco—. Y me atrevería a decir que la señorita Hudson también te bendice en silencio. Me mira como si esperara que en cualquier momento fuera a cogerla con una mano y a devorarla. ¿Qué hemos hecho para merecer tener a Clarissa como cuñada, Daphne? Tengo la firme convicción de que debo de haber perdido el juicio cuando acepté su invitación. Sabía lo que me tenía preparado.

—Pero es tan delicioso estar de nuevo los tres juntos —dijo ella, volviendo a apretarle el brazo—. Ocurre en tan contadas ocasiones… Vivimos demasiado lejos los tres. A pesar de que soy feliz en mi matrimonio, os echo de menos a ti y a Claude. ¿Todavía suspiras por Horatia Eckert?

—Nunca suspiré por ella —replicó Rex, apretando los dientes—. Me enamoré perdidamente durante el breve tiempo que transcurrió entre la campaña en la Península y Waterloo, me prometí con indecente rapidez y quizás hubiera vivido para arrepentirme. A decir verdad, me alegro de que ella se enamorara…, cuando me fui a Bruselas, de otro.

—De un avezado seductor y cazador de fortunas —dijo—. Ese hombre es notorio por asediar a inexpertas jovencitas, sobre todo cuando las muchachas en cuestión cuentan con padres acaudalados. Afortunadamente, jamás ha conseguido una esposa rica. Me resulta increíble que hasta la fecha nadie le haya pegado un tiro entre los ojos. No seas demasiado duro con Horatia, Rex. Era muy joven y muy impresionable. Y tú te habías ido a la guerra. A fin de cuentas, todo quedó en nada.

—Quizá porque el volumen de su fortuna había sido desproporcionadamente exagerado —dijo él entre dientes—. Es un episodio que ya he dejado atrás, Daphne, y te agradecería que no me lo recordaras.

—Y ahí precisamente está la contradicción —dijo ella—. No te importaría hablar del asunto si realmente te hubiera dejado tan indemne como aseguras estar.

—A ningún hombre le gusta que le recuerden la humillación sufrida en manos de una mujer —dijo, estremeciéndose en su fuero interno al revivir los recuerdos de la noche anterior—. Fue ella quien rompió nuestro compromiso, Daphne. Y eso me ha convertido en un hombre hasta cierto punto... indeseable.

—¿Indeseable? ¿Tú? —Daphne volvió a reírse—. Rex, ¿te has mirado últimamente en el espejo?

Pero Rawleigh no tenía el menor deseo de seguir con la conversación. Oyó música procedente de las cristaleras de la sala de música. Las ventanas estaban ligeramente entreabiertas para dejar entrar el aire fresco y primaveral. Alguien practicaba unas escalas.

De modo que la lección de música todavía no había tocado a su fin. ¡Maldición!

—Ah —dijo su hermana—, bien. No llegamos demasiado tarde.

Los ocupantes de la habitación fueron ajenos a su presencia durante un par de minutos. Los tres estaban de espaldas a la ventana. Juliana sentada en una silla, escribiendo en algo que tenía todos los visos de ser un libro de texto. William se encontraba sentado ante el pianoforte, practicando escalas. La señora Winters estaba de pie detrás de él.

Su remilgada y puritana viuda, que en realidad no era sino una hipócrita y una farsante. Rex no recordaba cuándo había sido la última vez que se había equivocado tanto con una mujer. No se sentía demasiado dispuesto a mostrarse amable con ella.

Jamás había conocido a ninguna mujer que cultivara la sencillez hasta ese grado. Su pelo, suave y de un dorado resplandeciente a la luz que entraba por las ventanas, estaba recogido en el habitual moño. Esa mañana no llevaba gorro, como había ocurrido la noche anterior. Su vestido de lana era azul como el cielo del exterior y caía liso desde la alta cintura. Las mangas eran largas. Habría apostado que el escote era alto. Pero la lana se ceñía seductora a su figura.

Era sin duda un vestido que la favorecía: sencillo y aparentemente modesto, aunque diseñado para espolear la imaginación sobre el cuerpo de mujer que contenía. Rawleigh se preguntó a cuántos de los lugareños habría llevado Catherine a la locura en los últimos años. Sus ojos se entrecerraron, estudiándola.

Se preguntó también si alguna vez se miraba por encima del hombro en un espejo para observar las cosas interesantes que la lana hacía por su trasero. Cosas que resultaron aún más interesantes cuando ella se inclinó sobre el hombro de Will. Tanto la indignación como la temperatura de Rex subieron un grado.

—Muy bien, William —dijo Catherine cuando la escala trastabilló hasta concluir—. Ahora tocas con mucha más fluidez. Pero intenta recordar el movimiento de los dedos. Verás que la escala avanza mucho más suavemente si no te quedas sin dedos en los momentos cruciales.

—¡Tía Daphne! —exclamó alegremente Juliana, reparando por fin en ellos y poniéndose en pie de un salto—. ¡Tío Rex! ¿Habéis venido a oírme tocar?

—Por supuesto —respondió Daphne—. Y también para oír a Will. Os lo prometí, ¿no? Y vuestro tío ha insistido en acompañarme.

El vizconde Rawleigh fue incapaz de unirse de momento a la conversación. Will también se había levantado con toda la exuberancia de un convicto que por fin se da a la fuga. Y la señora Winters se había vuelto bruscamente y las miradas de ambos se habían encontrado.

Catherine no volvió a apartar la vista, como él había esperado. Ni tampoco se ruborizó. Mantuvo la mirada firme en él y alzó el mentón quizás un centímetro. Rex a punto estuvo de hacer el ridículo permitiendo que sus ojos se apartaran de los de ella, pero en vez de eso frunció los labios y se obligó a mirarla con deliberada indiferencia. Al parecer, la mujer estaba hecha de material resistente. Y tenía que reconocer que le resultaba refrescante después de pasar media mañana en compañía de Ellen Hudson.

Y, por supuesto, el escote del vestido era alto. En cierto modo no hacía sino acentuar la agradable silueta de su pecho. Tal y como, naturalmente, se pretendía. Obviamente era una experta en el arte del coqueteo. Rex arqueó una ceja.

—Señora Winters —decía en ese momento Daphne—, qué terriblemente descortés de nuestra parte interrumpir así vuestra lección y desbaratarla. Tan sólo pretendíamos entrar sigilosamente y escuchar sin ser vistos, ¿verdad, Rex?

—Como un par de ladrones en plena noche —respondió él, y al instante recordó cómo la noche anterior se había acercado a la casa de Catherine, saliendo por la puerta privada del parque.

—Los niños necesitan sentirse valorados incluso en detrimento de una parte del tiempo de sus lecciones —declaró la señora Winters con una sonrisa. Pero había dejado de mirar al vizconde para posar sus ojos en Daphne, con lo cual no podía acusarla de sonreírle—. ¿Entiendo que han venido a evaluar sus progresos? William ha estado especialmente acertado con sus escalas esta mañana. Es la primera vez que las ha tocado consistentemente de corrido. No saben cuánto me alegra que hayan podido estar aquí para ser testigos de su triunfo.

El pecho de Will se inflamó de orgullo.

—Quiero tocar algo —gimoteó Juliana—. Sé tocar Bach, tía Daphne. Escucha.

—Creo que es hora de la lección de Will, Julie —dijo Daphne.

—Estoy segura de que William, un perfecto caballero donde los haya, estará encantado de dejar su lugar en el pianoforte a su hermana —dijo la señora Winters, dirigiéndose a Daphne. Se rió.

Y estaba resplandecientemente hermosa. El vizconde cayó en la cuenta de que hasta entonces no la había visto ni oído reírse. En las contadas ocasiones en que habían coincidido, la señora Winters se había mostrado como una mujer de discreta dignidad. Una seductora sutil y muy silenciosa. Se preguntó si la risa estaba dedicada a él, si pretendía con ella trenzarle de nudos el estómago. De ser así, había fracasado estrepitosamente en el intento. Lo que sintió su estómago fue apenas un ligero aleteo. Seguía enfadado con ella por haberle dejado como un auténtico estúpido y por no haberse mostrado ante él esa mañana con un rostro de sonrojada confusión.

Tuvieron que escuchar a Juliana destrozando a Bach, tocando apresuradamente los fragmentos que conocía bien y trastabillando en las partes más difíciles. Decir que no tenía una aptitud real para la música era sin duda ser extraordinariamente amable con ella.

Pero en cuanto la pieza tocó a su fin, Daphne exclamó, encantada, y aplaudió. Y Rex se vio inclinando la cabeza y asegurando a la pequeña que apuntaba maneras. La señora Winters, más fiel a la verdad, alabó a la niña por su esfuerzo y por el duro trabajo que había hecho al memorizar algunos de los fragmentos más difíciles.

—Y ésos son precisamente aquellos en los que deberías detenerte y disfrutar —dijo con sumo tacto—. Qué lástima pasar por ellos apresuradamente y terminarlos tan pronto. Los demás fragmentos suenan también muy bien. Lo único que necesitas es más tiempo y más práctica. Hasta la pianista más experimentada lo necesita siempre.

Se le daban bien los niños, admitió Rex. Se sorprendió preguntándose cuánto tiempo habría estado casada con el difunto señor Winters. ¿Habría sido simplemente un tiempo breve o era acaso estéril? Aunque quizá la culpa la había tenido Winters, no ella.

—Debo disculparme por la interrupción —decía en ese momento Daphne—. Pero entiendo que os será especialmente difícil volver a centrarles en el trabajo. ¿Nos permitís que les llevemos a la habitación de los niños? En un día tan precioso, sin duda agradeceréis la oportunidad de terminar un poco antes.

Will alternó su mirada entre ambas mujeres con la esperanza claramente grabada en los ojos. Segundos más tarde, tras la inclinación de cabeza de su profesora de música, salió corriendo de la habitación.

—Gracias —dijo Catherine Winters—. Siempre me reservo media hora después de las clases de los niños. Fue el propio señor Adams quien lo sugirió. Hoy podré tomarme treinta y cinco minutos.

Juliana tomó a Daphne de la mano y tiró de ella, ansiosa por salir tras su hermano antes de que alguien decidiera retomar la clase de música. Daphne dedicó a Rawleigh una mirada interrogante.

—Ahora mismo os alcanzaré —dijo él.

Daphne asintió y desapareció con la pequeña. Rex se quedó a solas con Catherine Winters, que seguía de pie, muy rígida y con los dientes apretados junto al pianoforte, asesinándole con la mirada.

¿Por qué demonios había obrado así?, se preguntó Rex ¿Por qué no había aprovechado la oportunidad para escapar cuando se le había presentado en bandeja de plata?

Ella le estaba desafiando. Eso era exactamente lo que hacía. No se estaba comportando con la discreta modestia que habría cabido esperar de una mujer virtuosa a la que le habían hecho una propuesta del todo indecente en su propia casa la noche anterior. Entonces se entrelazó las manos a la espalda y se acercó despacio a ella.

—Las habitaciones de los niños son mi lugar favorito —dijo—. No me gusta que trepen sobre mí, si lo recordáis. Y el resto de la casa tampoco me resulta especialmente apetecible. Supongo que habréis reparado en que se espera de mí que haga la corte a una joven dama a la que no tengo el menor deseo de cortejar. La oiré tocar, señora Winters. Continúe, se lo ruego, como si yo no estuviera aquí.

Casi pudo ver palabras de indignación e incluso la furia formarse en la mente de la señora Winters, esperando a escapar de entre sus labios. Sus labios se movieron, pero no se separaron. Rex los miró. Unos labios suaves, eminentemente besables, que se secarían sin duda por falta de uso muy pronto si lo único que pretendía hacer con los caballeros era rechazarlos.

Pero Catherine no habló. Rawleigh decidió que si las chispas que volaban desde sus ojos hubieran sido dagas, él habría estado ya muerto en el suelo. Pero no lo eran, de ahí que siguiera de pie y muy vivo cuando ella se volvió bruscamente de espaldas y se sentó en el banco del pianoforte, se recompuso y empezó a tocar.

Material resistente, sin duda alguna. Rex había esperado al menos verla salir afectadamente por las cristaleras y marcharse a casa sin su habitual autocomplacencia al pianoforte. Incluso había llegado a plantearse si ofrecerle sus servicios como acompañante antes de entender que obrar así habría sido una insensatez.

La señora Winters había tocado bien en el salón de Claude dos noches antes. Competentemente e incluso con cierto talento. El vizconde Rawleigh frunció los labios cuando ella empezó a tocar Mozart, apresuradamente como la propia Juliana, se equivocó, tocó un espantoso acorde malsonante y dejó de tocar.

—No —masculló, hablándoles a las teclas—. No, no vas a hacerme esto. Desde luego que no. Has sido tú la que has sonado cuando no debías.

Las objetables teclas —o tecla, pues había empleado el singular— no respondieron. Rex se acercó un poco más, quedándose en la línea de visión de Catherine. Casi estaba disfrutando de nuevo.

Sin embargo, parecía que la señora Winters realmente quería decir lo que había dicho. Volvió a empezar, tocando esta vez correcta e impecablemente, y dando muestras, tras un par de minutos, de una emoción y de un talento considerables. Había cerrado los ojos e inclinado la cabeza hacia delante, como si se hubiera perdido en la música. Y él vio que no fingía.

Vio también por qué no había tocado así en el salón. Habría eclipsado al resto de las damas. Habría captado la atención de todos, silenciando todas las conversaciones. Tocar de ese modo no habría sido un comportamiento social adecuado. Ni lo más acertado. Y sospechó que Clarissa se habría molestado, por decirlo así.

Catherine seguía con los ojos cerrados y la cabeza inclinada hacia delante cuando terminó de tocar. ¿Quién era esa mujer?, se preguntó de pronto. ¿Vivía en una pequeña casa de campo sin instrumentos y aun así era capaz de tocar de ese modo? ¿Qué le había ocurrido para haber ido a menos hasta quedar relegada? ¿Quién había sido el señor Winters? ¿Por qué se había mudado ella tras su muerte a un lugar desconocido para vivir entre desconocidos? Sin duda era una mujer misteriosa.

—Tenéis talento —dijo, consciente en cuanto habló de la sutileza de sus palabras.

Catherine levantó la cabeza y Rex supo que ella había vuelto a la sala de música de Claude... con él.

—Gracias —dijo fríamente.

—Me pregunto... —empezó él mientras ella sacaba el polvo de una tecla impoluta.

Rex creía que Catherine iba a tocar otra vez sin hacer la pregunta obvia. Los dedos de ella se desplegaron sobre las teclas. Pero alzó la mirada hacia él con expresión impasible, aunque en esta ocasión tenía la mandíbula más relajada. Ah, estaba enfadada. Bien.

—¿Os preguntáis acaso por qué rechacé tan ventajosa y halagadora oferta como la que me hicisteis anoche? —dijo—. Supongo que no os rechazan a menudo, ¿verdad? Tenéis demasiados activos, tanto personalmente como en propiedades. Quizá, mi señor, a los que poseemos muchos menos activos nos gusta conservar lo poco que tenemos.

—Qué anodina debe de ser vuestra vida, señora Winters —dijo. Le gustaba verla enojada.

—Es mi vida —respondió ella—. Y si yo elijo que sea anodina, es asunto mío. Eso no la convierte en anodina.

—Me atrevería a decir que os divierte ser una provocadora. —Sus ojos recorrieron lentamente su figura, seductoramente perfilada contra la lana del vestido desde que se había sentado en el banco, ligeramente inclinada sobre las teclas—. ¿Disfrutáis ofreciendo invitaciones con los ojos y con vuestro cuerpo y dando con la puerta en las narices de aquellos que son lo suficientemente ingenuos como para aceptarlas?

La mandíbula de Catherine se tensó y sus ojos volvieron a echar chispas.

—No os he extendido invitación alguna, mi señor —dijo—. Si es una simple reverencia y dos sonrisas a lo que os referís, la primera cuando pasasteis por delante de mi casa a vuestra llegada y la otra en esta misma casa hace dos noches durante la cena, quizá debería recordaros que tenéis un gemelo idéntico a vos al que conozco.

¡Maldición! Rex se quedó mirándola durante unos instantes, sin salir de su asombro. ¿Le había confundido con Claude? Era una explicación tan verosímil que no podía entender cómo no se le había ocurrido.

—¿Me confundisteis con Claude? —preguntó.

—Sí. —Le miró, no sin cierto aire triunfal—. Durante un instante. Hasta que me acordé de que el señor Adams es un hombre cortés y un amigable caballero.

Las cejas de Rex se arquearon bruscamente.

—Por Júpiter, menudo genio —dijo—. Tenéis una lengua afilada, señora. Eso significa que os debo una disculpa… una vez más.

—Sí, gracias —dijo ella.

Justo en ese momento, cuando Rawleigh estaba pensando en desaparecer de su presencia con una inclinación de cabeza y lamerse la herida que había infligido en él esa nueva humillación, se abrió la puerta, dando paso a Clarissa.

Capítulo 5

*L*o que realmente había logrado mantener la entereza de Catherine era su determinación a no mostrar el menor atisbo de descompostura. Ni la menor sombra de rubor. Ni parecer abochornada. Ni bajar la mirada delante de él. Ni dejar que fuera él quien tuviera la última palabra.

Nada de lo ocurrido había sido culpa suya. Tenía que creerlo. Ella no había extendido ninguna invitación y él bien podría haber supuesto que le había tomado por el señor Adams. Sin duda no era la primera vez que ocurría.

Catherine se había alarmado cuando al empezar a tocar el pianoforte notó con horror que tenía los dedos torpes y que en su mente bullían toda suerte de cavilaciones que nada tenían que ver ni por asomo con la música. Entonces, haciendo acopio de una enorme fuerza de voluntad, había recobrado la compostura y logrado tocar de un modo bastante más cercano a su nivel habitual. Y era cierto: se había olvidado de todo salvo de la música en cuanto había empezado a tocar.

Le parecía que después de eso había tocado bastante bien. Aun así, fue para ella un alivio enorme ver que se abría la puerta. Salvo por el hecho de que se trataba de la señora Adams, que se detuvo en seco y alternó una mirada penetrante entre ambos. Obviamente no estaba complacida con lo que veía. De hecho, se dio cuenta de lo inadecuado que resultaba encontrarse a solas con el vizconde Rawleigh. Pero, una vez más, ella no tenía la culpa.

—Señora Winters. —El tono era glacial, propio de una señora con su criada—. Creía que empleabais este tiempo para enseñar música a mis hijos.

Como si le pagaran una fortuna por ello, pensó Catherine.

—Las lecciones han terminado por hoy, señora —dijo.

No pensaba añadir más detalles a fin de exonerarse de cualquier crimen del que la estuvieran considerando sospechosa. Siempre trataba a la señora Adams con un educado respeto, pero jamás se humillaba ante ella. No sería nunca obsequiosa como lo era el reverendo Lovering, aunque el sustento del clérigo dependía del patrocinio del señor Adams.

—Daphne y yo les hemos interrumpido antes de que terminaran la lección, Clarissa —intervino lord Rawleigh, cuyo tono de voz sonó pretencioso y aburrido—. Han tocado sus numeritos para nosotros… al menos Juliana. No estoy seguro de que William tenga el suyo, ni de que vaya a tenerlo alguna vez. Daphne se los ha llevado a la habitación de los niños. Yo me he quedado para comentar el tiempo con la señora Winters, aunque ha sido muy malvado de mi parte. Creo que Claude la ha animado a tocar un rato después de la clase y yo he estado interfiriendo en ello. Mis disculpas, señora —concluyó, dedicando a Catherine una elegante inclinación de cabeza.

Catherine reparó en la mirada acerada que asomó a los ojos de la señora Adams, aunque sonreía elegantemente y entrelazó su brazo en el de su cuñado.

—Estoy convencida de que la señora Winters agradece tus atenciones, Rawleigh —dijo—. Ellen quiere ir a ver los nuevos cachorros a las cuadras. La mayoría de los demás hombres están ocupados en la sala del billar y no me gusta dejarla sola con los mozos de cuadras. ¿Le concederás tu compañía?

—Será un auténtico placer, Clarissa —respondió Rex, contrayendo los labios, aunque Catherine no pudo distinguir si lo hacía en una muestra de diversión o de fastidio. No obstante, se acordó de haberle oído decir poco antes que esperaban de él que cortejara a alguien a quien no deseaba cortejar.

Bien. Catherine se alegró de saber que le obligaban a hacer algo que no deseaba hacer. Que disfrutara de la sensación de verse atrapado e impotente.

—Buenos días, señora Winters.

La señora Adams se despidió elegantemente de ella con una inclinación de cabeza.

—Os dejamos que sigáis tocando, señora —dijo lord Rawleigh con otra inclinación de cabeza... y con una mirada que la recorrió de la coronilla a las suelas de los zapatos antes de salir de la habitación.

Era imposible seguir tocando. A Catherine le temblaban las manos y el corazón le bombeaba en el pecho como si le hubieran sorprendido protagonizando una espantosa indiscreción. Se sintió profundamente agraviada con Rawleigh porque había sido él el causante de esa sensación. Y por haber despertado las sospechas de la señora Adams. Él podía marcharse al cabo de unas semanas. Ella tenía que seguir viviendo allí.

No obstante, cuando se levantó, se abrochó la capa y se ató los lazos del sombrero bajo la barbilla, ya no se sentía en absoluto molesta. Al menos había vuelto a verle después de la noche anterior. Más que eso, había hablado con él. Ese primer encuentro tras el bochorno y la humillación de la noche anterior había por fin concluido. A partir de ese momento las cosas serían más fáciles.

Qué anodina debe de ser su vida, señora Winters.

Catherine volvió a oír una vez más la voz de Rawleigh, aburrida, insolente, diciéndole cómo era su vida. Como si él lo supiera. O creyera que lo sabía. No sabía nada de ella. Y así era como ella quería que siguieran siendo las cosas.

Cruzó apresuradamente las cristaleras y muy pronto estuvo bajando con paso decidido por la avenida de acceso a la casa en dirección al pueblo y a su hogar.

¿Cómo se atrevía él a juzgar su vida?

¿Sabía acaso algo de ella? ¿Algo de los esfuerzos, del dolor y del desconsuelo? ¿De la agonía? ¿De todo lo que le había costado alcanzar la paz de la vida que por fin tenía? Y de la monotonía.

Había sido una monotonía ganada a pulso.

Una monotonía infinitamente preferible a todo lo anterior.

Y aun así él lo había expresado como una acusación. Con desprecio. *Qué anodina debe de ser su vida, señora Winters.*

Centró decididamente su atención en su casa —su preciosa casa de campo— y en *Toby*, que debía rebosar energía después de haber estado solo toda la mañana. Lo sacaría a dar un largo paseo por la tarde. Quizá fuera una vida anodina, sí, pero era la suya, tal como se lo había dicho a Rawleigh, y estaba decidida a seguir con ella.

Y podía dar gracias de que fuera solamente anodina.

Rex había pasado el resto de la mañana arruinándole a Ellen Hudson el disfrute de los cachorros. Y no es que hubiera tenido en mente hacer tal cosa. La había acompañado a las cuadras y se había mantenido en un segundo plano mientras ella se inclinaba sobre los animalitos, cogiéndolos en brazos, acunándolos y arrullándolos uno por uno. Pero había percibido su timidez, la convicción de que él se aburría, de que se reía de sus arrebatos.

Eran cachorros de terrier. Resultaba fácil adivinar de dónde procedía el orgulloso *Toby*.

Rawleigh no tenía nada que objetar a los cachorros. De hecho, podía incluso reconocer que eran una preciosidad, con sus rechonchos cuerpecillos, las patas cortas y gruesas, y los pequeños hocicos chatos. En alguna ocasión se le había visto coger a algún cachorro y acunarlo sobre su palma mientras le acariciaba con el dedo entre las orejas.

Sin embargo, le irritaba ver que Ellen se habría sentido mucho más feliz y más relajada sin su presencia y que sólo la cortesía le mantenía allí, dispuesto a ahuyentar a los ardientes mozos de cuadras con sus lascivas intenciones y ofrecerle a Ellen Hudson su brazo para que se apoyara en él durante el camino de regreso a la casa.

Cuando se sentaron todos a almorzar, tenía la sensación de haber sufrido bastante por un día en su papel de víctima de una decidida casamentera. Clarissa estaba organizando un paseo para la tarde, pues el tiempo era demasiado espléndido para desaprovecharlo. Afortunadamente… muy afortunadamente… Claude no pudo participar en el paseo, pues había un aparcero lejano al que se sentía con la obligación de visitar.

El vizconde Rawleigh decidió que debía acompañar a su hermano.

—Últimamente nos vemos en muy raras ocasiones —le explicó con una sonrisa a una Clarissa decididamente decepcionada—. Pero el vínculo que nos une sigue siendo inusualmente cercano. Tiene que ver con el hecho de que seamos gemelos, claro.

—No ha sido la explicación más acertada que podías haberle dado a Clarissa —dijo su hermano más tarde, cuando ambos salían a caballo, alejándose de los establos, encantados de estar a solas los dos—. Siempre ha estado un poco celosa de ti, Rex. Cuando estuviste en España, y después en Bélgica, me tuviste tan preocupado que a veces me ponía enfermo. Y siempre parecía sobrevenirme en el momento en que, como sabríamos más tarde, algo desagradable te había ocurrido. Como esa vez que te sacaron inconsciente del campo de batalla debido a toda la sangre que habías perdido, por ejemplo. Te juro que lo supe meses antes de que recibiéramos por carta la confirmación de lo ocurrido. Clarissa sigue jurando que son bobadas.

—No olvides mi repentino ataque de ansiedad en la Península —dijo el vizconde—. Es recíproco. Creí que algo les había pasado al bebé o a Clarissa. Y eso fue aproximadamente un mes antes de que naciera Juliana, ¿no?

—¿Te refieres a mi accidente de caza? —preguntó su hermano—. Casi ese mismo día. Todavía no me habían retirado las muletas cuando nació.

Qué agradable sensación volver a estar juntos y a solas. Las gestiones con el aparcero no les llevaron mucho tiempo, pero el paseo fue largo. Hablaron de esto y de aquello como lo habían hecho siempre. A veces se quedaban en silencio juntos, sin necesidad de decir nada. Lord Rawleigh era consciente de la satisfacción que embargaba a su hermano por estar de vuelta en casa. Sin la necesidad de palabras, sentía que las prolongadas visitas invernales lejos de casa eran una concesión a Clarissa, pero que en el fondo no era ella la que llevaba los pantalones en casa. De algún modo, Claude y su esposa habían construido una relación de toma y daca.

—Estás inquieto —le dijo su hermano mientras regresaban a caballo a casa—. ¿Hay algo de lo que te gustaría hablar?

—¿Inquieto? ¿Yo? —dijo el vizconde, visiblemente sorprendido—. Estoy disfrutando del paseo. Y de la visita.

—¿Vas a pasar la Temporada en la ciudad? —preguntó su hermano.

Lord Rawleigh se encogió de hombros.

—Quizá —dijo—. El encanto de la ciudad a finales de primavera es siempre una tentación. Aunque quizá no.

—La señorita Eckert estará allí —le dijo Claude. Era una afirmación, no una pregunta.

—¿Y qué tiene eso que ver conmigo?

—La tenías en muy alta estima —dijo su hermano—. Tú y yo creemos igualmente en el amor y en el romance, Rex. Si no hubieras comprado tu nombramiento de oficial y hubieras estado en combate tantos años, te habrías casado tan joven como yo. Sufriste un daño terrible. No sólo en tu orgullo, ni siquiera en tu corazón. Tus sueños e ideales quedaron también destrozados, y no sabes cuánto lo lamento.

El vizconde dejó escapar una risa áspera.

—Maduré, Claude —dijo—. Aprendí que el amor y el romance son para los niños y para los jovencitos.

—Aun así —dijo Claude—. Tengo tu edad, Rex, con una diferencia de veinte minutos. ¿No es entonces amor lo que todavía siento por Clarissa?

—Estoy seguro de que lo es —respondió el vizconde, riéndose entre dientes e intentando aligerar el tono de la conversación—. Odiaría enzarzarnos en una de nuestras famosas discusiones, Claude. Espero que hayan quedado ya superadas.

—¿Copley no quiso saber nada de la señorita Eckert cuando ella por fin fue libre para casarse con él? —preguntó Claude—. Me asombra que nadie le haya retado hasta la fecha y le haya levantado la tapa de los sesos. Confieso que llegué incluso a temer que tú lo hicieras.

—En aquel momento yo estaba inmerso en otra batalla —dijo lord Rawleigh—. Además, no habría estado en mi derecho. Horatia me liberó de mi obligación para con ella. Y Copley se ha batido en dos duelos. Hirió a ambos contendientes.

—Bien —dijo su hermano—. Sentí lástima por la joven y sigo sintiéndola todavía. También la odié por lo que te había hecho. Y sigo haciéndolo.

—Quiere que vuelva con ella —dijo bruscamente el vizconde—. Ha tenido la desvergüenza de enviarme dos discretos mensajes a través de su hermano. Así las cosas, supongo que la vida no es fácil para ella, pero lo último que deseo o necesito es tenerla lloriqueándome en mitad de alguna velada. Tan sólo podría suponer para ella más humillación.

—Ah —dijo Claude visiblemente triste—. Entonces, ¿no hay posibilidad de reconciliación?

—Santo cielo, no —dijo el vizconde.

—Lo sabía, por supuesto —respondió su hermano—. Pero tenía la esperanza… en fin, no necesariamente de que pudiera haber una reconciliación, pero alguna suerte de salida del *impasse* en el que te encuentras. Temo por un par de cosas en lo que a ti respecta.

Lord Rawleigh le miró con las cejas arqueadas.

—Temo que te cases impulsivamente con alguien que no pueda hacerte feliz —dijo Claude—. Ellen, por ejemplo. Es una dulce joven, Rex. Sinceramente. La conozco desde que era una niña. Pero necesita a alguien menos… intimidatorio que tú.

—Gracias —dijo el vizconde.

Su hermano se rió entre dientes.

—Eres diez años cronológicos mayor que ella —dijo—, y unos treinta en experiencia.

—No tienes nada que temer —le dijo lord Rawleigh—. No voy a casarme con tu cuñada, ni impulsivamente ni de ningún otro modo. ¿Cuál es tu otro temor?

—Que no te cases —dijo Claude—. Que simplemente te limites a alimentar tu amargura y tu cinismo. Sería una lástima. Tienes mucho amor que ofrecer, aunque no seas consciente de ello.

El vizconde se rió.

—Sin duda nos hemos movido en direcciones opuestas en los años que han transcurrido desde que te casaste, Claude —dijo—. Ya no encajo con la imagen que tienes de mí.

—Ah, pero estoy unido a tu alma —respondió su hermano—. No necesito estar contigo, ni vivir una vida similar a la tuya para conocerte, Rex.

La conversación se estaba volviendo incómodamente personal. Y unilateral. Su hermano podía sondear su vida privada hasta la saciedad, pero él no tenía la misma libertad. No se podía hablar del matrimonio de un hermano, ni siquiera aunque se tratara de un gemelo idéntico. El vizconde recibió con alegría una distracción.

Había tomado un atajo por una gran pradera. Alguien más había decidido hacerlo también. Al principio parecía que se trataba solamente de un pequeño perro, que se acercó correteando, ladrando con furia y al parecer presa de un impulso suicida, puesto que los dos caballos eran gigantes en comparación con su tamaño. Pero el perro, que era listo, no se acercó demasiado. Se quedó danzando de un lado a otro a una distancia prudencial, sin dejar de ladrar su desafío.

¡Toby!

¿Dónde estaba la señora Winters? Lord Rawleigh miró en derredor y la vio acercándose desde los escalones de una cerca situada en el extremo opuesto de la pradera. No caminaba apresuradamente, y supuso que se habría retirado si el perro no hubiera delatado su presencia.

—Ah, el perro de la señora Winters —dijo Claude—, y la señora Winters no muy lejos, detrás.

Sonrió, se quitó el sombrero y le gritó un saludo al tiempo que ella se acercaba.

La señora Winters vestía una sencilla capa de color gris mate, con un sombrero azul, también sencillo, a juego con el vestido que llevaba por la mañana. Sonrió y saludó a Claude con una inclinación de cabeza en cuanto se acercó un poco más a los dos hombres a caballo. Parecía saber sin ningún género de dudas cuál de ellos era quién. Su perro cesó su ataque y se sentó a su lado con la lengua colgando y las orejas erguidas, mostrando una apariencia de atención inteligente. La señora Winters saludó a Claude tal y como había saludado a Rex el día de su llegada a Bodley, pensó irónicamente el vizconde. Con un barrido de su mirada, ella le incluyó en su saludo.

El vizconde recordó, mientras ella y Claude intercambiaban breves comentarios amables y él se limitaba a observarles, que la señora Winters le había lanzado un humillante comentario esa misma mañana al que él no había podido responder porque Clarissa les había interrumpido. Se le ocurrió, presa de un leve atisbo de pesar, que habría sido una interesante amante. Todo el interés de la relación no se habría reducido a la cama.

Enseguida la señora Winters reemprendió su paseo, con su terrier correteando delante de ella. Rex se llevó la mano al sombrero y se despidió de ella con una inclinación de cabeza.

—Una auténtica belleza —le dijo a Claude—. ¿Y he oído decir que lleva viviendo aquí cinco años? Me preguntó qué debió de ocurrirle al difunto señor Winters. ¿Tan bueno era que nadie puede reemplazarle? ¿O quizás era tan malo que no será jamás reemplazado?

—Espero que pongas especial cuidado en mantenerla ajena a cualquier situación de compromiso —dijo su hermano.

Qué diantre.

—¿Debo suponer entonces que Clarissa estaba convencida de que de no haber irrumpido en la sala de música en el preciso instante en que lo hizo —dijo visiblemente irritado— yo habría tumbado a la señora Winters encima del pianoforte con las faldas en alto y mi cuerpo sobre el suyo? Reconozco que la visión habría resultado para ella ligeramente bochornosa.

—No es necesario que seas vulgar —le dijo su gemelo.

—Quizás eso deberías decírselo a tu esposa —replicó lord Rawleigh.

—Ten cuidado, Rex. —Parecía que al fin y al cabo podría desatarse una de sus discusiones—. No has sido prudente quedándote a solas con ella, aunque haya sido a plena luz del día. Pero no sólo me refiero a esta mañana. ¿Visitaste a la señora Winters anoche?

Lord Rawleigh le lanzó una mirada de pura perplejidad. La negativa a punto estuvo de salir de sus labios, pero no tenía ningún sentido mentirle a un gemelo. Se le agitaron las aletas de la nariz.

—¿Cómo demonios te has enterado de eso? —preguntó—. ¿Ha ido ella a quejarse al señor de la mansión?

—Tengo ojos en la cara —respondió su hermano—, y nuestras mentes están unidas. Tu ardiente deseo de salir a dar un paseo en la oscuridad una gélida noche de principios de primavera no me sonó sincero. A mí no me engañas, Rex.

—Que a ti no… ¿Qué demonios? ¿A qué te refieres con eso?

Sintió que la rabia le aceleraba el corazón.

—La vida en el campo, por si lo habías olvidado —dijo calmadamente su hermano, y es que las peleas entre ambos siempre habían resultado más irritantes por el hecho de que la ira de uno casi invariablemente provocaba la reacción contraria en el otro—, no ofrece lugar para la privacidad. No pienso permitir que comprometas a la señora Winters. Es una dama, Rex. Una dama misteriosa, cierto. Llegó aquí hace cinco años de Dios sabe dónde y ha vivido una existencia discreta y ejemplar desde entonces. Nadie sabe nada de su pasado, ni tampoco de su difunto marido, ni siquiera de los sentimientos que albergaba hacia él, más allá del hecho de que su nombre fuera el de un tal señor Winters. Pero todo en ella indica que es una dama. No pienso permitir que la mancilles.

—Maldita sea —dijo el vizconde con la voz temblando de rabia—. Partiendo de una instruida suposición, Claude, diría que la dama hace unos años que es mayor de edad. Y por tanto libre de tomar sus propias decisiones.

—Y, según creo suponer —dijo Claude—, diría que anoche te rechazaron, Rex. Volviste demasiado pronto como para haber tenido éxito. La señora Winters es, en efecto, una dama y para nada se encuentra en circunstancias desesperadas. Su marido debió de haberla dejado bien situada. Y no le faltan pretendientes. Es de todos sabido que ha tenido y ha rechazado al menos dos ofertas muy respetables de matrimonio desde su llegada aquí.

—Si de verdad es tal dama —dijo el vizconde— y estás tan seguro de que me ha rechazado, ¿por qué demonios intentas disuadirme, Claude? ¿Acaso la quieres para ti?

—Si quieres bajar del caballo —le dijo su hermano con ominosa calma— estaré encantado de arrancarte la cabeza de los hombros ahora mismo, Rex.

—No será necesario —replicó cortante el vizconde—. Por eso al menos estoy dispuesto a disculparme. Ha sido una estupidez, y más tratándose de ti. Sí, me rechazó. Sin más. Llegué incluso a pensar que su perro iba a atacarme, aunque pareció pensarlo mejor. Así que podrías haberte ahorrado toda esta perorata de señor de la mansión.

—Salvo por el hecho de que he percibido tu distracción, Rex —dijo Claude—. Desde que hemos vuelto a Bodley. Y a eso hay que sumarle tu presencia a solas con ella en la sala de música esta mañana, con la consecuente sospecha por parte de Clarissa. Espero que en tu arrogancia no te hayas empeñado en no aceptar un «no» por respuesta. Te advierto que si pones en peligro su nombre, tendrás en mí a un enemigo permanente.

—¿Y debe eso hacerme temblar de miedo? —pregunto lord Rawleigh, mirando enojada y altivamente a su hermano… a la voz de su conciencia.

—Sí —respondió Claude—. No te resultará cómodo enemistarte con tu otra mitad, Rex. Déjala en paz. No te creo tan depravado como para que unas semanas de celibato vayan a matarte. Tienes la compañía de Eden, de Nat y la mía, y cuentas con la diversión social de las damas. Y con Daphne. Creo que ya es suficientemente maravilloso poder pasar los tres juntos unas semanas.

—Me comportaré —prometió lord Rawleigh, riéndose entre dientes a pesar de todo—. Pero reconocerás que la señora Winters es terriblemente hermosa, Claude. Naturalmente, no es mi tipo, aparte, obviamente, del atractivo físico. Es una mujer virtuosa. Supongo que dedica su tiempo a las buenas obras: a visitar enfermos y ancianos, a enseñar a los niños y a cientos de otras cosas, y todo ello sin esperar recompensa alguna a cambio. Una condenada santa, en otras palabras. Sin duda, para nada mi tipo.

—Bien —dijo su hermano con decisión, aunque fue incapaz de contener una risilla de respuesta—. Y ahora quizá deberíamos cambiar de tema, ¿no te parece?

—Y tiene buena mano con los niños —dijo el vizconde—. ¿Por qué demonios crees que Winters no le dio ninguno? ¿Crees acaso que era un viejo chocho? ¿O quizás un impotente rufián? Lo menos que puede hacer un hombre cuando desposa a una mujer es darle un hijo propio si ella siente predilección por ellos. Si en este momento estuviera vivo y le tuviera aquí, delante de mí, no sé si podría contenerme para no propinarle un buen correctivo.

El señor Adams miró a su gemelo con cierto asombro y también con cierta alarma. Quizá lo mejor era mantener la calma y cambiar de tema, tal y como había sugerido hacía apenas unos instantes. Pero su hermano no mostró ningún interés en particular por ninguno de los temas que introdujo en la conversación y pronto siguieron avanzando en silencio.

De modo que le había confundido por Claude, pensaba el vizconde. Las sonrisas habían estado dedicadas a Claude. Ahora que lo sabía, entendía que no había habido en ella el menor atisbo de coquetería. Se sentía como un idiota. Un auténtico idiota.

Y totalmente inmisericorde con Catherine Winters.

Santo Dios, debía de estar perdiendo el juicio. Lo único que había sufrido en manos de la señora Winters había sido frustración y humillación. Había pergeñado una visita privada a Catherine la noche anterior, creyendo que lo hacía en absoluto secreto y con admirable discreción. Y, sin embargo, Nat y Eden le habían recibido a su regreso con procaces comentarios sobre la premura con la que había concluido lo que tenía entre manos. Y Claude había sabido adónde iba. Y esa mañana Clarissa había sacado sus propias conclusiones al ver que se había quedado en la sala de música después de que Daphne y los niños se hubieran ido.

Y aun así, no había tenido la satisfacción de haber disfrutado de un ápice de éxito.

Maldito campo. La vida de uno dejaba de pertenecerle en cuanto abandonaba los confines de la ciudad.

Una cosa era cierta. La señora Catherine Winters podía estar segura de que su virtud estaba a salvo de él para siempre. Había decidido mantenerse apartado de ella todo lo posible durante el resto de su estancia en Bodley.

Capítulo 6

El sol brillaba con insistencia entre las cortinas, bañando la cama. Catherine sabía que era temprano y que hacía frío más allá de las mantas. Pero iba a ser un día precioso, como lo había sido el anterior. Y decididamente no iba a dormir más. Se desperezó y volvió a meter los brazos bajo las mantas. A decir verdad, tampoco es que hubiera dormido especialmente bien durante las últimas noches. Decidió levantarse y salir a dar un paseo temprano con *Toby*. Más tarde, durante la mañana, esperaba a algunos niños en casa para una lección de lectura.

Toby apareció en su dormitorio cuando ella se estaba lavando y vistiendo. Movía el rabo despacio.

—Puedes quedarte ahí con esa cara de ansioso —le dijo Catherine—. Ni siquiera voy a pronunciar la pe hasta que te abra la puerta para salir, porque de lo contrario te tendré saltando a mi alrededor y no habrá modo de que pueda moverme sin tropezarme contigo. Dame un momento.

Pero *Toby*, al parecer, conocía la letra pe tan bien como conocía la palabra paseo. Su rabo se convirtió de pronto en un péndulo que se agitaba enloquecidamente, gimoteó excitado y empezó entonces su cabrioleo de anticipación, bailando en círculos alrededor de Catherine y dando apresurados pasitos en dirección a las escaleras, como apremiándola a que se diera prisa.

Catherine se rió.

«Unas semanas», pensó mientras recorría con paso firme la calle del pueblo poco después y sonreía y saludaba con la mano al señor

Hardwick, el dueño de la posada, que barría personalmente la acera delante de su puerta. El grupo de invitados de la casa no podían permanecer allí más de unas semanas como mucho, y una de esas semanas estaba a punto de tocar a su fin. Sin duda el vizconde Rawleigh y sus amigos volverían a la ciudad para pasar allí la Temporada. A fin de cuentas, todos eran elegantes caballeros, y era poco lo que podía retenerles allí. Cierto era también que la señora Adams estaba intentando emparejar al vizconde y a la señorita Hudson, pero poco había allí para los otros dos caballeros. Estaba sólo la señorita Lipton, nada más.

No, allí no había nada que pudiera retenerles. Catherine sabía que el vizconde no tenía el menor interés en la señorita Lipton.

Si podía aguantar unas semanas más —y de hecho tampoco tenía elección—, todo volvería a la normalidad y ella recuperaría la tranquilidad. Dejaría de temer encontrarse con él cada vez que ponía el pie en la calle.

—No, por ahí no, *Toby* —gritó al ver que su perro giraba confiado por el camino que llevaba a Bodley. Ésa era la ruta que ella solía tomar, desviándose del camino entre los árboles antes de que la casa apareciera ante sus ojos. No era cuestión de violar la intimidad de la finca.

Al señor Adams le gustaba que los lugareños tuvieran libre acceso a su parque. Naturalmente, existía el acuerdo tácito de que en ningún caso pasearían demasiado cerca de la casa, invadiendo así la intimidad de la familia. Pero esa mañana Catherine siguió por la senda rural bordeada a un lado por el muro cubierto de musgo del parque.

Durante los últimos cinco años había invertido todas sus energías en construirse una vida nueva y con un sentido. No había sido tarea fácil. Su vida anterior había sido tan distinta… Para ello había sofocado todas sus necesidades más íntimas en aras de seguir viva. Y en un principio no había sido algo que hubiera deseado especialmente.

Otras necesidades no habían resultado persistentes durante esos cinco años. Había tenido compañía, había estado ocupada y había tenido una casa que adoraba. Desde hacía un año tenía a *Toby* con ella. No había estado en absoluto tentada por las dos ofertas de matrimonio que había recibido, la primera hacía tres años, y la otra el año anterior, aunque había respetado a ambos caballeros y cualquiera de ellos habría sido bueno con ella. No sentía el menor deseo de casarse. Ni tampoco ninguna necesidad.

Y, sin embargo, ahora, de pronto, sentía necesidades que no la habían acuciado desde que era una muchacha. Aunque, por supuesto, eran diametralmente distintas. Cuando era una chiquilla, no había sabido nada de los deseos de la carne. Tan sólo había sentido la necesidad del romance, ser objeto de la admiración de un apuesto caballero, del matrimonio. Había sido muy inocente. Peligrosamente inocente.

Los anhelos que la habían asaltado durante los últimos días la alarmaban. Eran puramente físicos. Simplificando, era el anhelo de un hombre. De sentir que el cuerpo de un hombre tocaba y acariciaba el suyo. De sentir el cuerpo de un hombre dentro de ella. De poner fin al vacío y a la soledad.

Los nuevos anhelos la alarmaban porque no conservaba buenos recuerdos de la intimidad. Al contrario. Jamás habría imaginado que volvería a desearla.

Y no se sentía sola. O de ser así, la soledad era el precio que había que pagar por la independencia, el respeto por una misma y la paz del espíritu. Era, en suma, un precio bajo. Y no es que se sintiera sola, es que estaba sola. No era lo mismo. La soledad en sí podía aliviarse con las visitas a sus numerosos amigos y vecinos.

Sin embargo, temía no ser capaz de seguir engañándose. Temía estar a punto de tomar plena conciencia de su propia sensación de soledad. De hecho, había empezado a hacerlo.

Y todo por culpa de un hombre arrogante e insolente. Un hombre que se había sentado en su cocina hacía dos noches, sugiriéndole que se convirtiera en su amante. Un hombre que la había tentado a pesar del ultraje que le había infligido. Un hombre que a punto había estado de comprometer su honor el día anterior y que, antes de dejar que la señora Adams se lo llevara con ella, la había repasado con la mirada, desnudándola mentalmente al hacerlo.

Un hombre al que deseaba.

La admisión la horrorizó.

Y en ese momento *Toby*, que había estado correteando y explorando por un campo cercano, regresó a la carrera hacia el camino, ladrando exuberantemente. Tres hombres a caballo se aproximaban en la lejanía. ¿Tan temprano? A Catherine le dio un vuelco el corazón. ¿No había acaso ninguna hora segura en la que pudiera disfrutar de un paseo a solas?

Desde la distancia, uno de los jinetes podría haber sido el señor Adams. Pero Catherine sabía que no era él. Para empezar, porque cabalgaba en compañía del señor Gascoigne y de lord Pelham. No había posibilidad alguna de cambiar de dirección para evitar encontrarse con ellos. Tenía un muro a un lado del camino y un campo abierto al otro. Además, como ya había ocurrido el día anterior, *Toby* corría ya por el camino a su encuentro, como David enfrentándose a tres Goliats con insensata bravuconería.

El señor Gascoigne tuvo que esforzarse por mantener el control de su nervioso caballo. Sonrió de oreja a oreja mientras lo hacía. Lord Pelham se quitó el sombrero y saludó a Catherine con una inclinación de cabeza. Lord Rawleigh se inclinó desde su caballo y cogió al terrier en brazos, que le dedicó un último ladrido indignado y sorprendido y se acomodó, jadeante y con las orejas tiesas y la lengua colgando, sobre la grupa del caballo, delante del vizconde. Había capitulado ante el enemigo con pasmosa facilidad.

—Señora Winters —dijo lord Pelham—, completa usted la hermosura de la mañana. No sabía que hubiera una dama viva que se levantara tan temprano.

—Buenos días, mi señor —respondió ella, saludándole con una pequeña reverencia. Catherine reparó en que lord Pelham tenía unos dientes preciosos y unos ojos muy azules. Era casi tan apuesto como el vizconde y desde luego más encantador. ¿Por qué le resultaba imposible hablar con él sin sentir un solo vuelco en el corazón?—. Ésta es la mejor hora del día.

—Tendré que adiestrar a mi caballo —dijo el señor Gascoigne, riéndose entre dientes al tiempo que se quitaba el sombrero y dedicaba a Catherine una inclinación de cabeza—. Jamás superaré la ignominia de haberle visto asustado ante un simple perro. Aunque debo decir que si yo fuera un perro y vos mi dueña, señora, ladraría con la misma ferocidad en vuestra defensa.

—Buenos días, señor —dijo ella, riéndose—. Os aseguro que su ladrido es mucho peor que su mordedura.

Otro apuesto caballero, con unos ojos risueños y un relajado encanto, y ni un solo vuelco en el corazón.

Catherine giró la cabeza antes de que la situación se tornara incómoda, como ya había ocurrido delante de su casa hacía dos días.

—Buenos días, mi señor —le dijo a lord Rawleigh, que le rascaba la cabeza entre las orejas a un extático *Toby*. Un tercer apuesto caballero, a decir verdad no más que los otros dos, pero Catherine sintió que una trenza de nudos le comprimía el estómago.

—Señora.

Le sostuvo la mirada al tiempo que inclinaba la cabeza.

La situación era, a fin de cuentas, incómoda. Catherine tendría que haber podido sonreír y haber seguido con el paseo. Pero *Toby* seguía acomodado sobre el caballo del vizconde, y por su aspecto de felicidad parecía dispuesto a quedarse allí el resto de la mañana.

—Supongo que no podemos fingir que vamos en la misma dirección que usted, señora Winters —dijo el señor Gascoigne.

Ella le sonrió.

—No podemos fingir que vamos en su misma dirección —intervino lord Pelham—. Ay. Terminaría con los músculos del cuello doloridos de tanto tener que alzar la mirada hacia tres jinetes mientras conversamos. Y su perro bien podría asustar a tu caballo hasta el espasmo.

Soltó una risilla, y el señor Gascoigne se rió con él.

—Uno de nosotros podría ofrecerle su caballo mientras caminamos —dijo—. Sería una muestra de maravillosa galantería.

Bromeaban con ella, con ligereza e inofensivamente. El vizconde Rawleigh se limitó a mirarla desde lo alto de su caballo, mientras sus manos seguían acariciando distraídamente a *Toby*.

—He salido a dar un paseo y a hacer un poco de ejercicio, caballeros —dijo Catherine—. Y *Toby* también.

Alzo la mirada explícitamente hacia él y reparó en la mano masculina, fuerte y de largos dedos del vizconde sobre el lomo del perro.

Rawleigh se inclinó hacia el suelo sin decir una palabra y dejó a Toby en el camino. El perro de Catherine movió el rabo y se alejó al trote, retomando su paseo.

—Buenos días, señora —dijo lord Rawleigh—. No os entretendremos. —No había sonreído ni tampoco se había unido al tono jocoso del grupo.

Catherine retomó su paseo al tiempo que oía cómo se desvanecía el sonido de sus caballos a su espalda.

«Serán sólo unas semanas —pensó—. Eso es todo.» Después, la vida volvería a la normalidad. O al menos así lo esperaba fervientemente.

Sin embargo, sabía que las cosas no serían tan fáciles.

—Encantadora —dijo el señor Gascoigne—. Absolutamente encantadora. Algo podemos decir a favor de la anticuada vestimenta rural, ¿no os parece? Y más aún de la tranquilidad que se respira en el campo.

—Esto no está bien —intervino lord Pelham—. Los tres salivando por la misma hembra. El anticuado atuendo propio del campo sólo favorece a alguien que estaría hermosa incluso sin él, Nat. Sobre todo sin él, por Dios. Pero este lugar está alarmantemente falto de mujeres, Rex... sin menospreciar a la cuñada de Claude.

—Creía que ésa era la idea —dijo el vizconde—. Todos en cierto modo intentamos escapar de los líos con las mujeres, ¿no es así? Eden de su dama casada, Nat de su dama soltera, y yo... bueno, yo de una antigua prometida. Quizá nos sentará bien pasar un tiempo sin compañía femenina. Nos irá bien para el alma y todo eso.

—Le gustas, Rex —dijo lord Pelham—. Apenas ha podido apartar de ti la mirada, mientras sonreía y charlaba con Nat y conmigo como si fuéramos sus hermanos. Y no sabes cuánto lo lamento. Ni siquiera has esbozado una sonrisa. La pregunta es: ¿la deseas sí o no? Odiaría ver que la única mujer atractiva que hay en este rincón de mundo se desperdicia porque Nat y yo somos demasiado corteses para invadir tu terreno.

El vizconde soltó un bufido.

—Creo que Rex debe de haber recibido una bofetada hace dos noches —dijo el señor Gascoigne—. Figurativamente hablando, si no literalmente. ¿Entiendo que fuiste a verla la noche en que saliste a dar un paseo? ¿Fuiste torpe acaso, Rex? ¿Le ofreciste carta blanca sin tan siquiera haber esperado un par de días para permitir un poco de cortejo o de maniobra? Tendremos que darte algunas lecciones de seducción, viejo amigo. Uno no aborda a una virtuosa viuda de campo, le toca en el hombro y le pregunta si le gustaría meterse entre las sábanas contigo. ¿Es eso lo que hiciste?

—Vete al infierno —replicó lord Rawleigh.

—Es exactamente lo que hizo, Ede —dijo el señor Gascoigne.

—No es de extrañar entonces que no le haya sonreído esta mañana ni que ella prácticamente no le haya mirado —dijo lord Pelham—. Y ¿es este nuestro amigo, el maestro seductor de las bellezas españolas durante todos los años que pasamos en la Península, Nat? Me estremezco al ver lo rápidamente que un hombre puede volver a las andadas por falta de práctica.

—Quizá pruebe fortuna con ella, a ver si obtengo mejores resultados —dijo el señor Gascoigne—. Mala suerte, Rex, viejo amigo, pero todo parece indicar que has perdido tu oportunidad.

Ambos sonreían como un par de hienas y lo estaban pasando en grande a sus expensas. Lord Rawleigh lo sabía. Sabía asimismo que si quería poner fin a las chanzas no le quedaba más remedio que unirse a ellas y dar tanto y tan bien como estaba recibiendo. Pero fue incapaz de hacerlo. En vez de eso, soltó un gruñido.

—Mantén las manos lejos de ella, Nat —dijo.

El señor Gascoigne levantó las manos como si alguien le acabara de apuntar con una pistola en la columna.

—Es una dama —dijo el vizconde—. No alguien a quien podamos turnarnos para intentar seducirla.

—Creo firmemente que estás en lo cierto, Nat —dijo lord Pelham—. Interesante. Muy interesante. Y la sentencia de muerte para tus esperanzas y las mías.

Muy a menudo los tres, y también Ken, cuando estaba con ellos, podían mantener largas e inteligentes conversaciones sobre asuntos de importancia. Por eso eran amigos. También a menudo podían compartir animadas charlas y alegrarse así unos a otros. Esa capacidad había resultado valiosísima durante los largos años que habían pasado juntos en Portugal, en España y también en Bélgica. Podían ser serios juntos y bromear juntos. Podían combatir en guerras juntos y mirar juntos a la muerte a los ojos.

Pero a veces, sólo a veces, uno de ellos podía estar desentonado respecto a los demás. A veces, uno de ellos podía mandar al infierno a los demás, y realmente hablar en serio.

La señora Winters no era tema propicio para una charla desenfadada.

Y, sin embargo, si se veía incapaz de sumarse al tono de la conversación, ellos nunca le dejarían en paz. Ni a ella.

Habían girado por el camino de regreso a los establos y a la casa. Probablemente para entonces unos cuantos más estarían ya despiertos y a punto de desayunar. Clarissa había planificado una excursión para la tarde al castillo de Pinewood, situado a unos ocho kilómetros de allí, siempre que el tiempo lo permitiera. Obviamente el tiempo iba a permitirlo. Sin duda esperarían que acompañara a Ellen Hudson. Probablemente también habrían planeado algo para esa misma mañana con objeto de juntarles de un modo u otro.

De pronto detuvo a su caballo.

—Seguid vosotros —dijo, aligerando deliberadamente su tono de voz—. Odiaría ser para vosotros una distracción cuando os veo tan sumidos en el duelo.

Los dos le miraron y se miraron entre sí sin ocultar la sorpresa, y la luz de la mofa se desvaneció de sus ojos. Si algo habían aprendido con los años de amistad que compartían era a ser sensibles con los distintos estados de ánimo de cada uno. Quizá no se dieran cuenta de inmediato de que uno de los demás no compartía el mismo humor que el resto del grupo, pero en cuanto caían en la cuenta, se mostraban al instante comprensivos.

—Y necesitas estar solo —dijo Nat—. Muy bien, Rex.

—Te veremos en casa —dijo Eden.

Ni una sola palabra que apuntara a que creían que iba a volver en busca de Catherine Winters. Ni un mínimo brillo de mofa en los ojos. Rex no alcanzaba a entender por qué era incapaz de ver el lado divertido de la situación. A fin de cuentas, ya le habían rechazado antes. A él y a todos ellos. Y normalmente habían podido reírse de sí mismos tanto como de los demás. Después de todo, ninguno resultaba infaliblemente irresistible al sexo débil.

Ordenó dar media vuelta a su caballo sin una palabra y se alejó por el camino en dirección contraria. Podía perfectamente haber fingido que tenía que hacer algún recado en el pueblo, pero era demasiado pronto para eso. Además, habrían sabido que mentía. Se alejó del pueblo en cuanto llegó al final del camino y se desvió por el sendero por el que habían cabalgado hacía apenas unos minutos. No se apresuró. Esperaba que hubiera pasado el tiempo suficiente como para que ella hubiera desaparecido sin dejar rastro. Aunque, a decir verdad, tampoco es que hubiera ningún camino vecinal por el que ella pudiera haberse perdido de vista. Y Rex sabía que su perro la habría retrasado porque no lo llevaba atado y a *Toby* le gustaba corretear por ahí y explorar durante el paseo.

Rawleigh esperaba y deseaba no llegar a atraparla. Aun así, se reconoció desilusionado cuando pareció que ella había desaparecido del todo. Tras avanzar a lomos de su caballo durante unos minutos, no vio ni rastro de la señora Winters, a pesar de que alcanzaba a ver a gran distancia desde donde estaba. No obstante, no tardó en caer en la cuenta de adónde podía haber ido. De pronto vio una de las verjas laterales que daban acceso al parque. Estaba cerrada, pero ella bien podía haberla cerrado tras de sí para evitar que se escaparan los ciervos. Intentó abrirla. Cedió fácilmente. Obviamente se utilizaba con frecuencia. Hizo dar la vuelta al caballo y entró en el recinto.

Árboles centenarios bordeaban ese linde del parque. Había sido su zona de juegos favorita. Hasta el olor le resultaba familiar, así como la sombra y el silencio. Rex desmontó y condujo a su caballo de las riendas. Quizá la señora Winters no hubiera tomado ese camino a fin de cuentas. Pero, aunque así fuera, seguiría adelante y regresaría a casa por esa ruta. Siempre le habían gustado los árboles. Por alguna razón se podía confiar en que infundían en las personas una sensación de paz.

Fue entonces cuando oyó el chasquido de unas ramitas y el pequeño terrier blanco y marrón se acercó corriendo hasta apoyar las patas delanteras en sus piernas. Meneaba el rabo. Debía de haberse granjeado un amigo, pensó irónicamente el vizconde. El perro ni siquiera ladró.

—Bajad, señor —ordenó al perro—. No me complace en absoluto tener huellas de perro en las botas o en los pantalones.

El perro le lamió la mano. Rex ya había reparado previamente en que el terrier no iba a ganar nunca ningún premio a la obediencia. Obviamente, ella lo había malcriado.

—¿Dónde estás, *Toby*? —la oyó gritar—. ¿*Toby*?

Y entonces, mientras él estaba cogiendo las dos patas con las manos y volviendo a ponerlas en el suelo, ella apareció. Se detuvo y le miró, y él la miró a su vez.

«Esto es una locura», pensó Rawleigh. ¿Por qué lo había hecho? Ella era una mujer virtuosa y él nada quería tener que ver con las mujeres virtuosas. O al menos, en una situación de tú a tú.

¿Y qué había sido de la determinación que había mostrado la tarde anterior?

Ella miró detrás de Rex, como esperando ver a Nat y a Eden, y después volvió a posar sus ojos en él. No dijo nada.

—A fin de cuentas estoy en las tierras de mi hermano —dijo él—. ¿Cuál es vuestra excusa?

Catherine alzó el mentón.

—El señor Adams ha abierto el parque a la gente del pueblo —dijo—. Pero voy de regreso a la verja. Es hora de volver a casa.

—Podéis volver entre los árboles —dijo Rawleigh—. Desde aquí podéis caminar hasta la puerta privada del muro y evitar así el camino público y también el pueblo. Es una ruta mucho más agradable. Os la mostraré.

—La conozco, gracias —replicó ella.

Tendría que haberlo dejado ahí. Regresar con ella entre los árboles, con el caballo de las riendas y esperando que el perro de Catherine explorara cada uno de los troncos le llevaría al menos media hora. A solas con ella en aquel bosque. Claude pediría su cabeza.

Rex sonrió a la señora Winters.

—¿Me permitís entonces que os acompañe? —preguntó—. Estáis a salvo conmigo. No me dedico a seducir a estas horas de la mañana.

Ella se ruborizó y él le sostuvo la mirada, sin dejar de sonreír y tirando con suavidad del hilo invisible que se extendía entre ambos.

—No puedo impedíroslo —dijo ella—, cuando soy yo la intrusa y vos el invitado.

Pero Rex se fijó en que Catherine no había vuelto a insistir en su intención de volver por la verja al camino.

Caminaron juntos sin tocarse. Aun así, Rex era abrumadoramente consciente de su presencia.

—Las prímulas han florecido —dijo—. Los narcisos no tardarán en hacerlo. ¿Es la primavera vuestra época del año preferida, como lo es la mía?

—Sí —respondió ella—. Nueva vida. Nueva esperanza. La promesa del verano por delante. Sí, es mi época del año favorita, aunque mi jardín no esté tan lleno de color como lo estará más adelante.

Nueva esperanza. Rex se preguntó cuáles podían ser sus esperanzas y también sus sueños. ¿Albergaba acaso alguno? ¿O vivía quizás una existencia tan plácida y satisfecha que no necesitaba nada más?

—Nueva esperanza —dijo—. ¿Qué esperanzas tenéis? ¿Algo en particular?

Ella miraba al frente, así la vio cuando se volvió a mirarla. Los ojos de Catherine estaban llenos de luz y en ese instante Rex conoció la respuesta a una de sus silenciosas preguntas. Había nostalgia y melancolía en su mirada.

—Alegría —dijo—. Paz.

—¿No habéis alcanzado acaso ninguna de las dos cosas para que tengáis que anhelarlas? —preguntó Rex.

—Tengo ambas cosas. —Ella alzó rápidamente la mirada hacia él—. Quiero conservarlas. Son frágiles. Tan frágiles como los finales felices. No hay ningún estado que podamos alcanzar y mantener eternamente. Por desgracia.

Rex había turbado su paz. Aunque no había la menor sombra de acusación en la voz de Catherine, sabía que así era. Y ¿finales felices? ¿Acaso había descubierto ella a raíz de la muerte de su esposo que no existía tal cosa? ¿Del mismo modo que él lo había descubierto con la liviandad de una prometida?

—¿Y vos? —Catherine le miró, está vez más firmemente—. ¿Cuáles son vuestros anhelos?

Rex se encogió de hombros. ¿Qué anhelaba él? ¿Cuáles eran sus sueños? ¿Nada? Era una idea inquietante, aunque quizá cierta. Sólo cuando no esperamos nada ni albergamos ningún sueño podemos mantener el control de nuestra vida. Los sueños a menudo implican a los demás y es imposible tener la certeza de que los demás no nos defraudarán, ni nos harán daño.

—No me interesan los sueños —dijo—. Vivo y disfruto de cada día como viene. Soñando con el futuro no hacemos más que desaprovechar el presente.

—Una creencia harto común. —Catherine sonrió—. Aunque creo que imposible de mantener. Creo que todos soñamos. ¿Cómo, si no, conseguir a veces que la vida resulte soportable?

—¿Os ha sido entonces insoportable a veces la vida? —preguntó Rawleigh.

Se preguntó si realmente Catherine estaba contenta con su vida. Llevaba cinco años viviendo allí. Y era viuda al menos desde entonces. ¿Qué edad tenía? Le calculó que debía de rondar los veintipocos. En ese caso, desde los veinte había vivido sola. ¿De verdad era posible que se contentara con llevar semejante existencia? Naturalmente, existía la posibilidad de que su matrimonio hubiera sido insoportable y que la viudedad le pareciera un paraíso en comparación.

—La vida nos es insoportable a todos a veces —dijo ella—. No creo que haya nadie lo bastante afortunado como para escapar de toda la oscuridad que ofrece.

Habían llegado al río, que serpenteaba entre el bosque y que emergía desde allí al parque para bordear el pueblo por detrás. Borboteaba colina abajo en ese punto en particular, sobre las piedras y bajo un puente de arcos de piedra con balaustradas a ambos lados por las que, cuando eran niños, Rex y sus hermanos habían jugado a hacer equilibrios con los brazos extendidos.

—Si en algún momento deseáis paz —dijo, deteniéndose en mitad del puente y apoyando el brazo encima del muro—, éste es el sitio. No hay nada más relajante que el espectáculo y el sonido del curso del agua, sobre todo cuando la luz que cae sobre ella se filtra desde las ramas de los árboles.

Dejó que su caballo deambulara hasta el otro extremo para pastar en la orilla.

Catherine se detuvo junto a él y miró el agua. Su perro siguió corriendo hacia el otro extremo del puente.

—He pasado muchos minutos aquí de pie —dijo.

Quizá no se dio cuenta de que el tono de melancolía en su voz decía más de lo que expresaban sus palabras. Ese tono le dijo a Rex que coincidía con él y que había habido muchas ocasiones en que había necesitado buscar un poco de paz.

Rawleigh la miró: delgada, dorada y hermosa a su lado. Las yemas de los dedos de Catherine, en sus mitones, estaban apoyadas en el borde de la balaustrada. Cuánto lamentaba que sus primeros cálculos en un principio hubieran fallado, pensó. De no haber sido así, a esas alturas ya la conocería íntimamente. Sabría lo que se sentía teniendo ese cuerpo delgado y torneado bajo sus manos y contra el suyo.

Sabría lo blanda, cálida y acogedora que era en sus profundidades. Sabría si Catherine amaba con fría competencia o con ardiente pasión. Sabría si lo primero podía transformarse en lo segundo.

Habría apostado a que así era.

Se preguntó si le habría bastado con una o dos veces. ¿Seguiría deseándola con el mismo ardor, como le ocurría en ese instante? ¿O habría quedado satisfecho —como solía ocurrirle con las mujeres— en cuanto supiera todo lo que había que saber? ¿Habría perdido el interés y ni siquiera la habría acompañado esa mañana, disfrutando de aquel poco juicioso paseo por los bosques en su compañía?

No había modo alguno de saberlo. Probablemente nunca lo sabría.

Rex no era consciente de que se había quedado allí de pie mirándola en silencio hasta que ella alzó la mirada hacia él, con la plena consciencia de sí misma grabada en los ojos y en el rostro.

El vizconde intentó decirle algo, pero no se le ocurrió nada. Catherine abrió la boca, como a punto de hablar, pero volvió a cerrarla y miró de nuevo el agua. Se preguntaría después por qué no se habría limitado sencillamente a recomponerse y sugerir que siguieran con el paseo. Se preguntaría también por qué no habría optado por el mismo modo de relajar la tensión del momento.

Pero a ninguno de los dos se le ocurrió.

Rawleigh se inclinó a un lado, girando la cara y encontrando con la suya la boca de ella. Separó sus labios para saborearla. Los labios de Catherine temblaron ostensiblemente antes de corresponder a la presión de los de él. Rex no la tocó en ninguna otra parte. Ninguno de los dos se volvió.

Aunque el beso apenas duró, sí se prolongó mucho más de lo que debía. Rex volvió a mirar el agua. Presumiblemente ella hizo lo mismo. Él estaba profundamente alterado. No sabía adónde llevaba lo que acababa de ocurrir y le gustaba tener controlados sus asuntos. La señora Winters se había negado a ser su amante. Y él había tenido la firme impresión de que ella realmente así lo había decidido. Los besos eran en sí mismos carentes de sentido, sobre todo cuando le dejaban a uno inflamado. Pero no había ningún otro destino al que pudieran apuntar. Él no estaba en absoluto interesado en ninguna suerte de relación permanente.

—Por el bien de mi autoestima —dijo—, debéis admitir que no ha ocurrido en contra de vuestro deseo, ¿me equivoco?

Se produjo un largo silencio. Rex creyó incluso que ella no iba a responder. Quizá no había entendido su pregunta. Por fin, Catherine respondió.

—No, no ha sido en contra de mi deseo —dijo.

Habría sido más fácil si ella no lo hubiera reconocido. ¡Maldición! ¿Qué era lo que esperaba de la vida? ¿Sólo paz y contento? ¿Placer no? Aunque por supuesto existía otra posibilidad.

—Supongo que deseáis volver a casaros —dijo con una voz más dura de lo que era su intención.

—No —se aprestó a responder ella—. No, eso jamás. Otra vez no. ¿Por qué iba una mujer a convertirse por voluntad propia en propiedad de un hombre y sufrir la humillación de anular su carácter y su identidad por los de él? No, no estoy intentando seduciros para que me hagáis una proposición honorable, mi señor. Ni siquiera ningún otro tipo de proposición. La otra noche mi negativa fue sincera, y si realmente creéis que soy una provocadora y veis en este beso la prueba de vuestras sospechas, os ruego que me disculpéis. No pretendía provocaros. A decir verdad, no tendría que haber ocurrido. Me voy a casa. Sola, os lo ruego. No me perderé, os lo aseguro. *¡Toby!* —gritó.

Cruzó a toda prisa el puente y siguió adelante en cuanto su terrier hizo su aparición entre los árboles y se quedó jadeante junto a ella. Rex no intentó acompañarla. Se quedó donde estaba, con los codos sobre la balaustrada y la mirada en el agua.

Podría haberse quedado allí un buen rato de no haber sido porque alzó la cabeza en cuanto oyó crujir el sotobosque. Creyó que era ella, que regresaba por alguna razón. Pero se trataba tan sólo de uno de los jardineros o agentes forestales de Claude, que le miró no sin cierta curiosidad, saludó llevándose la mano a la frente y siguió su camino.

Rawleigh agradeció que el hombre no hubiera aparecido cinco minutos antes.

Capítulo 7

*L*os habitantes de Bodley-on-the-Water tenían la sensación de que sus vidas se habían animado considerablemente. Desde hacía días el tiempo se mantenía inusualmente soleado y caluroso, los árboles estaban visiblemente verdes y todas las flores de la primavera temprana habían florecido con la promesa de más a medida que los verdes brotes aparecían en los jardines, incluso en los de quienes no eran precisamente conocidos por tener buena mano con ellos. Unas cuantas ovejas blancas y algodonosas triscaban sobre sus larguiruchas patas en algunos campos en compañía de sus madres, éstas más amarillas y raídas.

Y, naturalmente, el señor y la señora Adams volvían a estar en casa con sus invitados, y alguno de ellos aparecía en el pueblo, o al menos pasaba por él, casi a diario. Algunos lugareños disfrutaban del privilegio de ser invitados a la casa. El rector y su esposa lo fueron en varias ocasiones, por supuesto. Ambos pertenecían a la alta burguesía: la señora Lovering era prima segunda del barón. La señora Winters había sido invitada una vez. La señorita Downes había sido invitada a tomar el té con las damas una tarde por petición expresa de lady Baird, que la recordaba de hacía largo tiempo. Desgraciadamente, la señora Downes estaba demasiado frágil para salir de su casa y acompañar a su hija. Aun así, la señorita Downes había informado de que lady Baird pasaría a visitarlas una tarde.

Una noche se celebraría una cena con baile en la casa. Naturalmente, todos los vecinos con alguna pretensión de refinamiento y elegancia a kilómetros a la redonda serían invitados al evento. Se contrataría a una verdadera orquesta en vez de contar sólo con el pianoforte que se tocaba en la ocasional reunión del pueblo que tenía lugar en una habitación superior de la posada. Se saquearían los invernaderos situados detrás de Bodley House para los arreglos florales del comedor y del salón de baile.

Ninguno de los planes era un secreto, como tampoco lo eran las actividades diarias de la familia y de sus invitados. Los criados de Bodley no se caracterizaban por su indiscreción, pero la mayoría era gente de la zona con familia en el pueblo o en las granjas aledañas. Y uno de los lacayos y algunos jardineros frecuentaban la taberna durante sus horas libres. La señora Croft, el ama de llaves, era amiga de la señora Lovering. Las novedades relativas a aquellos en los que todos mostraban un interés insaciable no siempre podían mantenerse en silencio. Y, naturalmente, nada era secreto.

Por desgracia, la línea divisoria entre la noticia y el chisme siempre ha sido muy delgada.

Bert Weller, que iba ya por su cuarta jarra de cerveza en la taberna una noche, informó de que había visto a la señora Winters paseando a su perro entre los árboles dentro de los muros de Bodley muy temprano esa misma mañana. No había nada raro en ello. La señora Winters se levantaba temprano. A menudo salía de su casa con el primer canto del gallo. Y a menudo se adentraba en sus paseos en el parque, como muchos de ellos. El señor Adams les había informado de que podían hacerlo, aunque no estaban demasiado seguros de que la señora Adams diera su aprobación a que se tomaran semejantes libertades.

Lo único raro —y quizá en realidad no fuera nada raro, admitió Bert— era que el vizconde Rawleigh también estaba en los bosques, y no muy lejos, en el viejo puente, mirando desde allí el agua mientras su caballo pastaba en las inmediaciones. A decir verdad, a Bert le había dado la sensación de que la señora Winters venía de la misma dirección del puente.

Quizá se habían visto y habían intercambiado saludos matinales, sugirió alguien.

Quizá se habían visto y habían intercambiado algo más que simples saludos matinales, sugirió Percy Lambton, con una mirada lasciva con la que buscó la aprobación general.

Pero no la encontró. Una cosa era comentar a partir de un hecho constatable y llegar incluso a especular un poco, y otra muy distinta, instigar un rumor malicioso. Su señoría era el hermano de su señor Adams, su hermano gemelo, y la señora Winters era una respetable vecina de su propio pueblo, incluso aunque nadie supiera de dónde venía ni cuál había sido su vida antes de que se instalara en Bodley-on-the-Water.

Quizá se hubieran encontrado por casualidad y hubieran caminado juntos. A fin de cuentas, debían de haberles presentado en la casa cuando la señora Winters había estado allí invitada.

Harían una pareja estupenda, comentó alguien.

Ah, pero él era vizconde, recordaron otros. La diferencia de estatus social entre ambos era demasiado grande incluso a pesar de que ella era a todas luces una dama.

—O la antigua criada de alguna dama que ha sabido imitar a sus superiores —sugirió Peter Lambton.

La conversación derivó hacia otros derroteros al tiempo que la señora Hardwick volvía a llenar las jarras.

Sin embargo, de un modo u otro el rumor terminó por extenderse. Y despertó el interés de sus oyentes, aunque poca malicia. Despertó interés suficiente como para que estuvieran más atentos de lo habitual, en busca de cualquier señal que indicara la existencia de un vínculo entre un personaje tan magnífico como el vizconde Rawleigh y su propia señora Winters. Hubo tres incidentes antes de la noche de la cena y del baile. Tres incidentes muy minúsculos, cierto, aunque para quienes vivían en semejante aislamiento de los centros de actividad y de chismorreos, hasta los incidentes más insignificantes podían adquirir una relevancia que iba mucho más allá de los hechos en sí.

Bodley House al completo asistió a misa el domingo por la mañana. Catherine vio divertida desde su banco cómo la señora Adams, en sus más regias galas, lideraba la procesión por el pasillo central de la iglesia hacia el banco almohadillado situado en primera fila, donde siempre se sentaba, aunque naturalmente no había cabida para todos ellos en el privilegiado asiento. La mayoría tuvieron que acomodarse en la madera desnuda y pulimentada tras ella.

El reverendo y la señora Lovering habían vuelto a ser invitados a cenar a la casa la noche anterior. Ella, Catherine, no. Había sido sin duda una omisión significativa, teniendo en cuenta que a la señora Adams le faltaba una dama para completar su círculo de invitados. Claramente estaba castigando a Catherine por haber tenido la temeridad de quedarse a solas en la sala de música con el vizconde Rawleigh. Y no es que hubiera sido una conducta particularmente inapropiada, pero la señora Adams quería que el vizconde tuviera ojos sólo para su hermana durante las semanas siguientes. Cualquier otra mujer soltera entre las edades de dieciocho y cuarenta años debía ser considerada una amenaza.

Juliana se deslizó en el banco junto a Catherine, como lo hacía algunas veces, y le sonrió con un gesto conspirador. La señora Adams no pareció reparar en su ausencia. Probablemente dio por hecho que su hija estaba con alguno de sus invitados. Catherine le dedicó un guiño.

Había recibido una invitación a la cena y el baile que iba a celebrarse el viernes siguiente, aunque eso tampoco era demasiado sorprendente. En el campo no era tarea fácil reunir a suficientes invitados para poder llamar baile a una fiesta. Hasta el último cuerpo era importante para el éxito de la ocasión.

Catherine no lamentaba estar en la lista negra de la señora Adams. Durante los últimos tres días había agradecido no haber puesto los ojos en el vizconde Rawleigh. En ese momento le dedicó una fugaz mirada y le vio sentado en el banco almohadillado junto a la señorita Hudson y a dos asientos de su hermano. Santo cielo, eran idénticos. Parecía increíble que una morena apostura como esa pudiera estar duplicada.

¡Ese beso! Había sido tan sólo un simple encuentro entre labios. Nada más. No había ido más allá. Pero la había dejado abrasada, devastada. La había atormentado durante tres días, entretejiéndose en todos sus sueños durante la noche.

Y no era tanto el hecho de que él lo hubiera robado, sino el hecho de que no lo hubiera hecho. Catherine sabía que estaba por llegar. Habría sido una auténtica estúpida si no lo hubiera visto. El aire en el puente había estado cargado. Ella podría haber roto la tensión. Podría haber dicho algo. Podría haberse movido. Podría haber seguido con su paseo. Y no había hecho nada.

Era él quien la había besado. Era él quien había acercado su boca a la de ella… y eran sus labios los que habían llegado a ella entreabiertos. Su papel había sido claramente pasivo, aunque se temía que en cuanto la boca de él encontrara la suya, pegaría sus labios a los de él. Había intentando convencerse de que el vizconde era el único culpable de lo ocurrido, de que realmente había sido un beso robado… hasta que él le había asegurado que jamás seducía a las mujeres a primera hora de la mañana.

Pero no, no había sido un beso robado, sino algo compartido. Catherine era como poco igualmente responsable. No lo había evitado porque… bueno, porque lo había deseado. Había despertado en ella la curiosidad. Oh, no, bobadas. Había estado ávida. Simplemente.

Pero ¿cómo podía seguir aferrada a la casta indignación con la que había reaccionado ante la visita de Rawleigh a su casa y a la conversación que habían tenido en el salón de música? Era una hipócrita. En cualquier caso, no quería tener nada más que ver con él. Se había creído inmune a la posibilidad de volver a verse implicada en semejante estupidez.

Ah, la eterna atracción del rufián, pensó suspirando para sus adentros al tiempo que bajaba la mirada y la fijaba con determinación en su misal, prestando asimismo oído a las susurradas confidencias de Juliana. La pequeña había salido de paseo a caballo con su tío Rex el día anterior y él había puesto su caballo al galope cuando ella se lo había suplicado, con lo cual había provocado que su madre riñera a su tío y a punto estuviera de darle un síncope, y papá se había reído y le había dicho a mamá que tío Rex había sido el mejor jinete de la caballería inglesa y entonces el señor Gascoigne…

Pero entonces dio comienzo el servicio y Catherine tuvo que hacer callar a Juliana… con una sonrisa y con un guiño.

Catherine tenía la intención de salir de la iglesia disimuladamente en cuanto el servicio hubiera tocado a su fin. No tenía ningún deseo de encontrarse cara a cara con ninguno de los miembros del grupo de Bodley House. Sin embargo, lo que ocurrió fue muy distinto. Juliana tenía otra historia que ardía en deseos de contar. La pequeña relató entusiasmada la tarde que había pasado en el castillo de Pinewood, donde lord Pelham la había llevado a las almenas, y ella se había asustado, y tío Rex se la había llevado con él a la mazmorra, y ella había vuelto a asustarse, aunque no era realmente una mazmorra, porque había una puerta enrejada desde la que se accedía al río, y tío Rex había dicho que sólo los románticos creían que era una mazmorra. En realidad, lo más probable es que hubiera sido un almacén de provisiones que llegaban al castillo por agua.

Cuando por fin la historia terminó, todos había salido de la iglesia y la miraron detenidamente al pasar, puesto que Juliana estaba sentada parloteando a su lado. Hasta ahí su deseo de desaparecer sin que nadie la viera, pensó irónicamente.

Juliana echó a correr delante de ella, e incluso entonces Catherine esperó poder desaparecer sin que nadie reparara en ella, pero al parecer la congregación al completo se había reunido en el sendero que llevaba a la iglesia o en la hierba que bordeaba el cementerio. Y el reverendo Lovering, plantado en lo alto de los escalones, siguió sin soltarle la mano después de estrecharla al tiempo que comentaba con ella los arreglos de azafrán y prímulas que ella había colocado en el altar.

—Debemos dar las gracias por la bendición que son las flores, incluso aunque se trate tan sólo de los brotes menos espléndidos de la primavera temprana, con los que adornamos nuestra humilde iglesia para el deleite de las miradas de nuestros ilustres invitados —dijo—. Entiendo que es una decidida muestra de respeto por el clero, señora Winters, siendo como soy demasiado humilde para creer que haya algo personal en el asunto, que todos los invitados del señor Adams, incluyendo al vizconde Rawleigh, hayan considerado adecuado compartir con nosotros el servicio esta mañana.

—Sin duda —murmuró Catherine.

Pero entonces fue lady Baird quien se acercó a saludarla, acompañada de su esposo y de la señora Lipton. Y, sin saber cómo ni por qué, lord Rawleigh también apareció por allí, saludándola con una leve inclinación de cabeza y clavando sus ojos en los suyos. Catherine temió —y lo temió realmente— haberse ruborizado. Intentó desesperadamente no pensar en su último encuentro con el vizconde.

¡Aquel beso!

Habló animadamente con lady Baird, con sir Clayton y con la señora Lipton. Y se despidió de ellos en cuanto le fue educadamente posible.

—Señora Winters —dijo una voz altiva y visiblemente aburrida cuando ella se volvió de espaldas—. Si me lo permitís, os acompañaré a casa.

Casi toda la calle del pueblo. Primero estaba el puente, y después la casa de la señora Downes, luego la rectoría y la iglesia, y a continuación el pueblo en toda su extensión antes de la casa de techo de paja situada en el extremo opuesto. Y el pueblo al completo y la mitad de los habitantes de las cercanías, además de toda la familia y los invitados de Bodley House estaban congregados en el cementerio y en el sendero.

Ni que decir tiene que no había en ello nada demasiado destacable. Iban a estar a la vista de todos en cada momento del camino. A Catherine ya la habían acompañado a casa desde la iglesia en anteriores ocasiones. Si prácticamente cualquier otro hombre se hubiera ofrecido a ello, ella en ningún caso habría sufrido el espantoso bochorno y la timidez que la embargaban en ese momento. Pero lo que no podía hacer bajo ningún concepto era seguir su instinto y asegurarle que no había necesidad alguna. Con eso sólo conseguiría provocar los comentarios.

—Gracias —dijo, alejándose por el sendero y saliendo a la calle por delante de él. Deseó fervientemente que él no le ofreciera el brazo. Rex no lo hizo. ¿Por qué diantre actuaba así? ¿Acaso no se daba cuenta de que ella no quería tener nada más que ver con él? Aunque ¿por qué iba a darse cuenta? Ella le había permitido que la besara durante su último encuentro. Se sintió espantosamente mortificada y percibió también que todas y cada una de las miradas de la congregación allí reunida esa mañana debían de estar fijas en sus espaldas y que todos debían de saber que se habían encontrado en el bosque hacía tres mañanas y que él la había besado.

«Quiera Dios que Bert Weller no haya visto a lord Rawleigh en el bosque después de haberme visto pasar esa mañana», pensó por enésima vez.

—Señora Winters —dijo entonces lord Rawleigh—. Al parecer os he hecho un flaco servicio.

¿Sólo uno? ¿Santo cielo, a cuál de todos se refería?

—No asististeis ayer a la cena —dijo—, ni al baile informal que tuvo lugar después en el salón, aunque Clarissa no parecía estar del todo cómoda al ver que sumábamos un número impar. Intuyo que habéis caído en desgracia y que yo soy el único culpable. Debido al incidente ocurrido en la sala de música.

—No ocurrió nada —dijo ella—, salvo que toqué muy mal Mozart y que vos me expresasteis vuestro asombro.

—Y que me administrasteis un magnífico correctivo al que no tuve tiempo de replicar —dijo él—. Obviamente, a Clarissa le molestó encontrarnos juntos. Sois demasiado hermosa para su paz de espíritu, señora.

Estúpidamente, el cumplido la dejó encantada.

—No tiene nada que temer —respondió—. Por lo que a mí respecta, podéis disfrutar de la compañía de la señorita Hudson o de la de cualquier otra dama que la señora Adams tenga a bien elegir. A mí me trae absolutamente sin cuidado.

—Y yo os traigo absolutamente sin cuidado —dijo él con un sonoro suspiro—. Cuán espantosamente menoscabáis la autoestima de un hombre, señora Winters. ¿Por qué me permitisteis que os besara?

—Yo no… —empezó ella, y tuvo que interrumpirse, guardando silencio.

—Bien hacéis en interrumpiros a mitad de la frase habiendo salido de misa —dijo Rawleigh—. A punto habéis estado de formular la más atroz de las mentiras. Mi pregunta sigue en pie.

—Sí lo hice —dijo Catherine—, lo lamenté al instante, y lo he lamentado desde entonces.

—Sí —dijo el vizconde—, es en esos momentos cuando somos conscientes de lo solos que estamos, ¿no os parece? ¿Lo habéis revivido tan a menudo como lo he hecho yo durante los últimos tres días… con sus noches?

—Ni una sola vez —replicó ella, ultrajada.

—Por lo que no puedo acusaros de estar mintiendo, ¿no es así? —dijo, mirándola de soslayo—. Yo tampoco lo he revivido una sola vez, señora Winters. Quizás una veintena de veces, aunque creo que eso sería un cálculo insuficiente. ¿No habréis cambiado por casualidad de opinión sobre cierta respuesta que disteis a cierta pregunta?

Habían llegado a la casa. Catherine abrió la verja, la cruzó a toda prisa, y la cerró firmemente tras de sí.

—Desde luego que no, mi señor —replicó, volviéndose a lanzarle una mirada asesina. ¿Por qué los hombres creían que un beso denotaba la disposición de una mujer, e incluso su entusiasmo por renunciar a todo?

—Lástima —dijo él, frunciendo los labios—. Habéis despertado mi apetito, señora, y odio que despierten mi apetito cuando no hay festín con el que satisfacerlo.

Catherine estaba colérica. Lo que realmente deseaba hacer era pasar la mano por encima de la verja y abofetearle con fuerza, pensó. Resultaría maravillosamente satisfactorio ver la marca de sus dedos estampada en la apuesta mejilla del vizconde. Pero la posibilidad de que alguien que se encontrara en ese momento en la calle estuviera en perfecta disposición de ver lo que ocurría le negó ese placer. Además, alguien podía darse cuenta si ella se volvía bruscamente y se alejaba con paso firme por el sendero que llevaba hasta su puerta, presa de la indignación.

—No soy ningún festín, mi señor —dijo—, y vos jamás satisfaréis vuestro apetito conmigo. Buenos días.

Se volvió con lenta dignidad por si había alguien interesado en observarles desde algún rincón de la calle y se dirigió hacia la puerta, tras la cual *Toby* estaba sufriendo un ataque de histeria.

Catherine cometió el error de volverse a mirar antes de entrar, malbaratando así el efecto de su última palabra. Rawleigh la miraba con los labios todavía fruncidos y lo que sospechosamente parecía diversión en los ojos. Estaba disfrutando con eso, pensó Catherine, indignada. Se estaba divirtiendo a sus expensas.

En cuanto dio un portazo tras de sí, deseó poder volver atrás y obrar de otro modo. Se daban portazos sólo cuando se estaba enfadado. Habría preferido actuar con glacial desdén. La expresión tenía en sí cierta resonancia que le gustó.

—Oh, *Toby* —dijo, agachándose para rascarle el estómago y transportarle de la histeria al éxtasis—, es el hombre más horrible que he conocido jamás. No es sólo un rufián peligroso, sino que además le parece divertido tener a una víctima colgando de su sedal. Y yo no soy ninguna víctima, *Toby*. No tardará en enterarse. Haría mejor en encauzar sus energías hacia una mujer más dispuesta.

El problema estaba en que ella le había mirado la boca en más de una ocasión durante el trayecto desde la iglesia. Y había temblado al recordar la sensación de tenerla contra la suya… caliente, húmeda, levemente tentadora. Había deseado volver a sentirla.

—No —dijo con determinación mientras seguía al perro a la cocina—. Ni se te ocurra saltar a la mecedora.

Toby saltó a la mecedora y se dispuso a ponerse cómodo.

—¡Hombres! —dijo Catherine, ofuscada, centrando su atención en el fuego—. Sois todos iguales. «No» no aparece en vuestro vocabulario. «No» significa «sí» para vosotros. Desearía… oh, cuánto me gustaría que fuera posible vivir sin vosotros.

En defensa de todos los hombres, *Toby* dejó escapar un suspiro y la miró con ojos satisfechos.

Rex no estaba seguro del todo de que un «no» significara irrevocablemente «no» con la señora Catherine Winters. Aunque a regañadientes sospechaba que así era, no estaba convencido del todo.

Creía que malgastaría su tiempo si seguía acosándola. Sin embargo, había descubierto que tampoco tenía nada más productivo en lo que ocupar su tiempo. Estaba disfrutando casi tanto como había esperado volviendo a estar con Claude y con Daphne, y por supuesto siempre disfrutaba con la compañía de sus amigos. Cuando la conversación del salón se volvía demasiado insípida para poder soportarla, siempre podían marcharse los tres juntos y mantener otra que requiriera el uso de al menos una pequeña medida de su inteligencia.

Pero necesitaba diversión.

No parecía probable que consiguiera acostarse con Catherine Winters. Y era sin duda una lástima, porque deseaba terriblemente acostarse con ella. No obstante, incluso habiendo fallado eso —y todavía no estaba convencido de que fuera un caso perdido— podía divertirse hablando con ella, provocándola, burlándose de ella, ultrajándola, o simplemente mirándola.

Naturalmente, tenía que tener cuidado y no comprometerla. Claude recelaba, Clarissa recelaba, Nat y Eden iban más allá del simple recelo. Sería injusto intentar encontrarla a solas y arriesgarse a que les vieran... como a punto había estado de ocurrirles con el jardinero. Y Clarissa ya había dejado de invitarla a la casa.

Rex decidió que de un modo u otro tenía que poner solución al problema. Habían salido a dar un largo paseo matinal a caballo. Había estado solícito con la señorita Hudson como de costumbre, aunque la había dejado a cargo de Nat durante buena parte del camino de regreso, consciente de que estaba más relajada en compañía de su amigo que en la de él. El día se había vuelto nublado y frío. Clarissa había decidido que pasarían la tarde dentro.

De ahí que Rex no ofendiera a nadie cuando sugirió a Daphne y a Clayton que salieran a dar un paseo. Ambos eran célebres por su espartana fidelidad a las actividades externas en toda clase de condiciones climáticas. Se animaron visiblemente. Por suerte, nadie más lo hizo. Fue muy fácil, en cuanto estuvieron fuera y en marcha, cruzar con ellos el parque hacia la puerta lateral del muro, de cuya existencia Daphne se había olvidado por completo y que Clayton jamás había visto, y sugerirles cruzar el pueblo, tomar el camino que salía al otro extremo y volver a entrar al parque por la misma verja por la que él había entrado hacía unas mañanas.

Y, naturalmente, fue fácil, en cuanto cruzaron la puerta, comentar que la casa de la señora Winters estaba cerca de allí y sugerir que quizás a la viuda le apetecería unirse a ellos en su paseo. A fin de cuentas, comentó Rex, él caminaba solo mientras que Clayton tenía a una dama a la que tomar del brazo.

—Pobre Rex —dijo Daphne entre risas—. Necesitas una esposa.

Eso era lo último que necesitaba. Pero su plan funcionó. La señora Winters estaba en casa. Ésa no era por tanto una de esas tardes en que salía a hacer alguna de sus buenas obras. Y Daphne, bendita ella, asumió toda la carga de convencerla para que se uniera a ellos en su paseo y lo planteó como si hubiera sido suya la idea.

—Bueno —dijo Catherine Winters. Estaba francamente deliciosa con uno de sus sencillos vestidos de lana sobre el que se había puesto un gran delantal blanco, y con uno de los gorros de encaje en su pelo dorado—, acabo de terminar de hornear, espero que sabrán disculpar mi aspecto. —Oh, desde luego que sí—. Será agradable tomar un poco de aire fresco. Y *Toby* no ha salido a pasear desde primera hora. ¿Les importa si también nos acompaña?

—Qué monada —dijo Daphne, inclinándose para acariciarle. *Toby* había dejado de ladrar a cambio de que le rascaran la tripa en cuanto habían cruzado el umbral.

Y así, cinco minutos más tarde, en cuanto Catherine se quitó el delantal y el gorro y se puso una capa y un sombrero, el cuidadoso plan de Rex dio sus frutos y volvía a tenerla en su compañía y tomada de su brazo, pues poco pudo hacer por negarse al ver que Daphne tomaba el de Clayton. Y dispensaban inclinaciones de cabeza a derecha e izquierda al cruzarse con los vecinos, dejando atrás el pueblo, charlando los cuatro al tiempo que cruzaban el puente y salían al campo mientras Rex iba aminorando imperceptiblemente el paso hasta que quedaron lo suficientemente rezagados de Daphne y de Clayton como para verse obligados a conversar a solas.

—Disculpadme si no deseabais mi compañía —dijo Rawleigh, cubriendo la mano de Catherine con la suya durante un instante—. Me he visto arrastrado y pataleando hasta vuestra puerta por mi hermana, que siente predilección por vos.

Ella le miró con escepticismo.

—Hace dos días y tres horas que no os veo —dijo él—. Decidme que me habéis echado de menos.

Ella dejó escapar un sonido que indicaba incredulidad sin la necesidad de añadir ninguna palabra inteligible.

—Sí —dijo Rex—. Yo también os he echado de menos. ¿Tenéis el carné lleno para el baile del viernes?

—Oh —dijo ella, visiblemente indignada—, cómo disfrutáis.

Rex se sorprendió sonriéndole de oreja a oreja.

—Quiero que me concedáis dos —dijo—. El primer vals… convenceré a Clarissa para que incluya unos cuantos… y el baile de la cena. ¿Me los reservaréis?

—Creo que deberíais reservar esos dos bailes en particular a una dama en particular —dijo Catherine.

—Exacto —respondió Rex—. Entonces, concedidos quedan.

—Me refiero a la señorita Hudson —dijo ella.

En cuanto siguieron a Daphne y a Clayton al parque, Rex supo que ella reconocía la ruta que ambos habían tomado hacía unas cuantas mañanas. Dejó de hablar deliberadamente para que nada distrajera la atención de Catherine —ni la suya— de los recuerdos de esa mañana.

Su hermana y su cuñado se habían detenido en el puente.

—¿Te acuerdas de cómo solíamos ponernos de pie en la balaustrada y recorrerla de un extremo a otro, Rex? —le gritó Daphne—. Es increíble que no nos partiéramos el cuello.

—Sí —respondió él—. Conservo muchos recuerdos de este puente, Daphne. Y en su mayoría agradables.

Notó que la mano que tenía apoyada en el brazo se tensaba.

—¿Vendréis a tomar el té con nosotros a casa, señora Winters? —preguntó Daphne con una sonrisa—. Estoy segura de que Clarissa estará encantada. Siempre se lamenta de que falte una dama más.

—No, gracias —se apresuró a responder la señora Winters—. Tengo a *Toby*. Y debo volver pronto a casa. Pero gracias.

—Ha sido agradable —dijo Daphne. Se rió—. Rex era el tercero en discordia esta tarde, y se quejaba de que no tenía a ninguna dama a la que poder ofrecerle su brazo.

Al llegar al camino principal, Rex pudo por fin poner en práctica la última parte de su plan. No estaban lejos del pueblo.

—Clayton y tú volved a casa, Daphne —dijo—. Yo acompañaré a la señora Winters a su casa.

—Oh —dijo Daphne, mirando a uno y a otro. Rex vio que se le iluminaban los ojos—. Sí, os ruego que nos disculpéis, señora Winters. Muchas gracias por vuestra compañía. Y por la de *Toby*. Es realmente encantador.

—Buenas tardes, señora Winters —se despidió Clayton, levantándose ligeramente el sombrero.

—Y me portaré muy bien —dijo el vizconde cuando se quedaron a solas—. Os conduciré por el sendero del jardín, señora Winters, pero no a la perdición. De hecho, os llevaré al pueblo. Temo sugeriros que nos escabullamos por la puerta privada del muro. Y temo que esta tarde me lleve realmente una bofetada. Estuve cerca de recibirla el domingo, ¿no es así?

A decir verdad, era muy tentador llevarla por la otra ruta e intentar robarle otro beso entre los árboles. Pero mucha gente la había visto cruzar el pueblo de su brazo. Los mismos vecinos, o al menos la mitad de ellos, quizás estuvieran vigilantes, a la espera de verla regresar. Levantarían sus sospechas si les veían emerger del bosque y salir por esa puerta.

—Muy cerca —dijo ella—. Todavía me arrepiento de no haberme arriesgado a que me vieran hacerlo.

Fueron varios los vecinos que vieron al vizconde Rawleigh devolverla respetablemente por el camino de Bodley House y recorrer con ella la calle del pueblo hasta la verja de su casa.

—Lástima —dijo Rex cuando ella estuvo a un lado de la verja y él al otro—, será mejor que no me invitéis a tomar el té, por muy inclinada que os sintáis a hacerlo. No sería decente, y nos han estado observando.

Ella le lanzó una mirada cargada de significado y Rex dejó caer la suya deliberadamente hasta su boca.

—Por el mismo motivo, será mejor que no me deis un beso de despedida —dijo—. En otra ocasión quizás.

—Eso será cuando el infierno se congele —replicó Catherine.

Rawleigh chasqueó la lengua.

—Mi querida señora —dijo—, esperaba de vos un comentario más original. «Cuando el infierno se congele.» Qué tópico más lamentable.

—Buenos días, mi señor —dijo ella con frialdad, volviéndose de espaldas, alejándose por el sendero y entrando en casa con *Toby* delante. Esta vez no cerró con un portazo.

«Ah —pensó Rex— lástima». Seguía sin estar convencido del todo de que no tenía ninguna posibilidad, aunque aun si la tuviera, pelear con ella era de hecho más placentero de lo que estaba resultando eludir un cortejo con Ellen Hudson.

Además, iba a disfrutar de esos dos bailes con ella el viernes por la noche, aunque Catherine creyera en ese momento que no, a menos que entre tanto el infierno se hubiera congelado.

A fin de cuentas, ¿por qué iba nadie a querer besar a alguien si el infierno se había congelado? ¿Para compartir el calor corporal? La idea le resultó ciertamente atractiva.

Capítulo 8

Catherine había estado leyendo al señor Clarkwell. Luego se había sentado a escuchar los mismos recuerdos de juventud del anciano que ya había oído en más de una ocasión.

—No tenéis por que seguirle la corriente —le había dicho la señora Clarkwell no sin cierta impaciencia y quizá ligeramente avergonzada—. Con la vejez, se ha vuelto un hombre aburrido.

—Me gusta escuchar —le había dicho Catherine, que se había alegrado de que las palabras no hubieran llegado a oídos del señor Clarkwell—. Parece muy feliz cuando habla del pasado.

—Lo sé. —La nuera del señor Clarkwell había puesto los ojos en blanco—. Y los tiempos no son ya lo que eran. Y sabe Dios dónde iremos a parar.

Catherine se había marchado. Ahora iba a visitar a la señora Downes, que estaba demasiado delicada para haber podido ir el domingo a la iglesia. Aprovecharía la ocasión para tener una agradable charla con la señorita Downes, que últimamente no podía salir tanto como le habría gustado a causa de la salud de su madre y que siempre agradecía la compañía.

Esa tarde tuvo motivos suficientes para que la felicidad le durara una semana entera. Cuando Catherine llevaba allí menos de diez minutos —el agua de la tetera ni siquiera había empezado a hervir— llegó lady Baird acompañada de su hermano, el vizconde Rawleigh.

La señorita Downes era un manojo de nervios, y así se lo contó a Catherine *sotto voce* mientras ella la ayudaba a servir el té.

—Qué honor tan singular, señora Winters —susurró—. Aunque ni que decir tiene que todo esto es a cuenta de mi querida madre. No debo dejar llevarme por el engreimiento.

La señora Downes no dejó de hablar durante el té con su voz franca y casi masculina. Lady Baird parloteó sin descanso por dos personas. La señorita Downes se mostraba profundamente azorada. Lord Rawleigh se comportó de un modo agradable. Catherine apenas pronunció palabra.

Casi de inmediato se dio cuenta de que, obviamente, las anfitrionas y los dos hermanos se conocían desde hacía mucho tiempo. Cuando el vizconde y sus hermanos iban a Bodley House a visitar a sus abuelos, la señora y la señorita Downes vivían en la rectoría con el reverendo Downes. Al parecer, la señora Downes se acordaba con cariño de aquellos traviesos niños a los que les gustaba inventar excusas para pasar por la rectoría y probar sus pastelillos de grosellas.

—Habría preparado unos cuantos de haber sabido que vendríais hoy, señoría —dijo la señorita Downes—. Y también para vuestra señoría, naturalmente —añadió, dirigiéndose a lord Rawleigh—. Por supuesto, no quiero decir con ello que la visita no sea bienvenida. Y es sin duda un gran honor, como le comentaba a la señora Winters hace tan sólo unos minutos. Aunque, de haber sabido que…

—No lo sabías, Agatha —la interrumpió la señora Downes con firmeza—. A lady Baird le apetece una taza de té.

Eso no hizo sino causar un nuevo azoramiento en la señorita Downes.

Catherine se levantó antes que los demás.

—Debo volver a casa —dijo. Sonrió a la señora Downes—. Os dejo disfrutar de vuestras visitas, señora.

—Oh, esperad un poco —dijo lady Baird—. Habíamos planeado hacer dos visitas en el pueblo, ¿verdad, Rex? Primero aquí y después pensábamos visitaros a vos. Cierto es que os hemos visto aquí, pero debo confesar que quiero una excusa para ver cómo es por dentro vuestra encantadora casa. ¿Podríamos? ¿Podéis esperar diez minutos más?

Por algún inexplicable motivo, Catherine miró al vizconde Rawleigh en vez de a lady Baird. ¿Había sido quizás idea de él? Rex miraba a su hermana con las cejas arqueadas, pero se volvió hacia Catherine. Parecía divertido y hasta un poco… ¿sorprendido? Como si en ningún momento hubiera estado al corriente de que tenían intención de visitarla.

—Os lo ruego, señora —dijo—. Debo confesar que me invade una curiosidad similar a la de mi hermana.

¡Menudo desgraciado! Catherine se lo imaginó sentado en su cocina sugiriéndole que podían aliviarse mutuamente el aburrimiento convirtiéndose en amantes.

Volvió a tomar asiento.

Y así, quince minutos más tarde, los vecinos de Bodley-on-the-Water disfrutaron del placer de volver a ver a los huéspedes de la casa recorriendo la calle con la señora Winters. El vizconde Rawleigh caminaba con una dama de cada brazo. Y al cabo de la calle entraron por la verja de la señora Winters y desaparecieron en el interior de la casa.

—Ah, esta preciosidad de perro —dijo lady Baird cuando *Toby* ladró y saltó para saludarla. Le tiró con suavidad de las orejas—. Voy a llevarte conmigo cuando me vaya a casa, *Toby*.

—¿Les apetece pasar al salón? —preguntó Catherine. Se sentía sofocada teniendo al vizconde Rawleigh en el pasillo. Era demasiado grande y… masculino—. Pondré la tetera al fuego.

—¿Para preparar más té? —Lady Baird se rió al tiempo que *Toby* le lamía la mano—. No es necesario, señora Winters. Nos quedaremos atiborrados de té si tomamos más, ¿no es así, Rex? Oh, que acogedor es esto. —Se asomó a mirar el salón, aunque no entró—. Creo que podría ser feliz en una casa de campo como está… con mi querido Clayton, por supuesto.

—¿Sin criados, Daphne? —preguntó con sequedad lord Rawleigh—. Te morirías de hambre en dos semanas.

Lady Baird se rió.

—Vuestra casa linda con el río por la parte de atrás, señora Winters —dijo—. La señora Lovering nos dijo que tenéis un jardín precioso. ¿Podemos verlo?

Naturalmente, el jardín todavía no estaba precioso. Cierto era que los árboles frutales habían empezado a sacar las primeras hojas y que la hierba era de un verde más fresco que hacía una semana. Había prímulas en pequeñas matas junto al río. Pero los parterres de flores más cercanos a la casa estaban casi vacíos, y el huerto lo estaba por completo. Los rosales, que trepaban por los muros por ambas caras, seguirían todavía desprovistos de flores durante unos cuantos meses. Aun así, aquel era uno de los lugares favoritos de Catherine.

—Ah, sí —dijo lady Baird cuando salieron de la casa—. Un pequeño rincón de belleza y de paz. Con praderas y colinas al otro lado del agua. Voy a seguir a *Toby* por la orilla. No es necesario que me acompañéis. —Se alejó a paso ligero hasta el fondo del jardín sin volver la vista atrás.

Catherine se quedó en la pequeña terraza a la que daba acceso la puerta trasera en compañía de lord Rawleigh. Vio partir a su invitada presa del desaliento, aunque su jardín trasero no era especialmente largo.

—Creo que nuestra carabina está haciendo lo que hacen las buenas carabinas —dijo el vizconde, cuya voz sonó visiblemente aburrida—. Darnos crédito al tiempo que nos concede un poco de tiempo para nosotros.

—¿Nuestra carabina? —Catherine se tensó—. ¿Habéis dispuesto vos esto? ¿Y lady Baird ha consentido en ser vuestra cómplice? ¿Nos concederá quizás el tiempo necesario para que subamos a mi habitación?

—Oh, santo cielo, no —dijo Rex—. Desgraciadamente. Daphne es un ejemplo de decoro, señora. Y todo esto ha sido idea suya, os lo aseguro. No me lo ha consultado más de lo que os ha consultado a vos. Creo que alberga la noción de que siento cierta, ah, *tendre* por vos.

¿Y ella había dado su aprobación? ¿Instigaba acaso la relación de su hermano con una mujer de procedencia desconocida, una mujer que vivía sola en una pequeña casa de campo sin tan siquiera una criada?

—¿Y no se quedaría perpleja si llegara a saber la verdadera naturaleza de vuestro interés en mí, mi señor? —preguntó Catherine.

—Casi me atrevería a decir que le daría un síncope —respondió el vizconde—, aunque Daphne es una mujer de recio talante. Un poco como vos.

—*Toby* va a volver con las patas llenas de barro y no va a hacerle ninguna gracia ver que tendré que limpiárselas antes de dejarle entrar en casa —dijo ella.

—Ese terrier necesita que alguien lo meta en vereda, señora —dijo Rex—. Dejáis que gobierne vuestra vida. Si sois tan indulgente con un simple perro, temo imaginar cómo podríais ser con un niño.

La furia la atravesó como un cuchillo.

—El modo en que yo decida tratar a mi perro no es de vuestra incumbencia, mi señor —dijo—. En cuanto a lo otro, cómo osáis presumir saber nada sobre mis instintos maternales. Yo…

Pero Rex había apoyado las yemas de los dedos en el brazo de Catherine y se había acercado un paso más a ella.

—Vaya, al parecer el comentario os ha tocado una fibra —dijo—. Mis disculpas, señora. ¿Os fue imposible tener hijos?

Los ojos de Catherine se abrieron como platos, presas de la conmoción.

—Esto no puede continuar —dijo Rawleigh—. Lamento que me hayáis tomado por mi gemelo el día de mi llegada, señora Winters. Y que vuestras sonrisas no significaran lo que parecían. Tenéis sobre mí un efecto perturbador.

—Creo que se llama frustración… —dijo ella, conteniéndose justo a tiempo para no incluir la palabra «sexual». Aun teniendo la ira como excusa, no era tan maleducada como para llegar a eso.

—Me atrevería a decir que tenéis razón. —Los ojos de Rex vagaron por el rostro de ella—. Nuestra carabina nos ha concedido… ¿cuánto? ¿Cinco minutos? Al parecer, ha estimado que es tiempo suficiente.

Lady Baird regresaba dando un paseo por el césped. *Toby* correteaba a su lado como si fueran amigos de toda la vida.

—Clarissa ha accedido a incluir algunos valses la noche de pasado mañana —dijo Rex—. Espero poder disfrutar de los que tengo reservados con vos, señora. Si lo que os preocupa es cómo progresa mi ausencia de cortejo, os contaré que he reservado el baile inicial con la señorita Hudson y que me han manipulado para que le reserve también el de después de la cena.

Su voz sonó altiva e imperativa. Catherine no recordaba haber acordado concederle esos dos bailes. La idea de bailar un vals con él era insoportable. La hizo sentirse como si alguien le hubiera arrancado varios huesos esenciales de las piernas y como si una bomba gigantesca hubiera absorbido la mayor parte del aire del jardín.

—Encantador —dijo lady Baird mientras se acercaba a ellos, alternando su mirada entre ambos, aunque en ningún momento contó qué era lo que le parecía tan encantador—. Ya os hemos robado bastante tiempo, señora Winters. Debemos irnos, ¿no te parece, Rex? Le he prometido a Clayton que no me ausentaría más de una hora. ¿Vendréis al baile? Me encantaría veros allí.

Catherine sonrió.

Les acompañó al jardín delantero y levantó una mano en señal de despedida mientras ellos se alejaban calle abajo. Sí, ella también esperaba impaciente el baile. Y no debería hacerlo. Tendría que haber rechazado la invitación de lady Baird. Todavía estaba a tiempo de excusar su ausencia. Pero, ah, volver a bailar. Volver a sentirse joven. Y bailar con *él*.

Sabía que no excusaría su ausencia.

Un minuto más tarde, se quedó de pie al otro lado de la puerta, con la espalda contra la madera y los ojos cerrados.

Temo imaginar cómo podríais ser con un niño.

Catherine dejó escapar un pequeño gemido de angustia. Se acordó de haber tenido en brazos a un niño, un bebé diminuto y prematuro. Durante muy poco tiempo. Ah, demasiado poco. El pequeño había sobrevivido a su nacimiento durante apenas tres horas, y durante la primera de esas tres Catherine había estado demasiado exhausta para poder tenerle en brazos.

Después se había culpabilizado amargamente. Había sido culpa suya. Al principio no había deseado tenerlo. No le había alimentado bien porque había sido incapaz de encontrar la voluntad y la energía para alimentarse bien ella. Y había llorado mucho. En esos días se había compadecido mucho de sí misma. La comadrona le había dicho, demasiado tarde, que era importante mantener el ánimo. Y después… quizás había envuelto al pequeño abrigándole en exceso, o no abrigándole lo suficiente. Quizá le había estrechado demasiado entre sus brazos, o no lo suficiente. Quizá si le hubiera tenido en brazos esa primera hora…

El bebé había muerto.

Temo imaginar cómo podríais ser con un niño.

Se cubrió el rostro con las manos e hizo lo que últimamente hacía en contadas ocasiones. Lloró.

Toby le frotaba la pierna con el hocico y gimoteaba.

La señora Adams había invertido una gran dosis de energía en los preparativos para la cena y el baile de Bodley House. Siempre había sido de la opinión que era mucho más difícil dar un baile en el campo que en la ciudad. En la ciudad se enviaban invitaciones a todo el *ton* y se trataba simplemente de confiar en que acudieran en número suficiente para que el evento en cuestión fuera proclamado un éxito. Y siempre acudía la cantidad suficiente de gente. Al fin y al cabo, Claude era hermano y heredero del vizconde Rawleigh. En el campo se enviaban invitaciones a casi todo el mundo, salvo al campesinado, con la esperanza de contar con el número suficiente de asistentes como para que el evento no fuera considerado un desastre.

Los albores de la primavera no era la época ideal para dar una cena y un baile. No había bastantes flores en los jardines y apenas suficientes en los invernaderos. El jardinero en jefe puso cara larga cuando le ordenaron arrancarlas para que la casa pudiera florecer durante una noche.

Pero a última hora de la tarde del viernes, el salón de baile y el comedor tenían un aspecto lo bastante festivo como para albergar cualquier evento digno del *ton*. La orquesta había llegado y había colocado sus instrumentos. El personal adicional contratado para ayudar en la cocina tenía el almuerzo y la cena bajo control.

Todo lo demás había que dejarlo en manos del destino. Al menos había parado de llover tras el incesante diluvio que había caído el día anterior y la triste llovizna matinal.

La señora Adams estaba sentada delante de su tocador mientras su camarera daba los últimos toques a su vestido, colgándole los diamantes del cuello y de las orejas. Miró su reflejo en el espejo con satisfacción y despidió a la muchacha con una inclinación de cabeza en el momento en que su marido entraba en la habitación por la puerta que comunicaba con la suya.

—Ah, qué hermosa —dijo, colocándose tras ella y poniéndole las manos en los hombros desnudos—. Cada año que pasa estás más bella. ¿Nerviosa?

Le masajeó los tensos músculos de los hombros.

—No —respondió ella con firmeza—. Tendremos a cuarenta invitados a la cena. Es definitivo. Y otros tantos han sido invitados al baile. Ni que decir tiene que asistirán. Una invitación a Bodley es algo codiciado.

El señor Adams sonrió al reflejo de su esposa en el espejo.

—Ésa es la actitud —dijo—. Estás tan apetitosa que te comería. ¿Supongo que no me está permitido todavía darte unos cuantos mordiscos?

Bajó la cabeza para besarle la nuca.

—Lamento no haber encontrado un modo educado de no invitar a la señora Winters —dijo ella.

Él levantó la mano y estudió en silencio el reflejo de Clarissa.

—¿La señora Winters? —dijo—. ¿Qué es lo que ha hecho para ofenderte, Clarissa? Es decir, aparte de haber nacido hermosa.

—Se cree superior —respondió con aspereza—. Y no hace más que presumir. Aspira demasiado alto.

—Sin duda, tienes intención de proseguir —dijo él con voz queda.

—Rawleigh está interesado en Ellen —dijo Clarissa—. Es más que evidente. Y hacen una pareja perfecta. Pero la señora Winters flirtea con él. La semana pasada se quedó con él a solas en la sala de música. Y ayer, cuando llamé para preguntar por la salud de la señora Downes, la señorita Downes se acercó al carruaje y por casualidad mencionó que la señora Winters estaba en su casa cuando Daphne y Rawleigh pasaron a visitarlas el día anterior. Y luego la acompañaron a su casa e incluso entraron con ella.

—Estoy seguro, querida, de que estando presente Daphne se respetaron todas las formalidades. Sin duda, fueron todo suposiciones suyas. ¿No será que imaginas algo que no está ocurriendo? Ya conoces mi opinión sobre el supuesto cortejo entre Rex y Ellen.

—He planeado esta noche con un propósito —dijo ella—. Me ha parecido la ocasión perfecta para hacer un anuncio, Claude. O, como mínimo, para que todos puedan ver lo que está en ciernes. Y no pienso permitir que nadie lo estropee.

—Clarissa —dijo Claude, con una nota de firmeza en la voz—. Rex no es nuestra marioneta. Ni Ellen tampoco. Como no lo es la señora Winters. Estoy seguro de que todos se comportarán con absoluta corrección esta noche. No podemos pedir más que eso. No podemos orquestar un cortejo por el que sus propios participantes no sienten el menor entusiasmo. Y no podemos prohibir que Rex y la señora Winters se miren. Ni tampoco que bailen juntos si así lo desean.

Clarissa se levantó y se volvió a mirarle.

—No pienso consentirlo —dijo—. No pienso permitir que esa mujer le sonría y bata sus párpados y le distraiga. No sabemos quién es, Claude, ni lo que es. Lo único que sabemos…

—Lo único que sabemos —la interrumpió él con tono severo—, es que me ha alquilado una casa en el pueblo y que en el curso de estos últimos cinco años se ha comportado de un modo ejemplar. Sabemos que sus palabras y sus actos la han definido como una auténtica dama. Y sabemos también que esta noche será una invitada en nuestra casa. Se le dispensará la misma cortesía que recibirá cualquier otro de nuestros invitados, Clarissa.

—Oh —dijo ella—. Odio cuando aprietas así la mandíbula y la mirada se te pone así de dura. Te pareces más que nunca a Rawleigh. No, Claude. Ya sabes lo ansiosa que me pongo…

Claude la rodeó con los brazos y la atrajo hacia él.

—Sí, lo sé —dijo—. Estás ansiosa por esta noche y también por el futuro de tu hermana. Ambas cosas saldrán bien si te relajas. ¿Por qué no disfrutas de la noche? Y resérvame el primer vals. Insisto. A cuenta del privilegio del marido y todo eso. Me trae sin cuidado que no esté de moda ver juntos a un marido y a su esposa cuando ejercen de anfitriones de un evento. Bailarás conmigo.

Ella suspiró.

—Me estás aplastando, Claude —dijo—. Ah, me encantaría poder concederte todos los bailes. Qué bien hueles. ¿Una colonia nueva?

—Comprada pensando en mi esposa —respondió—, y utilizada con la lujuriosa esperanza de que reste noche suficiente cuando todo esto termine para hacer buen uso de ella.

—Como si para eso necesitaras colonia —dijo Clarissa—. Rawleigh le ha pedido a Ellen que le conceda el primer baile. Prometedor, ¿no te parece?

Claude se rió entre dientes.

—Eso significa que ninguno de los dos se quedarán plantados como un par de pasmarotes, al menos al comienzo —dijo Claude, entrelazando el brazo de Clarissa en el suyo y volviéndose hacia la puerta—. Es hora de bajar a recibir a nuestros invitados, mi amor.

La señora Adams volvió a lamentar una vez más, aunque esta vez en silencio, que Catherine Winters fuera uno de ellos.

Lord Pelham y el señor Gascoigne tenían previsto marcharse la semana siguiente. No deseaban abusar de la hospitalidad recibida, declararon. No sabían con certeza adónde irían y ni siquiera si pasarían juntos la primavera y el verano. Tan sólo Londres parecía un territorio vetado para ambos. Quizá se dirigieran a Dunbarton, en Cornwall, la propiedad que el barón de Haverford tenía en el campo. El barón llevaba instalado allí desde antes de Navidad y sería agradable volver a verle.

Lord Rawleigh sabía que se aburrían en Bodley, y no podía culparles por ello. La lista de invitados de Clarissa se asemejaba más a una reunión de amigos y parientes que a una fiesta privada. Ciertamente no había mucho que pudiera captar la atención de caballeros solteros y saludables. Él mismo se había planteado, aunque fugazmente, la idea de partir con ellos. Su marcha sería un modo de convencer a Clarissa de que estaba llamando a la puerta del todo equivocada en lo que a su hermana hacía referencia. Y Rex creía que la propia Ellen Hudson estaría aliviada con su partida.

Pero no conseguía decidirse a marcharse. Todavía no. No hasta que no existiera la más mínima duda de que…

Había mostrado una alarmante indiscreción en su insistente intento de que una hermosa viuda ocupara el puesto temporal de amante. Daphne fue la última persona en darse cuenta de su interés. Y a decir verdad, no parecía en absoluto alarmada. Más bien todo lo contrario. De hecho, lo aprobaba fehacientemente. Como era natural, no sabía cuál era la verdadera naturaleza de su interés, como la propia Catherine lo había expresado. Daphne creía que Rex estaba iniciando un cortejo a la mujer.

—Si te apetece salir de paseo a caballo con Clayton y conmigo mañana —le dijo Daphne cuando regresaban de casa de Catherine—, nos apiadaremos de tu soledad y pasaremos a ver si la señora Winters desea unirse a nosotros, Rex. Aunque no tiene caballo. Hmmm. Mejor aún. Podrías retrasarte un poco como lo hiciste hace unas cuantas tardes, la primera vez que me fijé en cómo la mirabas.

Pero el día anterior había llovido, y aunque Daphne y Clayton habían salido a disfrutar de una caminata con destino desconocido, él había preferido no acompañarles. En cualquier caso, probablemente lo habría hecho de todos modos. Santo cielo, no tenía la menor intención de cortejar a una dama bajo la indulgente —y confundida— mirada de su hermana.

Pero ésa era la noche del baile. Rex se vistió con sumo cuidado, eligiendo un gabán negro y calzones hasta la rodilla de lino y encaje blanco. Cierto era que quizás el color negro se estaba volviendo un poco demasiado común en la ciudad, pero en raras ocasiones se veía todavía en el campo. Se puso una aguja de diamantes —su único adorno— en el centro del corbatín. Normalmente, se burlaba del dandismo, y esa noche había preferido evitarlo a cualquier precio. No tenía intención de estar más espléndido que su dama.

Se alegró de su decisión en cuanto la vio… desde la distancia, en el otro extremo del salón antes de la cena. Catherine iba vestida igual que el día de la cena a la que había asistido en esa misma casa noches atrás. Llevaba su sencillo vestido verde con tan sólo un collar de perlas en el cuello. No había plumas ni ninguna otra suerte de adorno en su cabello.

Como ya ocurriera en esa otra ocasión, eclipsó al resto de las damas presentes, incluida Clarissa, que estaba deslumbrante con los diamantes que habían sido un regalo de boda de Claude. Catherine sonreía y hablaba con la señora Lipton, una pareja desconocida y un hombre en el que Rex reconoció al arrendatario al que Claude y él habían visitado hacía cosa de una semana. Un hombre soltero de no más de treinta y cinco años. Maldición, debía aprender a contenerse si sabía lo que le convenía.

Catherine captó su mirada desde el otro extremo del salón y le dedicó una media sonrisa. Rex se preguntó si le habría confundido con Claude de nuevo. Pero no fue una sonrisa radiante. Quizás habría sido más exacto llamarla «un cuarto de sonrisa». Pensó entonces que esa noche bailaría con ella. Esperó y deseó que ella no tuviera ningún plan para evitar los dos valses que tenían reservados. Esa noche iba también, de una forma u otra, a robarle un beso. El que le había robado en el puente apenas podía describirse como tal, a pesar de que había despertado en él un hambre que debía satisfacer. Aunque no consiguiera acostarse con ella, la besaría. Catherine no iba a negarle eso.

—Jamás te había visto mirar con un celo tan ardiente a nadie, viejo amigo, ni siquiera al enemigo —dijo lord Pelham, apareciendo de pronto en su campo de visión—. ¿Sigue sin dar la dama su brazo a torcer?

—Puede que Nat y tú cambiéis vuestros planes después de esta noche y decidáis quedaros —dijo el vizconde, mirando en derredor con esa mezcla de altanería y de aburrimiento propia de él—. Clarissa parece haber congregado a un buen número de hembras de aceptable hermosura para la ocasión.

—Nat ya le ha echado el ojo a la pelirroja —dijo lord Pelham, señalando con un gesto de la cabeza hacia el rincón más alejado del salón, donde una hermosa joven que formaba parte de un pequeño grupo de invitados miraba a su alrededor con los ojos visiblemente abiertos y colmados de interés—. Aunque le veo comprensiblemente nervioso, Rex. Está intentando calcular cuántos padres, primos, tíos, etcétera, ya conoces la vieja letanía, hay presentes y dispuestos a caer sobre él para preguntarle cuáles son sus intenciones en caso de que ose sonreír a la joven.

El vizconde Rawleigh se rió entre dientes.

Capítulo 9

Catherine había tenido unos agradables compañeros de cena. A un lado el señor Lipton, y a sir Clayton Baird al otro. Aunque el saludo que le había dispensado la señora Adams había sido ostensiblemente frío, todos se habían mostrado corteses e incluso amables con ella. Así que apartó de su mente la idea de que su aspecto era infinitamente más sencillo que el de las demás damas presentes. Llevaba el mismo vestido verde que se había puesto para asistir a todos los eventos nocturnos que habían tenido lugar durante los últimos dos años. Y las perlas de su madre. Raras veces las lucía, salvo en ocasiones muy especiales.

Poco importaba que fuera vestida con sencillez y anticuada. No estaba allí para llamar la atención, sino simplemente para disfrutar de una noche en compañía. Y, naturalmente, cuando pasaron al salón de baile y se reunieron allí con los demás invitados que no habían sido convocados a la cena, se dio cuenta de que no iba más sencillamente vestida que varias de las esposas e hijas de los aparceros.

Bailó la primera pieza de bailes campestres con uno de los aparceros. Sonrió al hombre y se dispuso a disfrutar de la noche. Siempre le había gustado bailar, disfrutando de los vivos sonidos de una orquesta, el perfume de las flores y de las colonias, el esplendoroso torbellino de las sedas y los satenes de colores y el brillo de las joyas a la luz de las velas.

Esperaba que el vizconde Rawleigh cambiara de opinión sobre los dos valses que, según había anunciado, le reclamaría. Sin duda así lo haría. Aquel era un marco demasiado público para que se atreviera a bailar con ella, especialmente si se trataba de un vals. ¿Y dos veces? Obviamente no lo haría. Rawleigh no había intentado acercarse a ella en el salón antes de la cena. Le habían sentado tan lejos de ella como era posible. Y tampoco le había dirigido la palabra en el salón de baile. En ese preciso instante bailaba con Ellen Hudson en un grupo distinto del suyo.

De hecho, había dicho que bailaría la primera pieza con la señorita Hudson. ¿Y si tenía previsto mantener también su otro plan? A Catherine se le aceleró la respiración.

Esa noche no había modo posible de confundirle con su gemelo. Vestido en varios tonos de azul, el señor Adams estaba realmente apuesto. Lord Rawleigh, en cambio, sofocantemente elegante y… satánico, vestido de blanco y negro.

El señor Gascoigne le pidió a Catherine que le concediera el siguiente baile, una cuadrilla. Se empeñó en convencerla y a fe que lo consiguió. A Catherine le gustaba la sonrisa de sus ojos y su apuesto rostro, y se preguntó cómo era posible que un hombre pudiera ser tan apuesto como otro, mucho más encantador y de modales más relajados y a la vez no ser capaz de encender en ella ninguna chispa salvo apenas una afectuosa simpatía. El otro, en cambio…

En fin, quizá formaba parte de su naturaleza sentirse atraída por el hombre equivocado. Los dos caballeros que le habían propuesto en matrimonio durante los últimos tres años habían sido perfectamente elegibles y habrían sido buenos con ella. Pero jamás había estado dispuesta a casarse por algo que no fuera amor.

Nunca. Y ahí había estado gran parte del problema…

Lord Pelham bailó unas cuantas piezas más con ella.

—A fin de cuentas, señora Winters —dijo, inclinándose ante ella antes de que empezara el baile y honrándola con toda la intensidad de sus ojos azules—, ¿por qué iba Nat a salirse con la suya y ser él el único que baile con la joven más hermosa de la sala?

—Ah —dijo ella, sonriéndole—, sois un adulador. Un hombre que piensa y siente como yo, mi señor.

Lord Pelham resultó ser un hombre con el que era fácil hablar y también reírse. Aunque, a decir verdad, no hubo demasiado tiempo ni aliento para la charla o la risa, puesto que era un baile vigoroso.

—Creo que el siguiente es un vals —dijo en tono familiar cuando la devolvía al extremo del salón que Catherine ocupaba—. Me alegro de que la señora Adams haya tenido el acierto de traerlo al campo. Es sin duda mi baile preferido. ¿Conocéis los pasos, señora Winters?

—Oh, sí —respondió ella—. Es un baile precioso. Y romántico.

Pero el corazón de Catherine latía con fuerza y lamentó no llevar un abanico consigo. De pronto le pareció que en la sala hacía mucho calor y que le faltaba el aire. Quizá, pensó en un incauto arrebato de pánico, debería correr al saloncito de las damas y esconderse allí hasta que hubiera empezado la pieza. Rawleigh había bailado sólo con la señorita Hudson, con la señora Adams y con lady Baird. Resultaría muy extraño que bailara el primer vals con alguien que ni siquiera era parte del grupo de invitados de la casa.

Aunque lo más probable es que no pretendiera bailarlo con ella. Quizá fuera eso parte del motivo de que Catherine deseara huir a esconderse. Resultaría en cierto modo humillante verle sacar a otra a la pista.

Y en ese momento sir Clayton Baird estaba a su lado y ya era demasiado tarde para huir. Habló con ella durante un par de minutos antes de preguntarle si quería bailar el vals con él. Ah, cielos. Pero sí, al menos eso paliaría la humillación. Abrió la boca para responder y levantó levemente la mano para colocarla sobre la de él.

—Lo siento, viejo amigo —dijo una voz aburrida y altiva a la espalda de Catherine—. He reservado esta pieza con mucha antelación. Quizá la señora Winters tenga libre la siguiente y pueda concedértela.

Catherine se volvió bruscamente y puso la mano en la que le ofrecía el vizconde Rawleigh, permitiéndole que la llevara a la pista sin tan siquiera volverse a mirar a sir Clayton. Y supo entonces con absoluta certeza, a pesar de que fueron de las primeras parejas en salir a la pista y a pesar de que la mayoría de las miradas debían de estar puestas en ellos... supo que se alegraba. Que éste era el motivo que justificaba su presencia en el salón. Que era eso lo que había estado esperando toda la noche.

—Habéis estado a un suspiro de concederle mi vals a mi cuñado, señora Winters —dijo él, clavando los ojos en los de ella. Estaban de pie, el uno delante del otro, aunque sin tocarse todavía porque la música aún no había empezado a sonar—. Me habría molestado mucho. No me habéis visto molesto todavía, ¿verdad?

—¿Sería mejor que no lo viera? —preguntó ella—. ¿Quedaría reducida a una masa de temblorosa gelatina? No lo creo, mi señor. Sé que fuisteis oficial de caballería durante la guerra, pero no soy uno de vuestros toscos reclutas.

—Nunca saqué a bailar a ninguno de mis toscos reclutas —dijo Rawleigh—. Jamás cortejaría el escándalo tan descaradamente.

Ella no pudo reprimir la risa y fue recompensada con un brillo de diversión en los ojos de Rex.

—Ah, mucho mejor así —dijo—. Os reís en muy contadas ocasiones, señora Winters. Me pregunto si hubo un tiempo en que os reíais más libremente.

—Me considerarían una insensata o una mujer harto inmadura si me permitiera mostrar mi regocijo ante cada atisbo de ingenio, mi señor.

—Creo —dijo él, haciendo caso omiso de sus palabras— que sin duda debe de haber existido ese tiempo. Antes de que vinierais a Bodley-on-the-Water. En el nombre de Dios, ¿por qué elegisteis este lugar? Debíais de ser prácticamente una niña en aquel entonces. Dejad que lo adivine. Os unía un fuerte vínculo romántico a vuestro marido y jurasteis a su muerte no volver a reíros nunca.

Oh, Dios bendito. Que empezara a sonar la música. Catherine no deseaba enfrentarse a ningún juego de adivinanzas sobre su pasado.

—Oh, quizás —insistió él—, vuestro matrimonio fue una experiencia tan desgraciada que os retirasteis a un rincón remoto del campo y todavía no habéis aprendido a reíros de nuevo libremente.

Catherine estaba allí esa noche para disfrutar. Apretó los labios.

—Sois un impertinente, mi señor —dijo.

Las cejas de Rawleigh se arquearon.

—Y vos, señora, ponéis a prueba mi paciencia —fue su respuesta.

No fue el mejor modo de dar comienzo a un vals, la pieza a la que Catherine acababa de llamar romántica. Pero la música empezó a sonar en ese preciso instante y él se acercó un poco más para ponerle una mano en la cintura y tomar la mano derecha de ella en la suya. Catherine puso entonces su izquierda en el hombro de él. Rawleigh la hizo girar con él siguiendo los primeros compases del baile.

Catherine había bailado antes un vals. Muchas veces. Desde siempre había sido su pieza favorita. Y siempre había imaginado que sería maravilloso hasta el punto de ser casi insoportable bailar el vals con un hombre que significara algo para ella. Había en ese baile algo que sugería una gran dosis de intimidad y romance. Ah, ahí estaba de nuevo esa palabra.

Pero no fue romance lo que sintió al bailar con lord Rawleigh. Al principio fue el despertar de la conciencia, un despertar tan crudo y tan abrumador que creyó que se desmayaría. La mano de Rex en su cintura le quemaba. Sentía el calor del cuerpo del vizconde de la cabeza a los pies, aunque sus cuerpos no se tocaran. Olió su colonia y también algo más. Olió la verdadera esencia de él.

Y entonces fue presa de la euforia. Lord Rawleigh era un soberbio bailarín y la hacía girar con seguridad alrededor del salón de baile sin dar un solo paso en falso y sin colisionar con ningún otro bailarín. Catherine adecuó sus pasos a los de él y sintió que jamás había estado tan cerca de bailar en el aire. Nunca se había sentido tan maravillosamente feliz.

Y por último se sintió cohibida. Su mirada se cruzó fugaz y accidentalmente con la de la señora Adams, que bailaba la pieza con su esposo. Había una sonrisa en los labios de la señora Adams y acero en sus ojos. Y furia.

Entonces cayó en la cuenta de que había estado bailando el vals como si no existiera ningún otro momento más allá de esa media hora, y como si no existiera nadie más salvo ella y el hombre con el que bailaba. De pronto, se dio cuenta de que bailaban en un salón lleno de gente y que sin duda existía el tiempo más allá de esa media hora, toda una vida que debería vivir allí, entre esa gente... con la excepción del vizconde Rawleigh, que no tardaría en marcharse.

Se preguntó lo que habría revelado su rostro y los movimientos de su cuerpo durante los últimos quince o veinte minutos. Y alzó la mirada para ver lo que revelaba el rostro del vizconde.

Rawleigh la miraba fijamente.

—Dios, no sabéis cuánto os deseo, Catherine Winters —dijo. El calor que manó de sus palabras distaba visiblemente de la languidez que reflejaban sus ojos.

Eso era exactamente a lo que se refería la gente que estaba en contra del vals, pensó Catherine. Era un baile que despertaba pasiones que no debían desatarse. ¿Y ella iba a bailar de nuevo con él antes de la cena?

—Creo, mi señor, que empezáis a repetiros —dijo—. Ya hemos tratado ese asunto antes. Es un caso cerrado.

—¿Lo es? —dijo Rawleigh, dejando caer la mirada hasta sus labios durante un fugaz instante—. ¿Lo es, Catherine?

Catherine sabía que el vizconde era un experto y un avezado seductor. Un rufián. Y no era el primero que conocía. Rex sabía el poder que el sonido del nombre de Catherine en sus labios tendría sobre ella. Y, obviamente, no se equivocaba. Se sintió presa de una oleada de ternura.

Cosa harto ridícula a tenor de las circunstancias.

En vez de responder, fijó la mirada en la aguja de diamantes que parpadeaba entre los elaborados pliegues del corbatín de Rawleigh y siguió bailando.

—Me alegro de que no hayáis dado respuesta a mi última pregunta, señora —dijo él cuando la música por fin tocó a su fin y la acompañaba ya de regreso a su lugar—. Habría odiado verme obligado a llamaros mentirosa. En cuanto al baile de la cena, no se lo concedáis a nadie más. No os gustaría verme enfadado con vos.

Se llevó la mano de Catherine a los labios y le besó los dedos antes de alejarse.

Catherine decidió entonces que tenía que marcharse antes del vals de la cena. No podía seguir soportando la situación. La minuciosa labor en la que había invertido tantos años de su vida corría peligro. Podía tardar cinco años más en recuperar el aplomo y la paz que por fin había conocido hacía apenas dos semanas. Quizá no volvería a recuperarlas en Bodley-on-the-Water. Habría constantes recordatorios que se lo impedirían. Pero no podía marcharse. La simple idea le resultaba aterradora... empezar de nuevo entre desconocidos. Aunque, por mucho que quisiera intentarlo, sabía que no podría. Tenía que quedarse allí el resto de sus días.

Catherine había llegado a Bodley House con el reverendo y la señora Lovering. Se le ocurrió que quizás estarían dispuestos a marcharse pronto, como era habitual en ellos, aunque era poco probable que quisieran renunciar a la cena y retirarse temprano. Les buscó sin albergar demasiadas esperanzas. Pero no logró dar con ellos.

Cuando preguntó al mayordomo descubrió por fin que el rector había acudido junto al lecho de la señora Lambton, que estaba muy enferma, y que se había marchado para llevar a casa a la señora Lovering antes de acudir con Percy, el hijo de la señora Lambton, y recorrer los ocho kilómetros que había hasta su granja. Catherine entendió que se habían ido sin ella, o bien porque se habían olvidado de ella o bien —y eso era lo más probable— porque todavía era temprano y habían supuesto que desearía quedarse y que encontraría a alguien que la llevara de regreso al pueblo al final de la noche.

Naturalmente, cualquiera lo haría. Un buen número de vecinos cruzaría el pueblo de vuelta a casa y estarían encantados de dejarla en la puerta de la suya. El señor Adams dispondría en cualquier momento un carruaje para llevarla. No tenía motivo alguno para sentirse obligada a quedarse. De hecho, ni siquiera le separaba una gran distancia de su casa, aunque era una noche nublada y oscura. De todos modos, no le gustaba andar sola de noche. Pero no podía pedirle a nadie que la llevara tan pronto, a menos que pudiera inventar sobre la marcha alguna terrible indisposición.

Todo parecía indicar que tendría que quedarse en el baile hasta el final.

Sonrió al ver que sir Clayton se acercaba a ella para reclamarle su pieza.

Rex ardía en deseos de poseerla. No recordaba haber estado nunca a merced de ninguna seductora... si es que eso era realmente Catherine Winters. Se inclinaba más a creer que ella no conocía su propia voluntad. En cualquier caso, y fuera como fuere, si realmente la intención de ella era seducirle, estaba surtiendo el efecto que había deseado provocar en él.

Tenía que hacerla suya.

No estaba seguro de si habría sentido la misma obsesión en el caso de que ella se hubiera convertido en su amante tras la primera visita, como él había confiado en que así ocurriría. No podía creerlo. Obviamente, si la hubiera tenido en aquella ocasión y durante las dos semanas siguientes, habría quedado satisfecho. Quizá todavía la desearía. Era una mujer excepcionalmente preciosa y parecía además completar esa belleza con todo un carácter. Sin embargo, estaba convencido de que no la desearía con el ardor con el que la deseaba en ese instante.

Llegó incluso a plantearse la posibilidad de dar un giro a sus intenciones. Se le ocurrió que nada le impedía pedirle matrimonio si así lo decidía, aunque no prestó seria consideración a la idea. No quería casarse. Cierto era que había cortejado y que se había prometido con Horatia con gran premura hacía apenas tres años, pero esa experiencia precisamente le había agriado. Se había enamorado de una mujer que no había tardado en dejarle por un rufián. Así de pobre había sido su conocimiento de la naturaleza femenina. Habría vivido en un profundo pozo de sufrimiento si se hubiera casado antes de descubrir la debilidad del carácter de Horatia o la falsedad de sus declaraciones de amor. Antes de casarse, estaba decidido a encontrar a la mujer que fuera tan parte de su alma como lo era él.

Y eso, naturalmente, eran bobadas románticas.

No, desde luego que no iba a proponer matrimonio a Catherine Winters simplemente porque parecía que no había ningún otro modo de acostarse con ella. Además, prácticamente no sabía nada de ella. Sería una completa locura casarse con una mujer que era para él una desconocida, por muy encantadora que fuera.

Sin embargo, no hubo dosis alguna de sensatos razonamientos capaz de calmar su ardor mientras bailaba, conversaba y esperaba impaciente a que diera comienzo la cena. La deseaba y por Dios que la haría suya utilizando para ello cualquier medio que no incluyera la fuerza.

De ahí el considerable enojo —y algo más profundo que el simple enojo— con el que se enfrentó a la evidencia de que ella había desaparecido cuando los caballeros que le rodeaban tomaban a sus parejas para el vals de la cena.

—Ellen está libre para esta pieza, Rawleigh —dijo socarronamente Clarissa, apareciendo por detrás de él al tiempo que Rex miraba ansioso en derredor—. Deja que te lleve hasta ella.

—Perdóname, Clarissa —respondió más bruscamente de lo que pretendía—, pero estoy comprometido para bailar con ella después de cenar... por segunda vez. Tengo reservada esta pieza.

—¿Ah? ¿A quién?

Su voz también sonó más afilada.

Rex estaba demasiado enojado para disimular. Además, ¿por qué iba a hacerlo? En cuanto diera con Catherine, bailaría con ella a la vista de todos.

—A Catherine Winters —dijo.

—¿La señora Winters? —repitió Clarissa—. Oh, estoy segura de que debe de sentirse muy agradecida ante semejante muestra de atención, Rawleigh. ¿Y es ésta la segunda vez que bailas con ella?

—Disculpa, Clarissa —respondió Rex mientras se alejaba. Era más que evidente que Catherine no estaba en el salón de baile. Ni tampoco en el descansillo contiguo. Ni en la sala, donde un grupo de ancianos jugaban a las cartas. ¿Dónde se había metido? ¿Se escondía acaso de él? ¿Habría huido? ¿Habría vuelto a casa? Pero Rawleigh estaba presente cuando habían llamado al reverendo Lovering, y Catherine no se había ido con él. Había llegado a la fiesta con el rector y tendría que esperar a que alguien la llevara a casa al final del baile. A menos que hubiera decidido volver andando. No podía haber sido tan incauta como para haber hecho eso sola. ¿Dónde estaba?

Sólo se le ocurría una posibilidad. Fue a mirar a la sala de música.

Entraba un poco de luz por los ventanales, que no cubrían las cortinas descorridas. Aparte de eso, reinaba la oscuridad. Catherine estaba sentada en el banco del pianoforte de cara al teclado, aunque sin tocar. La música del vals que llegaba del salón de baile sonaba con fuerza incluso allí. No levantó la vista cuando él abrió la puerta y entró. Cruzó despacio la habitación hacia ella y dijo:

—Mi pieza, creo.

—Nunca quise que ocurriera esto —dijo ella.

—¿Esto?

Rex sintió que la esperanza crecía en su interior. ¿Quería decir que a pesar de que no había querido que ocurriera estaba ocurriendo?

Catherine no le contestó enseguida. Pasó los dedos de la mano izquierda por las teclas, aunque no las pulsó.

—Tengo veinticinco años —dijo—. Hace cinco que vivo aquí. Tengo aquí amigos y también conocidos. Y una vida plena. He hecho de mi casa un hogar. Tengo un perro al que querer y que me quiere. Y he sido feliz.

—Feliz. —Iba a tener que bregar con esa palabra—. ¿Tan intolerable fue vuestro matrimonio que esta vida… esta media vida que habéis estado llevando… os parece feliz, Catherine?

—No os he dado permiso para que utilicéis mi nombre.

—Vengaos entonces llamándome Rex —dijo él—. Me deseáis tanto como yo a vos.

Ella se rió sin el menor atisbo de humor.

—Los hombres y las mujeres somos muy distintos —dijo—. Lo que yo deseo es tranquilidad y contento.

—Aburrimiento —la corrigió el vizconde.

—Si así deseáis llamarlo.

No tenía intención de discutir el asunto con él a pesar de que Rex guardó silencio, dispuesto a darle la oportunidad de hacerlo.

—¿Fuisteis feliz con vuestro esposo? —preguntó.

Una vez más, ella guardó unos instantes de silencio.

—No cultivo la felicidad ni la infelicidad —dijo—. La primera no dura el tiempo suficiente, y la otra dura demasiado. Mi matrimonio no es de vuestra incumbencia. Yo no soy de vuestra incumbencia. Os agradecería que volvierais al salón de baile, mi señor, y bailarais con otra. Cualquier mujer estaría encantada de bailar con vos.

—Quiero bailar con vos —dijo él.

—No.

—¿Por qué no?

Bajó la mirada hacia ella. Incluso el arco de su cuello a la difusa luz que se colaba por la ventana era elegante, hechizante.

Ella levantó los hombros.

—No me gusta la sensación —dijo.

—¿La sensación de estar viva? —preguntó Rex—. Sois una gran bailarina. Lleváis el ritmo de la música dentro y dejáis que os recorra.

—No me gusta sentirme observada —dijo—. Llamaría demasiado la atención si volviera a bailar con vos por segunda vez. A vuestra cuñada no le ha gustado la primera. Tengo que vivir aquí. Toda una vida. No puedo permitirme provocar tan siquiera un hálito de chismorreo.

Rex puso un pie en el banco junto a ella y apoyó el antebrazo en su pierna.

—No tenéis por qué quedaros aquí —dijo—. Podéis venir conmigo. Os encontraré una casa en alguna parte y no tendréis que preocuparos de la opinión de nadie salvo de la mía.

Ella volvió a reírse.

—Un nido de amor —dijo—. Con un solo hombre al que complacer. Qué deseable.

—En su día os debió de parecer deseable —dijo Rawleigh—, cuando os casasteis. A menos que lo hicierais por un motivo distinto al del amor. Y realmente no alcanzo a imaginaros capaz de hacer eso.

—Eso ocurrió hace mucho tiempo —dijo Catherine—. Por favor, no permitáis que nos encuentren aquí juntos. —Inspiró hondo—. Por favor.

—Ésta es mi pieza —dijo Rex—. Venid y bailadla conmigo.

Tendió la mano y volvió a poner el pie en el suelo.

—No —se negó Catherine—. Ahora es demasiado tarde para unirnos a los demás.

—Aquí —dijo él—. Bailad conmigo aquí. La música suena lo bastante alto, disponemos del espacio suficiente y el suelo no está alfombrado.

—¿Aquí? —dijo y alzó la mirada hacia él por vez primera.

—Venid —insistió Rawleigh.

Ella puso despacio su mano en la de él y se levantó, vacilante. Pero cuando él le pasó el brazo por la cintura y tomó en su mano la de ella, Catherine levantó la otra hasta su hombro y empezaron a moverse al ritmo de la música, girando juntos alrededor de la sala en penumbra en absoluta armonía. Catherine era realmente una gran bailarina. Seguía los movimientos de Rex de tal modo que él no era en ningún momento consciente de estar llevándola consigo, ni temor alguno de pisarla.

Bailaron en silencio. Al principio correctamente y manteniendo la distancia de rigor entre ambos, a pesar del lugar que ocupaban las manos de ambos. Sin embargo, cuando él la miró y un giro llevó la luz a su rostro, la vio bailando con los ojos cerrados. La atrajo hacia sí hasta que los muslos de ella rozaron los suyos al moverse y sintió la punta de sus pechos contra su gabán. Fue entonces cuando la atrajo aún más hacia él, hasta que hizo girar su mano y puso la palma sobre su corazón. Catherine apoyó la frente en su hombro y su mano se deslizó más aún alrededor de su cuello.

La música dejó por fin de sonar y ellos de moverse.

Catherine era delgada y ágil y Rex notaba el calor de su cuerpo contra el suyo. Olía a jabón, un olor mucho más seductor que el de los caros perfumes con los que solía bañarse cualquiera de sus amantes. Rawleigh temía moverse. Apenas se atrevía a respirar. Si ella había caído en una suerte de trance, no deseaba despertarla.

Pero instantes después levantó la cabeza y le miró a los ojos. Rex no pudo ver con claridad su expresión. Sin embargo, el cuerpo de Catherine siguió cálidamente encajado en el suyo. Entonces bajó la cabeza y la besó.

Esta vez, los labios de ella también estaban abiertos. Rex recorrió con la lengua el labio superior de Catherine de un extremo al otro para regresar por el inferior. Ella no se apartó, pero tampoco respondió. Parecía totalmente relajada, casi como una mujer después de hacer el amor. Aunque a él le habían estafado el amor, pensó con pesar al tiempo que ella echaba la cabeza hacia atrás.

—Lo hacéis bien —dijo Catherine—. Supongo que lo hacéis todo bien, incluida la seducción. Pero basta. Me voy.

Después. Habría un después. Rex decidió que no insistiría. De momento era suficiente. Pero cuando por fin ocurriera, no sería seducción. Sería con el pleno consentimiento de ella. Quizá Catherine ni siquiera era todavía consciente de ello.

—Vamos pues —dijo—. No debemos esperar aquí mientras terminan con toda la comida.

—No —respondió ella—. No me refería al comedor. Me voy a casa.

—¿Quién os lleva? —preguntó Rex con el ceño fruncido—. El reverendo Lovering no ha regresado todavía, ¿verdad?

—Yo… ya tengo a alguien —dijo ella—. ¿Veis? Tengo aquí mi capa.

Rex no miró, sino que supuso que la capa estaba encima de una silla.

—No mentís bien —dijo—. Teníais previsto volver andando sola a casa. ¿Qué hacíais entonces aquí sentada? ¿Acaso no os veíais con el valor de hacerlo?

—No hay nada que temer —respondió Catherine—. Aquí no tenemos animales salvajes ni salteadores de caminos. No hay nada que temer.

Pero Rex supo por su tono de voz que había acertado en sus suposiciones. Catherine quería volver andando a casa, pero tenía miedo. Y seguramente le parecía que era demasiado pronto para pedirle a Claude o a cualquier otro de los invitados que sacaran un carruaje para llevarla. Por eso había buscado refugio en la sala de música, quizá con la esperanza de permanecer sin ser vista hasta la conclusión del baile.

—Esperad aquí —dijo—. Iré a buscar una capa y os acompañaré a casa.

—¡De ningún modo! —exclamó ella, sin ocultar la indignación en su voz—. Iré sola.

—Esperad aquí. —Le puso un dedo en los labios—. Ni se os ocurra escabulliros, Catherine. Saldré a buscaros y armaré un gran revuelo si lo hacéis. Llevaré conmigo a un grupo de rastreadores para batir los arbustos. Os abochornaré mortalmente. Esperadme aquí.

—No —dijo ella—. No. Si alguien nos ve juntos…

—No nos verán. —Ya había llegado a la puerta. Se volvió desde allí a mirarla—. Esperad aquí.

—En ese caso, iré a cenar —dijo Catherine. Pero él ya había salido por la puerta. La cerró tras de sí, fingiendo no haberla oído.

Las cosas no podrían haber sido más perfectas si las hubiera planeado. Catherine no lo había planeado, de eso Rex estaba seguro. Pero se encargaría personalmente de que ella se alegrara. Le haría ver lo perfecto que era.

Catherine.

No recordaba haber estado nunca tan obsesionado por una mujer.

Capítulo 10

Catherine no conseguía entender cómo se había metido en semejante situación. Había intentado por todos los medios evitar la tentación o la posibilidad de ser blanco de habladurías. Bailar con el vizconde Rawleigh y entrar a cenar con él habría supuesto verse expuesta al peligro de ambas cosas. De ahí que hubiera abandonado el salón de baile y que a punto hubiera estado también de abandonar la casa. Había cogido su capa y se había ido a la sala de música, desde donde podría salir sigilosamente a la oscuridad de la noche sin ser observada por los lacayos o por los demás invitados. Y entonces se había quedado en la puerta, temerosa de marcharse. Fuera estaba demasiado oscuro… y la distancia que separaba Bodley de su casa era de casi dos kilómetros, en su mayoría entre los robles del camino inferior.

Como una niña, le había asustado la oscuridad.

De ahí que se hubiera quedado sentada en el banco del pianoforte, intentando reunir el valor suficiente. O, al verse incapaz de conseguirlo, había decidido quedarse allí hasta que la cena hubiera tocado a su fin.

Poco justo le parecía que sus problemas no hubieran hecho sino agravarse. En la cena echarían en falta a Rawleigh. El vizconde tardaría casi una hora en acompañarla a casa. Catherine supuso que al menos pretendía acompañarla a pie y no llamar a un carruaje. Eso sería todavía peor. Sin duda repararían en su ausencia, y quizás habría quien —la señora Adams, sin duda— se daría cuenta de que también ella había desaparecido.

Tendría que haberse negado en redondo al ofrecimiento de que la acompañaran a casa. Debería haber insistido en la idea de volver al salón de baile. Todavía estaba a tiempo de salir a hurtadillas y sola. Él no la encontraría en la oscuridad. Y no creía que Rawleigh fuera a cumplir su amenaza y levantara un gran revuelo con motivo de su búsqueda. No reuniría a ninguna partida de batida. No había sido más que una estúpida amenaza dirigida a una ingenua mujer.

Oh, Dios del cielo, jamás habría imaginado que todavía seguía siendo ingenua ante las artimañas de los hombres.

Pero debía de ser así. Seguía de pie en la sala de música cuando él regresó, con aspecto más satánico que nunca y los pliegues de una oscura capa ondeando a su alrededor. Catherine se dio cuenta de que de un modo totalmente inconsciente también ella se había puesto la capa. Se cubrió la cabeza con la capucha y tembló.

—Ahora —dijo él enérgicamente—. Debemos irnos.

—Esto no está bien —dijo ella—. Es del todo inadecuado.

Rawleigh arqueó las cejas. Catherine se preguntó si sabía lo arrogante que parecía cuando hacía eso y decidió que probablemente así era.

—¿Tenéis miedo, señora Winters? —preguntó el vizconde.

Catherine tenía miedo... de él, de la oscuridad que reinaba fuera, de regresar al salón de baile con él. Odiaba tener miedo. Odiaba sentirse débil y vulnerable y bajo el control de un hombre. Como en aquella otra ocasión. Aunque esta vez era peor. Esta vez, si salía con él, actuaría por voluntad propia, sabiendo exactamente lo que la Sociedad le haría si la verdad llegaba a salir a la luz.

Pero ¿qué podía hacer la Sociedad que no hubiera hecho ya? La Sociedad había dejado de preocuparse por ella o incluso de saber de su existencia. Qué estupidez preocuparse ahora por su reputación. Salvo que...

—¿Señora Winters? —Rawleigh estaba junto a las cristaleras, con una mano en la manilla y la otra tendida hacia ella.

—No —dijo Catherine, moviéndose hacia él—. No tengo miedo, mi señor.

En cuanto pasó junto a él, salió a la terraza y Rawleigh cerró tras de sí la puerta, le rodeó la cintura con un brazo, envolviéndola con un pliegue de su capa. Cruzó apresuradamente con ella la terraza, sumergiéndose en la oscuridad del césped. Catherine contuvo bruscamente el aliento. ¿No iban acaso a tomar la avenida principal?

—Es un poco más rápido por aquí —dijo Rawleigh—, y un poco más íntimo.

Un poco más íntimo. Las palabras ardieron en la cabeza de Catherine y oyó que le castañeteaban los dientes. Sintió el brazo del vizconde cálido y firme alrededor de su cuerpo. Y sintió también su muslo y su cadera contra la de ella, firmemente musculado, muy masculino. Su cuerpo seguía ardiendo en deseo desde el vals que habían bailado y del beso que había tenido lugar a continuación.

Un poco más íntimo.

¿Sería capaz de resistirse a él? ¿Querría hacerlo? ¿Tendría voluntad suficiente? Oh, todo esto estaba empezando a recordarle…

Estaba muy oscuro. Los ojos de Catherine no se habían adaptado del todo a la oscuridad a pesar de haber estado sentada en la sala de música durante media hora o quizá más tiempo. Aun así, Rawleigh se movía con paso seguro.

—Está muy oscuro —dijo ella en voz alta, consternada de pronto al oír la fragilidad de su voz.

Rawleigh se detuvo y la hizo girar contra él antes de besarla… esta vez con la boca abierta.

—No os ocurrirá nada —dijo—. En el ejército era famoso por mi habilidad para ver en la oscuridad. Además, cuando era niño venía aquí muy a menudo. Encontraría este camino hasta con los ojos vendados.

No os ocurrirá nada. A punto estuvo de echarse a reír.

Las cosas empeoraron en cuanto se adentraron entre los árboles. Catherine estaba segura de que no habría sido capaz de ver una mano delante de su propio rostro si la hubiera tenido allí. Y el suelo se había vuelto aún más irregular. Pero Rex la sostenía firmemente junto a él y su paso se relajó sólo un poco. Realmente parecía saber adónde iba.

Y aun así, esperaba que él se detuviera. Esperaba… que se aprovechara de ella. Aunque no tenía la certeza de que fuera a ser eso exactamente. No tenía la certeza de poder tener después ese consuelo.

—Ah, hemos llegado —dijo Rawleigh tras lo que pareció una eternidad de tenso silencio… tenso al menos por parte de ella—. Mi orientación no me ha fallado.

Y esta vez ella vio. Un leve resplandor que se colaba entre las ramas de los árboles hacía brillar el pestillo de la puerta privada. El camino estaba justo al otro lado y su casa a tan sólo unos pasos de allí. De modo que Rex realmente la había llevado directamente a su casa. Se le aflojaron las rodillas de puro alivio. Y aquello era mucho mejor que haber bajado por la avenida de acceso a la casa, cruzando después el pueblo. A pesar de lo avanzada de la hora, había muchas probabilidades de que les hubieran visto en el pueblo.

Estar allí fuera a solas con él en una noche como ésa era una falta de decoro absoluta.

Rawleigh la soltó para abrir la puerta y se asomó a mirar a uno y otro lado.

—No hay nadie —dijo. Le tendió la mano para tomar la suya. Catherine pudo por fin ver casi con claridad que la puerta estaba abierta y que el cielo quedaba a la vista al otro lado—. Venid.

Pero ella no se movió.

—Puedo seguir sola —dijo—. Gracias. Habéis sido muy amable acompañándome hasta aquí, mi señor.

Durante un instante se hizo el silencio. Luego se oyó una risa ahogada.

—¿Es ésta quizá vuestra señal para que me despida de vos con mi más elegante inclinación de cabeza y os dedique mi más lustroso discurso sobre el hecho de que ha sido para mí un honor y un placer? —dijo—. Venid. Os llevaré a casa. Puede que haya un par de salteadores esperando a caer sobre vos entre la puerta y vuestra casa. ¿Cómo podría perdonarme que sufrierais algún daño?

Se estaba riendo de ella. La mitad del rostro de Rawleigh quedaba oculta en la penumbra del cielo que iluminaba la noche al otro lado de la puerta. Estaba muy apuesto. Catherine había bailado el vals con él esa noche… en dos ocasiones. Una vez en el salón de baile y la otra en la sala de música, cuando la danza se había vuelto no sólo íntima y romántica, sino también lasciva. La música y el ritmo habían sido una simple excusa para que los cuerpos de ambos se tocaran y se movieran juntos. Él la había besado esa noche y ella le había devuelto el beso.

Si en las dos últimas semanas, desde la aparición del vizconde en Bodley, había habido alguna duda, no quedaba ya ninguna. Todas las barreras, las máscaras y la armadura que ella había levantado a su alrededor en los últimos cinco años se habían derrumbado hasta desaparecer sin dejar rastro. Ya no podía seguir fingiendo que no era una mujer joven con las necesidades y los anhelos propios de una mujer joven. Y quizá ni siquiera desaparecían con la juventud. Quizás había sido una locura intentar convencerse de que podía librarse de ellos.

—Venid —insistió Rawleigh, esta vez con más suavidad. Más irresistiblemente.

Catherine no le tomó la mano, sino que se deslizó junto a él y cruzó la puerta, saliendo al camino. Durante un instante casi tuvo la impresión de haber sido abofeteada por la realidad. Él salió tras ella, cerró la puerta y volvió a rodearla con el brazo, envolviéndola en su capa.

Toby ladró cuando subieron por el sendero y ella abrió la puerta. Sus ladridos sonaron con fuerza en mitad de la noche. Catherine estaba tan preocupada por intentar hacerle callar que olvidó volverse en el umbral y despedirse de lord Rawleigh, cerrando la puerta entre ambos.

—Silencio, señor —dijo él con una voz firme y calma. *Toby* guardó silencio al instante, meneó el rabo y se alejó trotando a la cocina… regresando sin duda a la comodidad de la mecedora. Entonces el *hall* quedó sumido en la oscuridad al tiempo que la puerta principal se cerraba. Y Catherine se vio de pronto en brazos del vizconde, envuelta en su capa y besada de nuevo.

Aunque en esta ocasión no fue realmente un beso. O, al menos, ella no lo habría definido así. La boca de Rawleigh estaba abierta y de algún modo también la de ella, y la lengua de él saqueó las profundidades de su boca. Fue un beso de una intimidad abrumadora. Casi tan íntimo como... Las manos del vizconde estaban debajo de su capa, acariciándole los pechos y haciéndole algo a sus pezones que los puso tersos y duros, provocándole una miríada de sensaciones que chisporrotearon desde sus pechos, bajándole por el vientre hasta los muslos, dejándolos palpitantes y anhelantes.

Y entonces esas manos se deslizaron hasta su espalda, bajando con firmeza, cerrándose sobre sus nalgas y atrayéndola con fuerza hacia él al tiempo que la levantaba ligeramente para que pudiera sentir la dureza de su propia necesidad.

«Ahogarse debe de ser esto —pensó Catherine—. Esta frenética necesidad de emerger a la superficie, de tomar aire, este instinto enemigo a dejar de luchar, a facilitar las cosas y dejar que ocurra lo que tenga que ocurrir.»

—Catherine —murmuró él contra sus labios con una voz grave y ronca—. Sois tan hermosa...

Catherine no podía pensar. Era incapaz de poner en orden sus ideas. El cabello de Rex era espeso y sedoso entre sus dedos.

—Llevadme arriba —le dijo él al oído—. Esto se hace mejor en posición horizontal que vertical.

Esto. La unión de sus cuerpos. La entrada de él en ella. Por placer. Aunque Catherine jamás había conocido el placer de ese modo, sabía que con él lo haría. «Ahora. Esta noche.»

Era incapaz de recordar por qué le resultaba despreciable ser su amante. Necesitaba desesperadamente el cuerpo de un hombre. *Su* cuerpo de hombre. A él. Le necesitaba a él.

Ser su amante. ¿Durante cuánto tiempo? ¿Una semana o quizá dos mientras él estaba en Bodley? Para entonces Rawleigh ya se habría cansado de ella. No la llevaría con él como había sugerido recientemente... aunque Catherine no recordaba cuándo. Se quedaría sola una vez más. ¿Cómo sería esa sensación... la soledad y el vacío después de haber sido su querida durante una breve temporada?

Quizá no se quedara tan sola. Quizás él la dejara embarazada.

Rex había estado besándola en el cuello y deslizando la boca sobre su barbilla hasta llegar de nuevo a su boca.

—Venid —dijo.

—No. —Su voz sonó plana, desprovista de cualquier emoción. A decir verdad, Catherine no había sido consciente de que iba a hablar hasta que lo hizo. Pero supo en ese momento que tenía que volver a decirlo—. No.

Él echó unos centímetros atrás la cabeza. Catherine se preguntó si podría verla. El rostro de Rawleigh era apenas una sombra.

—No iréis a poneros difícil, ¿verdad? —le preguntó él.

—Sí. —Su voz sonó está vez más firme—. Creo que sí. Quiero que os marchéis, os lo ruego.

—Santo Dios. —Se vio de pronto aplastada contra la pared, con las manos de él a ambos lados de la cabeza, inmovilizada—. ¿Tan estúpido soy? ¿Es acaso mi imaginación tan vívida que he interpretado mal vuestra respuesta? ¿Cuando hemos bailado por primera vez? ¿En la sala de música? ¿Durante el camino de regreso? ¿Aquí? No puedo haberlo imaginado. Me deseáis tan ardientemente como yo os deseo a vos.

—Y por eso nos acostamos juntos —dijo ella—. Es perfectamente lógico, ¿no?

—Sí. —Rex parecía perplejo e irritado—. Sí, lo es, Catherine…

—No seré vuestra amante —dijo ella.

—¿Por qué no? —Su cabeza se acercó un par de centímetros a la de ella—. ¿Por qué no? ¿Creéis acaso que no os trataré como merecéis? Estoy acostumbrado a dar tanto placer como el que recibo.

Incluso entonces un traicionero deseo la acuchilló por dentro.

—No lo seré —dijo—. No tengo por qué daros un motivo. No lo haré. Os lo he dicho antes. He intentado evitaros esta noche retirándome a la sala de música. He intentado evitar que me trajerais a casa. He intentado evitar que cruzarais la puerta conmigo. He sido muy clara en todas mis negativas.

—Tanto como lo ha sido vuestro cuerpo en sus invitaciones —respondió él. Ahora estaba definitivamente enojado—. Queréis pasar por la vicaría, ¿es eso, Catherine? Concedéis vuestros favores al más alto precio. Bien, los pagaré. Casaos conmigo.

Tal fue su asombro, que Catherine guardó silencio durante unos instantes.

—¿Os casaríais sólo para acostaros conmigo? —dijo.

—Exactamente —respondió él—. Si no hay otro modo. Tanto es lo que os deseo. ¿Satisfecha?

—Sí, satisfecha —dijo, de pronto fría y nunca más lejos de sentir algún deseo. Apartó a un lado los brazos del vizconde cuando él quiso abrazarla—. Satisfecha de que mi juicio y mi sentido común me hayan estado aconsejando bien durante las últimas dos semanas. No soy tan sólo un cuerpo de mujer, mi señor. Esto no es una concha vacía. Hay dentro una persona. Una persona a la que desagradáis y que detesta vuestra arrogante presunción de que unos cuantos besos y caricias bastan para daros el derecho de hacer uso de mi cuerpo en aras de vuestro placer. No habéis hecho más que acosarme desde que os confundí con vuestro hermano y os sonreí. A pesar de que os dije claramente que no la primera vez que vinisteis a visitarme, os negáis a creer que exista una mujer lo bastante loca como para resistirse a vos. Pues bien, esta mujer prefiere la locura a convertirse en propiedad vuestra.

—Vaya, pequeña zorra —dijo él con voz queda y casi en tono de broma—. Veo que estáis disfrutando. No os daré otra oportunidad. No volveré a molestaros jamás después de esta noche, señora. Estoy convencido de que ambos estaremos mutuamente encantados de no volvernos a ver.

Toby estaba en el pasillo, gruñendo. Catherine le miró en el rayo de luz que entró por la puerta cuando ésta se abrió y volvió a cerrarse con no demasiada suavidad. Se quedó donde estaba durante unos minutos, casi como si su propio peso y sus manos abiertas fueran necesarios para mantener en pie la pared. *Toby* gimoteaba.

—Quieres salir —dijo. Su voz sonó prácticamente normal. Se le antojó extraño realizar las tareas habituales de sacar a *Toby* por la puerta de atrás e ir después a la cocina a encender la lámpara y avivar el fuego para poner a hervir la tetera. Necesitaba una taza de té, a pesar de lo tarde que era. Y necesitaba también sentarse un rato en el familiar entorno de su cocina antes de subir a la cama… donde en ese mismo momento podría haber estado acostada con él…

Sintió náuseas. A decir verdad, no estaba en absoluto segura de poder tomarse el té. Estaba mareada y se sentía espantosamente culpable. Él la había llamado «zorra». Jamás nadie le había llamado algo tan espantosamente vulgar. Eso en sí mismo era motivo suficiente para tener náuseas. Pero peor aún era la sensación de que su uso había estado justificado.

En una ocasión él la había acusado de provocadora. ¿Lo era? ¿Le había dado motivos para que él se comportara como lo había hecho? Le había deseado con todas sus fuerzas. ¿Acaso su necesidad había sido tan patente que se había convertido en una invitación? Catherine no había intentado evitar ninguno de los tres besos que él le había dado durante la noche. Al contrario, los había aceptado encantada y había participado plenamente de ellos.

Le había deseado. Incluso en ese mismo instante, su vientre palpitaba con la necesidad que aún conservaba de sentir el cuerpo de Rex dentro de ella.

Debía de haber sido culpa suya, todo lo que había ocurrido esa noche. Del mismo modo que también lo había sido aquella otra vez. Con la diferencia de que con el paso de los años había recuperado el respeto por sí misma, sometiéndolo todo a su buen juicio y llegando a la conclusión de que en realidad no había sido todo culpa suya. Sólo una pequeña parte. Sólo lo que podría llamarse «la seducción».

Como ahora. Al parecer era una seductora. Repartiendo invitaciones, pero negándose a aceptar las consecuencias.

Se odiaba a sí misma, una vez más, al ver que la confianza que había adquirido podía desaparecer en un instante.

Toby rascaba la puerta. Catherine se levantó para dejarle entrar y reparó en que el agua que estaba al fuego había empezado a hervir. Se preparó un té, se quedó de pie junto a la tetera mientras el té se filtraba y se sirvió una taza cuando todavía estaba demasiado suave para su gusto. No le importó. Al menos, estaba caliente y líquido.

Cuando volvió a sentarse, *Toby* se quedó plantado delante de ella con la lengua colgando a un lado de la boca y la esperanza y la especulación en los ojos.

—No tiene sentido que te diga que no, *Toby* —le dijo Catherine con un tono ostensiblemente amargo—. De todos modos, nadie me cree cuando digo que no.

No hizo falta más invitación. *Toby* saltó a su regazo y se ovilló en una cómoda bola. Luego dejó escapar un profundo suspiro y se preparó para quedarse dormido con la ayuda de una mano cariñosa que le acariciara el lomo.

Catherine alzó la vista, meciéndose despacio en la silla y presa de esa suerte de honda desesperación que hacía apenas una semana había recordado con un estremecimiento y que había intentado apartar de su mente.

Su té se enfrió en la mesa que tenía al lado hasta cubrirse de una fina tela.

El vizconde Rawleigh estaba frustrado y enfadado cuando salió de casa de Catherine. Salió cerrando con firmeza la puerta, sin molestarse siquiera en dar un portazo, y caminó con grandes zancadas por la calle hacia la puerta del muro, sin mirar adelante ni tampoco a izquierda o derecha. Abrió la puerta de un empujón, cruzó al otro lado y la cerró también con un decisivo chasquido.

De haber estado tan alerta como cuando había abierto la puerta del muro de camino a la pequeña casa de campo probablemente habría oído y visto la calesa que se acercaba al pueblo desde el sur, a pesar de que todavía estaba a cierta distancia.

El cochero detuvo el caballo en cuanto se abrió la puerta de la casa.

—Bien —dijo Percy Lambton cuando se hubo cerrado la puerta privada del muro—. Que me aspen. Me atrevería a decir que éste no era un espectáculo digno de vuestros ojos, reverendo.

El reverendo Lovering había fruncido el ceño.

—¿Quién? —dijo—. ¿El señor Adams?

—No, no era él —respondió Percy—. Era el vizconde Rawleigh, reverendo. Venía de la casa de la señora Winters a estas horas de la noche. Y no hay una sola luz en la casa. Altamente sospechoso me parece a mí.

—Debe de haberla acompañado a casa desde el baile —dijo el rector—. La señora Lovering y yo hemos tenido que irnos pronto a causa de la enfermedad de tu madre. Un gran detalle por parte de su señoría, sin duda. Aunque ¿dónde está su carruaje? ¿Y por qué la habrá acompañado a solas? No me parece en absoluto apropiado.

Percy soltó un bufido.

—Esto no es digno de vuestros oídos, reverendo —dijo—, pero se rumorea que las idas y venidas hace ya un tiempo que vienen sucediéndose. Ha habido encuentros clandestinos en el parque. Preguntad a Bert Weller si no me creéis. Y se han paseado descaradamente del brazo por el pueblo a la vista de todos. Es evidente lo que ha ocurrido esta noche, aunque lamento que vuestros ojos hayan tenido que verlo.

El reverendo Lovering se volvió a mirar a la pequeña casa de campo después de haberla dejado atrás y vio que se había encendido una luz en la ventana de la cocina. Seguía ceñudo y con aspecto severo.

—Esto no es lo que cabría esperar de los invitados de la casa, Percy —dijo—, aunque sean vizcondes. Me decepciona tristemente que su señoría se tome semejante licencia en un vecindario tan respetable como éste, y estoy seguro que lo mismo pensará el señor Adams y su buena esposa. Y no es desde luego lo que esperamos de los respetables vecinos de Bodley-on-the-Water. Estoy profundamente molesto.

—Pero ella no es una auténtica vecina, ¿verdad? —dijo Percy—. Sólo lleva aquí unos cuantos años. Y quién sabe de dónde vino o qué clase de vida llevó antes de llegar aquí. Por lo que sabemos, bien pudo ser una furcia…, y espero que perdonéis mi uso de la palabra, reverendo.

Habían llegado a la rectoría y el reverendo Lovering bajó de la calesa.

—Quizás hemos sacado conclusiones equivocadas, Percy —dijo—. Pasaré por Bodley House mañana y hablaré con el vizconde Rawleigh y con el señor Adams. Mientras tanto, sería aconsejable que no dijeras nada.

—¿Yo? —preguntó Percy, perplejo—. Yo soy una tumba, reverendo. Si por algo se me conoce es por odiar las habladurías y porque siempre mantengo la boca cerrada. Esto es para mí asombroso. No pienso mancillar mis labios hablando de ello.

El rector asintió.

—Tu madre se recuperará, como siempre —dijo—. La próxima vez que crea que está a las puertas de la muerte, te aconsejo que esperes un poco antes de correr a llamarme.

—Sí, reverendo —dijo Percy, haciendo girar el carro en el camino y emprendiendo el viaje de regreso a su casa.

Al pasar por delante de la casa de Catherine miró la luz de la ventana y frunció los labios. Una furcia en Bodley-on-the-Water. Naturalmente, lo había sabido desde el principio. Ahora todos por fin estarían convencidos. Hacía mucho que no ocurría algo en el pueblo que añadiera un interés semejante a la vida. Esperaba ansioso que llegara la mañana siguiente.

Por increíble que parezca, el baile seguía en pleno apogeo cuando el vizconde Rawleigh regresó a la casa. Tenía la sensación de que habían pasado horas desde que se había marchado. Casi había esperado ver el amanecer tiñendo de gris el este. Sin embargo, no tardó en suponer que debía de haberse ausentado menos de una hora.

No se unió a las festividades. Subió a su habitación, llamó a su criado personal y le ordenó que preparara su equipaje. Garabateó dos notas y fue personalmente a la habitación de lord Pelham y a la del señor Gascoigne para dejarlas en un lugar prominente donde pudieran ser vistas y leídas sin demora. Luego se retiró a su habitación y por fin se acostó, aunque no pudo conciliar el sueño.

La muy zorra, pensaba una y otra vez. Casi como un estribillo que se había empeñado en repetirse a fin de bloquear otros pensamientos.

Una persona a la que desagradáis...

Pero Catherine había estado feliz besándole y abrazándose a él.

Bien, pues esta mujer prefiere la locura a convertirse en propiedad vuestra.

Demonios, le habría ofrecido matrimonio. Él, y no ella, era el que había perdido el juicio. Le había ofrecido matrimonio y ella le había hablado con desprecio sobre convertirse en su posesión. Podría haberse convertido en la vizcondesa Rawleigh. Pero Catherine prefería la locura y su fría virtud.

La odiaba.

Y se sentía repentinamente infantil. ¿Odiaba a una mujer porque se había negado a acostarse con él? Ya le había ocurrido antes, aunque no a menudo, cierto. Siempre le había traído sin cuidado el rechazo. A fin de cuentas, eran legión las mujeres con las que reemplazar a la que le había rechazado.

Lo mismo era aplicable a la que ahora le ocupaba. Si se iba a Londres, no tardía en poder elegir a la casual compañera de cama que prefiriera, un asalariado gorrioncillo más permanente o una amante de entre las que engrosaban el *ton*. Sexo sin ataduras.

Debía de haber perdido el juicio para ofrecer matrimonio a cambio de sexo con Catherine Winters. Habría lamentado su decisión en el plazo de un mes. Raras veces la misma mujer mantenía su interés durante más tiempo... o incluso ni siquiera tanto.

Pero ¿cómo había tenido ella el descaro de haberle seguido la corriente como lo había hecho para luego rechazarle con ese desprecio y esa rectitud después de que él alcanzara un punto del que tan difícil y físicamente doloroso le había resultado volver?

La muy zo...

Sin embargo, la casa por fin había quedado sumida en el silencio y su cabeza había dejado de una vez de rumiar entre la ira y la frustración sexual.

Catherine no había querido bailar ese segundo vals con él. Se había ido a la sala de música para evitarle.

No había querido bailar allí con él.

No había querido que la acompañara a casa.

No había querido que siguiera más allá de la puerta privada con ella.

Había dicho que no en cuanto él le había sugerido subir con ella a su habitación.

Cuando pensaba en ello —y no quería pensarlo— veía que el comportamiento de Catherine daba muestras de una consistencia casi nauseabunda.

No, no le había deseado. Oh, quizá sí físicamente. Tenía pocas dudas sobre el hecho de que se sintiera tan atraída por él como él por ella. Pero no había querido entregarle su virtud. O, al parecer, su libertad.

Había dicho que no. Desde un buen principio, ella había dicho que no.

Él era entonces el único culpable. Si se sentía frustrado y enfadado y... sí, desgraciado, la culpa era suya y sólo suya por no creer o aceptar ese «no» como respuesta. Catherine había estado en lo cierto al llamarle arrogante.

Reconocer su propia culpa no ayudó a que se sintiera mejor. Siguió acostado y despierto, mirando al techo, intentando decidir si le debía una disculpa antes de partir a la mañana siguiente. Pero quería partir al amanecer, o lo antes posible después del amanecer. Naturalmente, antes tenía que ver a Claude. Y debía averiguar si Nat y Eden se iban con él o si pensaban esperar uno o dos días más como tenían planeado.

Además, Rex no creía que ella estuviera dispuesta a aceptar sus disculpas.

Y, desde luego, no tenía el menor deseo de volver a verla. Ninguno.

No, mejor sería dejar las cosas como estaban. Partiría en cuanto le fuera posible y no volvería a Bodley durante un largo, largo tiempo. Dejaría tras él a la señora Catherine Winters y todo ese desagradable episodio. Lo olvidaría por completo.

Había sido uno de los episodios más incómodos y bochornosos de su vida.

Demonios, pensó, intentando imponer la relajación a su cuerpo y el vacío a su mente, podía todavía sentir los rescoldos del deseo que ella había despertado en él.

Capítulo 11

Claude Adams, de pie junto a la cama, se inclinó sobre su esposa dormida y la besó con suavidad en los labios. Ella masculló algo y suspiró.

—Salgo por asuntos de la hacienda —dijo él—. Volveré a tiempo para el almuerzo y para el paseo prometido con los niños y con nuestros invitados de esta tarde.

—Mmmm —murmuró ella sin abrir los ojos.

Claude vaciló. A punto estuvo de dejarlo ahí. Cuando se vivía con alguien como Clarissa, siempre resultaba muy tentador actuar como un cobarde, convertirse en un marido en retirada, por así decirlo. Pero durante sus nueve años de matrimonio las cosas nunca habían sido de ese modo. Y Claude no iba a cambiar ahora.

—Rex acaba de marcharse —dijo—. Eden y Nathaniel también.

Durante un instante creyó que podría escapar con el simple anuncio que acababa de formular. Entonces los ojos de Clarissa se abrieron de golpe.

—¿Qué? —Frunció el ceño. Últimamente, Clarissa fruncía el ceño demasiado a menudo—. ¿Que se ha ido a dónde?

—A casa —respondió Claude—. No estoy seguro de que todos fueran allí. Eden y Nathaniel han comentado algo de que quizás irían a Dumbarton… la residencia de Haverford. Ya sabes: su amigo, el Cuarto Jinete de la Apocalipsis.

Intentó sonreír.

Ella se sentó bruscamente en la cama. Y siendo Clarissa como era, tiró de las sábanas hasta cubrirse con ellas aun cuando Claude había estado desnudo con ella bajo esas mismas sábanas hacía menos de una hora y le había hecho dos veces el amor durante la breve noche.

—¿Que se ha ido? —Casi chilló—. ¿A Stratton? ¿Estando invitado aquí? ¿Y cuando supuestamente debería estar cortejando a Ellen?

—Clarissa —dijo su marido—. Ya sabes que…

—¿Y después de lo que le hizo anoche? —dijo ella.

Claude pensó, suspirando mentalmente, que después de lo ocurrido la noche anterior no estaba en condiciones de soportar lo que se le venía encima. Había tenido que echar mano de cierta dosis de severidad —a pesar de que odiaba ejercer el papel de señor y dueño con su propia esposa— para conseguir que mantuviera la calma durante el baile e impedirle que mostrara en público su desazón ante la desaparición de su hermano antes de la cena y al ver que no reaparecía en el curso de la misma. Había tenido que echar mano de toda su energía para que ella siguiera sonriendo y ejerciendo su papel de graciosa anfitriona cuando Rex no había regresado para sacar a bailar a Ellen la pieza que le había reservado después de la cena. Clarissa se había puesto lívida de furia. Y debía reconocer que él también se había molestado —era sin duda una descortesía del todo imperdonable— y se había prometido que durante la mañana tendría una buena charla con su hermano gemelo. Afortunadamente, la propia Ellen se había mostrado casi aliviada y se había pasado la mayor parte del baile sentada y hablando con el hijo de uno de sus aparceros más prósperos.

Naturalmente, lo que había empeorado las cosas era que Clarissa se había percatado de la coincidente ausencia de la señora Winters y había llegado a la conclusión de que Rex y ella estaban juntos en alguna parte. Claude no tenía ninguna opinión al respecto y lo cierto es que no era asunto suyo, salvo por el hecho de que la reputación de la dama podía sufrir si otros llegaban a la misma conclusión que Clarissa. Y se lo había advertido a Rex.

—¿Y bien? —dijo Clarissa con un afilado deje en la voz—. ¿Vas a quedarte ahí mudo toda la mañana?

—Rex me ha pedido que le pida disculpas en su nombre a Ellen —dijo—. Se encontró indispuesto y se acostó. No quería arruinarnos la noche contándonoslo y preocupándonos por él.

Claude había aceptado poco antes la mentira sin darle mayor importancia. Rex era consciente de que su hermano no se la había creído, pero entre ambos habían sellado un tácito acuerdo de que eso es lo que les dirían a las damas. Rex parecía maciliento y desgraciado. Obviamente algo drástico había ocurrido durante las horas del baile en que se había ausentado… algo que le había dado ese aspecto, algo que había provocado su partida inesperadamente abrupta.

—¿Y se ha ido? —Entendió que Clarissa apenas estaba empezando a digerir lo que eso significaba—. ¿Y qué pasa con Ellen? La ha dejado plantada. La ha…

Claude se sentó en el borde de la cama y procedió a mostrarse a un tiempo firme y reconfortante con ella. No fue tarea fácil ni rápida. Y, naturalmente, antes de que pudiera escapar y disfrutar del bendito alivio que sin duda iba a proporcionarle cabalgar a solas por sus tierras, ella se acordó de que le había dicho que Pelham y Gascoigne también se habían marchado. El grueso de sus invitados y todos sus planes se habían ido al garete.

—Y esa mujer es la única culpable —dijo por fin con chispas en los ojos—. Claude, si tú no…

—¿… la echo de su casa y la expulso del pueblo? —preguntó él, sintiendo que estaba empezando a terminársele la paciencia—. Ya te dije anoche que la señora Winters no ha hecho nada malo. No tenemos ninguna evidencia de que Rex estuviera con ella anoche. Se encontró indispuesto y se acostó. Sin duda ella estaba cansada y encontró algún modo de volver a su casa, aunque hubiera preferido que me hubiera pedido que sacara un carruaje y mandara a una criada con ella. No puedes verter tu despecho contra ella simplemente porque es una mujer hermosa, Clarissa.

Fueron palabras poco afortunadas… palabras que Claude no habría utilizado de no haber tenido los nervios de punta. Pero dos discusiones antes y después de un sueño demasiado breve fueron un poco demasiado. Y el sueño se había visto aún más reducido por el hecho de que las emociones negativas de la noche anterior se habían traducido en pasión.

Como era de suponer, Clarissa no dudó en objetar a su uso de la palabra «despecho». ¿Cómo podía tan siquiera sugerir que estaba actuando por despecho? Y si tan hermosa encontraba a la señora Winters, quizás era para él un sacrificio tener que soportar a una esposa tan fea como ella.

Él la tomó sin contemplaciones de los hombros y la besó apasionadamente.

—Basta, Clarissa —dijo—. Esta discusión está degenerando en un arrebato de absoluta estupidez. Tengo trabajo que hacer antes del almuerzo. Me voy.

Y así lo hizo a pesar de que ella le llamó cuando él abrió la puerta de su habitación. La suya había sido también una intervención final poco afortunada, pensó Claude con remordimiento mientras bajaba corriendo las escaleras. Pero no había vuelta atrás. A decir verdad, tampoco él estaba exultante de felicidad. A saber cuándo volvería a ver a Rex. Siempre que se separaban se quedaba durante un tiempo con la sensación de que le habían amputado una parte de sí mismo. Pero jamás podría contarle eso a Clarissa. No lo entendería.

El señor Adams no estaba en casa cuando el reverendo Lovering pasó a visitarle horas más tarde, esa misma mañana. Pero la señora Adams accedió a verle en cuanto supo quién era la visita. Había una pregunta que deseaba hacerle.

El rector vaciló tras saludar a Clarissa con una inclinación de cabeza y alabó el tiempo tan agradable, los narcisos que habían empezado a florecer en los lindes del bosque y los distinguidos huéspedes a los que el señor Adams y ella habían invitado para que honraran su casa y también el pueblo de Bodley-on-the-Water. Alabó también la superior calidad de la comida del banquete de la noche anterior y el esplendor del baile, y se disculpó por el hecho de que sus obligaciones pastorales le hubieran obligado a retirarse temprano. Se reservó el halago de preguntar si alguien había reparado en su ausencia y si con ella había quizás apagado el ánimo de alguno de los asistentes.

—Señor —dijo la señora Adams sin preámbulos y sin ninguna de sus habituales muestras de elegante reconocimiento ante el homenaje que se le dispensaba—, cuando anoche acompañasteis a la señora Lovering de regreso a la rectoría, ¿acompañasteis también a la señora Winters a su casa?

Fue en ese instante cuando el rector vaciló. Lo que tenía que decir no era apto para los gentiles oídos de una dama, y menos aún para las delicadas sensibilidades de una noble señora como la señora Adams. Pero la honradez le llevó a responder al menos a esa pregunta. A fin de cuentas, si no podía confiarse en que los clérigos dijeran la verdad, ¿en quién entonces? No, no había acompañado a casa a la señora Winters.

—Fue otro quien lo hizo, señora —añadió ominosamente—. Quizá debería volver a tratar el asunto con el señor Adams más tarde. Estoy seguro de que desearéis disfrutar de la compañía de vuestros queridos hijos.

Pero la señora Adams había vislumbrado un rayo de luz en lo que hasta entonces había sido una oscura mañana: los Lipton, quizá conscientes de que estaban alargando en demasía su estancia, habían anunciado su intención de partir y regresar a casa el lunes, esto es, en el plazo de dos días; Ellen había expresado su alivio al saber que Rawleigh había regresado a casa sin llegar a concretar nada con ella. Había estado espantosamente atemorizada ante la posibilidad de que él le pidiera matrimonio y de verse demasiado intimidada como para darle una negativa. Claude la había llamado despechada, fea y estúpida. Y Juliana y William estaban malhumorados y enfrentados con su niñera tras una terrible disputa por un pincel, cuando debía de haber una docena de ellos en la habitación de los niños.

Todo se desmoronaba.

Y esa mujer era la única causante.

La historia que llegó entonces a sus oídos de labios de un reticente y apesadumbrado reverendo Lovering fue como una semilla cayendo en suelo fértil. La escuchó ávidamente. Aceptó la interpretación obvia de los hechos sin el menor espíritu crítico y sí con considerable malicia.

Esa mujer era una furcia.

Clarissa Adams estaba exultante. Y furiosa. Y colmada de mojigata indignación.

Llamó para que sirvieran el té e invitó al rector a que tomara asiento. Conversaron durante media hora antes de que él se marchara, despidiéndose con una inclinación de cabeza y disculpándose y alabando a su anfitriona por su fortaleza y buen juicio.

No, no era necesario que regresara para hablar con el señor Adams, le dijo Clarissa. Ella misma trataría el asunto, del mismo modo que él debía ejercer su responsabilidad como rector y líder espiritual de la comunidad.

Clarissa aguardó unos instantes después de que el reverendo Lovering hubiera abandonado la habitación entre inclinaciones de cabeza antes de salir ella también y dirigirse directamente a las escaleras. Dio instrucciones a un lacayo, sin tan siquiera mirarle, de que le enviara a su camarera personal a su habitación de inmediato y de que le tuvieran preparado el carruaje en la puerta en media hora.

Catherine se obligó a salir de la cama a su hora de costumbre, aunque apenas había dormido y una abrumadora inercia la apremiaba a seguir acostada, sin hacer nada. No parecía haber nada por lo que mereciera la pena levantarse.

El recuerdo no hacía sino empeorar las cosas. El recuerdo de la misma sensación que seguía acechándola desde hacía semanas. Su hijo muerto. Sus brazos vacíos. Sus pechos doloridos y llenos de leche para un bebé muerto. Nadie que pudiera consolarla, aunque tampoco es que nadie pudiera haberlo hecho. Pero sin una sola voz compasiva. Y aparentemente sin ningún motivo para seguir viviendo.

¿Cómo había conseguido superarlo? Hizo memoria, e intentó recordar exactamente cómo había ocurrido todo. Un día había deambulado hasta la buhardilla de la casa de su tía y había entrado en una habitación vacía que en su día había estado ocupada por una criada. Había abierto la ventana y había mirado fuera y abajo… a la acera. Era una caída de una altura considerable. Aun así, no estaba segura del todo de que la caída terminara con su vida. Quizá simplemente la dejara lisiada.

Y en ese momento fue consciente de lo que hacía. Por primera y única vez en su vida la idea de poner punto y final a todo se abrió paso en su conciencia. Pero en apenas unos instantes había entendido que eso era algo que no podía hacer, que por muy hundida que estuviera, la vida seguía siendo un regalo demasiado precioso para destruirlo deliberadamente.

No, no había querido vivir. Pero no podía poner fin a su vida. Y no había modo alguno de apremiar a la vida para que terminara por propia voluntad. Si tenía que seguir viviendo —en aquel momento tenía tan sólo veinte años— debía hacer algo con su vida. De algún modo tenía que conseguir que vivirla mereciera de nuevo la pena sin Bruce y sin ninguna de las personas, las cosas y el entorno con los que durante toda su vida había estado familiarizada y con los que se había sentido identificada.

Debía empezar de cero, convertirse en una nueva persona, vivir una nueva vida.

Sí, así había empezado. Y de algún modo había conseguido reunir la energía y la determinación suficientes para hacerlo realidad. Menos de tres meses más tarde se había mudado a esa casa en el campo.

Se había sentido feliz en ella. Satisfecha. En paz. Había sentido que su vida volvía a merecer la pena.

Bien, tendría entonces que volverlo a hacer, decidió. Recompondría sus cosas y seguiría adelante. No tenía otra elección.

De modo que se arrastró fuera de la cama, dejó salir unos minutos a *Toby*, se lavó, se vistió y se peinó, avivó el fuego, se obligó a desayunar un poco y se puso a hornear pastelillos para llevárselos en sus visitas vespertinas a tres ancianos. La vida debía continuar. No pensaba quedarse en casa esa tarde. Esa gente se había acostumbrado a esperar sus visitas semanales, los pastelillos que siempre les llevaba y el libro que siempre les leía. No iba a decepcionarles.

En realidad nada había cambiado.

Suspiró cuando oyó que llamaban a la puerta. Se limpió las manos cubiertas de harina en el delantal e intentó en vano convencer a *Toby* de que dejara de ladrar. El perro había salido corriendo al *hall* y expresaba su desagrado delante de la puerta principal.

Si era él, pensó Catherine, le cerraría la puerta en las narices y esperaba que su nariz estuviera en la trayectoria.

Era un lacayo de Bodley House, el mismo que habitualmente anunciaba una visita de la señora Adams. Catherine se quitó el delantal, lo dobló, y se preparó para salir a la verja. Lo último que le apetecía esa mañana era una visita oficial de la señora de la mansión. Su sentido del humor la había abandonado temporalmente.

Pero la señora Adams daba el insólito paso de bajar de su carruaje con la asistencia de su cochero. Catherine se quedó en la puerta.

—Calla, *Toby* —dijo.

Pero *Toby* defendía su territorio.

La señora Adams no se detuvo en la puerta, ni tan siquiera miró a Catherine. Entró como una exhalación y se dirigió a la salita. Catherine arqueó las cejas y cerró la puerta.

—Buenos días —dijo, siguiendo a su visita hasta la salita. Aunque debía de ser cerca de mediodía, o incluso más tarde, pensó—. Oh, calla, *Toby*.

—Deshaceos de ese perro —exigió la señora Adams haciéndose oír por encima del escándalo.

A Catherine le desagradó el tono de voz, especialmente estando en su casa, y a *Toby* también, aunque en cualquier caso era una buena idea. Se llevó al terrier a la puerta trasera y el perro salió a la carrera, olvidando de inmediato su indignación.

La señora Adams estaba de pie en mitad de la salita, de cara a la puerta.

—¡Zorra! —dijo con frialdad en cuanto Catherine apareció.

Catherine no fingió haber entendido mal. Sintió un incómodo martilleo en el pecho y un zumbido en la cabeza que, esperó, no fuera el anuncio de un desmayo. Alzó la barbilla y entrelazó las manos delante de ella.

—¿Señora? —dijo, conservando la calma.

—¿Sumáis acaso la sordera a vuestros otros vicios? —preguntó su invitada—. Me habéis oído, señora Winters. Sois una zorra y una ramera y habréis abandonado esta casa al término de la semana. Y os quiero fuera del pueblo. Os hemos tolerado demasiado tiempo entre nosotros. No hay más sitio para vos entre la gente respetable. Espero haberme expresado con claridad.

Entonces les habían visto. Alguien les había visto salir de la casa juntos. Rawleigh la llevaba envuelta en su brazo y con su capa. Su mente buscó una explicación que poder ofrecer, pero no funcionaba como a ella le habría gustado. No obstante, fue la ira la que la rescató de un abyecto mutismo.

—No —dijo por fin, parcialmente sorprendida por la calma que impregnaba su voz—. ¿De qué exactamente se me acusa, señora?

Los ojos de la visita se entrecerraron.

—No tengo ninguna intención de quedarme aquí hablando con vos —dijo—. Iré directa al grano diciéndoos que ayer vieron a lord Rawleigh saliendo de esta casa, de esta casa a oscuras, a altas horas de la noche, y que yo misma he sido testigo durante las últimas dos semanas de vuestras artimañas de seducción en su presencia.

—Entiendo —dijo Catherine. Se sentía casi como si de pronto se hubiera desdoblado en dos personas distintas. Una de ellas estaba paralizada por la conmoción. La otra pensaba y hablaba con frialdad—. ¿Y habéis echado también al vizconde Rawleigh de vuestra casa y del pueblo, señora?

El pecho de la señora Adams se inflamó y se le agitaron las aletas de la nariz.

—Sois una impertinente, señora Winters —dijo, al tiempo que el hielo goteaba de cada una de sus palabras—. Tenéis una semana de tiempo para dejar esta casa y este vecindario. Dad gracias por semejante muestra de piedad. No intentéis llevar mi paciencia al límite. Si seguís aquí al final de la semana, podéis esperar una vista del alguacil y una cita con un magistrado. Apartaos de la puerta. Deploraría tener que rozaros cuando salga.

Catherine se volvió y se dirigió a la puerta trasera. Aunque *Toby* estaba allí sentado, esperando pacientemente a que le dejara entrar, no le dio oportunidad de que lo hiciera. Salió al jardín y cerró tras de sí la puerta. *Toby* se levantó, meneando entusiasmado el rabo, y fue recompensado cuando Catherine se dirigió con paso decidido a la orilla del río. Correteó feliz a su lado.

Catherine intentaba no pensar. Intentaba no sentir.

Imposible, por supuesto.

Habían visto a Rawleigh la noche anterior. Saliendo de su casa. Y quienquiera que les hubiera visto había llegado a la que suponía era la conclusión más obvia. La habían llamado zorra y ramera.

Y no era la primera vez.

¿Cómo podía estar pasándole de nuevo? Había puesto todo de su parte para impedirlo.

Durante los últimos cinco años se había convencido de que lo que había ocurrido la vez anterior no había sido culpa suya, de que era otro el culpable. Debía de ser culpa suya. Debía de haber algo intrínsecamente maligno en ella.

Le habían dicho que se marchara. De la casa y también del pueblo. Tenía que irse. En el plazo de una semana.

Se arrodilló de pronto junto al agua y agarró con las manos la hierba alta de la orilla. Casi como si estuviera a punto de caerse del mundo si no se agarraba con fuerza.

Abrió la boca para respirar más fácilmente. Jadeaba.

No podía marcharse. Ésa había sido la única condición…

¿Qué haría?

¿Adónde iría?

Se convertiría en una indigente.

Oh, Dios. Oh, Dios. Bajó la cabeza y rezó desesperadamente. Pero fue incapaz de ir más allá de esas dos palabras de súplica.

Oh, Dios.

Catherine se obligó, sin saber realmente cómo, a salir durante la tarde a proceder con sus visitas. Pensó que si se quedaba en casa, sin duda se volvería loca.

El señor Clarkwell estaba enfermo, le dijo su cuñada, de pie en la puerta entreabierta y visiblemente sonrojada al tiempo que sus ojos miraban a todas partes excepto a los de Catherine. Se encontraba demasiado débil para recibir visitas.

No hubo respuesta en casa de los Symons, aunque la colada en el tendedero y la espiral de humo que se elevaba desde la chimenea indicaban que había alguien en casa. Además, la anciana señora Symons nunca salía.

Catherine no lo intentó con la tercera casa. Volvió a la suya. Aunque *Toby* le miró esperanzado cuando la vio aparecer, estaba demasiado agotada para sacarle de paseo.

Estaba incluso demasiado agotada para poner a hervir la tetera. Se desplomó en la mecedora y tembló, abrazada a sí misma.

Lo sabían. Todos lo sabían. O creían saberlo. Se había cruzado con dos personas a las que conocía de regreso a casa. Ambas habían apartado la vista.

Llamaron a la puerta.

Siguió un rato sentada con los ojos cerrados. Quizá quienquiera que fuera se marcharía. No podía ser ningún amigo. Todo parecía apuntar a que no le quedaba ninguno. Si era *él*... Pero no creía que fuera a verla ese día, no después de que todo el mundo se había enterado. Y no es que nadie fuera a condenarle, por supuesto. Sin duda le verían como un hombre deseoso de aplacar sus apetitos más que naturales. Pero y si era él...

Volvieron a llamar, esta vez más fuerte, más imperiosamente. *Toby*, a Dios gracias, estaba fuera y no ladraba. Catherine se levantó. ¿Por qué esconderse? ¿Qué más le daba ya todo?

Era el reverendo Lovering. Catherine casi suspiró de alivio. En él encontraría sin duda un poco de consuelo. La señora Lovering y él siempre habían sido sus amigos.

—Reverendo. —Intentó sonreír—. Pasad.

—No cruzaré este umbral —dijo el reverendo con calma solemnidad—. Es mi deber informaros, señora Winters, de que los fornicadores y pecadores no son bienvenidos a acudir a rezar con las personas de recta conducta a la iglesia de la que se me ha concedido el honor de ser el pastor. Lamento profundamente tener que hacer esta visita. Pero jamás eludo lo que considero que es mi deber.

Catherine se sorprendió sonriendo.

—Ni fornicadores ni pecadores —dijo—. En ese caso, ¿quién queda para que pueda ir a la iglesia?

Él le dedicó una mirada severa.

—La frivolidad no resulta apropiada ante la gravedad de las circunstancias, señora —dijo.

—Entonces, ¿también vos creéis la historia? —preguntó—. ¿Habéis venido a arrojarme vuestra piedra como los demás?

—Señora —dijo, sin variar ni un ápice su expresión—, creo en la evidencia de mis propios ojos. Vi a su señoría salir de esta casa anoche. Naturalmente, nadie puede culparle. Cualquier hombre que se vea atrapado en la trampa de una Jezabel debe ser merecedor de lástima y no censurado. Su señoría ha visto el error de su conducta y se ha marchado de Bodley House.

—Buenos días, reverendo —dijo Catherine, cerrando la puerta.

Se quedó con la espalda apoyada en ella durante unos largos minutos, temblando de la cabeza a los pies. Se sentía incapaz de moverse. Por fin logró acuclillarse en el suelo, pero siguió allí durante unos minutos más. *Toby* rascaba la puerta trasera. Catherine le ignoró. Tenía que hacerlo. No se sentía con fuerzas de llegar hasta él.

Daphne se había enterado durante su visita al pueblo y durante la que le había hecho a la señora Downes. No apareció a almorzar. A Claude le resultaba un triste asunto. Todos parecían estar de mal humor, especialmente Clarissa, que sin duda le castigaba por algunas de las improcedentes palabras que le había dicho por la mañana.

Sin embargo, Daphne le encontró inmediatamente después del almuerzo y se lo contó. Le contó las historias que habían corrido como el fuego por el pueblo durante la mañana. Le habló de la visita que el reverendo Lovering había hecho a Bodley. Y también de la de Clarissa a la pequeña casa de campo.

—¿Crees que puede ser cierto, Claude? —preguntó, mirándole pesarosa—. Sé que Rex admiraba a la señora Winters. Y yo misma le animé a ello. Nunca imaginé que sus intenciones pudieran ser deshonrosas. Clayton a menudo dice que soy una peligrosa inocente. ¿Es posible que estuvieran teniendo una aventura?

Claude inspiró hondo y dejó escapar el aire despacio.

—Si lo fuera —dijo—, no creo que sea asunto nuestro, Daph. Pero sé también que no es así como piensa la mayoría. Y si la tuvieron y han sido lo bastante indiscretos como para dejar que les descubran, en ese caso es a Rex a quien hay que culpar. Del todo. Su obligación era velar por la reputación de la señora Winters. ¿Y fue él a quien vieron anoche? ¡Maldito sea! Perdóname, Daph. —Apretó las manos—. ¡Y justamente he tenido que estar fuera de casa esta mañana!

—¿Por qué iba a marcharse Rex si estaban en mitad de una aventura? —preguntó Daphne.

—No lo sé, Daph. —Se pasó los dedos de una mano por el pelo—. Maldito asunto. En fin, una cosa está clara. Voy a mandar a buscar a Rex. No podemos permitir que la señora Winters tenga que enfrentarse sola a este escándalo. ¿Y dices que Clarissa ha ido a verla? Será mejor que averigüe por ella misma lo que dijo. ¿Te importa, Daph?

—No —respondió lady Baird—. Le diré que quieres verla, Claude.

Claude se sentó al escritorio de la biblioteca mientras esperaba con la cabeza entre las manos. «Maldito Rex. ¡Maldito sea!»

Clarissa por fin apareció. Le miró a los ojos y una expresión triunfal asomó a su rostro.

—Veo que ya te has enterado —dijo—. Ahora quizá reconocerás que estaba en lo cierto, Claude.

—¿Qué es exactamente lo que te ha dicho el reverendo Lovering esta mañana? —preguntó Claude.

—Que anoche vio salir a Rawleigh de la casa a oscuras de la señora Winters —dijo—. Es obvio lo que allí ocurría, Claude.

—Para ti quizá —dijo él—. Eso, en caso de que sea asunto tuyo.

—Si…

Clarissa se erizó de inmediato, pero él levantó una mano, haciéndola callar.

—¿Has ido a ver a la señora Winters? —dijo—. ¿Con qué motivo, Clarissa?

—Obviamente, para ordenarle que deje la casa y el pueblo a finales de semana —fue su respuesta—. No podemos tener a una ramera viviendo tan cerca, Claude. Tenemos hijos a los que criar.

Claude se inclinó hacia delante sobre el escritorio con el rostro ceniciento.

—¿Que has hecho qué? —dijo. Pero volvió a levantar la mano una vez más antes de que ella pudiera hablar—. No, lo he oído. ¿Y con qué autoridad has obrado así?

Clarissa pareció ligeramente tomada por sorpresa.

—Tú no estabas en casa —dijo—. Y había que hacer algo sin demora.

—Es algo que estabas deseando hacer desde hace ya tiempo —dijo él, sin tan siquiera intentar ocultar la ira que impregnaba su voz—. Y por fin has visto tu oportunidad y la has aprovechado mientras yo estaba fuera de casa y no podía detenerte.

—Alguien tenía que hacerlo —replicó Clarissa—. El reverendo Lovering estaba de acuerdo conmigo.

—¿Es eso cierto? —Rodeó con grandes zancadas el escritorio y se quedó de pie junto a ella. Clarissa le miró con una mezcla de desafío y de incertidumbre—. Clarissa, estoy muy disgustado contigo.

—No irás a creer en su inocencia —chilló—. Simplemente porque es una mujer hermosa.

—Estoy muy disgustado con vos, señora —volvió a decir Claude, esta vez despacio y claramente—. Sois una malintencionada y cruel entrometida. De algún modo voy a tener que poner remedio a esto. No sé todavía cómo. Lo habéis hecho extremadamente difícil. Pero os aseguro que no volveréis a hacer más daño. Permaneceréis en esta casa hasta que yo os comunique lo contrario. Y sí, es una orden.

—¡Claude! —Clarissa le miraba fijamente con los ojos abiertos y perplejos. Le temblaba la voz—. ¿Cómo te atreves a hablarle así a tu propia esposa?

—Me atrevo porque sois mi esposa, señora —dijo—. Cuando os casasteis conmigo, me jurasteis obediencia. Hasta el día de hoy jamás os la he demandado. Ahora insisto en ello. Debo escribir una carta y después debo salir a hacer una visita. Dejadme.

Clarissa abrió la boca, dispuesta a decir algo, y la cerró con un sonoro chasquido antes de abandonar apresuradamente la habitación.

Capítulo 12

*L*lamaron en dos ocasiones más a la puerta de la casa ese día. Catherine estaba demasiado sumida en el desconcierto, demasiado conmocionada y aletargada como para no salir a abrir. Además, la humillación y el rechazo no podían ser más completos de lo que ya lo eran.

Aun así, se encogió cuando vio al otro lado de la puerta a la señorita Downes. Sin duda, de toda la gente del pueblo o del vecindario, la señorita Downes era su preferida. Aunque, naturalmente, la dama era hija de un antiguo rector, además de una solterona de mediana edad y un pilar de la comunidad.

—No es necesario que lo digáis —dijo Catherine, levantando una mano—. Creo que todo ha quedado ya dicho por los demás. Buenos días, señorita Downes.

Volvió a entrecerrar la puerta, a pesar de que *Toby* estaba fuera, olisqueando el dobladillo de la falda de la visitante. A *Toby* le gustaba la señorita Downes. Siempre le daba algún trocito de pastelillo y galletas cuando pasaba a tomar el té… disculpándose con Catherine por desperdiciar la deliciosa comida.

—No, por favor. —La señorita Downes levantó a su vez la mano. Estaba pálida y enjuta. Tenía la mandíbula contraída como un bloque de granito—. ¿Puedo pasar?

—¿Por qué no?

Catherine abrió del todo la puerta y se apartó, alejándose hacia la cocina.

La señorita Downes la siguió y se quedó plantada con resolución en la puerta mientras Catherine avivaba el fuego.

—Desconozco la verdad de los hechos —empezó la señorita Downes—. No quiero saberla ni lo necesito. No es asunto mío. Pero la verdad de mi religión sí lo es. Papá siempre me enseñó que era asunto personal mío, que no debía permitir que un ministro de la religión, ni siquiera mi propio padre, hablara en mi nombre cuando lo que dice va contra la verdad y yo la conozco. La verdad, como yo la conozco, la verdad, tal y como mi madre y mi padre siempre la enseñaron, es que la Iglesia es para los pecadores. Para nadie más. Únicamente para los pecadores. Ser un pecador es el único certificado de pertenencia a la Iglesia… éste era el pequeño chiste de papá. Yo soy miembro de la Iglesia, señora Winters. Dejo, pues, que eso hable por sí solo.

Catherine dejó en silencio el atizador en el suelo y se sentó en la mecedora con las manos relajadamente entrelazadas sobre el regazo. Fijó la mirada en el fuego.

—Mamá y yo no os condenamos, querida —dijo la señorita Downes, jadeante por fin después de haber dado el discurso que llevaba preparado—. Independiente de lo que hayáis hecho… o no. No nos es preciso saberlo. Es un *affaire* que os concierne sólo a vos. —Se sonrojó de pronto, tiñéndose de escarlata—. Quiero decir que es asunto vuestro.

—Yo soy también un miembro de la Iglesia —dijo Catherine—. Pero no soy culpable de este pecado en particular, señorita Downes.

—Como bien le he dicho a mamá —dijo la señorita Downes—, y ella a mí. Estábamos totalmente de acuerdo. La señora Winters es una dama, nos hemos dicho. Pero no era necesario que lo dijerais, querida. Yo no precisaba saberlo. No he venido a fisgonear. Simplemente he creído —y también mamá— que os vendría bien charlar un poco y compartir una taza de té. Oh, santo cielo, cualquiera diría que habéis estado horneando para un ejército entero.

Tenía la mirada puesta en la mesa y en los pastelillos que supuestamente tendrían que haber sido repartidos entre los ancianos.

Catherine echó la cabeza hacia atrás y cerró los ojos.

—No sé cómo expresaros el alcance de mi gratitud por vuestra amabilidad, señorita Downes —dijo—. Pero no debéis quedaros. Probablemente os habrán visto venir. Si os quedáis, y sospechan que realmente habéis venido a visitarme, quizás os encontréis también vos sin amigos.

La señorita Downes cruzó la cocina hasta la chimenea, levantó la tapa del hervidor para ver el nivel del agua que contenía y puso la tetera a hervir. Era algo que, dada su buena educación, jamás habría hecho en casa ajena, aunque hubiera estado muerta de sed. Miró a su alrededor buscando con los ojos la latita del té y la tetera.

—Papá decía que debemos mantenernos siempre fieles a nuestra verdad. —La señorita Downes vertió una generosa cantidad de té en la tetera—. Si otros prefieren no seguir la misma verdad, simplemente están ejerciendo la libre voluntad que nuestro Señor, en su sabiduría, nos ha concedido a todos. Yo sólo puedo hacer lo que está bien a mis ojos, señora Winters. El modo de actuar de los demás es asunto suyo. Veo que habéis preparado pastelillos de grosella. No conozco pastelillos más deliciosos que los vuestros. Ni siquiera los de mamá, aunque jamás me atrevería a afirmarlo en su presencia para no herirla. ¿Os parece que nos sirva unos cuantos en un plato?

Catherine abrió los ojos y por fin asintió.

—Para vos —dijo—. Yo no tengo hambre.

La señorita Downes la observó muy seria.

—No habéis probado bocado en todo el día, ¿verdad? —dijo—. Os cortaré uno en pequeñas porciones, señora Winters. Así, ¿veis? —Había encontrado un cuchillo y procedió a cortar un pastelillo de grosella en porciones aún más pequeñas—. Así lo hago con mamá cuando no le apetece comer. Tomad, querida.

Le dio el plato a Catherine.

Cada bocado le supo como si tuviera en la boca un puñado de paja. Tragar era un esfuerzo supremo. Sin embargo, por una simple cuestión de gratitud ante la amabilidad y el amor incondicional, se esforzó. Cuando por fin terminó de comer, se encontró con una taza de té dulce y cargado esperándola. Hacía mucho tiempo que nadie le servía en su propia casa.

A pesar de la violación de la etiqueta que la señorita Downes había considerado necesaria, se quedó tan sólo la media hora de cortesía propia de una visita vespertina. Catherine la siguió al vestíbulo.

—Volveré a pasar mañana al salir de la iglesia —dijo la señorita Downes—. Sí, iré a la iglesia. No castigaré a Dios porque mi verdad no coincida con la del rector. Oh, señora Winters, a mamá y a mí nos ha resultado muy difícil mostrarnos respetuosamente civilizadas con el reverendo Lovering cuando ha pasado a vernos antes. No hay excusa que justifique la descortesía con los demás, ¿no os parece?, sobre todo cuando son invitados en nuestra propia casa.

—Señorita Downes. —Catherine apenas había pronunciado una docena de palabras durante la visita, aunque no había habido un solo momento de silencio—. Gracias. Desearía encontrar palabras que expresaran mejor cómo me siento.

La señorita Downes, flaca, informe, tiesa como una vara y de expresión severa, no era la clase de persona que invitara a que le dieran abrazos. Pero antes de abrir la puerta, Catherine fue exactamente eso lo que hizo.

—Oh, cielo santo —dijo la señorita Downes, visiblemente aturullada—. Espero que el té no estuviera demasiado cargado para vos, querida. Así es como le gusta a mamá, aunque yo personalmente lo prefiero un poco más suave. Y me he acordado, después de echarle dos cucharadas de azúcar a vuestra taza, que normalmente lo tomáis sólo con una.

Catherine se quedó de pie en la puerta abierta durante unos breves instantes viendo cómo la señorita Downes se alejaba con paso decidido calle abajo. Había algunas personas más a cierta distancia de la casa. Probablemente había también otros observándolas desde sus ventanas.

La señorita Agatha Downes, quisquillosa, solterona e hija de un antiguo rector, acababa de protagonizar la que era quizá la actuación más valiente de su vida.

Habían pasado quince minutos cuando volvieron a llamar a la puerta. Mientras se dirigía agotada hacia ella, Catherine pensó entonces que indefectiblemente sus encuentros con el mundo exterior no podían terminar en positivo.

¿Y tocaría en algún momento ese día a su fin?

En ningún momento le confundió con su hermano. Aun así, se quedó sin aliento ante el parecido. Más que nunca. El buen humor habitual había abandonado por completo el rostro del señor Adams. Estaba pálido y macilento. También lo estaba lady Baird, que le acompañaba.

—No me parece que haya nada que añadir, ¿no es así? —dijo Catherine con acritud antes de que alguno de los dos pudiera hablar—. A menos que hayan venido a reducir la semana de plazo a un día.

—Oh, *Toby*, cariño. —Lady Baird se agachó para tomar entre sus manos la cara del perro, que no dejaba de ladrar—. Pero si me conoces. Somos amigos, ¿no?

Toby pareció estar de acuerdo. Dejó de ladrar, meneó la cola y levantó la barbilla para que se la rascara.

—Señora Winters —dijo el señor Adams—. Me gustaría robaros un poco de vuestro tiempo dentro, si me lo permitís. Mi hermana ha venido conmigo para prestar decoro a la visita.

Catherine se oyó reír al hacerse a un lado y les invitó a pasar a la salita. Lady Baird se acercó a la ventana y se quedó allí de pie. El señor Adams ocupó su lugar delante de la chimenea vacía, de espaldas a ella. Catherine se detuvo justo al pasar por la puerta, alzó el mentón y le miró directamente a los ojos.

No pensaba amilanarse. No pensaba ceder aun a pesar de los recuerdos culpables que conservaba de lo que había hecho con el hermano del señor Adams la noche anterior en el pasillo, justo detrás de donde estaba plantada en ese momento. ¿De verdad podía haber ocurrido la noche anterior?

—Señora Winters —empezó Claude con voz queda—. Al parecer, mi hermano y mi esposa os han hecho un espantoso flaco favor durante las últimas veinticuatro horas. O quizás incluso antes de eso.

Sus palabras fueron tan inesperadas que Catherine no pronunció ninguna.

—Desconozco lo que ocurrió entre Rex y vos anoche —dijo—. Entiendo que sois una mujer adulta, señora, como lo es él. Lo que haya ocurrido en la intimidad entre vos y él es de vuestra única incumbencia y de la suya. No de la mía. Ni de la nadie. Naturalmente, es un infortunio que alguien viera a mi hermano salir de vuestra casa. La gente hablará y chismorreará. Y la gente juzgará. Y también castigará. Mi esposa ha actuado apresuradamente. Le comunicaron los hechos y quedó muy disgustada al ser conocedora de ellos. Yo estaba fuera de casa y ella no pudo consultarme. Creyó que debía actuar como creía que yo lo habría hecho. Ahora lo lamenta, lamenta haber actuado con lo que a su entender fue la dureza de un hombre, en vez de haber actuado en concordancia con sus más blandos instintos femeninos. Quizá con el tiempo podáis perdonarla… y a mí. Espero que paséis por alto lo que os dijo. Vuestra casa está alquilada hasta final de año. Será para mí un placer renovaros el contrato al término de ese período.

—Señora Winters —dijo lady Baird sin volverse a mirar desde la posición que ocupaba frente a la ventana—, perdonadme. Deliberadamente os junté a vos y a Rex en más de una ocasión, sabiendo de la admiración que él os profesaba. No fui consciente de la naturaleza de esa admiración. Supongo que a estas alturas debería conocer mejor a mi hermano. Perdonadme por mi contribución a vuestro malestar.

La consideraban culpable. Aunque no les importaba. Creían que una aventura física entre dos adultos era asunto suyo y de nadie más. Tomar conciencia de ello fue reconfortante, o lo sería al menos cuando Catherine tuviera tiempo para digerir lo que estaba ocurriendo allí, en su salón. Ni que decir tiene que la señora Adams no había actuado adoptando la supuesta actitud de su marido. Sin embargo, era comprensible que él deseara protegerla de la censura.

—Lord Rawleigh me acompañó anoche a casa —dijo—. Estaba cansada, pero el reverendo Lovering ya se había marchado. Decidí volver a casa a pie, pero me asustó la oscuridad. Lord Rawleigh me encontró en la sala de música —supuestamente tendría que haber bailado esa pieza con él— e insistió en traerme personalmente a casa. *Toby* estaba ladrando y era muy tarde. Lord Rawleigh entró para hacerle callar. Se marchó minutos más tarde. —Dejó que imaginaran en qué podían haber ocupado esos minutos—. Nada ocurrió entre nosotros.

Al menos, nada de lo que se la acusaba.

El señor Adams asintió.

—Quizás haya sido mejor que mi hermano se haya marchado de Bodley a primera hora de la mañana —dijo—. Creo que los acontecimientos del día me habrían llevado a separarle de parte de su sangre, señora Winters.

—Y yo quizá te habría ayudado —añadió lady Baird.

—Habría sido muy sencillo... y muy decoroso... que Rex os hubiera pedido mi carruaje —dijo el señor Adams—, e incluso haber enviado a una criada con vos. Me disculpo en su nombre, señora. Siempre fue el impulsivo de los dos, y con frecuencia también el desconsiderado, como lo demuestra el hecho de que comprara un puesto en el ejército siendo el primogénito.

—Él siempre ha dicho que tú serías mejor vizconde, Claude —intervino su hermana con voz queda.

—Lamento el disgusto que habéis sufrido hoy —dijo el señor Adams—. Pero las habladurías remiten y mi esposa deseará disculparse personalmente con vos. Sois un valioso miembro de esta comunidad. —Sonrió—. ¿Cómo van a convertirse Julie y Will en competentes pianistas si os marcháis? ¿Os quedaréis?

No podía irse. La idea había estado provocándole oleadas de pánico durante todo el día. Pero tampoco podía quedarse. ¿Cómo podía seguir allí?

—Soy una paria —dijo—. ¿Cómo podría quedarme?

—Oh, querida —dijo lady Baird. Sonaba enojada—. La gente

puede ser muy cruel. Y sin tener la menor prueba de lo que creen. E incluso aunque esa prueba existiera…

—Pasaremos a visitaros mañana por la mañana —dijo el señor Adams—. Iréis con nosotros a la iglesia, y os sentaréis en nuestro banco. La gente captará el mensaje.

Catherine cerró brevemente los ojos.

—Me han dicho que no pise la iglesia —dijo.

—¿Quién os ha dicho tal cosa?

Las cejas del señor Adams se arquearon. Se pareció más que nunca a su hermano.

—El reverendo Lovering —contestó.

Claude la miró durante unos instantes, sumido en un silencio de perplejidad.

—Veo que no exageráis cuando os describís como una paria —dijo con un hilo de voz—. Me ocuparé de ello, señora Winters. Esto no va a quedar así.

—Me marcharé —dijo Catherine—. Si me concedéis una o dos semanas.

—Pero ¿tenéis adónde ir? —Lady Baird por fin se había vuelto de espaldas a la ventana. Había preocupación en su rostro—. ¿Tenéis familia que pueda acogeros?

—Sí. —Había ya demasiada pena en sus rostros. No deseaba provocar más. No pensaba limitarse a ser un impotente peón en este drama que acababa de tener lugar durante el día y que se estaba representando sobre ella—. Sí a ambas preguntas. Simplemente necesito escribir una carta para avisarles de que esperen mi llegada. Debo irme. Ya no me sentiría cómoda aquí.

—Lamento oírlo —dijo el señor Adams—. Pero espero que no sea la semana que viene.

—No.

Sintió que el pánico volvía a amenazarla. Una semana. ¿Qué haría después? ¿Adónde iría? No había nada, nadie ni tampoco ninguna parte. Inspiró hondo y en silencio y contuvo el aire durante unos instantes antes de soltarlo despacio.

Para entonces lady Baird y el señor Adams ya se iban. Pero antes de hacerlo el señor Adams le aseguró que volvería a visitarla y que se ocuparía de reparar los daños que había sufrido.

¿Acaso era Dios? Nada podía reparar el daño hecho. Hay heridas que jamás se curan.

Lady Baird hizo lo que Catherine había hecho por la señorita Downes poco antes. Vaciló y acto seguido abrazó a Catherine delante de la puerta abierta.

—Podría matar a Rex —dijo—. Podría matarle.

Subieron al carruaje, que ya les esperaba, y se marcharon.

Catherine cerró la puerta de nuevo y se apoyó contra ella. Pensó que sin duda los acontecimientos del día habían tocado a su fin. Y que por fin habría paz.

Si podía volver a conocer la paz en su vida.

Lord Pelham y el señor Gascoigne se habían ido a Dunbarton, en Cornwall, a visitar al barón de Haverford. Se sentían despreocupados y no deseaban bajo ningún concepto regresar a Londres ni a Stratton. Habían abrumado allí con su presencia al vizconde Rawleigh hacía apenas unas semanas. Intentaron convencerle de que les acompañara, aunque ninguno de los dos se mostró demasiado insistente cuando él rechazó el ofrecimiento. No había sido una buena compañía durante el viaje al sur desde Derbyshire.

Lord Pelham y el señor Gascoigne habían percibido que el mal talante de Rawleigh no era un estado del que fuera a ser fácil sacarle. De ahí que hubieran optado por charlar de temas neutrales, reírse y conversar sobre gente y asuntos que no guardaran relación con Bodley ni con el par de semanas que habían pasado allí.

El vizconde Rawleigh no estaba seguro del todo de por qué no iba con ellos a visitar a Ken. Eso era probablemente lo que necesitaba: un cambio de escenario, la oportunidad de estar con sus tres íntimos amigos sin tener que soportar la intrusión de otros afectos ni obligaciones.

Sin embargo, decidió que lo único que realmente le apetecía era volver a Stratton, donde podría lamer sus heridas en soledad. Y no es que ni siquiera reconociera en su fuero interno que hubiera heridas que lamer. Podía prescindir perfectamente de mujeres como Catherine. Esa mujer era una seductora, lo supiera ella o no. Le había engatusado para que se comportara vilmente, y odiaba equivocarse en algo o con alguien.

En Stratton se olvidaría de ella. Estaría en un entorno que le resultaba familiar, y siempre había mucho que hacer allí durante la primavera… eso, claro está, cuando estaba en casa en primavera. Obviamente, contaba con la ayuda de un administrador perfectamente capaz.

Desde que había vendido su cargo en el ejército, la vida a veces se le antojaba aterradoramente vacía y carente de sentido.

Una carta de Bodley había precedido su regreso. Estaba escrita con la firme mano de Claude y esperaba, acusadora, en una pequeña bandeja de plata en la que tropezaron sus ojos casi en cuanto entró por la puerta. Sin duda era una reprimenda en nombre de Clarissa por haber dejado plantada a Ellen Hudson. Pero no se había producido tal plantón, pensó ostensiblemente irritado. No había tenido lugar ningún cortejo, salvo en la determinada imaginación de su cuñada. A Rex la joven le parecía una aburrida y a ella él la aterraba… lo cual era difícilmente base para un cortejo, por no hablar ya del matrimonio.

Sin embargo, como era de suponer, Claude, siempre tan gentil y tan caballero, se mostraría puntilloso a la hora de defender las opiniones de Clarissa, a pesar de que no coincidieran con las suyas.

Lord Rawleigh dejó la carta en la bandeja del vestíbulo hasta que se hubo retirado a sus apartamentos a disfrutar de un baño caliente y relajante y después de haber dormido media hora en su cama, se vistió para la cena. Se llevó la carta al comedor y fue mirándola, irritado, de vez en cuando mientras comía.

Habría esperado, especialmente de Claude, que entendiera su necesidad de alejarse de la familia y de Bodley durante un tiempo. No necesitaba una carta para recordárselo. Y, santo cielo, Claude debía de haberla escrito y haberla enviado casi tan pronto como Nat y Eden y él habían desaparecido por la avenida principal de acceso a la casa.

Por fin tiró de la carta hacia él cuando tan sólo le quedaba una copa de oporto delante sobre la mesa. Que no se atreviera Claude a intentar convencerle de que estaba vinculado por una cuestión de honor a pedir matrimonio a la joven. ¡Que no se atreviera!

Minutos más tarde arrugó la carta abierta con una mano y siguió sin soltarla mientras cerraba con fuerza los ojos. No se movió durante un buen rato. Cuando un lacayo se acercó nervioso y de puntillas a la mesa para llevarse unos cuantos platos más, el mayordomo le hizo una señal con el pulgar y ambos salieron del comedor.

¡Dios!

No podía pensar ordenadamente.

No había nada que pensar.

Sin embargo, siguió sentado durante largos minutos intentando convencerse de que sí lo había, siempre que pudiera poner en funcionamiento su mente.

Cuando salió del comedor, su mayordomo esperaba fuera, intentando parecer ocupado.

—Me voy a Londres mañana al alba, Horrocks —dijo lord Rawleigh—. Desde allí me iré directamente a Derbyshire. Ocúpate de prepararlo todo, ¿de acuerdo?

—Sí, mi señor.

El hombre se despidió con una inclinación de cabeza. Su expresión impasible no registró la menor sorpresa al saber que su señor volvía allí de donde acababa de llegar hacía apenas unas horas.

—Me llevaré el carruaje —dijo su señoría al tiempo que se dirigía con paso firme hacia las escaleras.

—Sí, mi señor.

Había pasado más de una semana. Catherine sabía que no podía seguir posponiendo su marcha durante mucho más tiempo. Había fingido que hacía planes, que había escrito cartas y que esperaba respuestas. Había fingido que existían alternativas que explorar, una vertiginosa cantidad de atractivas opciones entre las que escoger.

Pero la realidad es que no tenía ninguna. Durante las largas horas de soledad, se había quedado sentada con la mirada al frente, sabiendo que al final tendría que limitarse a dejar su casa y marcharse de Bodley-on-the-Water.

Pero ¿adónde?

Se dijo que tenía que elegir un punto del mapa e ir allí. Pero eso era del todo imposible. ¿Qué haría cuando llegara al lugar de su elección? Recibía una pequeña asignación trimestral, y era poco lo que le quedaba de la del trimestre en curso. Desde luego, no lo suficiente como para llevarla muy lejos a esas alturas. E incluso si lo invertía todo en irse tan lejos como le fuera posible, no le quedaría nada al final del viaje. Nada con lo que empezar su nueva vida.

Supuso que podría buscar empleo. A fin de cuentas, miles de otras mujeres debían de encontrarse en una situación similar a la suya. Podía enseñar, cocinar, podía ser señorita de compañía. Pero ¿cómo encontrar un empleo? ¿Anunciándose? No tenía la menor idea de cómo hacerlo. ¿Visitando una agencia de colocación? Tendría que irse a una gran ciudad para encontrar una. ¿O ir quizá de puerta en puerta, llamando y preguntando?

No había trabajado antes y no tenía referencias. Se le ocurrió que el señor Adams se las daría. Y lady Baird también. Pero no tenía el valor suficiente para pedirlas. Ya se había inventado para sus oídos el mito de la gran, cariñosa y acogedora familia. No tenía el valor de admitir que era todo mentira. No tenía el valor de acudir a ellos en busca de ayuda.

Podía quedarse, por supuesto. El señor Adams así se lo había dicho en más de una ocasión desde el sábado en que había ido a visitarla. Y si lo hacía, el alquiler anual de la casa seguiría pagado y sus asignaciones seguirían llegando regularmente. Ésas eran las condiciones: seguirían manteniéndola mientras no se moviera del lugar que había elegido. Cualquier traslado tendría que estar debidamente justificado.

Catherine sabía que un traslado en semejantes circunstancias no sería considerado justificable. Debía llevar una vida discreta y respetable. Y no llamar en ningún momento la atención. Debía estar, a todos los efectos y apariencias, muerta. Si permanecía muerta, la mantendrían.

Si se marchaba, se convertiría en una indigente.

Pero no podía quedarse. La señorita Downes, bendita mujer donde las hubiera, había pasado a verla todos los días e incluso la había invitado a que visitara a la señora Downes. Pero ella había declinado la invitación. No deseaba complicarles la vida a las únicas amigas que tenía en el pueblo más de lo que ya debían de tenerla. Y el señor Adams y lady Baird o lady Baird y su marido también habían pasado a verla a diario. Sir Clayton y lady Baird incluso la sacaron de paseo en dos ocasiones, con sir Clayton entre las dos damas, cada una de un brazo. Una vez se alejaron hacia el sur del pueblo durante un par de kilómetros, con *Toby* corriendo alegremente delante. El pobre perro echaba de menos su ejercicio. En una ocasión, y cediendo a la insistencia de lady Baird, habían recorrido el pueblo entero y se habían quedado en el puente durante un rato, admirando la vista antes de volver tranquilamente a casa. La calle había estado milagrosamente vacía de gente a su paso.

Pero no, no era la solución. No podía quedarse. ¿Cómo iba a vivir en un pueblo donde no podía salir sola? ¿Cómo compraría la comida? ¿Cómo podía vivir en un lugar en el que se la evitaba como si fuera una apestada?

El reverendo Lovering llamó un día a su puerta y le ofreció una tersa, formal y pomposa disculpa por la equivocada conclusión a la que había llegado en el curso de aquella fatídica noche. Sin embargo, a Catherine le resultó obvio que simplemente lo hacía porque temía perder la protección del señor Adams y consecuentemente el estilo de vida del que gozaba en Bodley.

Catherine no iba a la iglesia los domingos. Ya llevaba dos semanas seguidas sin aparecer.

Tenía que irse.

Pero no sabía cómo hacerlo físicamente. No sabía cómo iba a salir por la puerta, cerrarla tras de sí, y marcharse con destino desconocido a un futuro incierto.

De ahí que fuera posponiendo su decisión.

Lady Baird, acompañada de su criada, había pasado a verla durante la mañana. También lo había hecho la señorita Downes, apareciendo con un libro de sermones que había hecho siempre las delicias de su padre y que recomendó para el consuelo de su hija. ¿Quizá la señora Winters podría encontrar algún consuelo en ellos?

Por tanto, no parecía que quedara nadie más que pudiera pasar a visitarla. Pero alguien llamó a la puerta a última hora de la tarde. ¿Quizás el señor Adams? Era un caballero extremadamente amable, aunque no había sido capaz de obrar en el pueblo el milagro prometido. Los sentimientos de Catherine hacia él no habían hecho sino pasar del respeto a algo rayano en el afecto.

Durante apenas una décima de segundo después de haber abierto la puerta, realmente creyó que era el señor Adams. Pero naturalmente no lo era. Rápidamente intentó cerrar la puerta, pero el antebrazo de Rawleigh se alzó bruscamente y la mantuvo abierta. Se miraron fijamente y en silencio durante unos instantes.

—¿Qué estáis haciendo aquí? —preguntó por fin Catherine. Fue sólo entonces cuando se dio cuenta de que lady Baird estaba detrás de él.

—Anteponer mi fuerza a la vuestra para mantener la puerta abierta —respondió él con su tono de voz aburrido y ostensiblemente altivo—. Es una batalla que estáis condenada a perder, Catherine. ¿Podemos pasar?

Catherine apartó los ojos de él para mirar a lady Baird, que se mordía el labio y parecía triste.

Toby correteaba alrededor de los recién llegados, jadeando aunque sin ladrar, disfrutando de la compañía de tres de sus personas preferidas.

Catherine por fin soltó la puerta y se volvió de espaldas para dirigirse al salón. Pero la voz de lady Baird, que estaba justo detrás de ella, la detuvo.

—No —dijo—. Estaréis más cómoda en la cocina. Lo sé, señora Winters. Yo me acomodaré aquí. Id a la cocina con Rex.

Catherine se volvió sin pronunciar palabra.

Estaba de pie, mirando fijamente el fuego, cuando oyó cerrarse con suavidad a su espalda la puerta de la cocina.

Capítulo 13

Y bien, Catherine —dijo Rawleigh.

En poco más de una semana ella había cambiado. Parecía haber perdido peso. Y desde luego había perdido color. Estaba macilenta.

Ni que decir tiene que todo era peor incluso de lo que la carta de Claude había descrito. No eran ya sólo las habladurías y la malintencionada visita de Clarissa. Y no es que Claude hubiera llamado «malintencionada» a su esposa. Al parecer, prácticamente toda la comunidad había excluido a Catherine y el reverendo Lovering le había prohibido la entrada a la iglesia, llegando incluso a denunciarla ese primer domingo. Era cierto que Claude había insistido en que se disculpara con Catherine, pero el daño estaba hecho. Además, las disculpas forzadas no tenían mucho valor.

Catherine estaba ahora delante del fuego, de espaldas a él, torneada y hermosa y con aspecto muy frágil. Rex odiaba estar allí. Odiaba toda la situación. Se sentía condenadamente culpable. Y por ello, aunque se sabía injusto, la detestaba. Casi la odiaba.

—¿Qué estáis haciendo aquí? —preguntó Catherine, volviendo a hacerle la misma pregunta que ya le había hecho en la puerta de entrada.

Rawleigh podría haber dicho que estaba de pie en su cocina, como lo había hecho minutos antes mientras aguantaba abierta la puerta. Pero ya no era momento de hacerse el gracioso.

—La respuesta debería ser perfectamente obvia —dijo—. He venido a actuar con honorabilidad, Catherine. He venido a casarme con vos.

Le sorprendió cuando la oyó reírse, aunque también es cierto que había poca diversión en el timbre de su risa.

—Qué proposición tan maravillosa y romántica —dijo ella—. ¿Debo entonces echarme en vuestros brazos y miraros con estrellas en los ojos?

—No, a menos que sea éste vuestro deseo —respondió él cortante—. No podemos fingir que esta situación sea del agrado de ninguno de los dos. Pero es la que es y debemos lidiar con ella. Nos casaremos.

Catherine se volvió entonces hacia él. Le miró sin pronunciar palabra durante unos instantes. Tenía unos leves círculos azules bajo los ojos. De hecho, sus ojos parecían más oscuros, más marrones que de color miel. Y tenía los labios casi tan pálidos como las mejillas.

—Muy poco es el valor que debéis de conceder al matrimonio si es tan poca la emoción con la que estáis dispuesto a entrar en él —dijo por fin.

¡Santo Dios! Rex recordó que hacía tan sólo dos semanas se había sorprendido pensando que quizás en cierto modo era incluso más romántico que Claude, que se había casado por amor a la edad de veinte años. Por supuesto, también él a punto había estado de tropezar con el matrimonio hacia unos años, pero desde entonces había renunciado a cualquier posibilidad de matrimonio. Había decidido que se casaría sólo si encontraba el amor perfecto, pero cuanto mayor se hacía más consciente era de que el amor perfecto no existía.

Sin embargo, ahora debía casarse porque el apetito animal le había vuelto indiscreto y había puesto en entredicho el honor de esa mujer.

—Los sentimientos poco importan, teniendo en cuenta las circunstancias, Catherine —dijo—. Creo que os habéis convertido en la casquivana de Bodley-on-the-Water.

Catherine no se sonrojó. Había palidecido aún más si cabe.

—Eso es problema mío —replicó—. Y no os he dado permiso para que me tuteéis.

Rawleigh chasqueó la lengua.

—No seas ridícula —dijo.

Catherine se volvió bruscamente hacia el fuego y bajó la cabeza. A pesar del enojo, de la frustración y de la reticencia a ocupar la posición en la que se encontraba, haciendo lo que era de rigor, Rex se vio admirando el elegante arco de su cuello. Al menos, pensó con renuente resignación, tendría una esposa hermosa.

¡Esposa! La simple mención de la palabra en su mente bastó para provocar en él una oleada de pánico. Pero a esas alturas debía de estar ya habituado a ella y a la idea de que iba a convertirse en un hombre casado. Lo sabía desde hacía casi una semana.

—Marchaos —dijo Catherine—. No quiero nada de vos ni de vuestro ofrecimiento.

Rex pensó entristecido que Catherine se merecía que le tomara la palabra y no volviera jamás, pero no podía obligarla a enfrentarse a la realidad. El rostro de ella era prueba más que evidente de que ya lo había hecho. Recorrió con la mirada la cocina, que la mano de Catherine había convertido en un espacio muy acogedor. Sólo faltaba el perro en la mecedora, pues estaba con Daphne en el salón. Y él había destruido todo eso para ella.

—Claude y Daphne me han dicho que habéis pensado volver a casa de vuestros parientes —dijo.

—Sí —respondió ella tras un instante de silencio.

—¿De quién? —preguntó Rex—. ¿Adónde? ¿Es familia de vuestro marido o vuestra?

—Eso no es asunto vuestro —fue la réplica de Catherine.

—Por lo que Claude ha podido saber —dijo el vizconde—, ningún familiar os ha visitado jamás aquí y vos tampoco habéis ido a verles nunca. En… ¿cinco años? Debéis de ser una familia muy cercana si los lazos han podido permanecer intactos durante una separación tan prolongada. ¿Estáis segura de que estarán dispuestos a acoger a una mujer marcada como vos?

—No soy una mujer marcada —dijo—. Y lo sabéis. Además, me quieren.

Debía de haber sufrido mucho durante la última semana y media. De haber habido una familia, afectuosa o no, ¿no habría acudido a ella antes?

—No existe tal familia, ¿verdad? —preguntó Rawleigh.

Ella se encogió de hombros, pero no respondió.

—Si os marcháis de aquí, ¿adónde iréis? —dijo él—. ¿Qué haréis?

Rex supuso que empezaría de nuevo en otro pueblo donde nadie la conociera. No sería fácil. Se preguntó por qué lo habría hecho hacía cinco años. ¿Habría tenido lugar alguna pelea con la familia de su marido o quizá con la suya? ¿O era quizás una de esas infortunadas que carecían por completo de familia? Y, sin embargo, sin duda debía de haber habido algunos amigos, de ella o de su marido.

Catherine Winters, su futura esposa, era ciertamente todo un misterio.

Ella no respondió a su pregunta.

—No tenéis elección —dijo el vizconde—. Os casaréis conmigo, Catherine. Nadie se atreverá a excluir a la vizcondesa Rawleigh. Y si lo hacen, tendrán que vérselas conmigo.

Catherine se había abrazado a sí misma, buscando refugio entre sus propios brazos.

—Sí, tengo elección —dijo.

Rawleigh dejó escapar un sonido de impaciencia.

—Tenéis razón —dijo ella por fin—. No tengo familia a la que acudir. Y si me marcho, perderé… no tendré medios para mantenerme.

¿Qué demonios? Rex frunció el ceño.

—No me casaré con vos —dijo—. Pero no hace mucho me ofrecieron trabajo. Quizá lo acepte ahora si el puesto sigue vacante.

—¿Qué puesto? —Debería alegrarle que por fin estuviera a punto de presentarse una solución, una alternativa que le dejaría en libertad. No debería estar sintiendo la irritabilidad que le embargaba.

—El de amante —dijo ella—. Me ofrecisteis el puesto en más de una ocasión.

Rex se volvió a mirarla fijamente, sin poder ocultar su incredulidad.

—¿No os casaréis conmigo pero aceptaréis ser mi amante? —dijo.

—Sí.

Su voz sonó muy firme.

—¿Por qué?

Por algún motivo se sentía furioso.

—Sería un acuerdo mercantil —respondió ella—. Ambos podríamos ponerle fin en cualquier momento. Sólo os pediría, os lo ruego, que acordemos unas condiciones de manutención si sois vos quien decide rescindirlo, en el caso de que os haya dado un buen servicio, naturalmente.

En el caso de que… Demonios, Catherine hablaba como si estuviera solicitando un puesto de criada o de secretaria. ¡Y él se había ofrecido a hacerla su esposa!

Catherine se volvió una vez más hacia él y le miró calmadamente a los ojos.

—Necesito trabajo —dijo—. ¿Sigue en pie vuestra oferta?

Su hermana estaba al otro lado del estrecho pasillo, apenas a un par de metros de allí, esperando la confirmación oficial de su compromiso. Su hermano esperaba en Bodley la misma noticia. Todos estaban prestos a pasar a la acción en cuanto la formalidad de la oferta fuera una realidad, permitiendo así que su relación con Catherine Winters durante su estancia en Bodley se convirtiera en un cortejo en toda regla, y que su breve ausencia respondiera al propósito de viajar a Londres a fin de solicitar una licencia especial para que las nupcias no se pospusieran un día más de lo estrictamente necesario.

No tardarían en describirles como una pareja profundamente —aunque no demasiado cautamente—, enamorada. Hasta los tuétanos.

Y ella se estaba ofreciendo tranquilamente como su amante.

—Sí. —Se acercó a ella con grandes zancadas—. Sí, por Dios que sigue en pie.

La agarró sin demasiados miramientos por la cintura —indudablemente había perdido peso— y la atrajo bruscamente contra él, tomando su boca salvajemente e introduciendo en sus profundidades la lengua, moviéndola en una deliberada simulación de la cópula.

Por Dios, si iba a convertirse en su amante, tendría que ganarse el puesto. Estaba furioso con ella.

Catherine no se mostró impasible. Rindió su cuerpo al de él. Sus brazos rodearon el cuerpo de Rex, uno por la cintura, el otro por los hombros. Abrió de par en par la boca, ofreciéndosela. Tenía los ojos cerrados. Sin embargo, su temperatura no subió en consonancia con la de él. Era ya una amante y se limitaba a cumplir con su deber.

¡Maldición!

—Volveré esta noche —dijo Rawleigh, mirándola a los ojos sin soltarla—. Estad dispuesta a recibirme y descansad antes de que venga. Parecéis necesitarlo. Descubriréis lo buena que sois y lo rápido que aprendéis.

—Estaré dispuesta, mi señor —dijo ella.

—Maldito seas, Rex. —Jamás maldecía en presencia de las mujeres—. Mañana partiremos —dijo—. Os instalaré en Londres en vuestra propia casa, con vuestros propios criados y con carruaje propio. Vais a medrar en el mundo, Catherine Winters. Os gustará Londres.

Algo parpadeó en los ojos de ella.

—No —dijo—. Londres no.

Rex arqueó las cejas.

—¿Londres no? —dijo—. ¿Dónde entonces? Decidme.

—En Londres no.

—Supongo —dijo él— que esperáis que os lleve a Stratton Park y os instale allí en un acogedor apartamento. Sería maravillosamente cómodo, debo confesar, pero quizás un poco escandaloso. Es posible que terminara admitiendo haberme pasado de la raya. ¿O quizá pensabais quedaros aquí? ¿Teníais acaso en mente que viajara a Derbyshire cada vez que quiera acostarme con vos?

Por primera vez Catherine se había sonrojado.

—Sé perfectamente lo que se espera de una amante —dijo—. Pero en Londres no, os lo ruego.

¿Era temor lo que Rex vio durante un momento en sus ojos? Ella los bajó de inmediato al tiempo que bajaba también los brazos, que quedaron extrañamente laxos sobre sus costados. Rex la soltó y cruzó la habitación para mirar por la ventana de la cocina el jardín trasero y el río que corría más allá. Había esperado que la situación se solucionara en un par de minutos como mucho. Daphne debía de estar preguntándose por qué tardaba tanto.

—Esto no puede ser, Catherine —dijo—. Si vengo esta noche, lo más probable es que alguien me vea. Estoy seguro de que vuestra casa se ha convertido en blanco favorito de observadores. Por eso he venido acompañado de Daphne esta tarde. Y mi regreso no debe de haber pasado desapercibido. Si os marcháis conmigo mañana por la mañana, mucha gente puede veros. Vuestra reputación quedará para siempre mancillada. Y no puede ser eso lo que deseáis.

Ella se rió, pero no dijo nada.

—No puedo permitirlo —dijo el vizconde—. He comprometido vuestro honor. Debo enmendar el error. No, no os tomaré como amante. Sólo como esposa.

Se produjo el silencio tras sus palabras.

—¿Y bien? —inquirió por fin, volviéndose levemente a mirarla.

Catherine seguía donde la había dejado, con las manos entrelazadas delante de ella y los ojos cerrados.

—Me han arrebatado toda elección, ¿no es así? —dijo.

—Sí —respondió él con voz queda.

Y a él también. Aunque había sabido que se había quedado sin elección alguna en cuanto había leído la carta de Claude. De hecho, ya casi se había acostumbrado a la idea. Casi, aunque no del todo. Iba a vivir el resto de su vida en un matrimonio sin amor. No era una idea con la que debiera obsesionarse.

—En ese caso, por fin parece decidido —dijo enérgicamente—. Nos casaremos mañana. Aquí. Oficiará la ceremonia el reverendo Lovering. Será necesario para devolveos vuestra reputación.

Los ojos de Catherine se abrieron como platos.

—¿Mañana? —dijo.

—He traído una licencia especial —respondió Rex—. Entendí la necesidad del matrimonio antes de venir. Será aquí mañana en presencia de mi hermano y de mi hermana. ¿Hay alguien a quien deseéis invitar?

Catherine había vuelto a palidecer.

—Vuestro permiso especial quedará invalidado —dijo.

¿Y ahora qué? Rex la miró, ceñudo.

—¿Habéis tenido que poner mi nombre en él? —preguntó ella.

—Naturalmente —dijo Rawleigh—. Catherine Winters, viuda. Catherine con C, ¿correcto?

Catherine bajó los ojos y se miró las manos abiertas durante un instante antes de volver a mirarle.

—No soy viuda —dijo—. No he estado nunca casada. Y mi apellido no es Winters. Es Winsmore.

Sus ojos observaron recelosos los de Rex.

¡Santo Dios!

Obviamente, era una dama. ¿Qué diantre hacía una dama soltera viviendo sola entre desconocidos? Y ocultándose tras un nombre falso y un falso estatus.

Una dama con la que estaba a punto de contraer matrimonio.

—Quizá —dijo, entrecerrando los ojos—, podríais contarme vuestra historia, señorita Winsmore.

—No —dijo ella—. Esto es todo lo que necesitáis saber. Si lo deseáis, podéis retirar vuestra oferta de matrimonio. No os obligaré a respetarla. A fin de cuentas, se la habéis hecho a alguien que no existe.

Rex la miró fijamente durante unos instantes antes de dirigirse con paso firme hacia la puerta, abrirla de un tirón y llamar a su hermana, que hablaba en ese momento con *Toby*... o consigo misma.

Daphne apareció de inmediato con el perro trotando feliz tras sus talones y miró interrogante a Rex primero y después a Catherine.

—Daphne —dijo—. Te pido que me felicites. Esta dama acaba de concederme el honor de prometerse a mí. Desearás conocerla. Te presento a la señorita Catherine Winsmore.

Daphne le miró como si de pronto tuviera dos cabezas y acto seguido se volvió hacia Catherine.

—¿Winsmore? —dijo—. ¿Catherine Winsmore?

Catherine volvió a sonrojarse. Y mantenía todavía su recelo.

—Sí —dijo.

Daphne lanzó a Rex una extraña mirada antes de volverse a mirar a su prometida.

—Oh —dijo. Y pareció entonces propinarse una sacudida mental y esbozó una sonrisa radiante—. Bien, habéis tardado el tiempo suficiente como para llegar a tan satisfactoria conclusión. Estoy muy complacida. Catherine… ¿puedo llamarte Catherine?... estoy encantada. Vamos a ser hermanas.

Daphne cruzó con ligeros pasitos la habitación y abrazó a Catherine, que miró a Rex por encima del hombro de su hermana y se mordió el labio.

—Gracias —dijo Catherine.

—Debes llamarme Daphne —dijo la hermana de Rawleigh, volviéndose hacia él y estrechándole también con fuerza entre sus brazos—. Estoy encantada por ti, Rex. Vais a ser muy felices, estoy segura. ¿La boda se celebrará mañana? Vamos a estar frenéticamente ocupados lo que queda del día.

—No, no será mañana —replicó él con sequedad—. Tengo que volver a Londres. El nombre que aparece en este permiso es incorrecto.

Daphne le observó detenidamente.

—Ah, sí, claro —dijo—. Qué inoportuno. ¿Cómo explicaremos un nuevo viaje a Londres?

—Mis entusiastas y tiránicos hermanos y sus respectivos cónyuges insisten en disponer de elaborados preparativos —respondió él enérgicamente sin apartar los ojos del rostro de Catherine—. El impaciente novio no puede soportar la imprevista espera para disfrutar de su boda y de su novia y por ello ha debido buscar refugio durante una semana en casa de unos amigos.

—Perfecto —dijo cavilosa Daphne. Luego sonrió—. Catherine, vamos a divertirnos mucho durante la semana que nos espera. Tenemos una boda que preparar. ¡Voy a pasarlo en grande, por supuesto que sí! —exclamó, aplaudiendo—. Tienes que trasladarte a Bodley House durante la semana. Por eso el pobre Rex debe marcharse. Podrás volver aquí la noche antes de la boda, tras su regreso.

—¿Y bien, Catherine? —dijo Rex.

Había estado muy callada.

—Haré como gustéis —dijo.

La novia sumisa. Rawleigh esperaba que no fuera a adoptar el papel de esposa sumisa cuando estuvieran casados. Se habría aburrido de ella en una semana.

—Bien —dijo, volviéndose hacia ella—. Me marcharé a primera hora de la mañana y os veré a mi regreso.

Con Daphne presente, no sabía cómo despedirse de ella. Sin embargo, ella representó su papel. Le sonrió.

—Os deseo un viaje sin contratiempos —dijo.

Rex no sabía si Catherine había alzado el rostro esperando su beso o simplemente para que pudiera mirarla a los ojos. Pero la besó, leve y brevemente en los labios antes de volverse de espaldas.

—Vamos, Daphne —dijo.

Habían llegado en el carruaje del vizconde… a fin de que nadie en el pueblo pudiera pasar por alto su visita ni dar una explicación errónea a su cometido. Rawleigh ayudó a subir a su hermana, subió tras ella y cerró la portezuela. Al volverse a mirar, reparó en que la puerta de la casa estaba ya cerrada.

—Bueno —dijo, echando la cabeza hacia atrás y cerrando los ojos—. Ya está hecho.

—Rex… —dijo Daphne.

—Preferiría no hablar, si no te importa, Daphne —le pidió él.

Siguieron sentados juntos y en silencio mientras el carruaje les conducía de regreso a Bodley House.

—¿Cuántas Catherine Winsmore puede haber? —preguntó lady Baird a su esposo. Estaba acurrucada en el hueco del brazo de Clayton, sentados ambos en un pequeño confidente de la habitación de Daphne horas más tarde, esa misma noche—. Por supuesto que es ella, Clay.

—Sí, supongo que tienes razón —dijo él con un suspiro—. Pobre dama.

—Siempre he sentido lo mismo —dijo Daphne—. No sé por qué somos siempre las mujeres las que cargamos con la impronta de la censura general mientras los hombres se van de rositas. Normalmente son los hombres los culpables… y éste en particular.

—Así es como funciona el mundo, amor —dijo Clayton.

—Sí. —Recostó la cabeza sobre el hombro de su esposo—. Entonces, ¿de verdad crees que no debemos decir nada?

—A Claude ni a Clarissa su nombre les ha dicho nada —respondió él—. Claro que no pasan mucho tiempo en la ciudad. Y si para Rex ha significado algo, ha optado por callárselo. Con tu hermano mayor cualquiera sabe, Daph. Espero que me perdones el comentario, pero es un poco antipático.

—Guardarse las cosas y cargar con ellas sólo es parte de la educación que ha recibido como heredero —dijo ella con voz triste—. Aunque quizá te parecerá extraño, en cierto modo siempre le he creído incluso más sensible que Claude.

—Si las circunstancias fueran otras —prosiguió sir Clayton—, quizá por una cuestión de honor deberíamos contar lo que sabemos. Pero Catherine ha sido visiblemente deshonrada y es prácticamente indudable que Rex es más culpable que ella de lo ocurrido. Debe casarse con ella, conozca o no la verdad. O mejor, diría que se casaría con ella, la conociera o no. Debemos mantenernos al margen, Daph. Que sean ellos quienes forjen su propio destino.

—Deseaba tanto que fueran felices, Clay… —dijo ella—. Me refiero a Rex y a Claude. Les quiero mucho. Y ahora, este matrimonio forzado para Rex, y Claude, que sigue mostrándose fríamente civilizado con Clarissa.

—Si ella hubiera sido mi esposa —dijo él—, se habría llevado un buen correctivo, Daph.

—Oh, bobadas —respondió ella afectuosamente—. Eres incapaz de sacudir una alfombra, menos aún a una esposa.

Clayton se rió entre dientes.

—La vida continúa —dijo—. De algún modo saldrán adelante y arreglarán las cosas.

—El eterno optimista —dijo Daphne—. A propósito, ya han pasado ocho días. Después de dos años de matrimonio. ¿Contienes el aliento tanto como yo?

—Ésa es una práctica un poco suicida, amor mío —dijo él—, sobre todo si estás respirando por dos. Hace un año acordamos dejar que la vida siguiera su curso, ¿no es así? ¿Y ser felices juntos aunque tengamos que seguir siendo una familia de dos el resto de nuestras vidas?

—Sí.

—Bien. —Volvió a reírse por lo bajo instantes después—. Pero sí, contengo el aliento.

La vida adquirió el aspecto de un sueño bizarro. Quizá no el de una pesadilla, aunque parecido.

El carruaje del vizconde Rawleigh pasó por delante de casa de Catherine a primera hora de la mañana siguiente del compromiso sin detenerse. Ella ya estaba levantada y lo vio pasar. Dos horas más tarde, el carruaje del señor Adams llegó a buscarla para llevarla junto con *Toby* a Bodley House. Catherine no deseaba ir. No obstante, no discutió. Fue.

El día anterior había decidido que a partir de entonces —o al menos durante un tiempo— dejaría que la vida siguiera su curso. Estaba cansada de intentar controlar su vida para terminar siempre convirtiéndola en un absoluto desastre.

No deseaba contraer matrimonio. No podía hacerlo. Ésa era una de las condiciones. No obstante, en cuanto se casara con el vizconde Rawleigh dejaría de depender de esa fuente de manutención. Según creía, el vizconde era un hombre muy rico.

No quería casarse con él. Quizá si no le hubiera encontrado atractivo, si no le deseara físicamente, se habría sentido mejor casándose con él. Pero le desagradaba su insensibilidad y le despreciaba por su arrogancia. Rawleigh le había dejado muy claro que tan sólo codiciaba su cuerpo para su disfrute y que no deseaba en absoluto casarse con ella... del mismo modo que ella no deseaba casarse con él.

Catherine había decidido no pensar en ello ni tampoco en él. Su destino estaba escrito. Por fin había dejado que ocurriera —aunque en ningún momento había dado el sí a la proposición de Rawleigh— simplemente porque no había alternativa posible. Creía que él cambiaría quizá de parecer en cuanto le contara la única parte de la verdad que estaba dispuesta a revelarle. De haber sido éste el caso, tendría que haber buscado una alternativa. Pero él no había retirado su oferta.

Catherine creía que quizás él habría reconocido su nombre. Entonces sí habría cambiado de opinión. Pero no había sido así. Y ella no se había sentido en la obligación de informarle. Rex la estaba obligando a casarse con él. Sabía que su historia no se limitaba tan sólo a lo que ella le había contado. Aun así, había decidido seguir adelante con el matrimonio.

Se trasladó a Bodley House, donde fue recibida con calurosa afabilidad por parte del señor Adams, con fría cortesía —y una tersa y formal disculpa— por parte de la señora Adams, con luminoso afecto por lady Baird y con gentil diversión por parte de sir Clayton Baird. El resto del grupo de invitados, incluidos Ellen Hudson, habían regresado ya a sus casas. A los niños les divirtió muchísimo tenerla todo el tiempo en la casa, aunque William receló visiblemente al principio de que su presencia fuera sinónimo de una lección de música diaria.

Encomendaron a la camarera de lady Baird que se pusiera sin demora a confeccionar un vestido de novia con los materiales y patrones de que disponía. Igualmente, encomendaron a la cocinera del señor Adams que preparara un desayuno nupcial para tantos invitados como pudieran encontrar entre los terratenientes que habitaban en un radio aproximado de quince kilómetros de Bodley, y que en su mayoría ya habían asistido al baile. Se preparó la decoración del comedor, el carruaje de la novia —el del señor Adams, por supuesto— y la iglesia. La decoración floral del templo se limitaría exclusivamente a narcisos y otras flores primaverales que crecían silvestres en el parque y en los bosques. Las pocas flores del invernadero que habían sobrevivido al baile se emplearon para adornar la casa y para confeccionar el ramo de Catherine.

Las tres damas visitaron a todo aquel que era alguien para invitarles a visitarlas. Flanqueada por una sonriente y locuaz lady Baird a un lado y por una regia y digna señora Adams al otro, Catherine se encontró con que nadie tenía el valor de negarle su relación. A pesar de que no tenía el menor deseo de ser aceptada en términos de tamaña falsedad, no dijo nada. Cumplió con los formalismos de mostrarse sociable.

Ni que decir tiene que todos quedaron cautivados por la historia de romance, impetuosidad e impaciencia que lady Baird relató una y otra vez con gran entusiasmo e ingenio. O al menos fingieron estarlo. Catherine ya no sabía distinguir lo que era sincero de lo que era fingido en el comportamiento de la gente.

—¿Podréis creer —confesaba lady Baird —Daphne— al culminar su relato con las mejillas arrobadas y los ojos bailando en sus órbitas de puro júbilo— que mi hermano llegó a creerse capaz de regresar apresuradamente a Bodley tan sólo una semana después de haberse marchado a toda prisa a fin de conseguir una licencia especial y llevar a nuestra querida Catherine al altar al día siguiente? ¡Qué incauto, el pobre! Bien, les aseguro que Clarissa y yo tuvimos unas cuantas cosas que decir al respecto, ¿no es así, Clarissa?

Y ante semejante discurso, la señora Adams inclinaba la cabeza en elegante acuerdo.

—Cierto, Daphne —decía.

—Acudimos al rescate de nuestra querida Catherine —decía siempre Daphne, triunfal, dedicando una luminosa sonrisa a su futura cuñada—. Mandamos a Rex a casa de unos amigos para que domara su impaciencia durante una semana más.

A Catherine siempre le había parecido que Daphne era extremadamente cariñosa, sobre todo teniendo en cuenta que ella sí sabía. No estaba segura de cómo lo sabía, pero sí estaba segura de que era así. Tanto Daphne como Clayton estaban al corriente. Pero ninguno le dijo jamás una sola palabra al respecto.

El reverendo Lovering, parafraseado por la señora Lovering, aseguraba a todo el mundo que estuviera dispuesto a escucharle que el honor de casar al vizconde Rawleigh con su querida señorita Winsmore —nadie había hecho mención alguna en público al misterioso cambio de nombre ni de estado civil de Catherine— bien podía ser el súmmum de los logros de su vida. Estaba mudo de agradecimiento, aunque rezaba a diario de rodillas para evitar caer en el pecado del orgullo.

La señorita Downes fue la única persona a la que Catherine invitó personalmente. Ella la abrazó con lágrimas en los ojos cuando Catherine la visitó en compañía de sus dos futuras cuñadas. La señora Downes tomó la mano de Catherine en las suyas y le sonrió.

Rex se ausentó durante una semana. Cuando las tres damas regresaron una tarde de sus visitas, le encontraron en el salón con el señor Adams y con Clayton. Se levantó y saludó a Catherine con una inclinación de cabeza, como lo hizo con las otras damas, y le dijo que tenía buen aspecto. La informó de que la boda se celebraría a la mañana siguiente. Y le dijo también que le concedería el honor de acompañarla de vuelta a su casa.

Al oír eso, Daphne puso el grito en el cielo y le dijo que no tenía la menor idea de cómo manejarse, que sería ella quien subiría al carruaje que había de llevar de regreso a casa a Catherine y a su querido *Toby*, al que los niños habían intentado adoptar hasta que se habían dado cuenta de que era imposible retenerle en la habitación de jugar, porque huía en cuanto tenía ocasión en busca de Catherine.

Y de pronto, ésta se vio regresando a casa con *Toby* acurrucado en su regazo y con Daphne diciéndole que iría a verla por la mañana para ayudarla a vestirse antes de que el carruaje de Claude llegara para llevarlas a la iglesia. Y Clayton, que había accedido a acompañar a Catherine al altar, iría también en el carruaje, naturalmente.

Catherine dejó que todo ocurriera. Durante toda la semana todos los planes se habían llevado a cabo a su alrededor sin contar con su participación activa. Poco importaba. Estaba contenta siendo totalmente pasiva.

Por fin estuvo de nuevo en casa y sola con *Toby*.

Hasta el día siguiente.

—*Toby*. —Se arrodilló en el suelo de la cocina y rodeó con sus brazos al perro, que meneaba el rabo en un éxtasis de pura felicidad al verse de nuevo en ese familiar entorno—. *Toby*. Oh, *Toby*.

Catherine sollozó contra su cuello caliente y sintió cómo la húmeda lengua del perro le lamía la oreja.

Capítulo 14

*E*n cuanto le vio, Clarissa le dijo que parecía dispuesto a asistir a una recepción en Carlton House. Su gabán azul era la mejor pieza de Weston. Llevaba unas calzas grises hasta las rodillas, un chaleco plateado y puños de lino blanco y encaje. El camarero de Claude —pues Rex había dejado al suyo en Stratton— había convertido su corbatín en una prenda admirablemente espumosa.

Parecía un novio, dijo Claude, dándole una palmada en la espalda y sonriéndole de oreja a oreja. En cualquier momento le oirían quejarse de que el corbatín le apretaba demasiado y de que hacía demasiado calor en la habitación.

Estaba exhausto. Tenía la sensación de haber pasado una eternidad en camino. Y al final del camino no había hallado relajación alguna, sino una boda para la que debía prepararse y la obligación de mostrarse feliz.

Ella sin duda tenía mejor aspecto... y también peor. Las sombras que tenía bajo los ojos habían desaparecido. Y estaba menos macilenta, menos atormentada. Aun así, había algo en ella... algo en su mirada. Sus ojos le habían parecido... vacíos. Ésa era la única palabra que había podido encontrar para describir lo que había visto en ellos.

Había una congregación sorprendentemente numerosa en la iglesia, aunque Daphne le había contado lo ocupados que habían estado todos durante la semana de su ausencia, con Claude y Clayton visitando constantemente a los vecinos y Clarissa y ella llevando con ellas a Catherine de visita a todas las damas y tomando tanto té como para hacer naufragar un barco.

Rex esperaba en la parte delantera de la iglesia con su hermano. Catherine no se había retrasado... era él el que había llegado temprano. Le habría gustado marcharse de allí, saltar sobre la grupa de un caballo y cabalgar sobre él hasta no poder más. Marcharse a Dumbarton a ver a Ken y a los demás. Como en los viejos tiempos.

Catherine nada quería con él. Aunque se había sentido físicamente atraída por él, nunca le había deseado. Se había negado a acostarse con él, a ser su amante, a ser su esposa... de repente se le antojó increíble que le hubiera pedido matrimonio una vez sólo porque deseaba desesperadamente acostarse con ella. Catherine le había rechazado.

Y, sin embargo, ahora, simplemente porque, presa de la ira y de la decepción, había sido tan incauto como para salir de su casa sin comprobar antes que no hubiera nadie en la calle, finalmente ella se había visto obligada a casarse con él.

Ah, sí, habría dado lo que fuera por estar a miles de kilómetros de allí.

Se oyó un pequeño murmullo al fondo de la iglesia y de pronto allí estaba Catherine con Clayton, seguida de Daphne, que sonreía y le retocaba la parte trasera del vestido. Entonces empezaron a moverse hacia él.

Dios, pero qué hermosa era. Rex se quedó fascinado por su belleza como ya le ocurriera el primer día que la había visto, de pie junto a la verja, saludando con una inclinación de cabeza al paso de Clarissa a bordo de uno de los carruajes y volviéndose entonces para sonreírle y saludarle también con una pequeña reverencia.

Iba vestida de satén blanco. El vestido era de corte moderno, con la cintura alta, de escote modestamente bajo y mangas cortas y abullonadas. Los dos volantes del dobladillo y el más pequeño de las mangas estaban adornados con dorados capullos de rosa bordados, a juego con el ramo de rosas auténticas que llevaba en las manos.

Parecía una novia, pensó estúpidamente Rex.

Era una novia.

Su novia.

Cuando Catherine se acercó, Rex pudo ver que tenía las mejillas teñidas de color. Le brillaban los ojos, y el vacío que había visto en ellos la víspera había desaparecido por completo. Se volvieron a mirarle directamente a los suyos.

Más adelante, al rememorar su boda, descubrió que no recordaba quién había estado sentado en la congregación. Era incapaz de recordar siquiera si Clayton había acompañado a Catherine al altar en ausencia de algún familiar masculino de ella, o si Claude le había dado la alianza de la futura esposa. Ni siquiera era capaz de recodar al rector ni el servicio.

Sólo se acordaba de ella, allí de pie, delgada y preciosa, y en silencio a su lado; sus ojos, ligeramente bajos —reparó en las largas pestañas, varios tonos más oscuras que sus dorados cabellos— aunque más a menudo elevados hacia él; su mano, fría en la suya. Catherine tenía unos dedos finos y largos, dedos de pianista, de uñas cortas y bien cuidadas. Recordó haberse preguntado irrelevantemente cómo podía conservar las manos tan suaves y hermosas si no tenía criados que hicieran por ella las tareas propias del hogar. Su anillo tenía un aspecto asombrosamente brillante y dorado en el dedo de Catherine.

Sólo podía recordar haberla oído decir «Sí, quiero» con voz queda pero firme cuando le habían preguntado si le tomaba como esposo, mientras le miraba a los ojos. Se acordaba de que había prometido con la misma voz reposada amarle, honrarle y obedecerle.

Y, volviendo la vista atrás, recordaba como un dato interesante que ni el servicio, ni las palabras ni tampoco los votos que habían intercambiado en ese momento le habían parecido una farsa ni un sacrilegio. Habían prometido amarse ante Dios y ante los hombres.

Los labios de Catherine, cuando la besó, eran suaves y fríos.

Era su esposa. Esa mujer, cuya belleza había captado su mirada desde el principio; esa mujer, a la que había deseado en cuanto había puesto los ojos en ella, era suya. Para el resto de sus vidas.

Más tarde se acordó de que no había habido sombra de pánico en esa certeza. Tan sólo una maravillada suerte de exultación. Todo había ocurrido muy deprisa. ¿Podía estar ocurriendo? Sí. Catherine era suya.

Era su esposa.

Siempre le había encontrado extraordinariamente apuesto, tal y como le había ocurrido con el señor Adams… con Claude. A partir de ahora debía de llamarle por su nombre. Era su cuñado.

Siempre había encontrado apuesto a su marido, cierto. Pero ese día su apostura la había dejado sin aliento. Como una muchacha enamorada, había sido incapaz de apartar la mirada de él en la iglesia desde el momento que Daphne le había retocado la cola del vestido y había puesto los ojos en el altar y le había visto. Sin embargo, no era amor lo que sentía por él, sino su antítesis.

Iba vestido como un cortesano o como un novio, había pensado estúpidamente al verle. Se había vestido con sumo cuidado y espléndidamente para la boda. A decir verdad, casi había esperado que la boda le importara tan poco como para presentarse vestido con su traje de montar.

La boda resultó para ella de una importancia inesperada. Se acordó de que cuando era niña había anhelado casarse con un marido apuesto y cariñoso… ese «y fueron felices para siempre» que era el sueño de cualquier jovencita. Se acordó de la severa decepción que había sufrido cuando su puesta de largo se había pospuesto hasta que había cumplido diecinueve años, prácticamente cuando a punto estaba ya de quedarse para vestir santos. Y de que poco después de ese día todos sus sueños, todas sus esperanzas, su futuro entero se había hecho añicos a sus oídos. Y el cruel y final golpe que le había asestado el destino con la muerte de su bebé apenas ocho meses más tarde. Durante cinco años había vivido sin sueños, sin esperanza. Durante cinco años había vivido tan sólo anhelando la paz.

Y ahora, finalmente, se casaba. Con un hombre apuesto y rico, un vizconde. Sabía que él la deseaba aunque no la amaba ni la quería.

Por fin tendría un marido, a un hombre en su cama, al menos hasta que él se cansara de ella o quizás hasta que ella le diera un hijo.

Quizá volviera a tener un hijo. Un hijo que esperara nueve lunas llenas para nacer. Un niño que viviría.

No amaba al hombre con el que se casaba. Ni siquiera le gustaba. No quería casarse con él. Pero se estaba casando con él. Y, por inesperado y claramente doloroso que le resultara, sentía que la esperanza había renacido en ella. La esperanza de alguna suerte de futuro que no se limitara a esa triste paz en la que vivía.

Quizás él le diera un hijo.

Se quedaron en los escalones de la iglesia durante un buen rato, estrechando las manos de los invitados, recibiendo los besos de algunos, sonriendo, riéndose con todos. Catherine se dio cuenta después de que la habían tenido allí deliberadamente, aunque bien podrían haberse marchado de inmediato y haber saludado a los invitados en casa. Rex la había mantenido allí para que pudieran ser vistos por los vecinos del pueblo, la mayoría de los cuales se habían congregado delante de la verja de la iglesia, al final del sendero, y otros esperaban en la calle, más alejados, mirando hacia el templo.

Regresaron a Bodley House en el adornado carruaje nupcial, solos por primera vez. Pero lo hicieron en silencio, con la mano de Catherine en la manga de él, con la mano de Rex sobre la suya. A ella no se le ocurría qué decir y él parecía no tener ningún interés en intentar darle conversación. Miraba por la ventanilla. Por primera vez, Catherine reparó en que hacía un día hermoso, soleado y con un cielo azul. Por primera vez reparó en que no tenía frío, a pesar de que no llevaba capa, ni siquiera un chal.

Luego, durante el desayuno, y también después, él la mantuvo a su lado, sonriente, mirándola con ojos afectuosos y agradecidos, la paseó de un lado a otro para poder conversar ambos con todos los presentes —y todos los que habían sido invitados habían acudido, por supuesto, curiosos por ver a la pareja cuyo matrimonio apenas había conseguido evitar por poco el escándalo. En unas cuantas ocasiones, mientras hablaban con los invitados, él se había dirigido a ella llamándola «mi amor».

No era más que una farsa que él representaba con meticuloso cuidado para que el buen nombre de Catherine quedara por fin restaurado, poner punto y final al escándalo y evitar así que las habladurías se diseminaran más allá de los confines de Bodley y de sus inmediaciones.

Catherine entendió que Rex se comportaba como un caballero escrupulosamente honorable, protegiendo su buen nombre y asumiendo las consecuencias de su indiscreción. Comprendió todo eso y se sintió agradecida por ello. Y a la vez le detestó por ello. Qué desprotegidas estaban las mujeres. Meros títeres a merced de los hombres. Pisoteadas y arrastradas por el fango por ellos para ser luego recogidas, desempolvadas y devueltas a la virtud.

Pero así era como funcionaba el mundo.

Todos se quedaron hasta bien entrada la tarde. Podían pasear por el jardín en un día tan hermoso, y estaba también el salón, donde podían sentarse a conversar y a tomar el té. Hubo incluso un baile improvisado en el salón al son de la música del pianoforte, a pesar de que el salón no estaba decorado para la ocasión.

Cuando empezó a caer la noche, llegó la hora de marcharse. La hora de que los novios se fueran. Pasarían la noche de bodas en casa de Catherine y saldrían para Stratton al día siguiente.

El carruaje de Claude, todavía decorado, esperaba delante de las puertas principales para llevarles.

Daphne lloraba y reía mientras les estrechaba con fuerza entre sus brazos. Claude abrazó en silencio a su hermano durante un largo instante antes de volverse hacia Catherine y sonreírle afectuosamente y besarla en ambas mejillas.

—Cuida de él, Catherine, querida —dijo con voz queda—. Es muy precioso para mí y no es tan canalla como parece.

Sus ojos estaban velados por lágrimas no vertidas.

Catherine deseó, en un absurdo arrebato, poder casarse con una familia en vez de con un individuo. Quería a Claude y a Daphne.

Clayton y Clarissa también la besaron, el primero con un guiño, la segunda con una sonriente tensión.

Otros sonreían y saludaban con la cabeza... parecía haber docenas de ellos en la terraza.

Y entonces lord Rawleigh la ayudó a subir al carruaje y acto seguido se situó junto a ella. Alguien cerró la portezuela desde fuera y de pronto se encontraron encerrados en la penumbra y envueltos en el silencio. El carruaje se puso en marcha con una sacudida.

¡Lord Rawleigh! Catherine podía ya pensar en sus cuñados y llamarles mentalmente por sus nombres de pila. Pero sólo se atrevía a pensar en el hombre que estaba sentado a su lado, llamándole por el título que ostentaba. Rex. No estaba segura de poder ser capaz algún día de pronunciar su nombre en alto. Su marido. A pesar de la boda, celebrada a última hora de la mañana, y de la tarde y de la noche de celebraciones, de pronto volvía a parecer irreal. Su marido. Rawleigh estaba reclinado contra los cojines con los ojos cerrados.

—Bien, Catherine —dijo pasado un rato—, tu honor ha quedado restituido. Vuelves a ser una mujer respetable.

Catherine siguió sentada muy quieta. De haberse movido, le habría abofeteado. Con fuerza.

—Catherine Adams, vizcondesa Rawleigh —dijo él—. La cuestión de si era Winters o Winsmore carece ahora por completo de importancia.

Y así fue como desaparecieron los vestigios de la identidad de Catherine. No le quedó por tanto identidad alguna salvo la de Rex. Llevaba su apellido y era propiedad suya. Su posesión. Una posesión que él no deseaba. Excepto quizás en su cama, para saciar su placer y para engendrar a sus hijos. Respiró con suavidad y calmadamente, intentando no permitirse ser pasto de la amargura. Como había ya aprendido de su anterior experiencia, en la amargura no encontraría más que autodestrucción.

Cuando el carruaje giró al llegar al final de la avenida para cruzar el pueblo, Rex volvió a hablar. Seguía con los ojos cerrados.

—Dime, Catherine —dijo—. ¿Tengo una esposa virgen?

Catherine había supuesto que él habría sacado sus propias conclusiones después de haber sabido que vivía sola y de incógnito. Ésa era una pregunta que habría esperado de él antes de casarse con ella, si no estaba seguro. Al parecer, el sentido del honor de Rawleigh no conocía límites. Aunque no había que olvidar que durante años había sido oficial de caballería. Naturalmente para él el honor significaría más que la propia vida.

—No —respondió ella, tan decidida a no susurrar y a no parecer avergonzada que soltó abruptamente la palabra en los cerrados confines del carruaje como un desafío.

—Así lo había imaginado —dijo él con voz queda.

Aunque al parecer la señorita Downes había pasado a sacarle cinco minutos por la tarde, el perro de Catherine había estado en casa solo la mayor parte del día. *Toby* les recibió con ladridos de entusiasmo, casi enloquecido de júbilo, saltando sobre Catherine y lamiéndole la cara cuando ella se agachó a abrazarle.

—Necesita salir —murmuró, y el terrier salió corriendo delante de ella hacia la puerta trasera, ladrando de excitación. Catherine no se limitó a dejarle salir. Salió con él y estuvo ausente durante diez minutos.

Rex encendió un par de velas en la cocina. No se molestó en hacer lo mismo con la chimenea. No era una noche fría y no se quedarían abajo.

Estaba molesto. No tanto por el hecho de que ella no fuera virgen. Ya lo había sospechado. Le habría sorprendido que hubiera dado una respuesta afirmativa a su pregunta. A decir verdad, en cierto modo le alivió no tener que lidiar con la estrechez, la sangre y el temor esa noche.

No, no era tanto su falta de virginidad lo que le fastidiaba, sino el hecho de que ella le hubiera rechazado tan categóricamente cuando se había abierto a algún otro hombre… u hombres. Quizás era un golpe a su orgullo el hecho de que con él se hubiera negado en redondo a dejarse seducir.

Por fin, lo que le había ocurrido a Catherine estaba por fin claro como la luz del día. Había fornicado con un hombre que por alguna razón no se había casado con ella, y su familia la había repudiado, condenándola a vivir su desgracia en un lugar apartado del campo. La familia debía de haber estado manteniéndola mientras no se moviera de donde la habían enviado.

Rex odiaba pensar que ella había sido más feliz con esa vida que con que la que él le ofrecía. Odiaba estar llevándosela de aquel acogedor hogar casi a la fuerza y sin duda contra su voluntad. Odiaba la idea de la violación, incluso aunque hubiera quedado legalizada por el hecho de haberse casado con ella.

¡Demonios! Se había reído de la huída de Nat y de Eden pocos meses atrás. Él no había tenido esa posibilidad. Se preguntó si se burlarían ellos de su destino. Les había escrito a Dunbarton para anunciarles sus inminentes nupcias. En cualquier caso, no creía que se rieran de él. Comprenderían su predicamento y sus sentimientos. Sin duda le compadecerían.

Maldición, no quería ser blanco de la compasión de nadie.

Se abrió en ese momento la puerta trasera y *Toby* entró trotando a la cocina. Catherine entró más despacio tras él. Su vestido de satén resplandeció a la luz de las velas, incongruente con el marco que la rodeaba.

Rex apagó una vela y cogió la otra.

—Llévame al dormitorio —dijo.

No tenía sentido retrasar lo inevitable, a pesar de que era tan sólo noche temprana. Rex recordó la última vez que le había hecho esa misma petición a Catherine, apenas dos semanas atrás. En aquel entonces ardía en deseos de poseerla. Bien, seguía ardiendo en deseos. Pero en aquella ocasión había creído que el deseo era mutuo.

Catherine se volvió sin pronunciar palabra y procedió a subir la estrecha escalera de madera que llevaba al dormitorio. Era una estancia sorprendentemente espaciosa y claramente femenina. El techo alto encima de la cama bajaba, inclinándose a la par que el tejado hacia la pared situada enfrente. Mientras dejaba el candelero en el tocador, donde el espejo reflejaba y magnificaba la luz de la vela, a Rex se le ocurrió que le debía de resultar extraño tener a un hombre allí con ella después de habitar sola la habitación durante cinco años.

Catherine se volvió y le miró calmadamente. Su mujer era una mujer valiente. Aunque, naturalmente, no era una novia virgen.

—Ven —dijo Rex, tendiéndole los dedos de una mano. Ella se acercó—. Date la vuelta.

Debía de haber dos docenas de diminutos botones perlados en la espalda del vestido, cada uno de ellos insertado en ojales todavía más diminutos. Los desabrochó con metódico cuidado y extrajo todas las horquillas de su cabello antes de quitarle de los hombros el vestido y la enagua, deslizándolos por los brazos. Catherine tembló cuando le dio la vuelta y las dos piezas de ropa se deslizaron centelleantes hasta sus pies. Rex se arrodilló para quitarle las medias. Ella levantó los pies, primero uno, luego el otro, y salió del nido de prendas arremolinadas a sus pies. Rex se levantó entonces a mirarla.

Catherine le miraba sin parpadear y con los rasgos ensombrecidos por su cabello dorado que caía ondulado casi hasta la cintura, como él había imaginado.

—Si existe alguna imperfección en la forma —dijo él—, desde luego yo no la veo.

—Puesto que estáis unido a mí de por vida —dijo ella—, reconforta saber que vuestra posesión os complace.

Rex arqueó las cejas.

—Sin duda alguna —dijo, levantando una mano para acariciarle suavemente la línea de la mandíbula hasta el mentón con el dorso de los dedos.

Salvó entonces la distancia que mediaba entre sus bocas y la besó con suavidad con unos labios apenas abiertos. No había prisa. Tenía toda la noche por delante. La tocó con las manos, colocándolas a ambos lados de su pequeña y sinuosa cintura y moviéndolas hasta cerrarlas sobre sus pechos. Los encontró calientes y sedosos. No eran grandes, pero sí firmes y curvados hacia arriba. Tentadores. Los pezones se endurecieron al instante contra la presión de sus pulgares.

Rex movió las manos tras ella, deslizándolas espalda abajo hasta contener en ellas las nalgas. Mantuvo en todo momento una leve distancia entre los cuerpos de ambos.

Catherine se estremeció violentamente y Rex la atrajo entonces hacia él al tiempo que abría del todo los dedos de una mano para mantenerla donde estaba y subiendo la otra de nuevo hacia sus pechos. La besó con más intensidad.

Había algo casi insoportablemente erótico en el hecho de tener abrazada a una mujer desnuda contra su cuerpo vestido. Saboreó la sensación, decidido a no apresurar las cosas, a pesar de que de haberse rendido al instinto se habría arrancado la ropa, la habría obligado a echarse de espaldas en la cama y la habría montado para descargar en ella todo su deseo.

A pesar de su desnudez en una habitación sin chimenea, sintió que la temperatura de Catherine subía durante los minutos que siguieron. Sintió que los brazos de ella le rodeaban y que su boca se relajaba, cediendo y abriéndose a la suya. El cuerpo de ella se arqueó entonces contra el suyo incluso cuando relajó la presión de sus manos.

Al menos tenía la satisfacción de saber que ella quería lo que iba a darle. No era una violación, aun cuando ésa era también una posibilidad en el seno del matrimonio.

—A la cama —dijo por fin contra su boca—. Podremos completar mejor allí la consumación.

Catherine se tumbó, mirándole mientras él se desnudaba. Rex lo hizo despacio, deleitándose la vista con la belleza de ella y su mente con su propio deseo. Ella le observaba sin la menor pretensión de modestia o de timidez. Rex decidió no apagar la vela antes de reunirse con ella en la cama.

Catherine se había vuelto pasiva. No se resistió a él en ningún sentido. Tampoco mostró el menor entusiasmo por explorar o experimentar. Aunque hubo en ella calor y conformidad, no hubo excitación. Para ella habían pasado cinco años. Rex se entregó pacientemente a excitarla. No había prisa. Tenía experiencia en contenerse. Siempre había disfrutado de los juegos previos casi tanto como del banquete principal. Le gustaba tener a sus mujeres calientes y jadeantes cuando por fin se decidía a tenerlas debajo.

Hizo falta mucho tiempo.

Por fin se incorporó, apoyándose en un antebrazo y la miró desde arriba con los ojos entrecerrados. El deseo en él era ya intenso. Acarició los labios hinchados y húmedos de Catherine con la yema del índice.

—¿Cuántas veces? —le preguntó.

Ella le miró, sin entender.

—¿Una? —preguntó él—. ¿Una docena? ¿Cien? ¿Más de las que puedas recordar?

Ella le entendió entonces, aunque no respondió de inmediato. Le miró fijamente.

—Una —susurró finalmente.

Ah. Entonces, era prácticamente virgen. Y había ocurrido hacía cinco años.

Deslizó la mano que tenía libre entre las piernas de Catherine y le acarició levemente con las yemas de los dedos. Ella cerró los ojos. Aunque no estaba excitada, su cuerpo estaba a punto. Rex se movió sobre ella, manteniendo todo su peso sobre sus antebrazos, y le separó las piernas con las suyas. Los ojos de Catherine se abrieron de golpe.

—Despacio —dijo él. Así que finalmente ella estaba asustada—. Relájate. Deja que entre.

Observó su rostro cuando entró en ella, despacio, en toda su longitud. Los dientes de Catherine se cerraron sobre su labio inferior, pero no mostró ninguna otra señal de sufrimiento. Sus músculos internos se contrajeron, envolviéndole y provocándole un dolor exquisito, y cerró los ojos.

Rex se movió en ella despacio, rítmicamente, penetrándola en su totalidad con cada embestida, obligándose a tomarse su tiempo, deseoso de ver cómo ella reaprendía las leyes básicas de la intimidad. Ya aprendería en futuras ocasiones qué más esperaba e incluso exigía de ella como compañera de cama.

La acarició durante varios minutos antes de que ella deslizara los pies a ambos lados de sus piernas y levantara las rodillas para abrazarle con ellas las caderas. Soltó un gemido, luego otro. Él se detuvo justo antes de entrar en ella, esperó que la tensión de anticipación de su cuerpo alcanzara su punto culminante, aguardó ese momento que su cuerpo reconocía de un modo instintivo y entonces se introdujo con fuerza y hasta el fondo en ella, y se quedó allí.

Catherine gimió una vez más y se estremeció contra él.

Rex esperó a que la tensión abandonara el cuerpo de ella y dejar que la sustituyera la relajación. Esperó hasta que los pies de Catherine volvieron a reposar sobre la cama. Y entonces, por fin, afortunadamente, disfrutó de su propio y breve placer, descargando su semilla en las profundidades del cuerpo de Catherine.

Estaba agotado. Éste fue su primer pensamiento consciente. Estaba también tumbado pesadamente sobre ella. Debía de haberse quedado dormido… esperaba que no mucho rato. No era un hombre ligero. Salió con cuidado de ella y a regañadientes y rodó a un lado. De repente tuvo la sensación de que habría podido dormir una semana entera. Era una cama cómoda y ella una mujer tentadora y cálida. Iba a ser un auténtico placer enseñarle y disfrutar de ella en las semanas y meses que estaban por llegar. Cierto, Catherine no sabía mucho. Curiosamente, eso le alegró.

Tendió la mano para taparse con las sábanas, con la intención de deslizar el brazo por debajo del cuerpo de Catherine e invitarla a que se volviera hacia él, pero ella se movió más deprisa, rodando hasta quedar acostada de lado y de espaldas.

Rex la miró, envuelta en las largas sombras proyectadas por la parpadeante llama de la vela… que casi se había extinguido. Catherine no dormía. Ni siquiera estaba relajada. No podía verle la cara. Ni siquiera podía oírla respirar.

—¿Te ha dolido? —preguntó.

—No —fue la respuesta de Catherine.

—¿Te he ofendido?

—No.

Rex tuvo la curiosa sensación de que ella lloraba, aunque no percibió la delatora sacudida de hombros y no hubo tampoco sollozos ni sorbidos. Tras un minuto de titubeo, la rodeó con la mano y le tocó la cara. Ella se volvió bruscamente para ocultarla contra la almohada, aunque no antes de que él hubiera podido sentir la humedad de sus lágrimas.

Rex se enfrió. Y se puso furioso. Cerró la mano. Demasiado enfadado. Estaba demasiado enfadado.

Salió de la cama, recogió su ropa, cogió la vela al pasar y bajó.

Toby, acurrucado en el asiento de la mecedora, meneó el rabo al verle.

—Bajad de ahí, señor —le ordenó con voz severa el vizconde al tiempo que volvía a ponerse sus galas de novio.

Toby bajó de la mecedora.

Dios, estaba furioso. Podría alegremente haber roto todas las tazas y los platos de la cocina. Había actuado con cuidado para darle placer a Catherine, para que no hubiera el menor parecido entre lo que le había hecho y una violación. Y aun así ella había terminado bañada en lágrimas.

Y estaban unidos para el resto de sus vidas.

Pero, maldición, estaba diez veces más exhausto que enfadado. Bostezó hasta que le crujieron las mandíbulas. Miró esperanzado en derredor, pero lo único parecido a una almohada que supo ver en la habitación fue el cojín bordado del asiento de la mecedora, y lo único parecido a una manta, el mantel de la mesa.

Intentó encontrar una postura cómoda en la mecedora con la ayuda de ambas cosas. No lo consiguió, aunque al menos entró un poco en calor cuando *Toby* subió a su regazo y se acurrucó en él. Como pudo, consiguió dormitar y pasar así la noche.

Capítulo *15*

*C*atherine pasó la noche sumida en un duermevela. De hecho, le sorprendió haber llegado a conciliar el sueño en algún momento. En cuanto Rex salió de la habitación, supo que se quedaría abajo y que no regresaría. Sabía que había cometido una terrible equivocación.

Había sido tan inesperadamente maravilloso… A pesar de la conmoción del principio, ese momento en que él le había quitado la ropa, sin darle la oportunidad de ponerse el camisón que había elegido para la ocasión, y a pesar de que se había mostrado ignorante como una virgen y de que no había sabido qué hacer… a pesar de todo, había sido la experiencia más maravillosa de su vida.

Ni que decir tiene que había deseado a Rex desde un buen principio y que había sentido la necesidad femenina de intimidad con su cuerpo desde la primera noche que él la había visitado. Aun así, no había esperado que el acto en sí pudiera ser tan dolorosamente hermoso. Ni que fuera a durar, como máximo, más de un par de minutos.

Se quedó acostada boca arriba, con la mirada perdida en la oscuridad hasta mucho después de que él se hubiera marchado, llevándose la vela, y mucho después de que se le hubieran secado las lágrimas. Le dolían los muslos tras haberlos tenido abiertos de par en par. Y estaba dolorida por dentro, aunque no era exactamente dolor. Seguía sintiendo allí una ligera palpitación. Cuando él la había penetrado, había creído morir, presa de la conmoción provocada por su tamaño y su dureza. Y aun así, había sido una conmoción de asombro.

En los largos minutos que siguieron había perdido por completo la noción de la realidad. No la realidad de *él*. En todo momento, quizá de un modo más intenso a medida que transcurrían los instantes, había sido plenamente consciente de que era él quien la estaba amando tan experta e íntimamente. Durante esos minutos no había habido nadie en el mundo excepto él y ella, y nada salvo lo que hacían juntos. Nada en absoluto. Todo lo demás —toda la serie de acontecimientos que les habían llevado hasta ese momento— se habían desvanecido de su conciencia.

Rex era su esposo y ella era su mujer, y estaban en su lecho nupcial en la noche de bodas. Había sido tan sencillo y profundo y maravilloso como eso.

Pero había terminado. Había llegado una insoportable tensión, ese único y casi aterrado instante en que ella había sentido que no podría aguantar más. Y entonces, de pronto —Catherine no alcanzaba a comprender cómo lo había logrado— él le había abierto una puerta y toda la tensión se había colado por ella, dejándola tan absolutamente en paz que realmente había creído posible que jamás volvería a moverse. Y, sin embargo, él sí había vuelto a moverse, y relajada y desapegada, ella había disfrutado de los poderosos embistes de su cuerpo antes de sentir en sus entrañas el caliente chorro de su semilla.

Luego había llegado el relajado peso del cuerpo de Rex, aplastándola contra el colchón.

Catherine le había retenido dentro, sintiendo su peso y su calor, oliendo la extraña y seductora mezcla de colonia almizclada y de sudor, contemplando las oscilantes sombras proyectadas por la luz de la vela en las familiares paredes y en el techo inclinado de la habitación.

Y había conocido de nuevo la realidad. Él —lord Rawleigh— acababa de consumar un matrimonio que ninguno de los dos había deseado. Catherine no sentía afecto por él ni le respetaba como persona. Lo único que a él le interesaba de ella —jamás lo había ocultado— era su cuerpo. En varias ocasiones había intentado convencerla de que se lo entregara o de que se lo vendiera. No quería estar casado con ella, pero puesto que no había tenido otra elección, al menos iba a aprovecharse de que el cuerpo de Catherine ahora le pertenecía.

No podía discutir contra eso. Y no lo haría. Ella también tenía sus necesidades y siempre le había encontrado atractivo.

Por el modo en que oía respirar a Rex, había sabido que se había quedado dormido. Ella no se había movido. En realidad, no tenía un especial deseo de liberarse del peso de aquel cuerpo, todavía unido al de ella. Pero de pronto era consciente del vacío de lo que acababa de ocurrir. Había sido algo puramente físico, algo que había ocurrido simplemente por disfrute. Y no había nada de malo en el disfrute, sobre todo cuando un hombre lo tomaba de su esposa.

Pero no había habido nada más.

En una ocasión, Catherine le había dicho que había una persona dentro de su cuerpo. Y esa persona se sentía de pronto vacía. ¿Era suficiente lo que había ocurrido? ¿Llegaría a serlo algún día?

Rex apenas se había dormido cinco minutos. Luego había salido primero de ella y después de encima de ella. Pero al perderle la había dejado fría, vacía y un poco asustada. Y muy sola. Catherine se había vuelto hacia su lado de la cama, dándole la espalda, temerosa de mirarle a los ojos y ver en ellos la confirmación de todo lo que sabía que encontraría allí. Por primera vez tenía a un hombre con ella en su lecho. Por primera vez, aparte de las breves visitas sociales de rigor, tenía compañía en casa. Estaba casada y cuidarían de ella el resto de sus días.

Jamás se había sentido más sola.

Absurdamente, injustamente, había esperado que él dijera algo, que la tocara, que la consolara. Había anhelado sus brazos casi tanto como había anhelado su cuerpo tan sólo unos minutos antes. Y, sin embargo, cuando él le había hablado, ella le había rechazado. A decir verdad, no había sido del todo consciente de que estaba llorando hasta que la mano de Rex la había rodeado para tocarle el rostro. En vez de volverse como debería haberlo hecho y hundir el rostro en su pecho, lo había hundido en la almohada, rehuyéndole.

¿Cómo era posible que hubiera anhelado el consuelo y lo hubiera rechazado a la vez? No conseguía entenderse.

Sí, sí se entendía. No iba a recibir de él consuelo alguno. Y no iba a ponerse en ridículo dejándole saber que lo que necesitaba, lo que soñaba, ahora que los sueños habían despertado tan dolorosamente en ella de nuevo, era una relación. No necesariamente amor, ese nebuloso concepto que nadie sabía definir con palabras pero con el que soñaban la mayoría de las jóvenes. Podía vivir sin amor si podía tener afecto, compañía y un poco de risa.

Y, sin embargo, lo único que podía tener era eso, eso que acababa de ocurrirle. Maravilloso más allá de lo imaginable mientras ocurría. Sólo un poderoso recordatorio de su profunda soledad en cuanto había concluido.

Y luego él se había levantado de la cama, había cogido la vela y había bajado. Al principio, Catherine había creído que iba a marcharse de casa, quizá para no volver, aunque por supuesto no iba a hacer algo así. Se había casado con ella para salvaguardar su honor y por una cuestión de propiedad. El honor y la propiedad dictaban que debía quedarse en la casa.

Siguió acostaba boca arriba durante el resto de la noche, entrando y saliendo de un sueño ligero, consciente de haber cometido un error terrible. Un error casándose con él, y un error al no aceptar el matrimonio por lo que era, una vez que la gesta estaba ya consumada.

Por muy larga y tediosa que fuera la noche, temía aún más la llegada de la mañana, cuando tendría que volver a enfrentarse a él.

Rex se despertó desorientado cuando *Toby* saltó de su regazo al suelo. Los músculos agarrotados, el cuello tenso y un enfriamiento generalizado le informaron de que no estaba en su cama. Y entonces abrió los ojos.

Santo cielo, era la mañana siguiente a su boda. Y a su noche de bodas.

Ella estaba levantada. Oyó el chasquido del pestillo de la puerta trasera cuando dejó salir al perro. No regresó inmediatamente. Debía de haber salido con él como lo había hecho la noche anterior. ¿Permitía acaso que un pequeño —y mal adiestrado— terrier gobernara su vida?, se preguntó, irritado. Debía de tener frío, de pie allí fuera.

Pero más frío hacía en la cocina. Sobre todo allí, supuso. Recordó entonces con gravedad la humillación que había sentido al verla bañada en lágrimas tras haberle hecho el amor. Jamás le había ocurrido nada semejante. Un bochorno que precisamente tenía que haberle ocurrido por vez primera con su esposa.

Cuando Catherine entró en la cocina, Rex intentaba encender el fuego con manos inexpertas —incluso en la Península había estado siempre acompañado de criados, reflexionó con cierto remordimiento. Estaba empezando a sentir cierto respeto por los criados domésticos.

—Podría haberlo hecho yo —dijo ella con voz queda.

Él se volvió a mirarla. Con su sencillo vestido de lana azul y el pelo recogido en un moño bajo, volvía a parecerse a la señora Catherine Winters, viuda.

—No me cabe duda —respondió él—. Pero lo he hecho yo.

Le parecía increíble que hubiera conocido ese cuerpo la noche anterior. Parecía tan delgado, precioso e intocable como siempre. E igualmente apetecible. Apretó los dientes.

—Prepararé el té —dijo ella, pasando junto a él con los ojos fijos en el hervidor del agua—. ¿Os apetecen unas tostadas?

—Sí, gracias —dijo Rex, entrelazándose las manos a la espalda. Maldición, se sentía incomodo, como un visitante indeseado—. Bajad de ahí, señor.

Fue un alivio poder sacar su rabia contra una criatura viva.

Toby, que estaba echado sobre la mecedora, levantó las orejas, meneó el rabo y saltó al suelo.

Lord Rawleigh reparó entonces en su gabán y en sus pantalones arrugados y en la sensación general de ranciedad en su persona. Había llevado una bolsa de viaje con él. Era hora de lavarse, afeitarse y vestirse para la llegada de su carruaje y el comienzo del viaje de regreso a casa.

Con su esposa. Qué idea más extraña e irreal.

Su criado personal, de haber estado allí con él, le habría sacado la ropa de la bolsa la noche anterior y se la habría preparado, asegurándose de que estuviera libre de arrugas y de pelusa. No se le había ocurrido hacerlo a él. Por supuesto que no. Había estado demasiado preocupado con su deseo de llevar a su mujer arriba y a la cama lo antes posible.

Los movimientos de Catherine eran elegantes y seguros cuando cogió el hervidor del agua y lo puso al fuego y también cuando cortó el pan para ponerlo a tostar sobre las brasas. En ningún momento de la mañana le había mirado a los ojos. Rex estaba cada vez más irritado.

—Subiré a lavarme y a cambiarme —dijo.

¿Era allí donde ella se lavaba? ¿O acaso se lavaba en la cocina? No recordaba haber visto una jofaina en el dormitorio.

—En la habitación que está delante del dormitorio —dijo ella, como si le hubiera leído el pensamiento, ocupada como estaba sirviendo el té en la tetera—. Si esperáis a que hierva el agua, podréis tener agua caliente.

¡Maldición! Claro, no había criados que le llevaran el agua caliente para que pudiera lavarse y afeitarse. ¿Cómo podía Catherine vivir así? ¿Cómo iba a adaptarse a la vida en Stratton? Hasta ese momento no se le había ocurrido pensarlo. ¿Sería capaz de adaptarse? ¿Sería una señora adecuada para su casa? En fin, si no lo era, al infierno con ello. La casa llevaba años funcionando a la perfección sin una señora al mando.

Por sorprendente que pudiera parecer, mantuvieron una conversación durante el desayuno, del que dieron cuenta sentados a la mesa de la cocina. Él le habló de Lisboa, donde en una ocasión había pasado un mes entero mientras se recuperaba de sus heridas. Ella le habló de cuando había ido a los establos de Bodley House a escoger un cachorro de una camada de cinco. Había elegido a *Toby* porque era el único que se había puesto en pie sobre sus rechonchas patitas y la había desafiado, hablándole feroz por haberse atrevido a invadir su territorio.

—Aunque me lamió las manos y la cara con idéntico entusiasmo cuando le cogí en brazos —dijo entre risas—. ¿Qué otra cosa podía hacer salvo traerle conmigo a casa? Me había robado el corazón.

Catherine tenía la vista fija en su taza de té, obviamente viendo al osado cachorro que *Toby* había sido. Sonreía, con la mirada soñadora y centelleante a la vez. Lord Rawleigh pensó entonces que no le importaría que una de esas sonrisas se dirigiera hacia él uno de esos días en vez de desperdiciarse en una taza de té. Pero la idea no hizo sino espolear su irritación. ¡La noche anterior Catherine se había vuelto de espaldas y se había echado a llorar!

Retiró la silla de un empujón y se levantó.

—El carruaje estará aquí en poco más de media hora —anunció, sacándose el reloj del bolsillo—. Deberíamos estar a punto para partir y poder aprovechar cuanta luz del día nos sea posible para el camino. Es un largo viaje.

—Sí —dijo ella, y de pronto fue consciente de su taza de té tembleando sobre el platillo y de su mano retirándose de ella… ¿quizá para que él no pudiera ver de qué modo temblaba?

¿Y ahora qué? ¿Tan terrible le resultaba la idea de irse con él? ¿O era quizá la idea de tener que irse de allí? La casa había sido su hogar durante cinco años. Y Rex tenía que reconocer que la había convertido en un acogedor refugio, por muy inconveniente que le resultara su falta de criados.

La miró, intentando formular palabras que mostraran su comprensión hacia sus sentimientos. Por un momento, la irritabilidad se desvaneció, reemplazada por la vergüenza de sentirse responsable de todo lo que tenía ante sus ojos.

¿Prefería Catherine acaso quedarse allí, nuevamente sola, viviendo esa vida de aburrida e intachable rutina y servicio a los demás? ¿Nuevamente soltera? En cualquier caso, no tenía sentido alguno plantearse cuál podía ser ahora su preferencia, como no lo tenía tampoco la conciencia que él pudiera tener de ella ni la compasión que Catherine despertara en él. Estaban casados y ella debía irse con él a Stratton. Ésa era la simple realidad.

Ella también se había levantado sin mirarle y servía agua del hervidor en una jarra.

—Creo que con esto será suficiente —dijo, dándosela—. Hay agua fría arriba que podréis mezclar con ésta, mi señor.

Se produjo un momento de incomodidad en el que ella se sonrojó levemente y se mordió el labio mientras él sentía un destello de furia y quizá también de tristeza. Luego Rex se volvió y salió de la habitación con la jarra de agua hirviendo en la mano.

Mi señor.

Catherine se había casado la víspera con él. Se había acostado con él la noche anterior.

Y había llorado después.

Mi señor.

El señor y la señora Adams —Claude y Clarissa— habían llegado en el carruaje. Según dijeron, volverían andando a casa. Daphne había tenido también intención de acompañarles, pero se había encontrado indispuesta durante el desayuno y Clayton había tenido que ayudarla para que regresara a sus habitaciones.

—La excitación de estas dos últimas semanas ha podido con ella —dijo Claude con una sonrisa.

—Espero que no sea más que eso —contestó Catherine, inmediatamente preocupada. La verdad sea dicha, agradeció poder tener algo en lo que fijar la mente y también la conversación. No podía haber nada más embarazoso que enfrentarse a las miradas de sus cuñados cuando llegaron inesperadamente y haber visto la afable risa en los ojos de Claude y la educada especulación en los de Clarissa.

Debía de saltar a la vista, a juzgar por los arrobamientos que Catherine había sido incapaz de disimular, que la hazaña había tenido lugar la noche anterior.

—También yo —dijo Clarissa—. No quiero que los niños enfermen. Le he pedido a Claude que mande a buscar al médico para que vea a Daphne y les examine, pero él insiste en que es mejor esperar.
—Parecía muy desgraciada.

Catherine le tocó la mano. No sentía por su nueva cuñada un profundo afecto, pero jamás había dudado del amor que Clarissa profesaba a sus hijos. Y eran muchos los peligros que acechaban la supervivencia de los niños, incluso aunque sobrevivieran al parto.

—Estoy convencida de que no es más que la excitación —dijo—. Daphne prácticamente no ha parado un momento durante mi estancia en Bodley.

—Sí, creo que tienes razón —respondió Clarissa con una desolada sonrisa.

Sin embargo, la llegada del carruaje, por supuesto, proclamó la partida. Dejar todo lo que había conocido y atesorado durante cinco años, todo aquello con lo que se había identificado durante ese tiempo. Allí había pasado de una atolondrada juventud a una madurez más sabia. Había conocido allí cierta paz y cierta dosis de satisfacción.

—Bueno, Catherine.

Su marido estaba ante la puerta abierta. El cochero ya había sacado el equipaje. Todos los muebles y la mayor parte de las pertenencias de Catherine se quedarían allí de momento. Claude y Clarissa habían salido también y esperaban en el sendero, preparados para despedirse de ellos.

Catherine fue de pronto presa de una oleada de pánico tal que por un instante creyó que iba derrumbarse allí mismo.

Él la observaba, muy atento.

—Cinco minutos —dijo antes de salir y entrecerrar tras de sí la puerta.

Catherine regresó a la cocina y miró en derredor. Su casa. Aquel había sido el auténtico centro de su casa. Allí se había sentido segura, casi feliz. Cruzó la cocina hasta la ventana y miró desde allí las flores y los árboles frutales, el río cuyas aguas corrían detrás y las praderas y colinas que se extendían desde la otra orilla.

Una última mirada. El fuego matinal había quedado cuidadosamente extinguido en la chimenea. *Toby* gimoteaba a su lado y se frotaba contra sus piernas, suplicándole que le acariciara. Era casi como si supiera que estaban a punto de dejar el que había sido su hogar para siempre. Catherine cogió el cojín bordado de la mecedora y lo estrechó entre sus brazos. No fue capaz de devolverlo a su sitio. Lo había bordado con sus propias manos en los primeros días de su llegada a la casa, cuando éstas habían necesitado algo con lo que ocuparse para distraer así su cabeza.

Salió de la cocina y de la casa apresuradamente, con la cabeza alta y una sonrisa en el rostro. Su marido esperaba junto a la puerta. Rex le quitó el cojín, entrelazó el brazo de Catherine en el suyo y lo sujetó con firmeza contra su costado mientras caminaba con ella hacia la verja y el carruaje.

—Lamento haberos hecho esperar —dijo animadamente—. Había olvidado algo. Estúpida de mí. No era más que este viejo cojín, pero…

Se encontró entonces en brazos de Claude, estrechada con tanta fuerza que no le quedó aliento para poder pronunciar palabra alguna.

—Todo saldrá bien —le decía Claude al oído—. Te lo prometo, querida.

Estúpidas palabras, si las pensaba. ¿Qué podía hacer él para garantizar su felicidad? Aun así, se sintió enormemente reconfortada y mucho más cerca de las lágrimas si cabe.

—Catherine. —Clarissa también la abrazaba, aunque con un entusiasmo ligeramente menor—. Quiero que seamos amigas. Créeme.

Y acto seguido la ayudaban a subir al carruaje y *Toby*, nervioso y excitado, saltaba a su regazo y era severamente invitado a bajar de él —saltó al asiento de enfrente con las orejas levantadas y la lengua colgando, en absoluto intimidado por la reprimenda que acababa de recibir de su nuevo dueño— y su marido subía al carruaje para sentarse junto a ella.

Catherine mantuvo apartada la vista, mirando por la ventanilla más alejada cuando el carruaje por fin se puso en movimiento con una sacudida. Aunque era una muestra de descortesía no despedirse con la mano de Claude y de Clarissa, no podía soportar mirar y ver desaparecer la que había sido su casa de su vista para siempre. Estaba agarrándose a algo con fuerza y de pronto cayó en la cuenta de que era la mano de su esposo. ¿La había buscado ella o había sido él quien la había tomado en la suya? No pudo recordarlo. Pero retiró su mano con la mayor discreción de la que fue capaz.

Y entonces una idea le cruzó la mente y por fin se inclinó hacia delante de pronto para mirar atrás.

—He olvidado cerrar la puerta —se lamentó.

Toby dejó escapar un gemido.

—Está perfectamente cerrada —respondió Rex con voz queda—. Todo estará a buen recaudo hasta que mandemos a buscarlo, Catherine.

Rex habló con tono afectuoso. De todos modos, no podía entender, obviamente, que no era a los ladrones a los que ella temía, ni tampoco la pérdida de sus pertenencias. De hecho, las pertenencias apenas tenían valor. Era lo que representaban lo que se perdía para siempre. Había perdido el único hogar que había formado para ella. Había perdido un poco de sí misma.

Quizá mucho.

Se sintió asustada, vacía y empequeñecida.

Minutos más tarde, cayó en la cuenta de que su mano volvía a estar en la de Rex. La dejó allí. En cierto modo encontraba en su contacto una ligera sombra de consuelo.

Claude se llevó a su esposa de regreso a casa por la puerta privada, cruzando después los bosques del parque. Caminaban juntos y en silencio. Él le había ofrecido la mano a Clarissa, pero ella había soltado la suya en cuanto había cruzado la puerta. Entonces aminoró el paso para que ella pudiera alcanzarle, aunque hubiera preferido seguir avanzando con buen ritmo en dirección a la casa.

Fue ella quien rompió el silencio minutos después. Se detuvo y le miró, infeliz.

—Claude —dijo—. No puedo soportar esto durante más tiempo.

—Lo siento. —Claude miró las chinelas que ella llevaba, adecuadas quizá para viajar en carruaje, pero no para volver a casa andando—. Debería haberte llevado por la avenida. Vuelve a tomarte de mi brazo.

—No puedo soportarlo —insistió ella, haciendo caso omiso del brazo que él le ofrecía.

Claude bajó el brazo. Quizás, en cuanto ella había hablado, había sabido que al protestar no se refería al suelo desigual del camino. La miró y entrelazó las manos tras la espalda.

—Llevamos más de dos semanas sin dirigirnos la palabra —dijo Clarissa—, salvo para intercambiar formalidades sin importancia. No has… te has quedado en tus habitaciones durante todo ese tiempo. No puedo soportarlo.

—Lo siento, Clarissa —dijo él con suavidad.

Ella le miró, indecisa.

—Preferiría que te descargaras conmigo y me criticaras —dijo—. Preferiría que me pegaras.

—No, no es cierto —dijo Claude—. Eso sería imperdonable. Jamás me perdonaría ni esperaría que pudieras perdonarme. Eso levantaría una infranqueable barrera entre nosotros.

—Entonces, ¿es franqueable la barrera que ahora nos separa? —preguntó Clarissa.

—No lo sé —respondió él tras una larga pausa—. Creo que necesitará su tiempo, Clarissa.

—¿Cuánto?

Él negó despacio con la cabeza.

—Claude, te lo ruego. —Le miraba entre las hojas primaverales de las ramas que la cubrían—. Lo siento. Lo siento mucho.

—¿Porque ha afectado a nuestro matrimonio? —le preguntó él—. ¿O porque has estado a punto de destrozar la vida de una mujer inocente? Si Rex no hubiera regresado, Clarissa, y Daphne no hubiera actuado con la determinación con que lo hizo, Catherine se habría encontrado en una situación muy difícil. ¿Lo habrías sentido entonces por ella? Si hubiera estado de acuerdo contigo y no hubiera enviado a buscar a Rex, ¿lo habrías sentido? ¿O estarías todavía refocilándote en tu virtud con nuestro rector y su esposa?

—Esperaba poder concertar una unión entre Rawleigh y Ellen —dijo ella—. La señora... Catherine parecía haber dado al traste con esa esperanza. Y sí, parecía que estuviera seduciendo a Rex y comportándose de un modo imperdonablemente indiscreto.

—Entonces —dijo él con voz calma—, volvemos al punto de partida. Toma mi brazo. El suelo es más irregular de lo que recordaba.

Clarissa tomó su brazo y apoyó la frente contra su hombro.

—No puedo soportar esta frialdad entre nosotros —dijo—. ¿Eres capaz de comprender lo difícil que resulta humillarme así y suplicar tu perdón? No es fácil. Por favor, perdóname.

Claude volvió a detenerse repentinamente y la estrechó apasionadamente entre sus brazos.

—Clarissa —dijo, abriendo una mano sobre la parte posterior de su sombrero y presionándole la frente contra su hombro—. Yo tampoco puedo soportarlo. Y todos —todo ser humano— somos culpables de las pequeñas y mezquinas crueldades que nos infligimos. He sido demasiado intolerante. Te pido también que me disculpes.

Ella se estremeció contra él.

—Te he echado de menos —dijo Claude.

Ella alzó el rostro para mirarle. Era un rostro pálido y endurecido. Él le sonrió y la besó.

Siguieron andando varios minutos, con el brazo de Clarissa en el de él y los hombros de ambos frotándose. Habían descubierto algo sobre el otro durante las últimas semanas. Claude había descubierto que, además del egoísmo y de la arrogancia que había sido capaz de tolerar con cierta dosis de humor a lo largo de los años, Clarissa podía ser en ocasiones mezquina. Clarissa había descubierto que a pesar de la afabilidad y la indulgente naturaleza de su esposo, Claude podía ser a veces implacable y despiadado.

No vivían pues en un «y vivieron felices para siempre». Si eso era algo que ya habían imaginado en los albores de su matrimonio, acababan de confirmarlo. Pero su matrimonio sobreviviría más allá de las apariencias. Ambos habían aprendido algo. Quizá también habían cambiado.

Pero por fin estaban juntos. Habían hablado. Habían pedido perdón y lo habían concedido.

—¿Serán felices? —le preguntó Clarissa a Claude al salir de los árboles al césped bajo.

—Sólo si así lo desean. —Claude la miró y esbozó su afectuosa sonrisa—. Sólo si eso es el deseo de ambos, Clarissa, y si se esfuerzan por atesorar la felicidad todos los días de su vida.

Ella se volvió a mirarle. Fue una mirada apesadumbrada.

—Nunca es fácil, ¿verdad? —dijo ella.

—Nunca —respondió Claude—. Pero la alternativa es impensable.

—Sí —concedió Clarissa.

Capítulo 16

Durante las dos semanas previas a su matrimonio, Rex tan sólo había alternado los estados de pánico y de melancolía. No había deseado casarse, y mucho menos con una mujer a la que no amaba y que había rechazado firme y consistentemente todos sus avances sexuales. Catherine había formulado con absoluta obviedad durante su primer regreso a Bodley, cuando él había ido a ofrecerle matrimonio, que habría hecho prácticamente cualquier cosa que estuviera en su mano para evitar casarse con él. Incluso convertirse en su amante habría sido preferible para ella, porque de ese modo no se habría visto atrapada en una relación de por vida con él.

La actitud de Catherine había supuesto un duro golpe para su autoestima.

Y, naturalmente, la noche de bodas había sido un completo desastre. Era incapaz de recordar sin un estremecimiento el hecho de que sus capacidades amatorias habían provocado en ella un mar de silenciosas lágrimas.

De ahí la sorpresa al descubrir que, en cierto modo, contar con la presencia de Catherine en el viaje de regreso a Stratton le subía la moral. Obviamente, las frustraciones seguían ahí. Sin embargo, había cosas en ella que le intrigaban. Y Catherine era sin duda un reto en toda regla. Ésa era una de las cosas que había echado de menos de su vida desde que había vendido su puesto en la caballería… un desafío que bien podía borrar el tedio de la vida. Ciertamente, no encontró en absoluto tedioso el viaje de regreso a casa.

Catherine llevaba la misma ropa sencilla, pulcra y alejada de los dictados de la moda que vestía desde el día en que la había conocido. Qué estúpido había sido al imaginar que en cuanto se hubieran casado ella se transformaría de la cabeza a los pies en vizcondesa. Toda su ropa tenía exceso de uso.

—Tendré que acompañarte a Londres —le dijo un día en el carruaje—. A una modista que te provea de un vestuario elegante.

—No necesito ropa nueva —respondió ella, lanzándole una mirada indignada—. Soy feliz con la que tengo.

A Rex siempre le había divertido —y hasta cierto punto encantado— el modo en que Catherine defendía su dignidad.

—La necesitas —dijo—, y soy feliz con la que tienes. —De hecho, era cierto. La sencillez de sus vestidos no hacía sino realzar su belleza—. Y son mis deseos los que priman. Has prometido obedecerme, ¿recuerdas?

La mandíbula de Rex se endureció de inmediato y la espalda recta de Catherine pareció erguirse todavía más.

—Sí, mi señor —dijo.

Aprendía deprisa. Sabía que un modo infalible de irritarle era responderle con ese «mi señor» empleando esa voz tímida y humilde. Hasta el momento, ella jamás le había llamado por su nombre. Rex frunció los labios.

—Iremos a Londres —dijo. A decir verdad, no sentía el menor deseo de ir a la ciudad. Fácilmente podía organizar las cosas para que una modista la visitara en Stratton. Pero estaba observando detenidamente el rostro de Catherine. Quería saber si seguía tan reticente a ir a Londres a comprar ropa como lo había sido a la propuesta de que la instalara allí como amante.

—No. —Su rostro palideció—. No, a Londres no.

Rex entendió entonces que tendría que haber insistido hasta haberlo sabido todo. En cuanto ella le había confesado que no era viuda y que su apellido era Winsmore y no Winters, debería haber insistido en saber el resto. Todo. Era ridículo haberse casado con una mujer que ocultaba secretos. Y, si su intuición no andaba demasiado errada, secretos no demasiado apetecibles. ¿Qué había en Londres? ¿Acaso simplemente le asustaba la ciudad porque jamás había estado allí? ¿O algo le había ocurrido en ella? Rex se inclinaba más por esta segunda posibilidad.

—¿Por qué no?

Los ojos de Rex posaron su mirada en el regazo de Catherine, donde el maldito perro estaba enroscado mientras ella le rascaba las orejas… con esos dedos delgados y sensibles.

—Porque no —se limitó a responder ella.

Sin duda una respuesta maravillosamente elocuente e informativa. Rex decidió no insistir. ¿Para qué?, se preguntó. ¿Era acaso deseable permitir que su mujer le ocultara sus secretos? ¿Era sensato permitir que se saliera con la suya, ofreciéndole esa suerte de respuestas impertinentes y evasivas? Quizá no fuera juicioso, decidió. Aunque sí resultaba divertido.

Catherine se mostraba dispuesta a conversar. A pesar de ser una mujer, estaba bien informada, sobre todo teniendo en cuenta que llevaba años viviendo en el campo. Tenía sus propias opiniones, que no dudaba en defender, incluso cuando no coincidían con las de él. Y era una mujer leída. Podían intercambiar pareceres sobre libros, tanto antiguos como recientes. Y además se mostraba deseosa de hablar de sí misma… o al menos de lo que había sido su vida durante los últimos cinco años. Cualquier pregunta o comentario formulados por él, diseñados para que ella revelara algo sobre su vida anterior le eran siempre hábilmente denegados. Daba la sensación de que hubiera nacido —y de que la hubieran abandonado— ya adulta en Bodley-on-the-Water hacía tan sólo cinco años.

Rex le dio vueltas a su apellido: Winsmore. Algo debía de significar. Había en él cierta familiaridad. Aunque quizá no. Quizás era simplemente que llevaba tanto tiempo dándole vueltas que había terminado por resultarle familiar. Lo más probable era que Catherine se hubiera criado en algún rincón remoto de Londres y de Kent.

Se preguntó entonces cómo lidiaría ella con la vida en Stratton. Catherine se había comportado con absoluta corrección en cualquiera de las posadas en las que se habían detenido, aunque a decir verdad tampoco la había visto en ningún momento incómoda en Bodley. Era sin duda una dama. Pero Stratton podía ser distinto. Rex hablaba a menudo de ello. Intentaba asustarla con descripciones de la magnífica arquitectura palladiana, de su gran estructura cuadrada, del esplendor de sus estancias regias, del refinado mobiliario y de las obras de arte que la adornaban.

Catherine parecía interesada. Hacía preguntas inteligentes. No hubo en ella ni un simple asomo de terror.

Cada vez que paraban se iba a dar un paseo por las calles de los pueblos o por los caminos rurales con *Toby* para que el perro pudiera hacer ejercicio. Siempre insistía en acompañar a *Toby* en sus paseos, incluso cuando llovía o cuando los caminos estaban cubiertos de barro, e incluso a pesar de que Rex le dijo que podía asignar la tarea a alguno de los mozos. Y, naturalmente, se vio en la obligación de acompañarla. Descubrió que no le importaba, aunque su camarero personal, de haber estado atendiéndole, habría sufrido una apoplejía al ver el modo en que maltrataba sus botas Hessian. Rex disfrutaba viendo el color con que el ejercicio teñía las mejillas de su esposa y el brillo que aparecía en sus ojos.

Catherine tenía una infinita paciencia con su perro. Si *Toby* decidía olisquear el tronco de un árbol en particular durante diez minutos, ella esperaba dejándole hacer. Incluso una vez que el viento gélido les golpeaba sin molestarse siquiera en circundarles y la llovizna caía sin cesar sobre ellos.

Rex se había preguntado en una ocasión que si Catherine era tan paciente y tan indulgente con un simple perro, ¿cómo sería con un niño? No formuló la pregunta en voz alta, puesto que ella ya se había revuelto contra él cuando había sido lo suficientemente incauto como para decir algo parecido. Probablemente sería una de esas mujeres que insistían en dar el pecho a sus hijos en vez de contratar a una nodriza como lo haría cualquier dama decente. Por algún motivo, la idea provocó cosas extrañas en sus entrañas.

Aunque no tenía ningún sentido pensar en bebés si ciertos aspectos de su relación no cambiaban. Rex no había tocado a Catherine de un modo marital desde la noche de bodas. No sentía el menor deseo de emerger del placentero agotamiento del encuentro sexual para que le arrojaran un jarro de agua fría en la cara, dándose de bruces con la espalda firmemente vuelta de su esposa y la certeza de que encontraría mojadas sus mejillas si se molestaba en tocarlas para comprobarlo.

En dos ocasiones tuvieron la fortuna de poder reservar una suite de habitaciones en las posadas en las que se alojaban, de modo que cada uno pudo dormir en su propia cama. Una vez, en que sólo consiguieron una habitación y una sola cama que debían compartir, él pasó la noche entera en el bar, escuchando las historias de un viejo soldado, que en ningún momento fue consciente de estar explicándoselas a un veterano que había combatido en las mismas batallas que él describía con espeluznante —y totalmente inexacto— detalle. Por el precio de unas cuantas jarras de cerveza, el vizconde disfrutó de toda una noche de entretenimiento, que, según pensó, era mucho más de lo que le esperaba en su habitación.

Otra noche fue menos afortunada. Sólo había una habitación y una cama, y todos los clientes que durante la tarde habían ocupado el bar se habían retirado a sus respectivas habitaciones o habían vuelto a casa antes de la medianoche. Lord Rawleigh pasó la noche en el suelo junto a la cama en la que dormía su esposa. Aunque después de desnudarse silenciosamente en la oscuridad y hacerse una cama con una vieja esterilla y su gabán, no tardó en descubrir que ella tampoco dormía. Un par de minutos después de tumbarse, una almohada aterrizó con un golpe sordo sobre su rostro.

—Gracias —gruñó.

Catherine bien podía haber dado alguna señal de que estaba despierta cuando él había entrado para no haber tenido que moverse a tientas en la oscuridad durante tanto rato ni haberse golpeado el dedo del pie contra la pata de la cama.

Oyó que ella se volvía de espaldas y ahuecaba su propia almohada.

Y entonces a Rex le supo mal que Catherine le hubiera arrojado su almohada, aunque indudablemente multiplicara así por dos su nivel de confort. Sabedor de que ella estaba despierta, fue de pronto consciente de su presencia y de su cercanía. Estaba encima de él, a tan sólo un metro de donde se encontraba. Probablemente con tan sólo un fino camisón. Y probablemente caliente. Su esposa.

Pensó con tristeza que en cualquier caso una pregunta que se había hecho hacía un tiempo había quedado por fin respondida. La pregunta era si quedaría satisfecho en caso de que pudiera poseerla sólo una vez. Normalmente era eso lo que ocurría con las mujeres que deseaba. Sin embargo, en esta ocasión no. Catherine había sido suya una vez… y desde luego no era un recuerdo especialmente bueno el que conservaba. Pero seguía ardiendo en deseos de poseerla. Apretó los dientes y cerró las manos en un par de puños. Estaba en estado de absoluta excitación como un lujurioso escolar.

Catherine era su esposa, maldición. Era su deber y también su propio derecho. Lo único que tenía que hacer era levantarse, dar un paso y deslizarse entre las sábanas con ella…

Contó ovejas, soldados y terriers hasta que su cuerpo por fin aceptó la decisión de su voluntad y se rindió a la inacción. ¡Terriers! Oyó que *Toby* dejaba escapar un profundo y satisfecho suspiro desde arriba, en algún lugar de la zona donde debían de estar los pies de Catherine. Maldito perro.

Debió de quedarse dormido, a pesar de lo incómodo y de lo sexualmente necesitado que estaba. Un ruido le despertó. Alguien hablaba. Cuando despertó del todo, no había nadie, naturalmente. Alguien que debía de haber pasado por delante de su puerta. Jamás había logrado invertir la costumbre adquirida durante sus años en la caballería que le había llevado a ponerse en alerta ante el más leve ruido mientras dormía. Suspiró y se preguntó si estaría más cómodo volviéndose del otro lado en el suelo. Probablemente incluso menos cómodo que estando acostado boca arriba.

—¡Bruce! —dijo ella bruscamente, y en ese instante los ojos de Rex se abrieron del todo, fijando la mirada en el oscuro techo que tenía encima.

Toby ladró con suavidad.

—Bruce. —Esta vez fue más un gemido—. No me dejes. Estoy muy sola. Mis brazos están muy vacíos. No te vayas. Bru-u-ce.

Rex se incorporó de golpe y giró la cabeza hacia ella. De haberse dejado llevar por el instinto, se habría levantado y habría cruzado la escasa distancia que le separaba de ella para ofrecerle consuelo. Catherine estaba sumida en un dolor insoportable. Él bien sabía lo que eran las pesadillas. Había padecido las suyas y las había oído también a cientos. Por extraño que pueda parecer, teniendo en cuenta sobre todo el hecho de que había sido oficial y su reputación de hombre duro, se había despertado a menudo durante la noche para consolar a quienes luchaban con los demonios nocturnos, en especial los nuevos reclutas, esos chiquillos que tendrían que haber estado en casa con sus madres.

Esta vez no podía responder a la llamada del instinto. Era un nombre de hombre el que había oído en labios de Catherine. El hombre al que había amado. El hombre que la había abandonado. Bruce. Apretó los dientes y volvió a cerrar con fuerza una mano como lo había hecho poco antes por un motivo totalmente distinto.

Catherine se movió entonces lo bastante como para volverse en la cama. Se quedó acostada de cara a él con las sábanas retiradas hasta la cintura, despeinada, con la melena desparramada sobre el hombro y cubriéndole el brazo que colgaba sobre el lado de la cama, casi tocándole. No estaba despierta. No volvió a hablar.

«Dios —pensó Rawleigh—. Dios, ¿dónde se había metido? ¿Adónde le había llevado la lujuria desatada y la insensatez?»

Bruce.

El suelo fue endureciéndose a medida que avanzaba la noche.

Pero era la última noche de viaje. Llegarían a Stratton a la hora del té, la tarde siguiente. A pesar de una noche en vela y en cierto modo perturbadora, la idea le animó. Estaba ansioso por ver cuál sería la reacción de Catherine al ver su casa. Y era presa de una perversa euforia ante el desafío de convertir en un auténtico matrimonio ese desastre en el que se había metido por su culpa.

Las dos semanas previas a la boda habían sido una auténtica pesadilla, que ella logró mantener bajo control anestesiando toda emoción, limitándose a dejar que la vida simplemente le ocurriera. El día de la boda, por el contrario, resultó inesperadamente significativo. Y su noche de bodas había sido inesperadamente maravillosa hasta que ella la estropeó al recordar que en lo que había ocurrido no podía percibir emoción alguna salvo lujuria… y hasta que él había salido de la cama y se había marchado de la habitación sin pronunciar palabra. Tener que despedirse de su casa a la mañana siguiente resultó para ella una agonía atroz. Volver a empezar de nuevo otra vida le había parecido del todo imposible.

Pero la vida tenía la extraña propiedad de ser capaz de renovarse y de reafirmarse una y otra vez. Catherine había llegado a pensar en un momento del pasado que le era imposible seguir adelante. Con la edad estaba descubriendo que había muy pocas cosas imposibles.

Tras el primer espantoso día de viaje, que la alejó más y más de la vida que se había construido hacía cinco años, se encontró con que estaba… oh, no exactamente disfrutando de su nueva vida, pensó, pero sí empezando a interesarse por ella, a sentirse intrigada por ella, y hasta un poco excitada. Había olvidado que las experiencias nuevas y lo desconocido podía ser excitante. De pronto se sentía en cierto modo más joven, casi como si los últimos cinco años hubieran sido un paréntesis de tiempo suspendido y fuera a empezar a vivir de nuevo.

Era sin duda una sensación extraña, teniendo en cuenta que no había querido casarse, que no sentía la menor simpatía por su marido y que nada en su matrimonio era como debía. Rex apenas había vuelto a tocarla desde la noche de bodas. En eso al menos ella tenía parte de culpa, sin duda alguna. Se avergonzaba de haber permitido que su terrible sensación de soledad se tornara abiertamente en una clara muestra de autocompasión cuando él había estado con ella, lo suficientemente cerca como para darse cuenta. Catherine no buscaba la compasión de nadie, ni siquiera la suya propia. Estaba viva y gozaba de buena salud… no había motivo alguno para la compasión.

No, Rex no le gustaba. Era demasiado arrogante y se había mostrado demasiado insistente en sus atenciones aun a sabiendas de que ella no las deseaba. Pero, oh, debía reconocer que durante el viaje había encontrado en él a un interesante compañero con el que conversar. Era un hombre culto e inteligente, aunque no tan tendencioso como para negarse a escucharla. Y tenía el detalle de discutir con ella cuando estaban en desacuerdo, en vez de desestimar su postura como si fuera una mujer de mente inferior. Catherine se había dado cuenta de que hacía más de cinco años que vivía ávida de conversación.

Y se mostraba protector con ella. Resultaba extraño que la ayudaran a subir y a bajar de los carruajes, saberse escoltada de una habitación a otra en las posadas donde se alojaban, acompañada en los paseos que daba con *Toby*. Llevaba demasiado tiempo sola. Bien podría haber resultado molesto… casi como tener a un guardia allí donde iba, privada por completo de intimidad. Pero no lo era. Curiosamente, aunque había aprendido a valorar su independencia y menospreciaba ser tratada como una mujer débil y frágil, era agradable sentirse protegida. Era casi como si la veneraran, aunque había apartado con firmeza esa idea de su mente. Empezar a pensar así tan sólo podía traerle dolor.

Naturalmente, nadie la veneraba. Él dormía solo cuando disponían de dos habitaciones. Catherine no sabía dónde lo hacía en las noches en que sólo tenían una habitación. Desde luego no con ella. La única noche que él había vuelto a su cama individual y ella estaba ya acostada, haciéndose la dormida y con el corazón acelerado en el pecho de pura expectación, él había dormido en el suelo. Había sido una espantosa humillación. ¿Había bastado lo que había sucedido en su día para enfriar todo el ardor con el que él la había acosado antes y durante la noche del baile? ¿Acaso su ignorancia y su inexperiencia habían hecho de ella una amante tan poco atractiva? ¿O era quizás el hecho de no ser virgen? ¿O que, en su soledad, le había dado la espalda al terminar?

Rex era muy apuesto y muy atractivo. Cuánto lamentaba que no le gustara. No le parecía propio desearle como le deseaba y sentirse tan entusiasmada como lo estaba ante la perspectiva de una vida en matrimonio cuando no sentía por él el menor afecto. Le parecía demasiado… carnal. Sin embargo, se consolaba pensando que no tenía sentido adentrarse en su nueva vida sumida en el más profundo desconsuelo. No iba a ganar nada con ello.

Estaba entusiasmada con la idea de llegar por fin a Stratton Park. Había oído hablar antes de la casa. Según decían, era una de las propiedades más elegantes de Inglaterra. Y las descripciones que Rawleigh había hecho de la casa no habían conseguido más que espolear todavía más su apetito. Le excitaba la perspectiva de vivir allí, de ser la señora de la casa. Y aunque parecía un poco desleal con su preciosa casa de campo pensar en esos términos, ¿qué sentido tenía intentar mantenerse fiel a un objeto inanimado?

Llegaron en mitad de una soleada tarde. Catherine intuyó que estaba viendo la casa en todo su esplendor. Miró por la ventanilla del carruaje, manteniendo la espalda recta y las manos relajadas sobre el regazo e intentando en todo momento no quedar en ridículo poniéndose a dar brincos y mostrando la excitación de la que era presa. Su marido se mantuvo indolentemente reclinado en un rincón del asiento del carruaje, mirándola a ella más que a la vista. Era algo que hacía a menudo… mirarla, cosa que a Catherine le resultaba en cierto modo desconcertante. Tuvo que aprender a controlar las manos para no llevárselas al pelo y comprobar que ningún mechón se le había soltado de las horquillas.

—¿Y bien? —dijo él.

Todo lo que se mostraba ante sus ojos era cuadrado, sólido y a gran escala. La casa, de piedra gris, era de diseño clásico, con un pórtico de pilares en la fachada principal. El parque interior estaba rodeado de una gran plaza, con las grandes extensiones de césped sombreadas por viejos robles, olmos y hayas, y salpicados de matas de narcisos y de otras flores primaverales. No había parterres ajardinados propiamente dichos. La avenida de grava, relativamente corta y recta, llevaba directamente a un puente palladiano que cruzaba un río. La magnificencia del conjunto quitaba el aliento.

—Es precioso —dijo Catherine, consciente de lo insuficientes que resultaban sus palabras en cuanto las pronunció. Había cosas que no podían expresarse con palabras. ¿Aquella iba a ser su casa? ¿Allí era donde iba a estar su sitio a partir de entonces?

Rex se rió entre dientes.

Toby, que presentía que estaban a punto de llegar al final del viaje, se sentó en el asiento delante de ella, con actitud alerta.

—Nos esperan —anunció su marido—. A estas alturas deben de haber reconocido mi carruaje. La señora Keach, el ama de llaves, debe a buen seguro de estar ordenando a todos que se coloquen en fila en el *hall* para dar la bienvenida a la nueva señora.

Parecía ligeramente divertido.

—Lo único que debes hacer es asentir elegantemente y sonreír si así lo deseas y el calvario habrá pasado —dijo.

Todos… los hombres eran imposibles, pensó Catherine.

Ni que decir tiene que Rex estaba en lo cierto. En cuanto la ayudó a descender del carruaje, subió con ella los escalones de mármol y cruzaron juntos las magníficas puertas de doble hoja, Catherine no tuvo ya ocasión de mirar en derredor y admirar el *hall* de columnas, aunque sí alcanzó a llevarse una impresión de grandeza y magnificencia. Había una silenciosa fila de criados a cada lado del *hall*, los hombres a un lado, las mujeres al otro. Dos solemnes criados de mediana edad, un hombre y una mujer, estaban juntos de pie en el centro del *hall*. El hombre saludaba con una inclinación de cabeza, la mujer con una reverencia.

Eran Horrocks y la señora Keach, el mayordomo y el ama de llaves. Su marido se los presentó y Catherine asintió y sonrió, saludándoles. Miró luego a derecha e izquierda y sonrió de nuevo. Y acto seguido su marido le puso la mano en el codo, le dijo a la señora Keach algo sobre el té y a buen seguro la habría conducido en dirección a la gran entrada flanqueada por columnas que debía de llevar a la escalera.

—Señora Keach —dijo Catherine, haciendo caso omiso de la mano de Rex sobre su codo—. Me encantaría conocer a las criadas, si sois tan amable de presentármelas.

La señora Keach la miró con aprobación.

—Sí, mi señora —dijo y echó a andar muy digna hacia el extremo de la fila y fue llamando a cada una de las criadas por su nombre a medida que avanzaban despacio junto a la fila. Catherine reparó en que su marido las seguía. Se concentró en aprenderse los nombres e intentar asociarlos con sus respectivos rostros, aunque supuso que le llevaría un tiempo recordarlos todos. Tuvo una palabra con cada una de las criadas. Cuando por fin llegaron al final de la fila y su marido volvió a tomarla del codo, ella se volvió hacia el mayordomo y le pidió que actuara del mismo modo con los miembros del servicio masculino.

Por fin permitió que su marido la condujera hacia la entrada y desde allí hacia la magnífica escalinata. La señora Keach iba delante.

—¿Sería tan amable de mostrarle a su señoría sus habitaciones, señora Keach? —dijo su esposo—. Y asegúrese de que mientras se refresca alguien espera fuera para enseñarle el camino hasta el salón para tomar allí el té cuando esté dispuesta.

—Sí, mi señor —murmuró la señora Keach.

—Te veré en breve, mi amor —dijo Rex, inclinándose sobre la mano de Catherine antes de soltársela. Volvía a parecer divertido.

Los apartamentos de Catherine, que constaban de dormitorio, vestidor y una alcoba, probablemente habrían dado cabida a dos casas como la suya, pensó durante la siguiente media hora. La idea en cierto modo la divirtió. Y también el recuerdo de los pasitos de *Toby* trotando a su lado mientras inspeccionaba las filas de criados con ella. Su marido le había cogido en brazos antes de que pudiera seguirla escaleras arriba hacia sus habitaciones. Le encontró más tarde tendido en la alfombra delante del fuego cuando entró en el salón, pero se levantó de un brinco y fue a su encuentro meneando enloquecido la cola.

—*Toby*. —Catherine se agachó a acariciarle—. Todo esto te resulta muy extraño, ¿verdad? Te acostumbrarás.

—Como tú —dijo una voz situada a su derecha. Rex estaba de pie delante de una ventana, aunque se acercó a ella al tiempo que indicaba con un gesto la bandeja del té, que ya estaba preparada.

Catherine se sentó tras ella para servir el té. A primera vista, era una estancia hermosa, con un techo pintado de bovedilla, una chimenea de mármol y cuadros con marcos dorados en las paredes. Supuso que eran en su mayoría retratos familiares. Estaba empezando a sentirse ligeramente abrumada.

Su marido tomó su taza y su plato de sus manos y se sentó delante de ella.

—No tenías que inspeccionar las filas del servicio —dijo—. No era necesario que hablaras con los criados. Pero sin duda les has dejado encantados. Ahora tienes un regimiento de esclavos más que de sirvientes, Catherine.

—¿Qué es lo que os hace tanta gracia? —le preguntó Catherine, muy digna. Rex no parecía simplemente divertido. De hecho, sonreía de oreja a oreja.

—Tú —respondió él—. Pareces la peonza de un niño, a punto de empezar a girar sin control. Relájate. Desde que mi madre murió, y de eso hace ya ocho años, no ha habido ninguna mujer en esta casa. Y como puedes ver, todo funciona a la perfección. No será mucho lo que se espere de ti. Una simple muestra de aprobación de los planes y menús que te mostrará la señora Keach.

Ah, Catherine comprendió. Rex la creía incapaz de llevar un hogar mayor del que había tenido —o del que no había tenido— en su casa de campo.

—Sois vos el que podéis relajaros, mi señor —dijo, haciendo especial hincapié en el título de Rex, pues sabía con certeza que ése era un modo de provocar en él un ligero fastidio. Se sentía moralmente insultada—. La casa seguirá funcionando a la perfección para vuestro confort. Hablaré con la señora Keach por la mañana y juntas llegaremos a un acuerdo amistoso sobre cómo llevar la casa ahora que vuelve a haber en ella una señora.

Catherine disfrutó al ver cómo la sonrisa desaparecía de golpe de su rostro. No obstante, volvió a aparecer al instante, acechando tras los ojos de Rex al tiempo que la observaba en silencio. Tomó un sorbo de té.

—Catherine —dijo—, un día de éstos vas a decirme quién eres. No te sientes intimidada por todo esto, ¿verdad?

—En absoluto —respondió ella secamente.

Llevaba ya tiempo lamentando no haberle contado todo el día que le había confesado su auténtico apellido. No había ningún motivo para que él no lo supiera. Y no es que hubiera intentado impedirle que se echara atrás en sus intenciones. De hecho, en ese momento, Catherine había esperado que así lo hiciera. Pero de pronto le resultaba difícil contárselo.

—Catherine.

Rex había terminado de tomar su té y dejó la taza y el plato en la mesa que tenía a su lado. Negó con la cabeza y levantó la mano cuando ella volvió a coger la tetera, dispuesta a llenársela de nuevo. La miró en silencio durante unos instantes y ella creyó que él no tenía nada más que decir. Pero se equivocaba.

—¿Quién es Bruce?

Todo en su interior se volvió del revés. Parecía haberse quedado sin aire.

—¿Bruce?

Incluso su propia voz parecía llegar desde la distancia.

—Bruce —repitió Rex—. ¿Quién es?

¿Cómo lo había descubierto? ¿Cómo conocía ese nombre?

—He descubierto que al menos a veces hablas en sueños —dijo Rex.

De modo que había vuelto a empezar a soñar con él. Había vuelto a soñar que le abrazaba y veía cómo se desvanecía hasta desaparecer mientras le estrechaba entre sus brazos. Supuso que el causante de todo ello era el feroz e inesperado deseo de tener otro hijo que había llegado con su matrimonio. Aunque no parecía que hubiera ninguna posibilidad real de que eso fuera a ocurrir pronto.

—Entiendo que es alguien a quien quisiste en el pasado —dijo Rex, y la frialdad y la arrogancia que Catherine había visto en él durante su primer encuentro volvieron a hacerse presentes.

—Sí.

La palabra fue apenas un susurro. Debía contárselo. Obviamente, Rex creía que Bruce era un hombre. Pero no, no podía contárselo. ¿Cómo hablarle a ese frío desconocido del amor más querido de su corazón? Sintió que se le emborronaba la visión y entendió, humillada, que las lágrimas le habían velado los ojos.

—No tengo control sobre tus afectos pasados —dijo Rex—. Sólo sobre los que atañen a tu presente y a tu futuro, aunque no estoy convencido de poder llegar a dominar tu afecto. Pero sí tu lealtad. Soy yo su depositario, Catherine. Supongo que es imposible olvidar un amor del pasado a voluntad, pero debes entender que eso forma parte del pasado y que no consentiré ninguna aflicción por lo que ya no es.

En ese momento le odió. Con una pasión fría e intensa.

—Sois un hombre malvado —le siseó. En parte sabía que estaba siendo injusta con él, que él la había interpretado mal y que debía explicarle el asunto. Pero estaba demasiado herida con él para ser justa—. Me he casado con vos porque no me habéis dejado elección. Tendréis mi lealtad y mi fidelidad el resto de mi vida, si es que eso os sirve de algo. No esperéis también mi corazón, mi señor. Mi corazón… cada sombra y cada rincón de mi corazón… pertenece a Bruce y así será siempre.

Se levantó y salió apresuradamente de la habitación. Oh, sí, sabía que estaba siendo espantosamente injusta. Le traía sin cuidado. Si lo que él pretendía era ejercer con ella el papel de severo dueño y señor, estaba decidida a luchar con todas las armas que tuviera a mano, incluso con la injusticia. Casi esperó que él saliera tras ella, aunque no fue así. Pero *Toby* ladraba excitado tras sus talones. Catherine esperó y deseó, mientras se dirigía apresuradamente hacia la escalinata, poder acordarse del camino de regreso a sus apartamentos.

Capítulo 17

*H*abía un pianoforte en el salón que había estado prácticamente en desuso durante los últimos diez años, aunque siempre había estado afinado. Rex le pidió que tocara después de cenar y ella así lo hizo sin protestar y se quedó allí durante más de una hora. Probablemente, pensó Rex, Catherine estaba tan aliviada como él al poder tener algo que hacer que evitara la necesidad de mantener una conversación. Aun así, las cosas habían transcurrido notablemente bien durante la cena. Todo parecía indicar que podían hacerse buena compañía cuando se mantenían alejados de las cuestiones personales.

Rex se sentó a verla tocar. Ella llevaba un vestido de noche celeste, ni nuevo, ni elegante, ni tampoco especialmente llamativo. Como de costumbre, se había recogido el pelo en un moño bajo, a pesar de que él se había asegurado de que le hubieran asignado una camarera que la ayudara en su cuidado personal. Era típicamente Catherine. Tocó primero tímidamente aunque con corrección. Pronto se abandonó a la música como le había ocurrido en la sala de música de Claude esa mañana hacía ya tiempo… o al menos parecía que hubiera pasado mucho tiempo. La belleza y la pasión emergieron del pianoforte hasta llenar la habitación. Parecía casi imposible que una mujer tan delgada pudiera crearla. Fácilmente podría haberse dedicado profesionalmente a la música, pensó Rex.

Le resultaba extraño tenerla allí con él en Stratton. La hermosa y sensual —y huidiza— señora Winters le había obsesionado durante esas semanas en Bodley. Había ardido en deseos de poseerla. Había conspirado para ganársela. Se había negado a aceptar un no por respuesta. Y ahora la tenía allí con él en su casa, su esposa, su vizcondesa.

Pero más extraño aún era el hecho de que sintiera ese momento de triunfo, casi de euforia. No había el menor atisbo de triunfo en lo que había ocurrido. Ni razón alguna que invitara a la euforia. Su matrimonio era un desastre, un fiasco. Catherine amaba y amaría siempre a un hombre llamado Bruce. Rex había incluso llegado al punto de devanarse los sesos intentando identificar a algún conocido con ese nombre. Pero no se le había ocurrido ninguno. Ni un simple rincón, ni tan sólo una sombra... ¿qué era exactamente lo que había dicho? Frunció el ceño, caviloso...

Mi corazón... cada sombra y cada rincón de mi corazón... pertenece a Bruce y así será siempre.

Y después había dado comienzo ese apasionado discurso, llamándole malvado. Y todo simplemente porque había intentado establecer con ella un puñado de normas básicas, advirtiéndola de que debía apartar el pasado de su cabeza y dejar que el presente ocupara su lugar. ¿Qué había de malvado en eso?

Catherine debería haberle dejado enojado cuando había salido apresuradamente de la habitación... y así había sido, en efecto. También le había dejado alterado y herido. Dolido, aunque Rex no estaba dispuesto a reconocer que ella tenía el poder de hacerle daño.

Toby, que había estado de pie junto al pianoforte durante unos minutos, meneando despacio el rabo, había decidido que debía de haber un modo más fácil de captar la atención de su dueña. Saltó al banco y le sacudió el codo con el hocico.

—*Toby*. —Dejó de tocar y se rió—. ¿No tienes acaso ningún respeto por Mozart? No estás acostumbrado a esta clase de competidores, ¿verdad? Supongo que necesitas salir.

El vizconde Rawleigh se levantó y cruzó despacio la habitación hasta ellos. Ella levantó la mirada hacia él con los ojos todavía sonrientes. Rex se vio cambiando abruptamente de planes. A punto estaba de informar a Catherine de que disponía de la cantidad suficiente de lacayos como para sacar a su perro siempre que fuera necesario, que no era propio de la dignidad de la vizcondesa Rawleigh estar a expensas de las necesidades de un malcriado terrier.

—Quizá podríamos salir a dar un paseo —dijo—. Me pregunto si la noche es tan agradable como lo ha sido el día. —Lo que en realidad se preguntaba era cuánto tardaría en convertirse en el hazmerreír entre sus criados. Con retraso, reafirmó su autoridad con voz severa—. Bajad de ahí, señor. Los muebles de vuestro nuevo hogar deben en vuestro caso ser observados desde el suelo. ¿Entendido?

Pero *Toby* correteaba ya alrededor de sus talones y soltaba pequeños ladridos, excitado. Y Catherine volvía a reírse.

—Os ha oído pronunciar la palabra que empieza por pe —dijo—. Ha sido una imprudencia.

Rex miró al perro con el ceño fruncido.

—¡*Sit!* —ordenó.

Toby se sentó y clavó en él una mirada fija y expectante.

—Debe de ser vuestro pasado militar. —Catherine seguía riéndose—. Nunca habría hecho eso por mí.

Minutos más tarde habían salido a la terraza. Catherine tomó el brazo de Rex y rodearon despacio la casa mientras ella la examinaba con interés y contemplaba el parque. Era una noche despejada de luna y nada fría. *Toby* corría por las extensiones de césped, olisqueando por doquier los troncos de los árboles y familiarizándose con su nuevo territorio.

Rex pensó entonces que cuando volvieran a entrar sería hora de acostarse. Su primera noche en casa. La noche que marcaría con toda probabilidad la pauta de las noches futuras. ¿La pasaría él en su cama? De hacerlo así estaría marcando un precedente que costaría cambiar. ¿Estaba realmente dispuesto a tener un matrimonio así? ¿Un matrimonio que lo era sólo de palabra?

Era ridículo siquiera contemplar semejante posibilidad. Catherine era su esposa. Él la deseaba desde la primera vez que la había visto. Y tenía necesidades, aparte de la atracción que sentía hacia ella. ¿Por qué iba a ir a satisfacerlas a otra parte? Además, poseía lo que era quizás una lamentable fe en la fidelidad en el seno del matrimonio. Desde luego no estaba preparado para vivir una existencia célibe. No era ningún monje.

¿Y acaso iba a verse incomodado simplemente porque ella seguía amando a un hombre que formaba parte de su pasado?

Se detuvo al llegar a una esquina de la casa, junto a la rosaleda, que había sido la parte del parque favorita de su madre.

—Catherine, ¿por qué lloraste? —le preguntó.

Fue una estupidez hacer la pregunta. No había pretendido empezar así. Habría estado encantado de poder olvidar esa noche y la humillación que había traído consigo.

Ella se quedó de pie delante de él, mirándole a la luz de la luna. Dios, qué hermosa era con su suave cabello dorado, que con esa luz parecía más plateado, y su sencillo vestido gris. A juzgar por la mirada que vio en sus ojos, Rex entendió que ella sabía exactamente a lo que se refería.

—Por nada en particular —fue la respuesta de Catherine—. Me sentí… todo fue tan novedoso. Me sentí un poco abrumada. A veces la emoción se muestra del modo más insospechado.

Rex no estaba seguro de que ella le hubiera dicho la verdad.

—Te volviste de espaldas —dijo.

—Yo… —Se encogió de hombros—. No fue mi intención ofenderos. Pero lo hice.

—¿Te hice daño? —preguntó Rex—. ¿Te ofendí? ¿Sentiste asco?

—No. —Catherine frunció el ceño y abrió la boca, como dispuesta a decir más, pero volvió a cerrarla—. No —repitió.

—Quizá —dijo él con una amargura inesperada e imprudente—, me comparaste…

—¡No! —Catherine cerró los ojos y tragó saliva antes de mirarse las manos. La vio estremecerse—. No hubo ninguna comparación.

Y eso, a la luz de lo que Catherine había dicho en el salón durante el té, era sin duda un maravilloso cumplido. Rex se sintió como un muchacho torpe e inseguro y odió esa sensación. Se había acostumbrado a considerarse un amante de considerables dotes. Desde luego las mujeres con las que se había acostado en los últimos años se habían mostrado muy satisfechas con su comportamiento. Pero, claro, Catherine amaba a ese otro hombre. Quizá las dotes sexuales poco importaban cuando se amaba a otra persona.

—No estoy preparado para soportar un matrimonio célibe —dijo.

Ella alzó la mirada, perpleja.

—Tampoco yo lo estoy —dijo, antes de morderse el labio. Rex se preguntó si se habría sonrojado. Era imposible saberlo a la luz de la luna. Pero sus palabras eran sin duda alentadoras.

—Si voy a visitarte a tu lecho esta noche —dijo Rex—, ¿volveré a ser despedido con lágrimas?

—No —fue la respuesta de Catherine.

Rex levantó una mano para acariciar con el dorso de los dedos la línea de la mandíbula de Catherine hasta la barbilla.

—¿Sabes? —dijo—. Siempre te he deseado.

—Sí.

Sintió que Catherine tragaba saliva.

—Y creo que, aunque los sentimientos más elevados estén descartados, también tú me has deseado —dijo.

—Sí.

Fue apenas un murmullo.

—Estamos casados —dijo Rex—. Ninguno de los dos lo deseaba, pero ha ocurrido. Estoy incluso dispuesto a asumir toda la culpa. Sí, fue culpa mía. Pero ahora eso carece de importancia. Estamos casados. Quizás aprendamos a llevarnos bien.

—Sí —dijo ella.

—Una cosa. —Cerró la palma de la mano sobre la barbilla de Catherine y levantó su rostro hacia el suyo, a pesar de que era innecesario. Ella le miró a los ojos impávidamente como casi siempre lo hacía—. Te concedo el derecho de tratarme de «mi señor» cuando quieras enervarme. Es un arma admirable y sería del todo injusto privarte de ella, puesto que no hay duda de que en los años que están por venir habrá peleas entre nosotros. Pero anhelo oír mi nombre de tus labios. Dilo, Catherine.

Ella clavó sus ojos en los de él y dijo:

—Rex.

—Gracias.

Rex no entendió con exactitud por qué el sonido de su propio nombre en boca de Catherine le había sacudido de ese modo las entrañas. Supuso que llevaba demasiadas noches sin ella.

Salvó entonces la distancia que mediaba entre sus bocas y la besó. Los labios de Catherine eran suaves, cálidos y estaban abiertos. Temblaron contra los suyos, como si él no la hubiera besado antes y no se hubieran acostado juntos. Rex notó ese aumento de temperatura que conocía bien. No había conocido a ninguna otra mujer que pudiera encenderle tan efectivamente con un simple beso.

—Creo —dijo, alzando la cabeza, sin soltar la barbilla de Catherine— que hemos dado a *Toby* tiempo suficiente para que haya marcado como propios todos los árboles del parque. ¿Entramos?

Ella asintió. Había en sus ojos una mirada que él reconoció. «Lo está deseando», pensó. Le deseaba. Fue presa de una oleada de exultación, que disimuló por una simple cuestión de orgullo. Giró la cabeza y silbó para llamar a *Toby*. El terrier volvió corriendo.

Ella se rió, y su risa sonó levemente temblorosa.

—No estoy segura de que me guste que te obedezca al instante —dijo.

—Quizá —respondió Rex, mirándola de reojo al tiempo que volvía a ofrecerle su brazo y ella lo aceptaba—, a diferencia de su dueña, él sí reconoce la voz de un dueño.

Ella se rió entre dientes, pero no respondió.

Fue un buen momento, pensó Rex, sorprendido. Había bromeado con Catherine y ella se había reído. Era apenas un pequeño instante, aparentemente insignificante. A él, sin embargo, le pareció que quizá fuera crucial.

Se le antojaba extraño volver a tener criada. Aunque Marie estaba ansiosa e ilusionada por complacer, a Catherine se le ocurrió que debía en cierto modo estar sorprendida ante la parquedad y la sencillez del vestuario de su señora. Había sacado su mejor camisón, el mismo que ella había tenido intención de ponerse en su noche de bodas.

Ése era el camisón que llevaba ahora, mientras esperaba en su habitación la llegada de su esposo. De Rex. Debía empezar a utilizar su nombre, incluso mentalmente. Él estaba en lo cierto. Para bien o para mal, estaban casados. Sólo les quedaba sacar de ello el mayor provecho, o intentar llevarse bien, como él había dicho.

Era una estancia espléndida, con muebles elegantes y una alfombra mullida en el suelo. La cama era magnífica, con columnas delicadamente labradas y cortinas y dosel de seda. No tardarían en acostarse en ella...

Tragó saliva. Lo deseaba con todas sus fuerzas. Casi se sentía avergonzada al ser consciente de su anhelo al recordar la intensidad con que había odiado a Rex apenas unas horas antes por las despóticas órdenes con las que había intentado controlarla. Pero era sin duda un anhelo que debía cultivar. No tenía sentido intentar reprimir lo que bien podía ser el único aspecto positivo de su matrimonio. Se deseaban... eso había quedado perfectamente explicitado más allá de cualquier duda hacía menos de una hora.

Esa noche Catherine debía disfrutar en lo posible del buen hacer amatorio de Rex y también de su propia respuesta. No debía dejarse abrumar por su íntima soledad en cuanto el éxtasis tocara a su fin. Quizás, al fin y al cabo, no estuviera tan sola. A pesar de sí misma y casi en contra de su voluntad, durante el curso de la noche había admitido que había en él ciertas cosas que podía que llegaran a gustarle si así se lo permitía. Le gustaba su conversación inteligente. Durante mucho tiempo el único estímulo que había alimentado su mente habían sido los libros. Le gustaba el modo directo y sin ambages con el que Rex se enfrentaba a los problemas, aunque eso tuviera sus inconvenientes, como esa tarde, cuando él había exigido saber, sin venir a cuento, quién era Bruce.

Inesperadamente, había disfrutado riéndose con él. Jamás habría imaginado que volverían a reírse juntos. Pero así había sido.

Le gustaba el afecto que demostraba en su trato con *Toby*, aunque eso era algo que Catherine nunca le diría. Sospechaba que para él era una muestra de poca hombría ser afectuoso con un simple perro. Miró cariñosamente a *Toby*, que estaba tumbado delante de la chimenea, profundamente dormido. Rex había sugerido al llegar a la casa que *Toby* quizá viviría más cómodo en los establos, aunque no había discutido cuando ella se había negado en redondo.

¿Cómo podría vivir sin *Toby*? ¿Y cómo iba *Toby* a vivir sin ella?

Giró de pronto la cabeza cuando se abrió la puerta del vestidor después de oír que alguien llamaba y Rex entró en la habitación. Catherine había supuesto ya que la otra puerta del vestidor debía de conectar con el de él. Rex llevaba un camisón de color burdeos. Estaba irresistiblemente atractivo. Entonces se alegró de repente de estar casada con él y no tener así que reprimir el deseo que provocaba en ella. Y no se detuvo a pensar en que el matrimonio no podía reducirse sólo a eso. Por el momento, con eso bastaba.

Rex se detuvo y la observó despacio, recorriéndola con los ojos de la cabeza a los pies.

—¿Cómo es posible que logres que el sencillo algodón parezca más seductor que el más fino encaje, Catherine? —le preguntó—. Estás hermosa con el pelo suelto. No, borra eso. Estás hermosa con el pelo recogido. Con el pelo suelto estás… ¿existe acaso una palabra más superlativa que «hermosa»?

¿Cómo responder a eso? Sintió que se ruborizaba. El cumplido le sentó bien.

—Si la hay —añadió él, acercándose a ella—, intentaré encontrarla… en otro momento.

La besó, poniéndole las manos en la cintura. Esta vez no la despojó de inmediato de la única prenda que la cubría. Catherine lo celebró, aunque en aquella otra ocasión no había cuestionado en ningún momento su derecho a hacerlo.

—Ven a la cama —dijo él, con sus labios pegados a los de ella.

Esta vez apagó las velas antes de reunirse con ella. Catherine también lo celebró. Y no es que se hubiera sentido especialmente consternada la vez anterior, pero sí cohibida, consciente de quedar en cierto modo expuesta. Quería poder perderse en la experiencia esa noche, casi como… sí, casi como lograba perderse en la música cuando tocaba. Quería perderse en la belleza, en la armonía y en la pasión. Le gustó la analogía.

Rex estaba desnudo cuando se reunió con ella en la cama. Ella cerró los ojos cuando la besó y sus manos empezaron a acariciarla sobre el algodón del camisón. Entonces pudo recordar cómo era él, espléndidamente proporcionado y hermoso, con una vieja cicatriz provocada por un sablazo cruzándole el hombro derecho y otra en la cadera derecha. Pero no necesitó verlo. Pudo sentir su cuerpo alto y poderosamente musculoso, oler su colonia y su masculinidad. Esa noche se propuso conscientemente disfrutar de lo que él le haría.

—Catherine —dijo Rex—, ¿voy a volver a tener a una amante pasiva?

Los ojos de ella se abrieron de golpe. ¿Pasiva? ¿Acaso no veía lo que ardía ya en deseos de que la hiciera suya? Apenas podía contener su deseo de moverse y retorcerse contra él, de tocarle y dejar que sus manos le recorrieran por entero.

—Podría saciar mi placer muy rápido —dijo él al tiempo que una de sus manos le desabrochaba los botones del camisón—. Podría terminar en apenas unos segundos.

Catherine lo sabía. Inspiró hondo por la nariz y contuvo el aliento. Oh, claro que lo sabía.

—Preferiría hacerte el amor. —La mano de Rex se deslizó bajo el algodón de su camisón y se lo retiró del hombro para que su boca pudiera apenas acariciarlo—. Sé que para una mujer el placer pleno tarda más en llegar.

¿Acaso lo sabían todos los hombres? ¿Y actuaban en consecuencia? No, no todos los hombres.

El camisón de Catherine iba deslizándose sobre su piel hacia sus pies. Tenía ya la mano de Rex bajo su seno y su boca se movía hacia su pezón, abriéndose sobre él. Lo tocó con la lengua. Entonces dejó escapar un jadeo.

—Aunque lo que de verdad me gustaría —dijo él, calentando con el aliento el pezón que acababa de humedecer con la lengua—, es que también tú me hicieras el amor.

¿Cómo? Catherine sintió que se tensaba en sus brazos.

—¿Cómo? —susurró, y se alegró doblemente de la ausencia de la luz de las velas.

—Ah, Catherine —dijo, con su boca de nuevo contra la de ella—. Cuánto me alegra que seas inocente a fin de cuentas. Tú me dejas tocarte por todas partes. ¿Y eso te complace?

—Sí —respondió ella.

—¿Crees entonces que si me tocaras me complacería? —preguntó—. ¿No sientes el deseo de tocarme?

—Sí.

¿Era apropiado tocarle? ¿No era... indecente? Casi se rió, presa de los nervios, cuando su mente tropezó con esa palabra en particular.

—Entonces tócame —dijo él—. Hazme el amor.

La volvió boca arriba brevemente y le quitó el camisón por los pies antes de arrojarlo a un lado. Luego la rodeó con el brazo y volvió a darle la vuelta contra su cuerpo.

Ella abrió las manos sobre su pecho. Era amplio, de músculos fuertes y poderosos y estaba cubierto de pelo. Sintió los pezones duros como capullos y movió las manos de modo que pudiera frotar contra ellos los índices mientras pegaba su boca al pecho. Se dio cuenta de que él seguía tumbado, muy quieto. Injustamente, se había vuelto pasivo. Pero estaba embriagada con el deseo de explorarle, de conocerle. Por el momento, no deseaba que se moviera.

La espalda de Rex era tan firme como su pecho. E igual de caliente al tacto. Palpó el pequeño montículo de la vieja herida de sable que a punto debía de haber estado de cortarle la pierna a la altura de la cadera. No fue sin embargo una idea en la que su mente se detuviera mucho tiempo. Su mano se deslizó con suavidad sobre la herida, avanzando sobre la cadera... y cuando pensó que debía retirarla, Rex no lo permitió.

—Sí —dijo, casi con ferocidad—. Sí, Catherine. Tócame.

Duro y largo. A punto para ella. Los dedos de Catherine se deslizaron ligeramente sobre él hasta que su mano por fin se cerró sobre el miembro, en cuanto supo, al oír su brusco jadeo, que le estaba complaciendo. ¿Cómo era posible que hubiera hueco en ella? Pero sabía que así era. Sintió un latido en sus profundidades, allí donde quería tenerle.

—Dios, mujer —dijo Rex, y Catherine volvía a estar acostada boca arriba y él se tumbaba encima de ella—. Debería haberte atado las manos a la espalda en vez de invitarte a que me hicieras el amor. ¿Tienes acaso magia en esas manos?

—Sí —le susurró ella, levantando los brazos para tirar de su rostro hacia el suyo. Abrió la boca bajo la de él—. Y magia en mi cuerpo, Rex. Ven a ver.

La penetró con una profunda y poderosa embestida. Ella gritó en su boca con la conmoción y la maravilla que la invadió de pronto.

—Ahora has hecho que me comporte como un colegial —dijo Rex, apremiante—. ¿Estás preparada?

—Sí. —Catherine jadeaba y suplicaba, moviendo con fuerza las manos por sus costados y cerrándolas sobre sus nalgas—. Sí, estoy preparada. Dámelo, Rex. Dámelo.

Lo que siguió fue una agonía y un éxtasis salvajes y jadeantes. Rex la penetró una y otra vez, pero ella en esta ocasión no fue un simple recipiente vacío. Catherine levantó las caderas contra él, marcando un ritmo contrario al de él. Oyó el grito final de Rex mezclarse contra el suyo. Luego sintió dentro el chorro caliente y se perdió entonces durante unos segundos, o minutos u horas… imposible saberlo.

Volvió en sí sólo cuando sintió que se veía libre de un gran peso y entendió que era él que se movía para tumbarse a su lado. Entonces se acordó. Se acordó de esa sensación que la había embargado la noche de bodas de que lo que acababa de ocurrir había sido solamente físico, que emocionalmente y en cualquier otro aspecto que realmente importara seguía estado sola y quizá más sola todavía que antes, porque su cuerpo ya no le pertenecía. Esperó a que esa sensación volviera a visitarla.

—¿Y bien?

La mano de Rex le acarició el hombro que estaba más cerca de él. ¿Era ansiedad lo que destilaba su voz? No, probablemente no.

Catherine giró la cabeza y sonrió, somnolienta. Sus ojos se habían adaptado a la oscuridad. Él la miraba.

—Mmmm —dijo.

—¿Mmmm bien? —preguntó Rex—. ¿Mmmm mal? ¿O mmmm déjame en paz?

—Mmmm —respondió Catherine.

—Elocuente.

Tendió la mano y los cubrió a ambos con las sábanas. Al mismo tiempo deslizó un brazo bajo la cabeza de ella. Catherine se volvió hacia su lado de la cama y se encajó contra él. De momento fingiría que la unidad física que acababa de sentir con él era una unidad total. No había nada malo en fingir. No si era sólo esa noche. Rex estaba sudado y desprendía calor. La sensación era maravillosa.

Entonces él añadió algo. Catherine estaba demasiado somnolienta para oír qué era lo que había dicho con exactitud.

—Mmmm —dijo una vez más antes de deslizarse cuesta abajo por la deliciosa pendiente hacia el sueño.

Rex estaba también relajado, saciado y a punto de quedarse dormido. Sin embargo, mantuvo a raya la inconsciencia durante unos minutos más. Se frotó las mejillas contra la sedosa textura del cabello de Catherine. La sintió cálida, suave y relajada, abandonada al sueño. Olía a jabón, a mujer y a sexo.

Su mente, exhausta de tanto viajar durante las últimas tres semanas, retrocedió más allá del último mes, repasando todos los acontecimientos que habían provocado un cambio de tal calibre en su vida. Un cambio tan catastrófico, o al menos así lo había creído hasta... ¿cuándo? ¿Hasta hacía apenas unos minutos?

La había deseado desde el principio... como amante. Como alguien con la que acostarse y de la que obtener placer mientras pasaba unas semanas en el campo con su familia y amigos. Desde luego en ningún momento había pretendido una relación de larga duración con ella, aunque, por increíble que pudiera parecer, su deseo había sido tan intenso que había llegado incluso a ofrecerle matrimonio incluso antes de que se hubiera visto obligado a hacerlo.

Ahora se alegraba de que no fuera su amante. Catherine no era una mujer hecha solamente para la cama de un hombre, aunque irónicamente él había tenido que descubrirlo justo allí. Era una mujer hecha para la vida de un hombre. Rex no estaba seguro de qué quería decir exactamente con eso y tenía demasiado sueño para poder analizar la idea. Pero le pareció un pensamiento profundo que bien merecía la pena retomar al día siguiente, cuando tuviera más energía.

Se alegraba de que fueran a tener toda una vida de noches juntos durante las que perfeccionar lo que había ocurrido entre ellos en la cama. La noche de bodas había sido un auténtico desastre. Esa noche, sin embargo, había estado lejos de ser perfecta, aunque se lo hubiera parecido hacía apenas unos minutos. Indudablemente estaba muy por debajo de sus estándares habituales en lo que a duración se refería. Todo había terminado en unos pocos minutos. Y él se había llevado todo el placer. Poco era lo que había hecho para darle placer a ella antes de montarla en un frenesí de lujuria.

Y aun así ella había parecido perfectamente complacida. Había gritado su nombre en el momento preciso en que él se había descargado en ella, y se había quedado dormida con halagüeña celeridad. En sus brazos. No se había vuelto de espaldas ni había habido lágrimas esa noche.

Decidió que la próxima vez ella se llevaría todo el placer. Se contendría durante una hora si era necesario para provocar en ella todo el placer que fuera capaz de darle. La próxima vez… quizá más tarde, esa misma noche. No obstante, tendría que instruir a Catherine para que mantuviera alejadas sus manos de él.

Sonrió contra su pelo. Había tenido mujeres con manos mucho más habilidosas y expertas que las de Catherine. ¿Por qué las de ella a punto habían estado de hacerle quedar en ridículo?

Estaba muy cansado. Necesitaba dormir. Pero sabía que no podría dormir toda la noche. Sabía que la desearía de nuevo antes de que llegara la mañana.

Se alegró de que hubiera toda una vida por delante...

Oyó que *Toby* cambiaba de postura delante de la chimenea y que bostezaba ruidosamente antes de cerrar la boca con un chasquido y volver a quedarse en silencio.

Lord Rawleigh casi soltó una carcajada. Pero estaba demasiado adormilado para hacer el esfuerzo.

Capítulo 18

Catherine no había esperado sentirse feliz, ni tan siquiera ser presa de una sensación cercana a la felicidad. No había esperado casarse con el vizconde Rawleigh. Verse obligada a casarse con él se le había antojado una pesadilla, aun a pesar de que siempre se había sentido involuntariamente atraída por él. Había esperado vivir su duelo particular en su pequeña casa de campo y limitarse a la vida de silencioso contento que se había construido allí.

En todo caso, estuvo inesperadamente feliz durante las dos primeras semanas en su nuevo hogar. Era precioso —oh, sí, debía admitirlo— vivir de nuevo en una gran casa, rodeada de un parque espacioso y hermoso, con criados siempre atentos a que todo funcionara a la perfección. Y le gustó la sensación de saberse la señora de Stratton Park, que después de todo era una dama respetablemente casada, la vizcondesa Rawleigh.

Pasó toda la mañana del día siguiente a su llegada en compañía de la señora Keach. Sospechaba que los criados se habían quedado perplejos al verla levantada tan temprano. El ama de llaves le enseñó la casa y le explicó su funcionamiento antes de mostrarle los libros de intendencia y llevarla al sótano a hablar con la cocinera. La casa se llevaba con eficiencia y los menús de la cocinera eran variados, nutritivos y deliciosos. Quizá muchas recién casadas se habrían dejado intimidar para dejar que todo siguiera como estaba sin su interferencia. Catherine no interfirió, pero a todos les quedó claro al cabo de los días que sin duda era ahora la señora de Stratton.

Estaba encantada volviendo a ser la señora de una gran casa.

No tardó en correr la noticia, no sólo de que el vizconde Rawleigh volvía a estar en casa, sino de que había llevado a casa a su nueva esposa. Recibieron un constante flujo de visitas durante la primera semana, la mayoría de las cuales les extendieron a su vez sus invitaciones. Durante la segunda semana, Catherine salió prácticamente todas las tardes y todas las noches, devolviendo las visitas, asistiendo a las cenas y a las veladas a las que habían sido invitados. Al parecer, la vida social en Stratton se anunciaba animada incluso cuando la novedad de su llegaba al vecindario hubiera amainado.

Además, hubo que visitar al vicario y a su esposa durante la primera semana, y sonreír y saludar con la inclinación de cabeza de rigor a los vecinos del pueblo, a los granjeros y a los jornaleros en la calle y en la iglesia, mientras ellos les observaban boquiabiertos y les sonreían a su vez. Durante la segunda semana, Catherine empezó a visitarles a todos, encajando esas visitas entre las que efectuaba a los miembros de la aristocracia.

Durante esas dos primeras semanas estuvo más ocupada que en toda su vida.

En el curso de la primera semana de su estancia en Stratton, llegaron de Londres una modista y dos ayudantes. Catherine no había sido informada de ello, pero recibió órdenes de pasar una mañana entera con ellas y no tardó en recordar la mezcla de tedio y de excitación que le provocaba que le tomaran las medidas para las distintas prendas y la elección de las telas, de los ribetes y diseños para una vertiginosa cantidad de toda clase de prendas. Catherine no tenía elección en cuanto a las cantidades… eso había sido ya acordado previamente por su esposo. Al parecer lo necesitaba todo para toda suerte de ocasiones.

No discutió. Durante cinco años se había cosido ella toda la ropa y había estado satisfecha con la sencillez de sus vestidos y con su escasez. Habían respondido con creces a sus necesidades. Pero aceptó el hecho de que a partir de ahora debía vestirse tal y como lo exigía su nuevo papel. Y volvió a descubrir el placer de estar hecha para lucir ropa elegante y bien confeccionada. Algunas de sus nuevas prendas estuvieron a punto sin tardanza. Al parecer, las tres costureras iban a quedarse en Stratton hasta tenerlas todas terminadas.

Como era de esperar, no veía mucho a su marido. Estaba ocupada durante todo el día con las tareas del hogar y con sus visitas. Él, a su vez, estaba sumido en los negocios de la hacienda. Catherine no tardó en descubrir que Rex se tomaba en serio su papel de hacendado y que, a pesar de la existencia de un competente administrador, estaba realmente al mando de la gestión de su propiedad. Durante las noches salían de visita o recibían juntos, pero las exigencias de la sociabilidad les mantenían frecuentemente separados.

Y, sin embargo, ella sentía que no tenían en ningún momento la sensación de estar evitándose. A menudo compartían las comidas. Y ocasionalmente encontraban tiempo para pasear y salir a caballo juntos.

Descubrió que después de todo podía ser posible que él le gustara. Ahora que Rex estaba en casa y ocupado, ya no se parecía tanto al hombre ocioso y aburrido dedicado a disfrutar de los placeres que había visto en él en Bodley. Y ahora que estaban casados, ya no era el rufián peligroso e insistente. Todo parecía indicar que era querido en Stratton. Y sin duda muy respetado. La mujer de uno de los aparceros le dijo que su padre había sido un hombre indolente y aficionado al juego. La propiedad estaba en un estado deplorable cuando su señoría la había heredado, pero él había conseguido reconvertirla por entero en cuestión de unos años, a pesar de estar combatiendo en la Península.

Cuando estaban juntos, había pocos silencios entre ambos, e incluso cuando los había, no eran los silencios amargos o enfurruñados que Catherine habría esperado a tenor del desfavorable comienzo de su matrimonio. Hablaban de una gran variedad de temas. A ella le resultaba muy fácil la conversación con él.

En cualquier caso, todo parecía indicar que de momento era mejor aceptar lo inevitable con la mayor alegría posible. Al parecer, ambos intentaban hacer de su matrimonio algo factible.

Rex dormía todas las noches en la cama de Catherine. A ella le resultaba poco sorprendente que esa parte de su matrimonio funcionara bien... muy bien. Él la había acosado enérgicamente durante las semanas que habían pasado en Bodley, y ella había sido incapaz de sofocar el deseo que despertaba en ella. Rex había estado incluso dispuesto a ofrecerle matrimonio simplemente para poder acostarse con ella antes de haberse visto obligado a hacerlo.

Cierto: lo que ocurría entre ambos en la cama era estupendo. Rex era un amante maravilloso y también un buen maestro. Había insistido en que se deshiciera de todas sus inhibiciones, una por una, para así poder disfrutar de todos los placeres que podía proporcionar el lecho marital. Ni en sus más tórridas imaginaciones había intuido Catherine que eran tantos los placeres que podían experimentarse... y cada noche traía nuevos placeres consigo. Rex parecía insaciable... siempre una vez cada noche, a veces dos, o más de dos. Pero también ella lo era. Tan sólo pensarlo le arrobaba las mejillas.

Naturalmente, no esperaba que durara. Sabía que se había casado con un rufián. No podía esperarse de un hombre poseedor de esa devastadora apostura —veía cómo le miraban las mujeres del vecindario, jóvenes y viejas por igual— y de semejante vigor que se sintiera satisfecho con los encantos de una sola mujer indefinidamente. La luna de miel tocaría a su fin antes o después. Quizá cuando se quedara encinta. Catherine sabría en los próximos días si eso había ocurrido durante el primer mes.

Aceptaría la realidad cuando ocurriera, cuando finalmente él decidiera saciar su ardor en otra parte. Ella se había convertido en una auténtica experta en aceptar la realidad. Por desleal que la idea le pareciera con su preciosa casita de campo y con la vida que allí había tenido, se sentía más feliz en su nueva casa. Encontraba en ella una sensación más acusada de familiaridad, de pertinencia en relación a su vida de la que había tenido en Bodley-on-the-Water. Seguiría feliz allí. A fin de cuentas, tampoco es que amara a Rex.

Y, sin embargo, la idea de que su ardor se enfriara le provocaba una pequeña punzada de algo... de un dolor no identificado. La vida estaba bien como estaba. A veces, cuando realmente se detenía a pensar en ello —afortunadamente no tenía mucho tiempo para poder pensar en sus intimidades— debía reconocer que se sentía bien en compañía de Rex, viendo la deferencia con la que le trataban los demás hombres, viendo también lo conscientes que eran las demás mujeres de su prestancia y de su inusual atractivo, y sabiendo que el hombre al que miraban era su marido, su amante. Y se sentía a gusto a solas con él, encontrando en Rex a un compañero, alguien con quien compartir sus pensamientos y también sus opiniones.

Se sentía bien teniendo un amante, alguien que la hacía sentirse viva, joven, hermosa y femenina. Al parecer, había llevado durante demasiado tiempo una vida exenta de actividad. Le gustaba saber que ejercía cierto poder sobre él allí, en la cama. Sabía cómo aumentar su placer, cómo hacerle jadear, cómo hacer que perdiera el control, cómo hacerle gemir y gritar. Le gustaba oír cómo se quejaba sobre sus manos mágicas y amenazarla con atárselas a la espalda. Le gustaba oírle llamarla bruja.

Catherine decidió que se alegraba de no estar enamorada de él. Sería ya suficientemente desagradable cuando se produjera el cambio —como inevitablemente ocurriría— sin que sus sentimientos estuvieran profundamente implicados. Sí, iba a ser duro…

Pero estaba demasiado ocupada para dar demasiadas vueltas a esas cavilaciones y destruir así su felicidad básica.

—Qué hermosa —dijo con un suspiro de satisfacción—. ¿Es la casa más hermosa de Inglaterra o estoy quizá siendo demasiado parcial?

—Es la casa más hermosa de Inglaterra, sí. —Rex sonrió de oreja a oreja—. Aunque también yo soy parcial.

Era un perfecto día de primavera, uno de esos días que casi parecía verano, aunque desprovisto del agobiante calor estival. El cielo era de un azul luminoso. Soplaba apenas un suspiro de brisa.

Estaban de pie en mitad del puente palladiano, mirando a las aguas quietas del río y a las ramas colgantes de los sauces, y más allá, al parque y a la casa. Todas las vistas desde el puente tenían un encanto adicional, pues cada una de ellas estaba enmarcada de algún modo por sus pilares y por el techo arqueado. El bisabuelo de Rex había construido el puente hacía casi un siglo.

Rex había vuelto apresuradamente a casa, posponiendo sus asuntos relativos a la gestión de la propiedad que bien podrían haberle mantenido ocupado hasta el almuerzo o incluso hasta más tarde. Había vuelto apresuradamente a casa porque ella le había dicho durante el desayuno que las costureras habían solicitado una prueba final con ella durante la mañana. De ahí que Catherine hubiera decidido no salir. Estaría en casa. Y por eso él había vuelto en cuanto había podido. Habían sacado a *Toby* a hacer un poco de ejercicio, pues el malcriado terrier todavía no había quedado instalado en los establos al cuidado de los criados o los mozos de cuadras. Trotaba junto a la orilla del río, intentando atrapar insectos voladores.

—Me preguntaba si el salón quedaría mejor con cortinajes más claros —dijo ella—. Es una habitación magnífica, Rex, pero hay algo en ella que no me gusta. Llevo dos semanas dándole vueltas. Y ayer se me ocurrió que el pesado terciopelo burdeos le quita parte de la luz y… del esplendor. ¿Qué opinas?

Catherine había fruncido levemente el ceño, obviamente visionando en su imaginación el estudio y concentrada en la imagen que tenía. Había una cosa que no solamente había sorprendido a Rex, sino que le había confundido e incluso intrigado. Catherine se sentía obviamente como en casa en un lugar como Stratton. Se había hecho cargo de su casa con absoluta facilidad. La señora Keach se dirigía a ella con el mismo respeto que si hubiera sido la señora de la casa desde hacía una década. Y había sido recibida por sus vecinos como una princesa. Se movía fácilmente en su compañía sin la menor muestra de intimidación o incomodidad… y sin la menor arrogancia.

—Creo que probablemente tengas mucho mejor ojo para esas cosas que yo —dijo él—. Si hay que cambiar las cortinas, se cambian.

Ella seguía ceñuda.

—No pretendo cambiar el carácter de tu casa —dijo—. Es demasiado preciosa como está. Y no pretendo tampoco gastar toda tu fortuna. Pero hay algunas cosas…

Rex se rió entre dientes y ella se volvió hacia él, borró el ceño de su rostro y se rió con él.

—No son más de media docena de cosas —dijo—. Bueno, quizás una docena.

Rex estaba casi acostumbrándose a ese leve vuelco en sus entrañas cuando ella le miraba y le sonreía. Cuando le miraba, estaba casi inevitablemente mirándola a su vez. Era algo en lo que había reparado siempre que salían en grupo juntos. Uno de sus vecinos lo había comentado, y otros dos caballeros que habían oído el comentario se habían reído y habían dicho algo sobre los maridos y sus nuevas esposas.

Sin embargo, no era propio estar mirando constantemente a su esposa, fascinado por su belleza y su encanto, cuando supuestamente uno tenía que estar departiendo con la sociedad. De ahí que intentara no mirarla tan a menudo. Y no era tarea fácil. Se encontraba constantemente reincidiendo.

Rex esperaba que se le pasara la obsesión que sentía por ella. La había tenido ya todas las noches —y normalmente varias veces cada noche— durante dos semanas, eso sin contar la noche de bodas. Ya era hora, e incluso más que eso, de que su interés empezara a remitir. Y mejor que así ocurriera. No estaba seguro de que fuera propio de él acechar el lecho de su esposa como lo hacía.

—Una docena de cosas —dijo—. Bueno, siempre que una de ellas no incluya una completa reconstrucción de la casa y otra redecorarla por entero, supongo que debo considerarme afortunado.

Ella seguía riéndose.

—Y parterres ajardinados en los cuatro lados de la casa —dijo—, y un puente a juego con éste en los otros tres lados. Ah, y una fuente de mármol con un querubín desnudo. Y…

Rex le puso un dedo sobre los labios para hacerla callar.

—No tenemos un río en los otros tres lados —dijo—. ¿No estarás sugiriendo que ordene construir un foso alrededor de la casa?

—¿Podría aumentar el número de doce a trece? —preguntó Catherine.

Ésa era otra de las cosas sorprendentes en su matrimonio. Normalmente hablaban muy en serio, pero a veces su conversación se tornaba absurda, como ahora. Podían reírse juntos. A Rex le gustaba verla reír. Le liberaba de parte de su culpa. A veces se preguntaba si Catherine se limitaba simplemente a fingirse satisfecha o hacía de tripas corazón. Se preguntaba si en el fondo no preferiría seguir en su idílica casita en el campo junto al río.

Y se preguntaba también conscientemente si todavía languidecía por el hombre llamado Bruce. Había intentado quitarse de la cabeza al desconocido y también olvidar su nombre, pero no era fácil controlar la mente. Los celos le reconcomían cuando no era lo suficientemente cuidadoso para controlar sus pensamientos.

Al menos se alegraba de no amarla, a pesar de que jamás había pretendido un matrimonio sin amor. De lo contrario, debería estar sintiendo un dolor considerable junto con la inesperada felicidad que esas primeras semanas de matrimonio provocaban en él. Aunque, por supuesto, sí había algo cercano al dolor…

Ambos giraron la cabeza al unísono para mirar hacia los magníficos pilares de piedra de la puerta situada al principio de la avenida, no muy lejos del puente. Un extraño carruaje giraba en ese momento en dirección a la casa.

—¿Quién es? —preguntó Catherine—. ¿Alguien a quien no conozco todavía?

Pero él sonreía cuando la tomó del codo y la apremió para que cruzara con él el puente y evitar así que el carruaje que ya se acercaba les derribara. *Toby* echó a correr hacia ellos, ladrando con excitada ferocidad, como lo hacía con todas las visitas, pues no había tardado en hacerse amo y señor de su nuevo territorio.

—No —dijo lord Rawleigh—. Para ti un desconocido. Y quizá dos viejos conocidos. Sí, sin duda.

El carruaje se había detenido en cuanto cruzó el puente, pues obviamente sus ocupantes les habían visto. El vizconde se adelantó a abrir la portezuela. Lord Pelham saltó del vehículo sin esperar a que le colocaran ninguno de los superfluos escalones y dio una palmada en el hombro a su amigo antes de estrecharle la mano.

—Rex, viejo pecador —dijo—. Casado sin tan siquiera esperar a que llegaran tus amigos con sus mejores galas. Felicidades, viejo amigo.

Se volvió hacia Catherine mientras Nathaniel Gascoigne ocupaba su lugar, riéndose y dándole palmadas en el hombro al tiempo que le aseguraba que era un tipo afortunado, más de lo que se merecía. Le pidió a Eden que se hiciera a un lado para poder abrazar a la novia y robarle un beso, pues no había estado en la boda para poder hacerlo.

Y entonces el barón de Haverford bajó de un salto del carruaje. El Cuarto Jinete del Apocalipsis... alto, rubio y elegante.

—Rex —dijo—. Mi querido muchacho. ¿Qué es todo esto?

Se fundieron en un abrazo. Hacía varios meses que no se veían. En su día habían vivido y respirado juntos y luchado hombro con hombro constantemente... y a punto habían estado de morir juntos en más ocasiones de las que deseaban recordar.

—Leí tu carta y me quedé perplejo —dijo el barón—. Y luego Nat y Eden me informaron de que tu matrimonio no les pillaba en absoluto por sorpresa. Me ofende que no hayas retrasado la boda por nosotros. Aunque quizá de haber sido así nos habríamos peleado por ser tu padrino. ¿Entiendo que fue Claude quien hizo los honores?

Lord Rawleigh asintió y sonrió de oreja a oreja.

—Tres padrinos, cuatro con Claude, habría resultado un poco excéntrico —dijo—. Pero os habéis visto en la obligación de venir, y los tres. Desde Cornwall. Me siento honrado.

El barón de Haverford le dio una palmada en el hombro y se volvió a conocer a la novia, que se reía y cuya risa encontraba eco en la de los otros dos hombres. Pero ambos se hicieron a un lado para que pudiera ser presentada a su otro amigo.

Lord Rawleigh miró al barón, a punto de proceder con las presentaciones. Pero se detuvo al ver la expresión arrebatada en el rostro de su amigo.

—Vaya, lady Catherine —dijo.

Una rápida y penetrante mirada a su esposa reveló al vizconde un rostro que había perdido todo su color y unos ojos que miraban colmados de temor y de reconocimiento.

—Mi esposa —dijo Rex, manteniendo en lo posible la firmeza en la voz—. Kenneth Woodfall, barón de Haverford, Catherine. Entiendo que habéis coincidido previamente.

Su esposa saludaba en ese instante con una pequeña reverencia.

—Mi señor —dijo desde unos labios desprovistos de sangre.

—Así es. —Ken habló alzando la voz, efusiva y rápidamente—. Disculpadme, señora. Es lady Rawleigh, ¿no es así? Sí, creo que coincidimos en la ciudad hace unos años. Yo pasaba unos meses en casa, después de haber sido herido en la Península. ¿Convencisteis a Rex para que se casara con vos, o fue quizás al contrario? Nat y Eden me han estado contando durante el viaje lo afortunado que es. Ahora puedo comprobar con mis propios ojos que no exageraban.

Le había tomado la mano y se había inclinado sobre ella. Se la llevó a los labios.

—Soy perfectamente consciente de mi buena fortuna —dijo el vizconde, tomando la mano de su esposa, que estaba fría como el hielo, y entrelazándola en su brazo antes de sonreírle—. Al parecer, amor mío, vamos a tener invitados.

—Qué agradable. —Catherine forzó una sonrisa. Incluso el color parecía haber vuelto a sus mejillas—. Pude comprobar por mí misma en Bodley que lord Pelhan y el señor Gascoigne eran los grandes amigos de mi esposo. Estoy encantada de haber conocido a otro. Será maravilloso que podáis volver a estar juntos.

—Tendríamos que haber tenido con nosotros a ese perro en España —dijo el barón—. Habría ahuyentado a los franceses y les habría obligado a cruzar los Pirineos antes incluso de librar la primera batalla. ¿Es vuestro, señora?

Toby había estado dando brincos alrededor del grupo, en un arrebato de ferocidad y de exuberancia desde que el carruaje había traspasado los pilares de la puerta. No había sido de mucha ayuda que Nat se hubiera puesto a luchar con él.

Regresaron a la casa, al parecer hablando todos a la vez, alzando un poco demasiado la voz, un poco demasiado efusivamente. Hubo muchas risas y ladridos de excitación.

Lady Catherine.

El reconocimiento y el temor en sus ojos.

La apresurada excusa de Ken. Demasiado tarde.

Lady Catherine.

La cocinera se las ingenió para preparar almuerzo para tres inesperadas visitas sin apenas previo aviso. Hubo muchas risas y conversaciones en la mesa. Después Catherine tuvo que hacer varias visitas sola mientras los hombres se quedaban en casa para pasar la tarde juntos. La cena fue prácticamente una repetición del almuerzo. Al caer la noche, se fueron todos a casa de los Brixham a conversar y a jugar a las cartas; su marido había informado de la llegada de los tres amigos y la invitación se había hecho extensiva también a ellos. Las damas no comprometidas de las inmediaciones estuvieron considerablemente encantadas.

Fue un día como muchos otros, sobrecargado de actividad. No había habido un momento para ellos desde el rato que habían pasado en el puente por la mañana.

Catherine se desnudó para acostarse, le pidió a Marie que le cepillara el pelo y la despidió. Se puso entonces el camisón y se dirigió hacia el saloncito anexo, en vez de esperar en el dormitorio. Se dio cuenta de que temblaba, a pesar de que los amigos de su marido habían comentado que era una noche inusualmente calurosa para primavera.

Eran todos ellos hombres muy agradables. Se habían esforzado en todo momento por hacer que se encontrara bien en su compañía y por hacerla reír, a pesar de ser la única mujer entre cuatro varones. El barón de Haverford había sido especialmente encantador. En ningún momento la había rehuido, ni tampoco la había tratado como a una apestada, como ella había esperado en cuanto él la había reconocido.

Catherine conservaba un vívido recuerdo de él tal y como le había visto esa primavera: sumamente apuesto, con su uniforme escarlata, románticamente pálido a causa de las heridas que a punto habían estado de matarle en España. Todas las jóvenes damas del *ton* habían suspirado por él… incluida ella, aunque jamás había pasado de bailar con él alguna pieza en algún baile.

—*Toby*. —Dejó que el perro subiera de un brinco a su lado en el confidente, aunque le estaba enseñando a no acomodarse en los muebles cuando su marido estaba presente. Le estrechó entre sus brazos y apoyó la mejilla contra su cálido cuello—. Oh, *Toby*, esto tenía que ocurrir. ¿Por qué no se lo dije al principio? ¿Antes de casarnos? Antes de que empezara a… importarme un poco. Oh, sabía que no debía volver a permitirme querer a nadie. Ni siquiera un poco.

Toby le lamió la mejilla. Pero antes de que pudiera participar un poco más en la conversación, se abrió la puerta y el perro saltó al suelo.

—Ah, aquí estabas —dijo su esposo—. Supongo que es una sabia decisión haber venido aquí en vez de esperarme en el dormitorio.

No parecía especialmente enfadado. Aunque, ¿por qué había de estarlo? Sabía que desconocía gran parte de su historia. No había intentado insistir en que ella se la contara. Y Catherine jamás le había mentido. No exactamente. Se preguntó qué le habría contado lord Haverford durante la tarde. Pero obtuvo enseguida la respuesta. Nada. No debía de haber contado nada. Se encontró de pronto de pie.

—Y bien, lady Catherine —dijo su marido—, ahora al menos parte del rompecabezas ha quedado explicado. Te has adaptado a la vida en Stratton como si hubieras nacido en ella. Al parecer, naciste efectivamente en ella. ¿Vienes a la cama? Pareces dispuesta al enfrentamiento, pero no es necesario que sea así. Difícilmente puedo insistir en que lo cuentes todo, no habiéndolo hecho desde el principio. Y puedes estar tranquila: los labios de Ken están sellados.

—Lady Catherine Winsmore —dijo ella con voz queda—, hija del barón de Paxton.

Él no dijo nada durante unos segundos, pero se quedó junto a la puerta con las manos entrelazadas a la espalda y los labios fruncidos.

—Ah —dijo por fin—, a fin de cuentas vas a contarme más, ¿no es así? Será mejor que tomes asiento, Catherine, antes de que te desmayes. ¿Tan espantosa es tu historia?

Catherine se sentó y entrelazó sus manos sobre su regazo. Bajó hacia ellas la mirada. Sí, iba a contarle más. Iba a contárselo todo. Pero sólo tenía una estúpida idea alojada en la mente mientras intentaba recobrar la entereza y decidir por dónde empezar:

Después de todo estaba enamorada de él, pensó. Menudo momento para semejante descubrimiento.

Estaba enamorada de él.

Capítulo *19*

Rex cruzó despacio hasta una silla de brocado que estaba junto a la chimenea y se sentó… no muy cerca de ella. *Toby* le olisqueó la zapatilla y acto seguido se tumbó, reposando en ella la cabeza.

Rex la miró: pálida y serena, con la mirada fija en las manos que reposaban sobre su regazo. No estaba seguro de querer oírlo. Catherine había sido su esposa durante tres semanas. Durante ese tiempo habían conseguido mantener una relación que funcionaba. Eran casi amigos. Y amantes insaciables. Y, sin embargo, eran dos desconocidos. Él no había sabido quién era ella hasta hacia apenas unos instantes. Lady Catherine Winsmore —ahora lady Catherine Adams, vizcondesa Rawleigh—, hija del barón de Paxton.

Durante cinco años ella había vivido en Bodley-on-the-Water como la señora Catherine Winters, viuda. Y no obstante había sido la hija soltera de un barón. Rex conocía al barón de Paxton. Simplemente había olvidado que su apellido era Winsmore.

—Debuté en sociedad a la edad de diecinueve años —dijo ella—. Una pérdida en la familia lo impidió el año anterior. Me sentía mayor. Me sentía como si me hubieran dejado atrás. —Se rió suavemente, aunque sin sombra alguna de diversión—. Estaba preparada para el flirteo, el amor, el matrimonio. Sobre todo, deseaba disfrutar de mi Temporada. Un duelo en la familia puede llegar a resultar muy irritante cuando somos jóvenes, sobre todo cuando se debe a un pariente al que no hemos conocido bien y cuya muerte no lamentamos demasiado.

Ésa era la Catherine de hacía cinco años. Sin duda debía de haber sido una joven hermosa y entusiasta. En esa época él debía de estar en la Península. Catherine había debutado el mismo año que Ken había sido repatriado a causa de sus heridas. Después había regresado a España y les había enfurecido deliberadamente con sus descripciones de todas las hermosas jovencitas de *ton* con las que había flirteado, bailado y paseado. Quizá Catherine había estado entre ellas.

—Tuve la fortuna de tener varios admiradores —dijo ella—. Uno en particular. Pronto pidió mi mano. Papá estaba entusiasmado. Era un buen partido. Y me gustaba. A punto estuve de dar el sí. Pero… oh, estúpida de mí, me parecía un poco aburrido. Supuse que finalmente le diría que sí, pero no quería sentirme atada por un compromiso antes del término de la Temporada. Quería que otros hombres me creyeran libre. Fui tan estúpida que deseaba seguir flirteando.

—No es una estupidez desear disfrutar de la vida cuando se es joven —dijo él con voz queda. *Toby*, sobre su pie, dejó escapar un profundo suspiro de satisfacción.

—Había otro que me excitaba mucho más —dijo ella—. Era apuesto, alegre y encantador. Y su reputación de rufián le hacía absolutamente irresistible a mis ojos. Se rumoreaba que apostaba fuerte en las mesas de juego y que estaba al borde de la ruina y en busca de una esposa rica. Me advirtieron de que me mantuviera alejada de él.

—Pero no lo hiciste —intervino Rex.

Catherine se encogió de hombros.

—No me hacía ilusiones sobre la naturaleza de su interés en mí —dijo—. No contemplé en ningún momento la idea de contraer matrimonio con él. No estaba enamorada de él. Pero resultaba excitante ser admirada por alguien tan notorio y tan… prohibido. A veces bailábamos, desafiando a mi carabina. A menudo intercambiábamos miradas en los conciertos y en el teatro. En ocasiones, si sospechaba que me mantenían lejos de él, se las ingeniaba para mandarme notas. Llegué incluso a responder una… pero sólo una. No estaba tranquila actuando de un modo tan ultrajantemente impropio. Fui simplemente… una tonta consumada.

«Debe de ser terrible», pensó Rex. Catherine se estaba tomando mucho tiempo para contarlo. En ningún momento había levantado la mirada hacia él.

—Sólo muy joven —la corrigió.

—Pero entonces hice algo espantosamente impropio. —Se encogió de hombros una vez más e hizo una larga pausa antes de proseguir—. Estábamos en Vauxhall… en grupos separados. Me pidió que bailara con él, pero mi acompañante le dijo, muy envarada y firmemente, que estaba comprometida toda la noche con él. Él me pasó una nota mediante uno de los camareros en la que me pedía que nos encontráramos para dar un corto paseo por uno de los senderos. Era un lugar hermoso y encantador y era mi primera vez allí, pero lo único que los miembros de mi grupo deseaban hacer era quedarse sentados en el palco que teníamos reservado, comiendo fresas y tomando vino. Nadie parecía dispuesto a bailar ni a conversar, y yo estaba muy decepcionada.

Se le había acelerado la voz, ahora más agitada. Rex miró su cabeza gacha y al menos supo una cosa: se alegraba de que no se hubiera casado con el hombre aburrido y respetable que había extraído toda la juvenil exuberancia de la primera Temporada de Catherine. Pobre jovencita… no le costó empatizar con la tentación que había sentido. Sin duda una tentación dañina, a la que por supuesto se había rendido. Supuso que les habían visto juntos y solos y que eso había arruinado su reputación. No, debía de haber algo más. Se acordó entonces de su noche de bodas.

—Dije que iba a visitar a una amiga a otro palco —le explicó Catherine— y me marché a toda prisa antes de que alguien decidiera acompañarme. Fui a dar ese paseo que tanto había anhelado.

Se rió y se cubrió brevemente el rostro con las manos.

La había violado. Dios, la había violado.

—Tenía un carruaje esperando —dijo Catherine—. Naturalmente, yo no quería subir, pero él me prometió que daríamos tan sólo un corto paseo, pues deseaba mostrarme las luces de Vauxhall desde cierta distancia. Yo estaba demasiado avergonzada como para armar un escándalo, pues eso es lo que habría supuesto liberarme de su mano, que en ese momento me agarraba del brazo. Él... él me hizo algo en el carruaje... y después me llevó directo a casa. Fue muy descarado respecto a lo ocurrido. Le dijo a papá que estábamos enamorados y que habíamos estado juntos y que habría copulado conmigo de no haber respetado mi reputación como lo hacía.

—Hizo una pausa.

—¿Te violó?

Fue difícil dar voz a esas palabras.

Catherine tenía los ojos cerrados y las manos también cerradas con fuerza sobre el regazo.

—Con el paso de los años —dijo—, me he convencido de que no fue culpa mía. Dije que no... una y otra vez. Pero fui a él por voluntad propia, y subí a su carruaje sin ninguna presión indebida. Supongo que no puedo decir que realmente me forzara. Jamás nadie lo llamó así. La culpa fue sólo mía.

—¡Catherine! —Su voz sonó afilada y por vez primera ella levantó bruscamente la cabeza y le miró—. Te negaste. Fue una violación. Tú no tuviste la culpa.

Catherine volvió a cerrar los ojos y echó la cabeza hacia atrás.

—¿Pretendía asegurarse tu fortuna? —preguntó Rex, aunque la respuesta era, por supuesto, obvia—. ¿Por qué no te casaste con él, Catherine? ¿Acaso lo prohibió tu padre?

Ella se rió con dureza.

—No, no quise —dijo—. Oh, no, no quise. Habría preferido la muerte. Por supuesto, él no mantuvo en secreto lo ocurrido... o su versión de lo ocurrido. Quería asegurarse de no dejarme elección.

La perdición. La perdición total y absoluta. ¿Cómo había encontrado Catherine el valor para hacer lo que se había visto obligada a hacer?

—Y por eso te desterraron a Bodley-on-the-Water para que vivieras tu vida bajo el nombre ficticio y una viudedad ficticia.

Ella tardó unos instantes en responder.

—Sí —dijo por fin.

—¿Quién era él?

Su voz fue apenas un susurro. Sentía una rabia asesina de tal magnitud que casi estaba paralizado por ella.

Catherine negó despacio con la cabeza.

Rex lo descubriría. Ella se lo diría. Encontraría al villano y lo mataría.

—¿Catherine? —dijo.

Y entonces le asaltó una idea. Catherine no había amado a ninguno de los dos hombres, ni aquel con el que a punto había estado de prometerse ni tampoco aquel que la había forzado. Había ido a Londres deseosa de disfrutar de su primera Temporada, de modo que no podía haber dejado a nadie atrás. ¿Quién demonios era entonces Bruce?

Catherine no le había respondido. Estaba sentada con la cabeza todavía echada hacia atrás y los ojos cerrados.

—Catherine —dijo—. ¿Quién es Bruce?

Ella le miró entonces, con la mirada vacía al principio y colmándose después de tal tormento que Rex contuvo el aliento. Ella abrió la boca para hablar y volvió a cerrarla. Entonces lo intentó de nuevo.

—Era mi hijo. —Había desesperación en su voz—. El hijo de esa fealdad. Nació un mes antes de lo previsto. Vivió tres horas. Todos dijeron que su muerte fue una bendición. Una suerte para mí y también para él. Era mi pequeño. Era mío. Y era inocente de toda esa fealdad. Bruce era mi hijo. Murió en mis brazos.

¡Dios! Rex siguió pegado a la silla, helado.

—Eso era. —No estaba seguro de cuánto tiempo había pasado desde que uno de los dos había hablado por última vez. Habló con una voz desprovista de emoción—. Eso es lo que tendría que haberte dicho antes de que nos casáramos. Es lo que tendrías que haber insistido que te contara. Os habéis casado con una mujer doblemente mancillada, mi señor. No quise casarme con él ni siquiera cuando toda la verdad sobre mi predicamento salió a la luz. Me mandaron a Bristol, a casa de mi tía. Pero ella no me quiso, ni tampoco yo quería estar allí, dejando que me trataran como si fuera incluso demasiado depravada para morir en la horca. De modo que sugerí un futuro que liberara a mi familia del bochorno de mi presencia y me diera a su vez una oportunidad de construir una nueva vida. Yo misma elegí Bodley-on-the-Water.

Rex se vio de pronto haciendo cálculos mentales. Sí, hacía seis años y no cinco que Ken había sido enviado de regreso a Inglaterra.

—Catherine —dijo—. ¿Quién fue?

Pero ella volvió a negar con la cabeza.

—Olvídalo —dijo—. Olvídalo. Yo ya lo he hecho. He tenido que hacerlo para no perder la razón.

—¿Quién fue? —Reconoció la voz que había utilizado a menudo durante sus años como oficial de caballería. Era una voz que había ordenado invariablemente inmediata obediencia. Ella volvía a mirarle—. Me dirás quién es —dijo.

—Sí —respondió ella con voz queda—. Te lo debo. Sir Howard Copley.

Rex se quedó todavía más helado si cabe. Sintió un zumbido en los oídos. Se preguntó, con una distante suerte de fascinación, si estaba al borde del desmayo. ¿Era posible tan espantosa coincidencia? Sin embargo, se acordó de la conversación que había tenido con Daphne no hacía mucho tiempo. Copley llevaba ya unos años convertido en un conocido rufián y cazador de fortunas. Se había visto implicado en no pocos escándalos y hasta en dos duelos. De algún modo —aunque esas cosas realmente sucedían— seguía moviéndose en los límites de la Sociedad, y a veces incluso más cerca.

Lord Rawleigh había sido oportunamente informado de todo lo concerniente a Copley cuando su compromiso había tocado a su fin. Los recuerdos estaban extrañamente mezclados con los acontecimientos que rodeaban Waterloo. Había oído mencionar los nombres de otras jóvenes damas cuyas reputaciones se habían visto mermadas e incluso mancilladas por Copley. ¿Podía recordar ahora alguno de esos nombres? ¿Había estado Catherine entre ellas? ¿Le era posible recordar detalladamente? *La hija de Paxton*. Con la que por alguna razón Copley no había conseguido casarse incluso a pesar de que ella le había dado un bastardo.

¿Estaría acaso inventando ahora el recuerdo o estaba realmente ahí, firmemente alojado en su subconsciente? A pesar de lo furioso que había estado con Horatia, a pesar del dolor, en aquel momento había creído… al menos ella no se había visto abocada a lo que esa otra insensata mujer había soportado. *La hija de Paxton*.

Catherine se había levantado y *Toby* la imitó. Su rabo se agitó alegremente, frotando al hacerlo la pierna de lord Rawleigh.

—Me voy a la cama —dijo ella en voz baja sin mirarle—. Estoy agotada. Buenas noches.

Toby salió trotando de la habitación, pegado a sus talones. El vizconde siguió sentado un buen rato donde estaba antes de levantarse por fin y dirigirse con paso cansado hacia su dormitorio, llevándose la vela.

Catherine durmió profundamente y sin soñar nada. Se despertó temprano, sorprendida de haber podido conciliar el sueño. Por primera vez desde su regreso a Stratton, él no había ido a visitarla, cosa que ella aceptó con gran calma. Suponía que siempre había sabido que llegaría el día en que se lo diría a Rex o que él lo descubriría. Y si había sabido eso, también había sabido que sería el final de todo.

No iba a cargar con la culpa de haberle engañado para que se casara con ella bajo falsas pretensiones. Rex había sabido desde el principio que había secretos. Bien podía haber insistido en conocerlos el día que había aparecido con Daphne en su casa. Pero no lo había hecho.

Bien, ahora sabía que se había casado con una mujer que jamás podría volver a aparecer en la sociedad decente.

No permitió que su mente fuera más allá de la calma certeza de que éste era el final. Y no tenía demasiada importancia. Había vivido sola cinco años y había llegado incluso a ser feliz. Y tampoco es que amara a Rex... se empeñó, testaruda, en negarse a recordar lo que había reconocido en secreto la noche antes de haberle contado su historia.

No bajaría temprano. Obviamente, tendría que enfrentarse a él, pero no en el desayuno. No con la posibilidad de que sus amigos estuvieran también presentes a la mesa. Se volvió en la cama de lado y tocó la almohada allí donde él solía poner la cabeza. Deseó fervientemente quedarse dormida.

Despertó una hora más tarde, de nuevo sorprendida de haber sido capaz de lograrlo. Al parecer, liberarse de tamaña carga había liberado asimismo una gran tensión en su interior y la había dejado totalmente exhausta.

En cuanto entró en el comedor donde tomaban el desayuno y dejó escapar un silencioso suspiro de alivio al encontrarlo vacío, el mayordomo la informó de que su señoría había salido a dar un paseo a caballo con sus invitados. Esperó y deseó que estuvieran fuera toda la mañana. Tenía planeado hacer tres visitas durante la tarde. Naturalmente, tendría que hacer frente al almuerzo. Aunque probablemente sería como cualquiera de las comidas del día anterior. A los amigos de Rex les gustaba hablar y reírse. Catherine no estaba segura de si habían estado todos intentando subsanar la revelación de lord Haverford. Supuso que sí.

Pero no fue todo lo afortunada que había esperado. Cuando subió del sótano, después de haber concluido su consulta diaria con la cocinera, encontró a los cuatro caballeros en el gran *hall*, recién llegados de su paseo. El barón de Haverford se acercó a ella andando a zancadas y tomó sus manos en las suyas antes de inclinarse sobre ellas.

—Buenos días, señora —dijo—. Os hemos robado a Rex para salir a dar un paseo a caballo. Disculpadnos. No volverá a ocurrir. Esta misma tarde regresamos a Londres. Simplemente hemos pasado a comunicaros nuestros mejores deseos. Pero no seguiremos abusando de vuestra hospitalidad.

Catherine miró a Haverford, a lord Pelham y al señor Gascoigne con cierta tristeza. No deseaba que se marcharan. Y estaba segura de que habían planeado quedarse una semana o quizá más tiempo.

—Nos desilusionará despedirnos de vos tan pronto —dijo—. ¿No deseáis reconsiderar vuestra decisión?

Fueron todos muy halagüeños, pero los tres manifestaron su entusiasmo y sus ganas de estar en la ciudad ahora que la Temporada había dado comienzo. Y ninguno de ellos soñaría con imponer su presencia más allá de un día a unos amigos recién casados.

Apenas unas horas más tarde, Catherine y su marido despedían a sus amigos. Estaban de pie en la terraza, envueltos en un sonoro silencio tras el torbellino de las despedidas y de las partidas. Rex la tomó del codo y la condujo por la avenida hacia el puente, al lugar exacto donde habían estado la víspera —¿de verdad había pasado tan sólo un día?— cuando todo había empezado. No hablaron. Tras unos instantes, Rex le soltó el hombro.

No hacía un día tan hermoso. Había nubes en el cielo y soplaba una fría brisa. El agua del río parecía de un color gris pizarra en vez de azul y la superficie estaba agitada. *Toby* deambulaba por la orilla como el día anterior, buscando un enemigo al que batir.

—Mi padre no seguirá manteniéndome ahora que me he ido de Bodley-on-the-Water —dijo Catherine, rompiendo por fin el silencio—. Ésa era la condición. Y en cualquier caso, no podría volver. Aunque Inglaterra está llena de pueblos, y aparte del alquiler de la casa, mis necesidades y mis gastos son escasos. Quizás estarías dispuesto a asumir lo que mi padre ha estado haciendo durante estos últimos cinco años. Podría volver a cambiarme de nombre. Jamás seré un problema para ti.

—Nos vamos a Londres —anunció Rex con una voz desprovista de expresión.

—¡No! —Eso era lo último que ella había esperado… lo último—. No, Rex. A Londres no. Sabes muy bien que no puedo volver. Y no te conviene que te vean conmigo.

—Aun así, nos vamos —dijo él—. Nos esperan allí un montón de asuntos por resolver.

—Rex. —Le cogió del brazo. Lo sintió bajo los dedos duro como el granito—. Quizá no lo has entendido. Todos lo sabían. Fue muy público. Incluso el hecho de mi embarazo. Quedé totalmente mancillada. No podría volver.

Los ojos de Rex, cuando los volvió hacia ella, eran inhóspitos.

—Entonces, ¿tuviste tú la culpa? ¿Diste tu consentimiento?

—¡No! —¿Acaso no la creía? ¿Se habría comportado como lo había hecho después de lo ocurrido si hubiera dado su consentimiento?—. Pero ¿qué importa eso ahora? Sabes muy bien que una mujer es siempre culpable cuando ha perdido la virtud. Y yo me negué a aceptar las normas y a redimir mi virtud y mi reputación del único modo posible.

—En ese caso, las cosas no pueden quedar así —dijo—. Regresaremos para ponerle solución, Catherine.

Ella negó con la cabeza. Estaba físicamente mareada.

—Por favor —dijo—. Por favor, Rex. Deja que me vaya. Nadie tiene por qué saber con quién te has casado exactamente. Tus amigos no dirán nada.

—Te olvidas de una cosa —dijo él—. Eres mi esposa.

Catherine pensó irrelevantemente que Rex debía de haber sido un buen oficial. Sus hombres debían de haber sabido que era imposible confrontar sus deseos a los suyos.

—Debes de estar arrepentido de tu decisión —dijo ella con amargura—. Tendrías que haber insistido para que te lo contara todo cuando te revelé mi nombre, Rex. Tendrías que haber sido consciente de que…

—Seamos realistas —la interrumpió—. Eres mi esposa. Quiero una vida contigo. Quiero tener hijos contigo.

Catherine sintió una punzada de deseo. Pero negó con la cabeza.

—Tendría que habértelo dicho —dijo—. Durante seis años he sabido que el matrimonio era un imposible. Intenté huir, Rex. Te dije que no una y otra vez.

Él había palidecido y tenía la mandíbula apretada.

—Como lo hiciste con Copley —dijo—. Una afortunada comparación, Catherine.

—Con la única diferencia de que tú te marchaste esa noche cuando te dije que no. Tú no me forzaste —replicó ella.

Rex soltó una risa áspera.

—Quedémonos aquí entonces —insistió ella con voz implorante—. Y espero que nadie llegue nunca a descubrirlo.

—Nos vamos a Londres, Catherine —dijo Rex.

Ella puso las manos en la balaustrada y se aferró con fuerza a ella mientras perdía la mirada en el agua.

—Eres cruel —susurró.

—Y tú una cobarde —dijo él.

—¡Una cobarde! —Se volvió bruscamente hacia él con los ojos echando chispas—. ¿Una cobarde, Rex? Soy realista. Conozco las normas. Las he quebrantado… negándome a casarme con él, accediendo a casarme contigo. Pero conozco las normas y sé muy bien cuáles no pueden ser dobladas ni quebrantadas. No puedo regresar a Londres.

—Pero regresarás —dijo—. Mañana por la mañana.

Se volvió y empezó a alejarse con grandes zancadas en dirección a la casa.

No la esperó y ella no se apresuró a ir tras él. Se quedó donde estaba, luchando contra el desmayo, contra las náuseas y el pánico. No tendría que haberse casado con él. Debería haberse mantenido firme incluso aunque no hubiera alternativa posible salvo la más absoluta indigencia. Tendría que haber aguantado como lo había hecho la primera vez. ¿Por qué el valor costaba más con la edad? ¿Se debía quizás a que con los años mayor era el conocimiento sobre la vida? ¿A que con la edad se llegaba a entender que el valor no era algo aplicable tan sólo al momento, sino que marcaba la senda del resto de nuestras vidas? De haber sido consciente de lo que le esperaba cuando se había negado a casarse con sir Howard —la pérdida de identidad, todo el tedio— ¿le habría rechazado?

No había rechazado a Rex… quizá porque esta vez se había dado cuenta de lo que le esperaba si lo hacía. Había perdido el valor para hacer lo que deseaba, independientemente de las consecuencias.

Él acababa de llamarla cobarde. Porque no quería volver a Londres. Pero no precisaba la sensatez que da la edad para saber lo que allí le esperaba. ¿Acaso él no lo veía? Rex había pasado muchos años de su vida adulta con los ejércitos de Inglaterra en el extranjero. ¿No lo veía?

No podía ir. Cerró los ojos y bajó la frente sobre la balaustrada. No, no podía.

Pero una vez más le habían arrebatado la facultad de elegir. Por completo. Se había casado con él hacía tres semanas. Y le había prometido obediencia. Rex acababa de decirle que regresaban a Londres. No tenía elección.

Ah, Dios del cielo, regresaban a Londres.

Rex no estaba en absoluto seguro de estar obrando correctamente. Sabía que era muy posible que estuviera exponiendo a su esposa a una humillación y a una degradación de las que quizás ella jamás se recuperaría. Y sabía muy bien que podía estar destruyendo su matrimonio. Era posible, e incluso probable, que ella jamás dejara de odiarle después de eso.

Pero sí había algo de lo que estaba seguro. Estaba plenamente convencido de que hacía lo único que podía hacer. Catherine era su esposa. Volvería a huir y a ocultarse si él así lo permitía, pero no pensaba hacerlo. Jamás. Y tampoco pensaba ocultarse en casa. Antes o después, la verdad les alcanzaría también allí. E incluso aunque eso no llegara a ocurrir, en ningún caso permitiría que Catherine se viera allí atrapada de por vida. En algún momento habría hijos a los que sacar al mundo, niños que tendrían que lidiar con el pasado de su madre.

Prefería ocuparse de ello personalmente.

Miró desde las ventanillas del carruaje a los signos característicos de las afueras de Londres. No tardarían en llegar a Rawleigh House.

Rex había notificado con antelación su llegada para encontrar la casa abierta y dispuesta. Ya no había posibilidad de volver atrás.

Catherine iba sentada a su lado, como lo había estado desde que habían salido de Kent: como una estatua de mármol. No habían intercambiado ni una docena de palabras. Rex deseaba darle algún consuelo, pero se había sentido del todo incapaz desde hacía dos noches. ¿Qué hacer para reconfortar a una mujer que había llevado una vida discreta, respetable y provechosa hacía tan sólo unas semanas cuando era él quien la había llevado a la situación en la que ahora se encontraba? Y a Rex las comparaciones le habían resultado evidentes incluso antes de que ella las hubiera recalcado más aún en el puente la tarde anterior.

Ken, Eden y Nat habían intentado convencerle la mañana anterior de que realmente tenían intención de quedarse tan sólo un día, pues estaban de paso de camino a Londres. Lo habían proclamado a voz en grito, así como también el júbilo que la perspectiva provocaba en ellos. Rex había sentido como si entre él y sus amigos se hubiera levantado de pronto un muro de ladrillo de tres metros de altura. Según había dicho Eden, a fin de cuentas ya no corría riesgo alguno volviendo a la ciudad. Su dama casada y el marido de ésta se habían marchado a la residencia que el matrimonio tenía en el norte, y Nat suponía que su joven dama —o mejor, la numerosa familia de la joven— debía de haber captado el mensaje de su prolongada ausencia. Sí, era seguro volver. Los tres habían intentado charlar a la vez.

—En realidad no hay ningún problema —había dicho por fin el vizconde con firmeza, poniendo un abrupto final a la charla y a las forzadas muestras de júbilo—. Conozco la historia de Catherine desde antes de nuestra boda. ¿Acaso creíais que no? ¿Cómo podía haberme casado con ella de no haberlo sabido? El nombre que aparece en la licencia y en el registro habría sido falso, y el matrimonio inválido. Es simplemente que ayer me quedé perplejo al descubrir que Ken estaba al corriente de los hechos. He estado intentando protegerla estúpidamente manteniéndola aquí oculta.

La expresión de sus rostros daba fe de que Eden y Nat habían sido puestos al corriente de la historia la víspera por la mañana. Ken habría considerado que era seguro proceder de ese modo. La historia no saldría de allí.

—Es sin duda el canalla más despreciable de toda Inglaterra, Rex —había dicho Ken—. Bien que lo sabes a raíz de tu experiencia pasada. Jamás creí que lady Catherine fuera total o principalmente culpable de lo ocurrido. Y fueron muchos los que opinaron como yo.

—No es necesario que la defiendas ante mí —había dicho el vizconde—. Es mi esposa y la amo. Y ni siquiera tuvo parte de la culpa. Él abuso de ella.

—¿Y aun así no se casó con ella? —Nat había parecido horrorizado—. ¿Por qué Paxton no le mató?

—Fue ella la que se negó a casarse con él —había dicho lord Rawleigh.

—¡Demonios! —había dicho Eden—. A pesar de que…

Se había callado, soltando un sofocado juramento.

—A pesar de que estaba encinta —había completado la oración el vizconde con voz queda—. Mi Catherine es una mujer valiente. Necesito consejo.

Quizá no era del todo apropiado pedir consejo a sus amigos acerca de su matrimonio. Pero no se trataba de algo personal. Y habría puesto su propia vida en manos de esos tres hombres… cosa que había hecho ya en más ocasiones de las que recordaba.

Los tres le habían dado consejo, ninguno de los cuales Rex habría aceptado si hubieran contradicho lo que él ya sabía que haría. Pero habían estado todos de acuerdo. Los cuatro. Había sido un parecer unánime.

Tenía que llevar a Catherine a Londres.

Sin embargo, la charla con sus amigos le había revelado con espantosa claridad los efectos cada vez más ominosos y desastrosos de la implacable persecución a la que la había sometido en Bodley. Había vuelto a mancillarla por segunda vez porque, como Copley, se había negado a aceptar un «no» por respuesta. Oh, no la había forzado. Quizá podía encontrar consuelo en eso, aunque no fue así. Catherine había elegido un modo de vida y había vivido según sus dictados con alegría y dignidad. Rex la había sacado de él y la había llevado a eso.

¿Qué podía hacer para consolarla? Volvió a mirarla: estaba sentada delante de él en el carruaje mientras se acercaban a Mayfair y a las residencias más elegantes de los ricos y nobles. Catherine ni siquiera miraba por la ventanilla. Rex había sido incapaz de ir a visitarla la noche anterior y la pasada. Se sentía de pronto incapaz de tocarla salvo en gestos puramente impersonales, como cuando la ayudaba a subir y a bajar del carruaje. Se sentía incapaz de hablar con ella.

Se preguntó si lograría algún día perdonarse. Lo dudó.

Capítulo 20

Durante los cuatro días que habían transcurrido desde su llegada a la ciudad, Catherine había pasado la mayor parte del tiempo a su aire. Había visto poco a su marido, tanto de día como de noche. No cuestionaba sus prolongadas ausencias, aunque sabía que dichas ausencias no se extendían durante la noche. Rex dormía en su propia habitación, separados ambos por la amplitud de sendos vestidores.

No estaba encinta. Lo había descubierto el día que se habían marchado de Stratton Park. Quizá fuera mejor así, pensó tras la primera punzada de decepción. A pesar de que Rex se había negado a mandarla lejos de él, sin duda convendría en hacerlo en cuanto fuera consciente del desastre que había de resultar de haberla llevado allí. Había dicho que quería tener hijos con ella, pero cambiaría de idea en cuanto entendiera que con ella era imposible disfrutar de un matrimonio que funcionara. Quedarse encinta habría complicado irremediablemente la situación. Pero ya no habría oportunidad de que eso ocurriera. Rex había dejado de ir a visitarla a su lecho.

Catherine no salía de los confines de la casa y del jardín. Y lo sentía por *Toby*. El jardín no era muy grande y sabía que a *Toby* nada le habría gustado más que una buena carrera. Le habría llevado a Hyde Park, pero era imposible saber con quién podía encontrarse allí incluso a primera hora de la mañana.

Ahora volvía a dejar que la vida la llevara de la mano, tal y como lo había hecho durante la semana previa a su boda. En cualquier caso, su vida estaba ya fuera de control… estaba en manos de su esposo. No intentó oponerse a él tras esa tarde en el puente, cuando le había dicho que regresaban a Londres. Simplemente esperaba que antes de que la obligara a salir, Rex se diera cuenta por sí mismo de que era una situación imposible, y de que la única alternativa posible era regresar a Stratton.

Pero sus esperanzas se vieron frustradas al quinto día. Rex volvió a casa ya avanzada la mañana y la encontró en el salón matinal, sentada a un escritorio, escribiendo una carta a la señorita Downes.

—Ah, aquí estás —dijo, cruzando con grandes zancadas la habitación hacia ella. Miró brevemente la carta, aunque no intentó leerla—. Te he traído una visita, Catherine. Está en la biblioteca. Ven a recibirle.

—¿Quién es? —Se le encogió el estómago—. ¿Otro de tus amigos? No creo que sea una buena idea, Rex. Ve tú. Yo me quedaré aquí y terminaré mi carta.

—Ven. —Le puso la mano en el hombro. Aunque habló con voz queda, Catherine había aprendido algo de su marido durante el mes que llevaba casada con él. Quizá lo había aprendido incluso antes. Tenía una voluntad implacable. No le estaba dando elección—. *Toby*, vos quedaos aquí, señor, y defended la habitación de los intrusos.

Toby meneó el rabo y no se movió.

Su marido le había puesto la mano sobre la cintura cuando un criado les abrió la puerta de la biblioteca. Catherine entró.

Era un hombre muy joven, y obviamente había estado paseándose por la habitación antes de la llegada de ambos. Se detuvo a medio camino entre el escritorio y la ventana y se volvió hacia la puerta: un hombre de cabellos dorados y ojos almendrados que a buen seguro tenía un rostro risueño cuando no estaba colmado de ansiedad como lo estaba en ese momento. Palideció al verla.

Catherine casi no le reconoció. El joven tenía sólo doce años la última vez que le había visto. Durante la Temporada había estado en el colegio.

—¿Cathy? —susurró.

—Harry.

Sus labios formaron su nombre, pero no le salió sonido alguno. Oh, Harry. Qué joven más apuesto y agradable.

—¿Cathy? —El joven repitió su nombre—. Eres tú de verdad. Casi no podía creerlo, ni siquiera cuando Rawleigh insistió en que así era. Creía que habías muerto.

Palideció más aún si cabe.

—Harry. —Esta vez por fin pudo articular sonido—. Oh, Harry, cuánto has crecido. —Se acercó a él sin darse cuenta de lo que hacía y tendió una mano para tocarle la solapa del gabán—. Y qué alto.

De pronto se le llenaron los ojos de lágrimas.

—Habías muerto dando a luz en casa de tía Phillips —dijo—. O eso fue lo que me dijo papá. Pero no llevamos luto porque…

Ella sonrió entre lágrimas.

—Quizá deberíamos sentarnos. —Fue la voz de su marido, fría y muy juiciosa—. Venid, Catherine, Perry. Sé que esto es un *shock* para ambos.

—Vizconde Perry —dijo Catherine, posando la mano que tenía libre en la otra solapa del gabán de su hermano—. El título suena aún más distinguido ahora que eres un adulto. Harry, ¿puedes…?

Pero había visto también las repentinas lágrimas en los ojos de él. Y entonces los brazos de Harry la estrecharon, abrazándola con fuerza contra su cuerpo.

—Cathy —dijo—. Rawleigh me contó en White's que nada de lo ocurrido fue culpa tuya. Y le creo. Pero aunque lo hubiera sido… oh, aunque lo hubiera sido.

Catherine le había querido y le había cuidado como una madre aunque era tan sólo seis años mayor que él. La madre de ambos había enfermado tras dar a luz a Harry y había muerto antes de su tercer cumpleaños. Catherine había vertido todo el amor de su corazón en su hermano menor y había pasado con él todo su tiempo libre. Él, a su vez, la veneraba. Catherine recordaba el día en que, a la edad de cinco años, él había anunciado que cuando fuera mayor sería un viejo solterón para así poder cuidar de ella para siempre.

Se sentaron juntos en un sofá mientras su marido ocupaba una silla delante de la chimenea. Catherine tomó la mano de su hermano entre las suyas. Era una mano delgada, como el resto de su cuerpo, aunque no por ello exenta de fuerza masculina. En unos pocos años, pensó, orgullosa, iba a hacer revolotear innumerables corazones femeninos.

—Cuéntame de ti. —Le miró, ávida de pronto de noticias de los últimos años. Harry la había dado por muerta. Catherine había vivido como si hubiera muerto, sin intentar en ningún momento comunicarse con él ni saber nada de él. Ésa había sido otra de las condiciones. En cualquier caso, tampoco creía que lo hubiera intentado. Le había sido demasiado doloroso simplemente pensar en él—. Cuéntamelo todo.

—En otro momento —intervino con firmeza su esposo, aunque sin premura—. Ahora tenemos que hablar de otras cosas, Catherine. Aunque creo que estarás de acuerdo conmigo en que algo bueno ha salido de tu regreso a Londres.

Catherine no estaba segura. Volver a ver a Harry, tocarle, saber que su largo silencio no había sido provocado por el rechazo, era sin duda una dulce agonía. Y Harry había dicho que creía a Rex, y que aunque no hubiera sido así, no la habría condenado. Pero no podía permitirse que le vieran con ella. Era un joven que debía labrarse su propio camino en Sociedad. Incluso la mácula de su recuerdo podía ser para él un impedimento. Su regreso sería a todas luces un impedimento para él.

—Rawleigh dice que iréis a visitar a papá esta tarde —dijo Harry—. Creo que es una buena idea, Cathy, ahora que estás casada.

—No —dijo ella bruscamente, volviéndose a mirar a su marido. Él la miraba fijamente con la expresión adusta y los ojos entrecerrados—. No, Rex.

—Todo el mundo sabe que tengo una esposa —dijo él—. Y todos están ávidos por saber. Probablemente habrás visto el montón de invitaciones que han estado llegando durante el día de ayer y de hoy. He elegido el baile de lady Mindell, que se celebra mañana por la noche, para tu primera aparición. Eden, Nat and Ken estarán allí también, como tu hermano. Y Daphne y Clayton. He estado esperando su llegada a la ciudad. Llegaron anoche. Estarás rodeada de amigos. Y, por supuesto, me tendrás a mí. El escenario está montado, como suele decirse.

Catherine estaba demasiado paralizada por el terror para responder. No había reparado en que apretaba en la suya con fuerza la mano de su hermano.

—Pero antes tenemos que ir a ver a tu padre —dijo su marido—. Es justo que esté al corriente de tu regreso, Catherine, antes que nadie. ¿Sabe que te has ido de Bodley-on-the-Water? ¿Le has escrito?

Catherine negó con la cabeza. Probablemente su padre le hubiera mandado allí su asignación trimestral. No se le había ocurrido.

—Le he enviado mi tarjeta esta mañana —dijo Rex—, avisándole de que tenía intención de pasar a visitarle esta tarde acompañado de mi esposa.

No. La palabra tomó forma en sus labios, pero Catherine no la formuló. ¿Para qué? Rex la llevaría tanto si quería como si no, tanto si suplicaba como si no. Y la llevaría también al baile de lady Mindell. Eso bien podía acabar con la Temporada de Harry. Éste fue el único pensamiento coherente que tomó forma en su mente. Le miró.

—Sé que estás aterrada, Cathy —dijo él—. Pero creo que Rawleigh tiene razón. Cuando pienso en todo lo que has tenido que pasar, y cuando pienso en estos cinco años que has pasado sola porque me dijeron que habías muerto… Bueno, cuando lo pienso, me pongo furioso. Siempre he creído que las normas no son justas con las mujeres. Vosotras os lleváis siempre la peor parte, incluso cuando no las quebrantáis. Mientras que los hombres… Durante todo este tiempo él ha estado moviéndose libremente aquí, actuando del mismo modo con otras mujeres, aunque no creo que haya vuelto a hacer lo que hizo contigo.

Catherine vio al mirar a Rex que los ojos de su marido eran duros como el sílex.

—Tienes que ser valiente, Cathy —dijo Harry, llevándose la mano de ella a los labios y besando el dorso de sus dedos—. Siempre lo fuiste. Cuando papá me dijo que te habías labrado tu propia desgracia para siempre al no casarte con Copley, me sentí muy orgulloso de ti. No conozco a ninguna otra mujer que haya tenido el valor de plantarle cara a la Sociedad.

Catherine le miró durante unos instantes y se volvió entonces hacia su esposo. Los dos la miraban en silencio. Reinaba en la biblioteca una curiosa tensión, como si ella tuviera elección. Como si estuvieran esperando su decisión, dispuestos a aceptarla, fuera la que fuera.

Su padre no había luchado por ella. Catherine no sabía si la había creído o no. Pero no había hecho nada por defenderla. Se había limitado a hacer todo lo que estaba en su poder para obligarla a casarse con el hombre que la había violado y la había dejado embarazada. Cuando por fin ella se había marchado, alejándose tanto de él como de su tía Phillips, él le había dicho a Harry que su hermana había muerto. Pero se había negado a que éste guardara luto por ella, porque Catherine había sido una mujer marcada.

La Sociedad la había condenado al exilio perpetuo porque la habían violado y se había negado a casarse con su violador. Él, por su parte, había seguido libre para continuar en Sociedad aun cuando los rigoristas más exigentes le miraban ceñudos, considerándole un rufián. Y es que la Sociedad amaba secretamente a los rufianes. Se les consideraba aventureros viriles y briosos, y muy masculinos. Según había dicho Harry, Copley había vuelto a hacerlo. Había herido, y quizá buscado la perdición, a otras damas del *ton* que, como ella, habían sido tan inocentes como para sentirse atraídas por su encanto y su reputación.

Nadie le había puesto nunca freno.

Y ahora ella estaba casada con un hombre del *ton*. Era un matrimonio que había empezado amargamente, pero que se había convertido rápida e inesperadamente en algo muy dulce y a todas luces muy valioso. El éxito, la existencia continuada de su matrimonio, pendía de un hilo. Porque la Sociedad la había rechazado. Porque la habían violado.

Y ella lo había aceptado todo. Mansamente. A veces, abyectamente. Últimamente se había comportado de un modo bastante abyecto. Había rogado y suplicado. Se había dejado fustigar hasta la sumisión.

Pero de pronto se dio cuenta de que quería luchar. Quería luchar por Harry. Ahora que se habían reencontrado no quería perderle. Y quería también luchar por Rex, por su matrimonio. Aunque en ningún momento había sido perfecto, sí se había acercado curiosamente mucho a la perfección durante las semanas que habían pasado en Stratton. Y merecía la pena luchar por él. Le amaba… dejó por fin de reprimir ese pensamiento como había estado haciéndolo durante la última semana.

Le amaba.

Y quería luchar por ella misma. Quizá sobre todo por ella. No había hecho nada de lo que tuviera que avergonzarse… ni con sir Howard Copley ni tampoco con Rex. Quizás había cometido algunas estupideces, algunas debilidades, pero ningún error tan grave como para tener que avergonzarse por ello. Habían hecho de ella una víctima y al menos últimamente se había comportado como tal. Le desagradaba esa sensación y le desagradaba también encogerse ante ella. Y, a fin de cuentas, el respeto por una misma era el atributo más precioso de la persona. Si no somos capaces de respetarnos y de gustarnos a nosotros mismos, todo está perdido.

Se había producido un largo silencio. Cuando por fin Catherine miró a su esposo, le encontró observándola fijamente, con un destello de algo en los ojos que parecía casi diversión.

—Muy bien —dijo, como si estuviera tomando una decisión que todavía no hubiera tomado por ella—. Esta tarde iré a visitar a papá. Será él quien decida si me recibe o no. Y asistiré al baile de lady Mindell mañana por la noche. Será ella y sus invitados quienes decidan si me reciben o no.

—Bravo, mi amor —dijo con suavidad su esposo.

Harry le apretó la mano.

—Ahora te reconozco —dijo—. Ahora vuelves a ser Cathy. Creía que habías cambiado, pero veo que me equivoqué.

Catherine pensó entonces que si tenía que enfrentarse con el desastre al menos lo haría con la cabeza alta y el desafío en la mirada.

El barón de Paxton se había quedado desconcertado ante la declarada intención del vizconde Rawleigh de visitarle en compañía de su mujer durante la tarde. Su perplejidad quedó patente a ojos del vizconde en cuanto les hicieron pasar al salón y el barón se levantó para recibirles. Sus cejas se arquearon en un gesto de educada interrogación.

—¿Rawleigh? —dijo, inclinando la cabeza—. Un placer. ¿Señora?

Para entonces, naturalmente, la había mirado y se había quedado helado. Una fugaz mirada a su esposa confirmó a lord Rawleigh que Catherine no se había derrumbado. Miraba sin titubeos a su padre, la cabeza alta. Rex se sintió enormemente orgulloso de ella. Y la encontró incluso más hermosa que de costumbre con uno de los elegantes vestidos de tarde que le habían confeccionado en Stratton.

—Hola, papá —dijo ella.

Se produjo un breve silencio.

—¿Qué significa esto? —dijo el barón de Paxton con la voz congestionada.

—Vuestra hija me hizo el gran honor de casarse conmigo hace un mes —dijo el vizconde—. Hemos estado en Stratton y nos acabamos de mudar a la ciudad para disfrutar aquí de parte de la Temporada. Hemos venido a presentaros nuestros respetos, señor.

El barón no había apartado en ningún momento los ojos de su hija.

—Esto es una locura —dijo—. Supongo que ella os ha engañado para que accedáis a ello, ¿no es así, Rawleigh?

A veces, era necesario hacer un esfuerzo casi físico para contener la furia. Pero por el momento la furia no serviría a los propósitos de nadie.

—Si el amor es un engaño —respondió Rex—, me he enamorado de ella. —Aunque no deseaba hablar con ese hombre ni con nadie de Catherine en tercera persona, como si fuera un objeto inanimado o una imbécil que no pudiera comprender lo que se decía ni hablar por sí misma. Se volvió a mirarla y sonrió—. ¿No es así, amor mío?

Rex cayó en la cuenta de que era un momento del todo inapropiado para entender que no mentía. ¿O acaso se había enamorado de ella desde que se habían casado? En ese instante la respuesta carecía de importancia.

Ella le sonrió a su vez. Rex se preguntó entonces qué clase de dolor sentía Catherine ante la primera reacción de su padre al volver a verla.

—Habéis perdido el juicio —dijo el barón de Paxton—. Y esto es una locura. Debéis abandonar Londres cuanto antes o esto será la perdición para todos. Mi hijo…

—… creía que su hermana murió hace cinco años. —Lord Rawleigh no pudo disimular la aspereza en su voz—. Sabe que está viva. Se ha reencontrado con ella esta mañana en Rawleigh House.

Volvió a sonreír a su esposa.

—Ha sido una crueldad, papá —dijo ella—. No estaba muerta y tampoco tuve la culpa de nada. Accedí a irme y a no seguir avergonzándoos. Harry y yo siempre nos hemos querido mucho. No tenías ningún derecho a mentirle.

«Bravo, mi amor —pensó el vizconde Rawleigh—. Bravo.»

El barón se pasó los dedos de una mano por la calva incipiente. El vizconde reparó entonces en que ni siquiera les había invitado a que tomaran asiento.

—No tenemos la menor intención de ser para vos motivo de bochorno, señor —dijo—. Acompañaré a mi esposa al baile de lady Mindell mañana por la noche. Tenéis la posibilidad de elegir ausentaros si pensabais acudir. El vizconde Perry tiene la misma elección, aunque creo que ya ha decidido asistir. Ha declarado su intención de bailar la segunda pieza con Catherine.

—No es más que un chiquillo —dijo el barón—. Él no entiende... —Pero se interrumpió en mitad de la frase y suspiró—. Tendría que haber imaginado que algo así ocurriría algún día. Siempre fuiste la mujer más testaruda que he conocido, Catherine. De lo contrario, te habrías casado con ese rufián y habrías sido desgraciada con él el resto de tus días. Mentiría si dijera que lamento que no lo hicieras.

—Papá —dijo Catherine con un hilo de voz.

El barón miró del uno al otro, visiblemente exasperado.

—Sois un par de estúpidos —dijo—. Os creía más sensato, Rawleigh. Naturalmente, es vuestro hermano el propietario de Bodley. Bien, no tiene sentido que os quedéis ahí de pie el resto de la tarde. Será mejor que vengáis y os sentéis para que podamos dilucidar juntos cómo proceder. Aunque no confío en que podamos hacer nada. Quiero que seáis plenamente conscientes de ello. ¿El baile de lady Mindell, decís? Desastrosa elección donde las hubiere. Es siempre uno de los eventos más concurridos de la Temporada. Pero no pensáis cambiar de opinión, ¿no es así?

—No, señor —dijo lord Rawleigh, conduciendo a su esposa hasta el sofá que el barón había señalado y sentándose junto a ella.

—No. —El barón asintió—. Bien, tendremos que hacer lo que se pueda. Llama para que traigan el té, Catherine. Tienes un aspecto formidable, debo reconocer.

—Gracias, papá —dijo ella, volviendo a levantarse y tirando de la cuerda del timbre.

Fue fácil ver dónde había aprendido a llevar una casa. Fue ella, instantes más tarde, quien dio discretas instrucciones al criado que acudió a su llamada. Ni ella ni su padre parecieron extrañarse de que ella se ocupara.

—Será mejor que cenéis aquí mañana por la noche —dijo el barón, todavía ostensiblemente irritado—. Iremos juntos al baile desde aquí. A menos que recuperéis el juicio antes, naturalmente.

—Iremos —dijo lord Rawleigh—. Y os agradecemos la invitación, señor.

Catherine volvió a sentarse a su lado. Había palidecido ligeramente, pero seguía con la cabeza bien alta. Rex le tomó la mano, se la puso sobre la manga y la cubrió con la suya para mantenerla en calor.

Catherine había apagado las velas, pero no se había acostado todavía. Estaba de pie en la ventana de su habitación, mirando a la plaza iluminada por la luz de la luna. A pesar de su ineludible aspecto urbano, la plaza estaba en silencio y tranquila, y resultaba incluso hermosa. Había amado Londres en el pasado, anhelado poder volver, aceptado con entusiasmo sus placeres y toda su excitación. Sin embargo, ahora prefería el campo.

Se preguntó cómo se sentiría al día siguiente a esa misma hora. El baile estaría celebrándose. ¿Seguiría ella todavía allí? ¿Habría terminado todo para entonces? Pero estaba curiosamente tranquila al pensar en esa posibilidad. Durante el día había admitido que ésa era la única alternativa posible.

Su padre les acompañaría. Durante la visita que le habían hecho esa tarde no había mostrado hacia ella un profundo afecto —aunque jamás lo había hecho—, pero al menos había accedido a apoyarla. Y saberlo la había hecho sentir bien. Y Harry también estaría presente. Iba a bailar con ella. Esperaba no hacerle con ello un daño irreparable. Pero él ya tenía diecinueve años y era un hombre, aunque todavía no hubiera alcanzado del todo la mayoría de edad. Había sido decisión suya asistir al baile y bailar allí con ella.

Daphne y Clayton opinaban que estaba actuando como debía, aunque a decir verdad tampoco es que tuviera mucha elección. Rex había dado orden al cochero de que les llevara a su casa directamente al salir de casa de su padre. Daphne la había abrazado y Clayton la había besado en la mejilla. Y por supuesto estaban al corriente de todo, como lo estaban ya antes de la boda. Catherine lo sabía a pesar de que nadie hizo referencia al asunto. Habían reconocido su nombre y recordado el viejo escándalo. Y eso en nada había cambiado el afecto que le demostraban.

Daphne por fin estaba encinta... después de dos años de matrimonio. Estaba casi delirante de felicidad y se esforzaba poco por ocultarlo, como habría sido habitual en la gran mayoría de mujeres de alta cuna. Catherine se sentía feliz por ella. Muy feliz y... oh, sí, también la envidiaba. Apoyó la cabeza contra el cristal de la ventana y cerró los ojos. Oh, volver a tener a un recién nacido en sus brazos. A su propio hijo.

La puerta se abrió a su espalda y ella se irguió, sorprendida. *Toby* se levantó de la acogedora atalaya que ocupaba en el centro de la cama y saltó desde allí al suelo.

—Ah, no estás dormida —dijo su esposo, cruzando la habitación hacia ella. No llevaba ninguna vela.

—No —dijo Catherine. ¿Había ido para quedarse? No había sido consciente de lo mucho que había anhelado su presencia hasta ese momento.

—Catherine. —Rex se detuvo al llegar a su lado—. No he sido más que un desastre en tu vida, ¿verdad?

Ella abrió la boca, pero volvió a cerrarla. ¿Cómo responder a semejante pregunta?

—Dije que tu vida era aburrida —le espetó Rex—. No tenía derecho a decir eso. Eras feliz, ¿verdad?

—Estaba satisfecha —respondió ella—. Por fin había aceptado lo que me había ocurrido y de nuevo había aprendido a gustarme. Estaba en paz con el mundo.

—Y entonces llegué yo, cruzando el pueblo a caballo —dijo él—, aburrido y buscando algo con lo que aliviar mi aburrimiento, y tú tuviste la desgracia de confundirme con Claude.

—Fue un *shock* descubrir que erais dos, incluso aunque sabía que él tenía un hermano gemelo —dijo ella con una semisonrisa.

—Has estado demasiado a menudo a merced de hombres despiadados —dijo Rex—. Primero Copley y después yo. A pesar de que me duele ver mi nombre emparejado con el suyo, hay que hacer honor a la verdad. Ni siquiera puedo pedirte disculpas. Las disculpas resultan en ocasiones insuficientes para enmendar algunos agravios.

—No debes compararte con él, Rex —dijo ella, cerrando los ojos—. Yo no lo hago.

—Pero debo hacerlo —insistió él—. Soy yo la causa de todo esto. Primero te casas con un hombre al que desprecias. Y después llega la pesadilla de un regreso a la escena de tu primera e injusta humillación. ¿Entiendes ahora por qué me he visto obligado a ser tan cruel durante esta última semana?

—Sí. —Le miró a la pálida luz que entraba por la ventana—. Sí, Rex. Y no te desprecio. ¿Has venido buscando consuelo? Quédate tranquilo. Lo entiendo. Y ahora, buenas noches. No cambiaría nuestros planes para mañana aunque me dieras la posibilidad de elegir. Esto es algo que debo hacer. Quédate tranquilo. Y no te comparo con él.

Él se rió con suavidad.

—Venía a consolarte a ti, si podía —dijo—. Pero me has devuelto la jugada con gran destreza. Creía que quizá te sentías sola y asustada, Catherine. Que quizá necesitaras unos brazos que te estrecharan. No sé por qué ibas a desear los míos, aunque supongo que son los únicos disponibles.

Catherine se dio cuenta de que Rex se sentía culpable. Llevaba sintiéndose culpable desde hacía una semana, cuando finalmente había conocido la verdad sobre ella. Sentía que no se había portado mejor que sir Howard Copley. Por eso se había mostrado tan remoto, por eso no había ido a su cama de noche. Ella había creído que se había comportado así porque estaba indignado con ella.

Levantó los brazos y rodeó su rostro con las manos. Al mirarle a los ojos, le sorprendió verlos velados de lágrimas. Le importaba, pensó de pronto. Le importaba un poco.

—Quiero tus brazos —dijo—. Me he sentido sola sin ellos, Rex. Creía que me culpabas por no haberte contado una historia tan sórdida antes de casarte conmigo. Creía que estabas indignado conmigo. Entonces, ¿no era eso?

Rex no contestó con palabras. Se limitó simplemente a estrecharla entre sus brazos y a acunarla contra su cuerpo mientras ella apoyaba la cabeza en su hombro y cerraba los ojos.

Catherine pensó entonces que a veces el amor podía ser exquisitamente dulce. No le importó lo que pudiera pasar al día siguiente. Ni siquiera pensó en ello. Ni en el hecho de que la culpa había enternecido a Rex. Le trajo sin cuidado cuál era el motivo. Aceptó su ternura como un regalo que no debía cuestionar, examinar ni destruir.

Lo aceptó como un regalo.

—Quédate conmigo —dijo—. Hazme el amor.

—Toda la noche —dijo él, hablándole bajo al oído—. Todas las noches, Catherine. Durante el resto de nuestras vidas.

Ah, fue un regalo dulce y precioso.

Capítulo 21

Durante casi una semana el vizconde Rawleigh había sido muy visible en los lugares más frecuentados por la sociedad elegante. Había pasado a diario varias horas en el White's Club. Había salido a pasear y a montar a caballo por St. James's Park y por Hyde Park durante las horas en que la mitad del *beau monde* hacía lo mismo en el mismo lugar. Había hecho algunas visitas durante la tarde, en su mayoría a matronas ya entradas en años, las mismas que mayor influencia ostentaban en las opiniones y en el comportamiento del *ton*. Incluso había asistido a un concierto nocturno en una residencia privada, la suerte de evento que los más jóvenes y alocados de la Sociedad solían evitar.

Su señoría se mostraba más encantador y sociable que de costumbre. Las ancianas matronas opinaban con afectuosa indulgencia que era obvio que la desconocida dama que por fin había atrapado en sus redes a uno de los partidos más atractivos de la Sociedad también había atrapado su corazón. Esperaban con cierta curiosidad conocer a su vizcondesa. Rawleigh había anunciado allí donde iba que iba a llevarla al baile de lady Mindell.

Las damas más jóvenes se mostraban menos inclinadas a la indulgencia. El vizconde Rawleigh había sido un gran favorito entre ellas por varias razones, la más obvia de las cuales era su condición de hombre con título, fortuna y apostura. Además, naturalmente, de que había sido oficial de caballería en los ejércitos del duque de Wellington, y se rumoreaba que conservaba las cicatrices que daban fe de ello —ninguna de ellas visible, hecho que excitaba enormemente la imaginación femenina—. Y estaba también el hecho intrigante de que tuviera un hermano gemelo —la gran mayoría de ellas había visto al señor Claude Adams y llevaban años suspirando por saberle fuera del mercado. Quizá lo más fascinante de todo era el hecho de que el vizconde Rawleigh en una ocasión a punto había estado de pisar el altar. En aquella época, él estaba en Bélgica, implicado en los acontecimientos que provocarían y que incluirían Waterloo, pero la teoría del altar contenía más carga dramática. Había algo trágicamente romántico en un hombre al que le habían roto el corazón, sobre todo si era un hombre apuesto, e imaginarse siendo la mujer que pudiera sanarlo entrañaba sin duda un maravilloso desafío.

No, las damas más jóvenes estuvieron mucho menos encantadas al saber de la repentina boda de lord Rawleigh con una desconocida. Pero no por ello sentían menos curiosidad que sus mayores por verla, por juzgar si era efectivamente merecedora de semejante trofeo, por destrozarla en sus mentes y en sus educadas conversaciones si sus opiniones eran contrarias a ella.

Los caballeros, menos interesados en el matrimonio del vizconde salvo quizá para compadecerle en silencio —a fin de cuentas, un caballero en raras ocasiones se casaba apresuradamente a menos que de algún modo se hubiera visto obligado a ello—, le consideraban aun así un buen tipo. Rawleigh había hablado, reído, cenado y bebido con ellos durante la semana, y había perdido moderadas sumas de dinero con los mejores de ellos en las mesas de juego. Le deseaban lo mejor y se preguntaban, quizá con menor avidez que sus homólogas femeninas, qué clase de mujer había logrado ponerle los grilletes.

Tal y como lord Rawleigh le había asegurado a su esposa, el escenario estaba preparado para la noche del baile de lady Mindell. Quizá fuera exagerado afirmar que el *ton* acudió en masa a la mansión de lord Mindell en Hanover Square con el único fin de ver a la vizcondesa Rawleigh. Sin duda habrían acudido de cualquier modo al baile, puesto que era uno de los grandes acontecimientos de la Temporada. Pero ciertamente el hecho de saber que por fin conocerían a la huidiza novia suponía un interés añadido al acontecimiento en un momento —ya hacía unas semanas que había dado comienzo la Temporada— en que el aburrimiento colectivo ante la poca variedad de los eventos del *ton* amenazaba con ser una realidad.

Daba la sensación de que todos los carruajes elegantes de Londres hacían cola delante de la mansión Mindell, a la espera de descargar a su espléndidamente vestido pasaje. Y parecía que miles de velas iluminaran todas las ventanas de la casa, y que todos y cada uno de los sirvientes de la mansión y los invitados al baile se hubieran congregado en la acera y en los escalones delanteros de la casa, o en el *hall* o en las escaleras al otro lado de las puertas principales.

No había lugar alguno —ni uno solo— donde ocultarse. Hasta el interior del carruaje quedó bañado en luz cuando el vehículo de lord Rawleigh se detuvo delante de las puertas de la mansión.

Catherine estuvo tentada de bajar la cabeza, mirar al suelo y adoptar una pose marmórea, volviendo una vez más a mostrarse pasiva y dejar que la vida decidiera por ella. Pero el instinto le dijo que sin duda éste era el camino más seguro hacia el desastre. El desastre, si efectivamente había de llegar, no iba a ser sumisamente aceptado. Así lo había decidido la víspera.

Miró a los dos hombres que estaban sentados en el asiento de enfrente. Su padre, muy tieso y pétreo. Aunque por lo menos estaba allí. Sí, había decidido ir. Catherine le sonrió, aunque él no le devolvió la mirada. Harry estaba pálido y guardaba silencio… y sonreía con afectuoso apoyo.

—Estás hermosa, Cathy —dijo cuando sus miradas se encontraron. Había dicho lo mismo antes de cenar y una vez más cuando habían salido de la casa de su padre. También él tenía un aspecto maravilloso, vestido de blanco y celeste. Sin duda a esas alturas, aunque era todavía demasiado joven, debía de haber unas cuantas damas incluso más jóvenes que él que suspiraban por su atención. El hermano de Rex se había casado a los veinte años, pensó Catherine, sólo un año mayor que Harry. Esperaba que la noche no arruinara su imagen entre el *ton*.

El cochero estaba abriendo la portezuela del carruaje y colocando los escalones. Uno de los lacayos de lord Mindell esperaba fuera, presto a asistir en caso de que su ayuda fuera necesaria. El momento había llegado. Su padre y su hermano descendieron a la acera.

—Catherine —dijo su marido rápidamente aunque con toda claridad antes de bajar tras ellos y volviéndose para ayudarla a descender—, estás preciosa. Eres mi orgullo y mi felicidad.

Ni la sorpresa ni la gratificación lograron disimular el nauseabundo pánico que parecía haberse instalado como un enorme peso en las suelas de sus chinelas. Aun así, las palabras de Rex devolvieron el color a sus mejillas, como quizás era su intención. La sonrisa que apareció en sus labios habría estado allí de cualquier modo, y el destello en sus ojos, y su barbilla levantada.

La tentación final fue fijar los ojos en algún objeto distante e inanimado. Y aunque resistirse a la tentación fue increíblemente difícil, lo consiguió. Miró en derredor, viendo a la gente, sin evitar sus miradas. Pero si había esperado poder tranquilizarse al ver que al fin y al cabo nadie la miraba, había de llevarse una gran decepción. Había la curiosidad natural que provocaba una nueva llegada. Estaba, además, la curiosidad espoleada por poder ver a la nueva esposa del vizconde Rawleigh (Rex le había dicho que todo el mundo sabía que se había casado). Oh, sí, eran muchas las miradas dirigidas hacia ella.

Harry y su padre estaban de pie a un lado de Catherine, su marido al otro. Ella tenía el brazo enlazado en su manga. La mano libre de Rex cubría la de ella y él inclinó la cabeza casi hasta tocar la suya mientras subían los escalones poco pronunciados que llevaban al *hall* y se adentraban en él. Rex sonreía de un modo que, de haber sido otras las circunstancias, habría provocado en ella un vuelco en el corazón.

—Valor, amor mío —le murmuró al oído—. Pondremos fin a esto. Te lo prometo.

Catherine dejó que los verdaderos sentimientos que abrigaba hacia él brillaran en sus ojos cuando le sonrió a su vez. El instinto le dijo que eso era exactamente lo que debía hacer. Le habría mirado así, incluso aunque hubiera sido tan sólo una puesta en escena.

Seis años eran a la vez mucho y poco tiempo. Leyó curiosidad en muchos ojos, pero no reconocimiento. Vio a gente —a mucha— a la que jamás había visto. Pero vio curiosidad y también reconocimiento en otros ojos… en los ojos de aquellos a los que también ella reconoció. Y en algunos casos, la perplejidad fue claramente la tercera reacción al verla.

Seis años era poco tiempo. En lo que hacía referencia al *ton*, una eternidad era un breve plazo, pues el *ton* jamás olvidaba la ocasión en que el quebranto de sus reglas había condenado a un antiguo miembro al exilio perpetuo.

Su padre saludaba con brusquedad y a voz en grito a sus conocidos. Rex hacía lo propio de un modo más discreto y elegante. Harry sonreía dulcemente a su alrededor, extraordinariamente parecido a un ángel.

Estaban en las escaleras, uniéndose a la cola que les llevaría, en cuanto saludaran a los anfitriones, al salón de baile. ¿Llegarían tan lejos?, se preguntó Catherine. ¿O se verían ignominiosamente rechazados? ¿Se atrevería alguien a provocar la suerte de escándalo público que resultaría de denegar el acceso al barón de Paxton, al vizconde Perry y al vizconde Rawleigh? De pronto Catherine a punto estuvo de echarse a reír y tuvo que reprimir la alarma. Su marido se llevó su mano a sus sonrientes labios y volvió a dejarla sobre su manga.

Por uno de esos golpes de buena fortuna, Daphne y Clayton estaban situados un poco más adelante en la cola. En seguida dejaron su lugar y retrocedieron para unirse al grupo. Clayton se mostró muy amigable. Daphne, luminosamente voluble. Catherine se sintió de pronto como si estuviera rodeada por un muro de ladrillo muy reconfortante. Casi, aunque no completamente.

Y por fin llegó el momento. Fue casi decepcionante. Y, naturalmente —tendría que haberlo supuesto—, todos eran de modales demasiado refinados como para dar muestras de haberla reconocido. Catherine decidió que lord Mindell probablemente ni siquiera lo había hecho. Les miró con expresión de difuso aburrimiento, como diciendo que todo eso había sido idea de su esposa y que él estaba allí muy a su pesar, al tiempo que murmuraba algunos tópicos de cortesía. Lady Mindell arqueó las cejas presa de una momentánea conmoción, se volvió al instante más altiva y regia y les saludó con modales glacialmente corteses.

—Me ha parecido que hasta las plumas que llevaba en el pelo se le han puesto tiesas al mirarme —se sorprendió murmurando Catherine a su marido con esa suerte de sentido del humor que la había salvado en numerosos encuentros con Clarissa.

Rex se rió entre dientes y le acarició la mano.

Pero el humor se desvaneció en cuanto Catherine se dio cuenta de que estaban en el salón de baile, enfrentándose a gran parte de la prueba que ya habían encontrado abajo, pero esta vez multiplicada por diez. Le pareció —y creía que no se equivocaba— que el murmullo de las conversaciones se desvanecía durante un instante para reiniciarse enseguida, retomando esta vez un tema más actual y mucho más excitante.

Casi creyó que su guardián la abandonaría, dejándola expuesta y aislada en medio de una masa hostil. Pero obviamente éste fue un temor que carecía por completo de fundamento. La mano de Rex seguía tomando la suya sobre la manga de su gabán. Daphne entrelazó su brazo en el de ella al otro lado y charló prácticamente sin descansar para tomar aliento. Su padre no se alejaba de ella, convertido en una presencia sólida y extrañamente reconfortante a escasos metros de donde Catherine se encontraba. Clayton hacía uso de su monóculo y de pronto parecía un formidable campeón.

—Me encanta cuando Clay usa el monóculo —dijo Daphne, feliz—. Le da un aspecto deliciosamente pretencioso. Fue precisamente la noche en que le vi mirándome con él cuando reparé en su presencia. Menos de media hora más tarde le regañé por ello. Y menos de media hora más tarde, estaba loca por él.

Se rió alegremente y Catherine la imitó.

Harry se había separado del grupo durante unos minutos para regresar en compañía de otro joven caballero que, a juzgar por su pelo de color zanahoria, las puntas exageradamente altas del cuello de la camisa y el tono escarlata que le cubría el rostro, parecía incluso más joven que su amigo. Entonces hizo las pertinentes presentaciones.

—C-como est-tá, lady C-catherine —dijo el muchacho, cuando le presentaron a lady Rawleigh—. Enc-cantado de c-conocerla. No sabía que H-harry tenía una h-hermana, y t-tan hermosa, si m-me permite el at-trevimiento.

Catherine sonrió, sinceramente divertida. Sir Cuthbert Smalley empezó a hablar del tiempo en clínico y tedioso detalle mientras Harry sonreía de oreja a oreja y le guiñaba el ojo desde detrás del hombro de su amigo.

Y entonces otros tres caballeros hicieron su aparición. Al parecer, lord Pelham, el señor Gascoigne y el barón de Haverford acababan de entrar juntos en el salón. Cada uno de ellos tomó la mano de Catherine y se inclinó sobre ella. Lord Haverford se la llevó a los labios. Todos le pidieron un baile más entrada la noche. Sir Cuthbert les imitó.

Naturalmente, estaba todo convenido. Rex lo había planeado y Harry había puesto también de su parte. Pero Catherine se sentía profundamente agradecida. Seguía sin estar segura de que en cuanto la conmoción hubiera remitido no fuera a tener lugar entre la gente que la rodeaba alguna suerte de acción colectiva para librarse de su contaminante presencia. Pero cada momento que pasaba, las posibilidades de que eso ocurriera eran cada vez menores. Estaba rodeada de un formidable baluarte de amigos influyentes.

Todos ellos, con excepción de Daphne, eran hombres, hasta que una hermosa dama rubia de rostro rechoncho con un vestido de color rosa claro que conseguía el desafortunado efecto de darle a su rostro un aspecto ciertamente plano, se abrió paso entre Clayton y el señor Gascoigne, miró a Catherine y soltó un sonido semejante a un chillido.

—¡Cathy! —dijo—. ¡Eres tú! ¡Cathy! ¡Te había dado por muerta!

Se abalanzó sobre Catherine y las dos mujeres se abrazaron y se rieron juntas.

—No, no he muerto, Elsie —dijo Catherine—. Te aseguro que estoy viva del todo. Qué maravilla volver a verte.

Y saber que al menos su amiga del alma de los años de juventud no iba a hacerle el vacío.

—Buenas noches, lady Withersford —dijo su marido con voz grave.

—Elsie —dijo Catherine, tomando las manos de su amiga y riéndose sin apartar de ella los ojos—. ¿Lady Withersford?

—Sí, bueno —dijo Elsie, ruborizándose y cubriéndose de un tono de rojo que encajaba espantosamente con el color rosa de su vestido—, descubrí que no odiaba a Rudy tanto como creía, Cathy. De hecho…, pero eso da igual. Me casé con él hace cinco años. Tenemos dos hijos.

Y allí estaba sin duda lord Withersford, del que Catherine y Elsie solían reírse cuando eran niñas y al que llamaban —había sido la desagradable descripción de Elsie— la maravilla sin barbilla. Sin embargo, lord Withersford siempre había tenido una presencia digna con la que contrarrestaba su falta de barbilla. Saludó con una inclinación de cabeza, dirigida al grupo en general. Pero en ningún caso —como bien podría haber ocurrido— tomó a su esposa del brazo y tiró de ella con firmeza hacia otra parte del salón. Inició una conversación con Clayton y con lord Pelham, al parecer sobre el asunto de Tattersall's. Era imposible oírles con claridad, pues Elsie y Catherine rivalizaban entre sí por ver cuál de las dos charlaba más.

Y por fin dio comienzo el baile. La pieza que abrió la noche fue una cuadrilla, que Catherine bailó con su esposo. Daphne y Clayton, Elsie y lord Withersford componían el mismo grupo. Ninguno de los restantes miembros se fue a otro grupo cuando Catherine se unió a él. Nadie silenció la orquesta para anunciar que debía abandonar la pista, el salón y la casa.

Todo parecía indicar que habían conseguido salirse con la suya, como Rex lo había expresado horas antes. Catherine clavó los ojos en los de él y sonrió… y reparó, consciente por vez primera, en que la mirada que leyó en esos ojos era de admiración, casi como la que había visto siempre en Bodley, y algo más que simple admiración. Le pareció ver amor en ella. Naturalmente, era una mirada que Rex dedicaba a su público, del mismo modo que la llamaba «amor mío» cuando otros podían oírle. En cualquier caso, fue una mirada que la excitó.

Y quizá no fuera una mirada del todo falsa. A fin de cuentas, la noche anterior no habían tenido público alguno cuando habían hecho el amor. Y cierto era también que lo que había ocurrido esa noche mientras hacían el amor había adquirido una nueva dimensión. Rex la había amado no sólo con su pericia habitual y con su consideración por su placer, además de atender el suyo propio. La había amado con ternura. Catherine estaba segura de ello, aunque Rex la había amado en silencio y ella se había quedado dormida tan pronto al terminar que no había habido ninguna posibilidad de intercambiar una sola palabra.

Rex no carecía de sentimientos hacia ella. Se había casado a regañadientes y se había dejado llevar, primero por el deber y después por la culpa. Pero Catherine creía que había terminado por sentir por ella algo más que al principio. Y eso ya era un paso. Pensó entonces que si pudieran alargar en el tiempo el plan audaz y valiente que tenía lugar esa noche quizá su matrimonio podría sobrevivir hasta convertirse al menos en una relación operativa. La idea se le antojó dulce.

Rex bailaba bien. Y ella se olvidó de los demás miembros de la cuadrilla y se dejó llevar por la sensación de estar bailando a solas con él. Se acordó del baile celebrado en Bodley House, en el que había bailado con él el vals en dos ocasiones, la primera en el salón de baile y una vez más en la sala de música. Dolorosos recuerdos de dulzura y el comienzo de la amargura. Esa noche Rex estaba maravillosamente apuesto, vestido con distintos tonos de marrón y de dorado mate que complementaban su vestido de satén dorado.

Catherine se relajó deliberadamente y se abandonó al disfrute del baile.

Rex estaba cada vez más relajado. Creía que al menos esa noche no se producirían grandes situaciones desagradables. Los momentos en que podrían haber ocurrido —al entrar en la casa, al pasar ante el comité de recepción, al entrar en el salón de baile— habían quedado atrás. Nadie iba ya a provocar una escena.

Se preguntó si Catherine habría percibido su temor. En parte había sido tan sólo el temor de que ella se derrumbara y cediera a la presión. De haberlo hecho, habría sido algo de lo que quizá jamás se habría recuperado. Pero en realidad no esperaba que ocurriera. Recordaba la silenciosa dignidad que había visto en ella en Bodley bajo circunstancias todavía más difíciles. Su temor real había sido que se produjeran situaciones públicas muy desagradables, algo de lo que no habría podido protegerla. Si eso hubiera llegado a ocurrir, jamás se lo habría perdonado. Y, una vez más, habría sido algo insuperable, algo que habría causado la desgracia en el futuro de Catherine, en el suyo y en el de sus hijos.

Por supuesto, todavía no estaba todo decidido. La buena educación bien podía impedir una escena pública esa noche, pero al día siguiente podía condenarles al más profundo ostracismo. Cabía la posibilidad de que no hubiera más invitaciones. A partir del día siguiente podían ser invisibles o irreconocibles en el teatro, en el parque o en las elegantes tiendas de Bond Street o de Oxford Street. Sólo el mañana traería las respuestas.

Pero Rex creía que la familia de Catherine y la suya, y sus amigos, y quizá lord y lady Withersford seguirían fieles a la causa. Quizá consiguieran reintroducir a Catherine en Sociedad. En cualquier caso, estaba decidido a mantenerla en la ciudad durante unas semanas y ver qué podía conseguir. Aunque, de haber cedido a sus deseos, se la habría llevado con él a Stratton al día siguiente para vivir feliz allí con ella el resto de sus días. Iba a intentar —iba a luchar por ello con uñas y dientes— que ella se enamorara de él. Creía que existía una remota posibilidad de conseguirlo. La ternura que había encontrado en ella la noche anterior casi le había vuelto loco de esperanza.

Era presa de un entusiasmo como no lo había sentido desde su compromiso con Horatia ante la idea de empezar el resto de su vida… y confiar en el amor y comprometerse de por vida con ese amor. Quería empezar a tener hijos con ella. Quería fundar con ella una familia, aunque no hubiera hijos.

Y así, bailaba la cuadrilla con su esposa, teniendo ojos sólo para ella, relajado tras la tensión de la que había sido presa durante la semana, permitiéndose por fin disfrutar del baile.

Desde su llegada a la residencia de los Mindell, Rex no había mirado demasiado en derredor. Pero cuando la pieza tocó a su fin, salió con su esposa de la pista; el hermano de Catherine se preparaba para bailar con ella la siguiente serie de piezas campestres, y entonces él miró a su alrededor con cierta curiosidad. Quería saber si la atención seguía tan puesta en su grupo como lo había estado al comienzo. Y deseaba saber cuál era la naturaleza de la atención que seguía todavía fija en ellos.

Fue en ese instante cuando reparó en la presencia de dos personas en particular, aunque una de ellas acababa de entrar en ese momento en el salón de baile y por lo tanto no podía haberla visto antes.

Horatia Eckert estaba de pie con su madre y su hermana mayor a cierta distancia. Se abanicaba sin mirarle, aunque Rex tuvo la impresión de que era perfectamente consciente de su presencia y también de su mirada. La hermosa y delicada Horatia con su lustroso pelo castaño y sus grandes ojos oscuros. Rex sintió una punzada de pesar por el cúmulo de desagradables disgustos que habían reemplazado el amor por el odio en su corazón. La había llamado coqueta desalmada en su respuesta a la carta en la que ella había roto su compromiso, y después, cuando había regresado a Inglaterra y ella volvía a estar sola tras haber puesto punto y final a su flirteo, había rechazado las tímidas insinuaciones que ella había logrado hacerle. Rex tan sólo había sentido rabia ante su presunción. Naturalmente, ella no se había atrevido a aparecer en la ciudad durante un período aproximado de un año. El *beau monde* no veía con buenos ojos a quienes rompían compromisos públicamente anunciados. Horatia había sido afortunada al evitar un total ostracismo.

Apenas la miró durante unos segundos. Sabía que esa noche estaba demasiado expuesto a las miradas públicas y que su relación con Horatia a buen seguro no había sido olvidada por el *ton*. Sin embargo, cuando su mirada barrió el salón en dirección opuesta, hacia las puertas, vio al caballero que acababa de entrar solo y que miraba en derredor con expresión cínica.

Lord Rawleigh sabía que estaba en la ciudad, aunque no habían coincidido a lo largo de la semana. Al parecer, sir Howard Copley se movía en los límites de la Sociedad últimamente. Se decía que sus deudas eran astronómicas y que no era bienvenido en los clubes ni en los salones de juego. Durante los años había hecho uso de su encanto y de su apostura —que empezaba ya a menguar, dando claros signos de disipación— con tantas herederas, sin éxito, que su reputación estaba demasiado mancillada para permitirle más oportunidades. Las jóvenes damas de fortuna, e incluso las que no la tenían, estaban protegidas de sir Howard Copley como lo habrían estado de una manada de lobos salvajes.

Sin embargo, debido a su condición de caballero, no había caído en el más completo ostracismo y todavía tenía acceso a algunos de los acontecimientos más importantes del *ton*. Y a veces hacía su aparición en ellos, según se decía, tanto por su deseo de mostrar su desprecio a los rigoristas de la Sociedad como por simple disfrute.

Lord Rawleigh, que miraba desde el otro extremo del salón al hombre que había destruido su primer compromiso y que había corrompido, dejado encinta y mancillado a su esposa, sintió que un curioso alborozo como una masa de hielo se le formaba en el estómago.

«Sí. Ah, sí. Por supuesto», pensó.

La música de la segunda pieza no había empezado a sonar. Tuvo entonces lugar otro de esos curiosos momentos de calma en la conversación general, seguido de una renovada descarga de sonido. Ah, de modo que la llegada de sir Howard Copley y de lo que implicaba no había pasado desapercibida.

Los ojos del vizconde se encontraron con los de Copley desde el otro extremo del salón y se clavaron deliberadamente en ellos. Copley se volvió a mirar durante un instante y su expresión cínica se acentuó al arquear una ceja. El vizconde supuso que debía de estar acordándose de Horatia y del hecho de que su rechazada prometida no le hubiera llamado al orden.

Y entonces la mirada de Copley se movió hacia Catherine, a la que desde donde estaba podía ver de perfil. Mantuvo en ella la mirada durante un momento y volvió entonces a mirar a lord Rawleigh. Hubo algo ilegible en esos cínicos ojos… hasta que esbozó un amago de sonrisa y se volvió apresuradamente, saliendo de la habitación en la que acababa de entrar hacía apenas unos minutos.

La bola de hielo que lord Rawleigh tenía en el estómago se expandió hasta helarle el corazón. Y aun así, seguía presa de esa sensación de alborozo.

Catherine se reía en ese instante de algo que había dicho su hermano y le había cogido del brazo para que Harry la llevara con ella a la pista, preparados ambos para la siguiente pieza. Tenían un aspecto dorado e inocente.

Capítulo 22

Catherine estaba extrañamente entusiasmada. Naturalmente, sabía lo suficiente sobre la vida y la Sociedad como para entender que no todo estaba solucionado. Era cierto que nadie había provocado una escena y que nadie se había mostrado sutilmente grosero con ella. Pero eran muy pocos los que habían sido abiertamente afectuosos o amigables con su esposa. Entre ellos estaban Elsie y lord Withersford, sir Cuthbert, el amigo de Harry, y lord Cox, que le había solicitado que le concediera un baile después de la cena. Lord Cox había estado entre sus admiradores seis años atrás.

Catherine sabía que quizás al día siguiente se vería apartada con firmeza de la Sociedad de nuevo. No habría maldad, ni vulgaridad, simplemente un sonoro y glacial silencio. Era sin duda una posibilidad, a pesar de la presencia a su lado esa noche de tanta gente noble e influyente de *ton*, incluido su padre.

Pero esa noche se negaba a pensar en el mañana. Volvía a estar en un baile de Londres, con un vestido nuevo y un peinado nuevo, recién casada con el caballero más apuesto del salón, con el hombre del que estaba enamorada. Había bailado la pieza inaugural con él e iba a bailar también con él el vals de la cena. Mientras tanto, había contado con una pareja para cada pieza y bailaba en ese momento un vals con su padre. El año de su debut en sociedad su padre ni siquiera había accedido a pisar un salón de baile.

—No sabía que sabías bailar, padre —dijo, sonriéndole.

Él fruncía el ceño y se limitó a responder con un gruñido.

—¿Dónde aprendiste el vals? —le preguntó Catherine.

—Un caballero debe hacer lo que tiene que hacer —dijo él.

—¿Incluido esto? —le preguntó ella—. ¿Aparecer conmigo aquí? ¿Es para ti un terrible bochorno, padre?

Si así era, no lo sentía por él. Había llegado el momento de que se avergonzara por ella, no de ella. Pero aunque el barón no le había mostrado el apoyo que ella había necesitado seis años atrás, no podía odiarle. Era su padre y le quería.

Los ojos del barón se encontraron con los de Catherine mientras seguía llevando los pasos del vals con corrección, pero sin talento.

—Has tenido suerte, Catherine —dijo—. No sé qué puede haber llevado al vizconde a casarse contigo. Ni que decir tiene que eres una mujer hermosa y que él es un joven con ojos en la cara. Pero, sea como fuere, ha hecho lo correcto trayéndote aquí, debo admitirlo. La vida le habría resultado insoportable con una esposa caída en desgracia, e insoportable también para sus hijos.

Nada sobre los sentimientos de Catherine ni sobre *sus* hijos. Ella sonrió.

—Supongo que Rawleigh sabe que fue Copley, ¿no es así?

—Sí —respondió ella, y de pronto reconoció otro motivo que explicaba el entusiasmo que sentía. Había temido verle en el baile. No se creía capaz de soportar volver a verle... y recordar que había sido el padre de Bruce. Prefería pensar en Bruce como en hijo suyo, un hijo sin padre y sin la fealdad que había rodeado su concepción.

—En ese caso has sido doblemente afortunada —dijo su padre—, o él doblemente estúpido, depende de cómo se mire.

Catherine le miró a los ojos, pero el barón había desviado la mirada a un lado.

—¿Doblemente? —preguntó ella.

—Fue Copley quien provocó la ruptura de su compromiso hace unos años —dijo—. La hija de Eckert. Copley no se casó con ella, pero ella rompió el compromiso. Ella ha sido la afortunada. Desapareció durante un tiempo, pero regresó, decidida a no mostrarse en absoluto avergonzada. Claro que en su casa no hubo ningún hijo bastardo.

El dolor la desgarró por dentro como un cuchillo. Bruce, un hijo bastardo. Pero había otro dolor añadido. ¿Rex había estado antes prometido? ¿Y era ella la que había roto el compromiso? ¿A causa de sir Howard Copley? Qué extraño giro del destino. ¿Cómo debía de haberse sentido Rex cuando ella le había contado su historia en Stratton? ¿Había amado a la otra mujer? ¿La amaba todavía? Las preguntas y las posibles respuestas se arracimaban en su cabeza mientras sonreía y seguía bailando.

Pero regresó. Catherine oyó el eco de las palabras de su padre.

—¿Está ella aquí esta noche? —preguntó.

—Allí —dijo él. Señaló con la cabeza hacia los laterales del salón.

—Baja. Pelo castaño.

La señorita Eckert. Vívida y exquisitamente hermosa. Miraba en ese momento a Catherine y los ojos de ambas se encontraron durante un instante hasta que la señorita Eckert desvió la mirada. Pero incluso en ese instante y desde la distancia, la expresión de sus ojos había sido perfectamente legible. Catherine había visto pesar en ellos, incluso reproche. No odio. Era una mirada en la que Catherine supo ver con claridad que la otra mujer todavía amaba a Rex. O quizás el torbellino del momento era el que la llevaba a leer en una simple mirada lo que creía que con toda probabilidad contenía.

¿Qué había ocurrido entre la señorita Eckert y sir Howard? ¿Y por qué no la había defendido Rex? ¿O perdonado?

Quizá la señorita Eckert no había deseado su perdón.

Catherine vio a Rex bailando el vals con Elsie, a la que aparentemente dedicaba toda su atención. ¿Cómo se sentía estando en la misma habitación que la que había sido su prometida? ¿La había amado? ¿La amaba todavía? Las preguntas estaban empezando a repetirse.

Catherine sabía, por supuesto, que él jamás la había amado. Nunca había fingido sentir nada más allá del deseo. Se había casado con ella porque había puesto en entredicho su virtud. Pero una cosa era saber esas cosas y otra muy distinta aceptarlas; y otra todavía más distinta saber que Rex había estado comprometido con otra mujer y que quizá todavía la amaba.

Y entonces el vals tocó a su fin y Catherine volvía a estar con él, su mano en su manga, mientras conversaban con el grupo y esperaban a que empezara la cuadrilla que el barón de Haverford le había pedido que le reservara. El vals de la cena venía a continuación.

Catherine vio que su marido desaparecía del salón de baile en cuanto lord Haverford la condujo a la pista. Lord Pelham y el señor Gascoigne salieron con él. Supuso entonces que Rex la creía a salvo con su amigo. El barón era incluso más alto y más fornido que Rex. Cualquier hombre se lo pensaría dos veces antes de vérselas con él, pensó... y cualquier mujer. Catherine tuvo la impresión de que sus risueños ojos grises podían acerarse en un instante. No resultaba difícil creer que hubiera sido oficial de caballería durante muchos años.

Y sin embargo era extremadamente apuesto. Catherine se había preguntado en Bodley por qué no se había sentido atraída por lord Pelham ni por el señor Gascoigne a pesar de que eran tan apuestos como Rex y sin duda mucho más encantadores que él. Se preguntó en ese momento si se habría sentido atraída por lord Haverford si él hubiera estado allí con sus amigos. Pero conocía la respuesta. Seis años atrás habría estado feliz de echarle el lazo al barón de Haverford si él le hubiera dado la menor señal de su interés por ella. Ahora podía apreciar su apostura y su encanto, aunque de un modo absolutamente desapasionado. Nadie la atraía salvo Rex.

—Quizás habríais preferido acompañar a vuestros amigos, mi señor —dijo con cierto pesar.

La sonrisa del barón se pronunció.

—¿Cómo? —dijo—. ¿Cuando puedo tener para mí solo durante media hora a la novia? Ni hablar, señora.

Catherine se rió.

—De hecho, ha parecido que os lanzaba el anzuelo esperando obtener un cumplido a cambio —dijo—. No era ésa mi intención, aunque gracias de todos modos. Los cuatro debéis de tener muchas historias que contar. Deberíamos invitaros a cenar una noche y oír algunas de ellas.

—Algunas son incluso apropiadas para los oídos de una dama —dijo él, riéndose con ella—. Sin embargo, indudablemente, Rex vetaría incluso algunas de ésas. Pero es cierto que podríamos llenar con ellas una noche entera, siempre que no os aburramos. Acepto la invitación.

La música dio comienzo en ese instante y no hubo más oportunidad para seguir con la conversación. Rex y sus amigos no regresaron al salón de baile hasta los últimos compases de la pieza.

Justo a tiempo para el vals de la cena.

Oh, sí, pensó una vez más Catherine, estaba entusiasmada. Que el mañana se ocupara de sí mismo.

Estaba en la sala de juegos. Se había ido hasta allí directamente desde el salón de baile y allí se había quedado desde entonces. El señor Gascoigne, lord Pelham y el barón de Haversford habían ido a comprobarlo por turnos cada diez minutos aproximadamente y habían regresado al salón para informar de ello.

No era probable que siguiera allí hasta la conclusión del baile. Aun así, no tenía sentido arriesgarse y mucho menos retrasarse. En mitad de un baile poco era el peligro de provocar un escándalo público. Por un golpe de buena suerte, se jugaba a las cartas en dos antecámaras. Todas las damas y un puñado de ancianos caballeros ocupaban una de las salas. En la otra había sólo hombres. Podían confiar en que los hombres mantendrían la boca cerrada cuando la necesidad y la buena cuna así lo dictaban.

El barón fue el elegido para permanecer en el salón de baile y no perder de vista a Catherine. Oportunamente, tenía reservada con ella la pieza previa al vals de la cena. Aunque poca guardia se necesitaba. A esas alturas de la noche no habría ninguna situación desagradable. En cualquier caso, el padre y el hermano de Catherine estaban con ella, así como sir Clayton Baird... e incluso lady Baird podía ser formidable en un aprieto. Aun así, estaban todos de acuerdo en que debían quedarse por si acaso. Siempre podían confiar en que lord Haverford era capaz de congelar los brotes de una rama primaveral con una simple mirada si era necesario.

Los otros tres se dirigieron juntos a la sala de juegos. No había allí tantos caballeros como habría cabido esperar de haber sido la sala de un club en una noche normal. Obviamente, la mayoría habían sido convencidos por sus mujeres para que cumplieran con su obligación en el salón de baile.

Sir Howard Copley estaba sentado a una de las mesas con otros tres jugadores. A juzgar por el montón de billetes y de papeles que tenía junto al codo, esa noche la suerte parecía sonreírle. Los tres se colocaron alrededor de la mesa, el señor Gascoigne y lord Pelham lo bastante alejados a ambos lados de sus hombros como para quedar incluidos en su campo de visión, y el vizconde Rawleigh directamente delante. Se quedaron así en silencio, mirándole fijamente. No repararon en ninguno de los demás jugadores ni en la partida que tenía lugar. Le miraban fijamente a la cara: el señor Gascoigne y lord Pelham de perfil; el vizconde, de cara.

Copley reparó en su presencia de un modo gradual. Lanzó algunas miradas de reojo y también unas cuantas hacia delante, cada una de ellas más inquieta que la anterior. No dijo nada y siguió jugando, pero enseguida fue evidente que había perdido la concentración. Perdió su mano. Se humedeció los labios y tomó un gigantesco sorbo de su copa. Perdió también la mano siguiente.

Era increíble lo deprisa que un mensaje podía viajar sin la necesidad de haber pronunciado una sola palabra, pensó lord Rawleigh sin apartar en ningún momento su mirada del rostro de Copley. Incluso a esa remota antecámara, naturalmente, debía de haber llegado la noticia de que Catherine estaba en el baile y de que era su esposa. Y la memoria sin duda había de bastar para recordar a todos los presentes que Copley había sido quien había provocado su desgracia. La importancia de ese espectáculo a buen seguro no pasaba desapercibida a ojos de nadie.

Un curioso silencio se propagó por la habitación. Curioso porque la estancia había estado en silencio incluso cuando los tres hombres habían hecho su entrada. Una sala de cartas no se caracterizaba por su ruido. Pero el silencio que ahora reinaba en ella era tenso y expectante. Con su visión periférica, lord Rawleigh vio que la partida de la mesa contigua había quedado suspendida.

Sir Howard Copley arrojó sus cartas sobre la mesa al perder la segunda mano y lanzó una mirada cargada de odio al vizconde.

—¿Qué queréis? —le espetó.

Lord Rawleigh no respondió. Dejó que el silencio se prolongara.

—¿Por qué demonios me miráis así? —La mano de Copley buscó su copa y la volcó. Una mancha marrón se extendió y empapó el mantel. Nadie hizo el gesto de secarla.

Copley se puso en pie de un salto, empujando su silla con las pantorrillas.

—Basta —dijo—. Y vosotros dos —miró de soslayo a lord Pelham y al señor Gascoigne—, salid de aquí si sabéis lo que os conviene.

Lord Rawleigh siguió mirándole fijamente. Sus amigos no se movieron. Sir Howard Copley extrajo un pañuelo de su bolsillo y se secó la frente con él.

—Supongo —dijo, guardándose el pañuelo, recobrando la entereza con visible esfuerzo y mirando con desagrado a su alrededor—, que habéis descubierto que tuvisteis a una novia no demasiado pura en vuestra noche de bodas, Rawleigh. Y supongo que olvidó mencionar el detalle con antelación. No me culpéis a mí. No tenía los bolsillos lo bastante llenos para su gusto. Obtuvo el placer que buscaba en mí y alzó luego la nariz en el aire como si fuera una duquesa en vez de una furcia.

Hubo una especie de suspiro en la habitación. No fue tanto un sonido, sino una exhalación colectiva, una conciencia de que se había llegado a un punto crítico que sólo ofrecía una salida.

El vizconde Rawleigh sintió una vez más la fría euforia que había sentido poco antes en el salón de baile. Rodeó lentamente la mesa. Net dio un paso atrás para dejarle pasar.

—No he traído mis guantes conmigo, Copley —dijo el vizconde, rompiendo por fin el silencio—. Mi mano desnuda tendrá que bastar. —Abofeteó con el dorso el rostro de Copley, que giró bruscamente a un lado—. Elegid vos las armas, el lugar y la hora. Vuestro padrino puede visitar a lord Pelham mañana por la mañana para ultimar los detalles.

Se volvió para abandonar la sala, seguido de sus amigos. Todos los presentes se hicieron a un lado para permitirles el paso. Nadie profirió ninguna objeción al quebranto de la ley que iba a tener lugar. Nadie lo haría. Nadie lo comentaría salvo con otros caballeros. Era dudoso que alguna mujer pudiera enterarse. A fin de cuentas, era un asunto entre caballeros.

—Rawleigh. —La voz de sir Howard hizo que el vizconde se detuviera durante un instante, aunque no se volvió a mirarle—. Serán pistolas, con las que tengo cierta habilidad y he tenido cierto éxito en el pasado. Será tal el placer de mataros como lo fue el de desflorar a vuestra esposa… y a vuestra prometida.

—¡Vergüenza!

El vizconde Rawleigh y sus dos amigos regresaron al salón de baile, donde por casualidad la cuadrilla concluía en ese instante. Habían cronometrado su intervención al minuto.

Después de haberla amado le llevó un rato recobrar el aliento y poder hablar. Catherine podría fácilmente haberse quedado dormida como le ocurría normalmente, pero no quería hacerlo todavía. Sospechaba que esos momentos podían ser preciosos para el matrimonio que de algún modo debían convertir en algo importante. En esos instantes había entre ambos una ternura creada por su unión física, pero que no era del todo física en sí misma.

—¿Rex?

Encajó la cabeza más cómodamente contra su hombro y abrió la mano sobre su pecho. Lo encontró cálido y todavía húmedo tras el acto amoroso.

—¿Mmm? —Rex le acarició la coronilla con el rostro—. ¿Estoy perdiendo fuelle? ¿No he conseguido que te quedes dormida esta noche?

—Me he dado cuenta de que quedarme dormida enseguida me roba una parte del placer —dijo ella.

Él se rió entre dientes.

—Aprendes deprisa —dijo—. Casualmente, ya me había dado cuenta de ello.

A Catherine le gustaba cuando hablaban así, en broma. Había toda suerte de posibilidades para sanar y para el cultivo de la amistad y del afecto cuando dos personas podían bromear de ese modo.

—¿No te importa que haya invitado a cenar mañana a tus amigos? —preguntó ella—. Debería haberlo consultado contigo, pero se lo sugerí a lord Haversford cuando bailaba con él, y de algún modo la idea surgió.

—Lo habría hecho yo mismo —dijo Rex—, pero me habría visto obligado a invitar al mismo número de damas. Al parecer tengo algo en común con Clarissa, Dios no lo quiera. No habría querido aburrirte con tan sólo invitados varones y con su masculina conversación.

—Pero quiero conocer a tus amigos —dijo ella—, y tus experiencias con ellos. Y no es que pretenda descubrir ningún secreto, ni entrometerme en una amistad que es preciosa entre vosotros. Sólo quiero conocerte mejor, Rex. También quiero saber cosas de tu infancia y de tu vida con Claude y Daphne. Quiero saber más cosas sobre cómo es tener un gemelo.

—Claude no es feliz —dijo él.

—Siempre me ha parecido muy satisfecho —dijo ella.

—Me refiero a últimamente —dijo Rex—. No he vuelto a tener noticias suyas desde que nos fuimos de Bodley, y aun así lo sé. Eso es parte de ser gemelos.

Catherine se quedó pensando en ello durante un instante.

—¿Y qué es lo que él sabe de ti últimamente? —preguntó. Lamentó la pregunta al ver que él vacilaba en su respuesta. No quería que mintiera para hacerla sentir mejor. Pero tampoco quería saber la verdad… no en ese momento.

—Me vio enfurruñado y muy agrio —dijo con voz queda—. Creo que sabe ahora que mi humor es otro. Que estoy satisfecho.

Satisfecho. Podía haber utilizado una palabra mucho peor que ésa. Catherine buscó consuelo en ello.

—Catherine. —Le levantó la barbilla y la besó con suavidad antes de volver a girar la cabeza a un lado—. Yo también tengo que aprender a conocerte. Durante mucho tiempo fuiste para mí una desconocida, un misterio. Quiero saberlo todo de Harry… es un joven muy agradable. Y de lady Withersford. De toda la gente que era importante para ti. Quiero saber quién era lady Winsmore. Pero no esta noche. ¿Puede esperar a mañana? Me temo que me has dejado exhausto. Eres una amante muy vigorosa.

La descripción la dejó complacida. Y también ella estaba cansada… a punto de quedarse dormida. Pero no tenía intención de dejarlo ahí. Había calor entre ambos porque se habían amado y porque habían dado pasos para acercarse el uno al otro más allá de lo puramente físico. Pero no, no podía dejarlo ahí.

—Háblame de la señorita Eckert —dijo sin despegar el rostro de su hombro.

Rex suspiró tras un breve silencio durante el que ella se preparó para ser el blanco de su ira.

—Sí —dijo él—. Alguien tenía que contártelo. Debería habértelo dicho yo. Lo siento, Catherine. Nos conocimos durante el año que medió entre la Península y Waterloo, y nos prometimos un mes más tarde. Entonces me fui a Bélgica con el ejército y ella me escribió para romper el compromiso. No se casó con el… el hombre que se había interpuesto entre nosotros, pero no retomamos la relación. Había quedado destruida.

—Sir Howard Copley —dijo Catherine.

—Sí.

Los músculos del brazo que la abrazaba se contrajeron antes de volver a relajarse.

—¿Y él…? ¿Qué fue lo que ocurrió exactamente? —preguntó Catherine.

—No estoy seguro —respondió Rex—. Supongo que él creyó que la fortuna de ella era mayor de lo que era en realidad y que descubrió la verdad antes de que fuera demasiado tarde. En aquel momento creí que ella simplemente había quedado deslumbrada por su apostura y su encanto durante mi ausencia.

—¿Y ahora ya no estás tan seguro?

—Sabía que él era un rufián y un haragán —dijo Rex—. Había oído que había mancillado antes la reputación de otras mujeres. Creo que incluso llegó a mencionarse tu nombre. Aun así, jamás, hasta muy recientemente, sospeché que quizás hubo más de lo que Horatia me contó en su carta. Me dijo que se había enamorado de él.

—¿Y crees que no fue así? —le preguntó—. ¿Crees que se sintió obligada a romper el compromiso y a darte un motivo que sabía que aceptarías sin hacer más preguntas? Sintió el dolor de Horatia Eckert como si fuera el suyo.

Rex tragó saliva.

—Ojalá me equivoque —dijo él—. Me negué a saber nada más de ella cuando regresé a Inglaterra.

—Como ella había planeado —dijo Catherine.

—Sí, pero… ah, eso ahora ya no importa —dijo.

Sintió una profunda lástima por la señorita Eckert y por ella misma. Hizo la pregunta que no tendría que haber hecho.

—¿Todavía la amas? —susurró.

—No —respondió él firmemente—. No, Catherine. Siento lástima por ella, pero la lástima no es amor. Y me siento culpable por no haber sido tan perceptivo como debería y haber descubierto lo que muy posiblemente era una mentira. Estaba demasiado preso en mi propio dolor y humillación. Pero no la amo. Estaba en el baile esta noche, como supongo que habrás visto. Sólo he podido sentir lástima por ella.

Catherine no pudo evitar la euforia que sentía, aunque recordaba los ojos de la señorita Eckert.

—Ella todavía te ama —dijo.

Sintió que Rex inspiraba hondo antes de responder, aunque no dijo nada.

—Perdona mis preguntas —dijo ella—. Tenía que saber.

—Sí —susurró él contra su cabeza—. Siento lástima por ella, Catherine, pero debe labrarse su propio futuro. El mío está aquí, entre mis brazos, y tengo la sensación de que va a consumir toda mi energía. Y no solamente mi energía física, no sé si me explico.

Sí, claro que se explicaba. Eran palabras preciosas. Palabras de esperanza y de compromiso. Hacía apenas un mes, cuando se había casado con él, no había esperado nada más que la protección de su apellido. No había esperado su compromiso.

—Me alegro de una cosa —dijo—. Me alegro de que no esté este año en la ciudad... Me refiero a sir Howard Copley. Temía lo contrario. Espero no tener que verle nunca más.

El brazo de Rex se contrajo una vez más.

—No tienes nada que temer de él, Catherine —dijo—. Ahora me tienes a mí para protegerte. Protegeré lo que es mío con mi propia vida, si es necesario.

Eso era parte de lo que ella temía. Tener que enfrentarse cara a cara con sir Howard sería sin duda espantoso para ella. Pero ¿qué ocurriría si Rex se encontraba con él, sabiendo lo que ahora sabía, tanto sobre ella como sobre la señorita Eckert? Probablemente habría un desafío y también un duelo.

Y quizá Rex no fuera el que saldría ileso de él.

Catherine tiritó.

—Debo de estar quedándome dormido —dijo su esposo—. ¿Tienes frío? ¿O es sólo la mención de su nombre? En cualquier caso, será mejor que piense en algún modo de hacerte entrar en calor, ¿no crees?

La volvió hacia él y se tumbó encima de ella, penetrándola sin ningún preámbulo, algo que hasta entonces jamás había hecho. Catherine pensó que estaba aprendiendo a leer sus necesidades. Su peso y la dura plenitud de su miembro dentro de ella resultaron maravillosamente reconfortantes. Y la seguridad de que él volvería a col-marla de pasión consiguió apartar a un lado los pensamientos más oscuros.

Catherine suspiró y la boca de Rex encontró la suya.

—Relájate —le dijo él contra su boca—. No es necesario que par-ticipes. Esto es puramente de mí para ti.

Ah, él también sabía eso. Que ella necesitaba el regalo de su cuer-po y de su fuerza.

Capítulo 23

*S*iempre había odiado el día anterior a la batalla. Aunque jamás había librado una batalla previa cita, a menudo resultaba obvio para un avezado soldado cuándo una era inminente. Rex siempre lo había odiado porque, ocupado con los preparativos, tenía demasiado tiempo para pensar, demasiado tiempo para tener miedo. Se había burlado siempre de los soldados que se jactaban de no tener miedo, partiendo del principio de que era de poco hombre estar asustado. El día anterior a la batalla él siempre notaba la boca seca y las rodillas débiles de puro miedo. Y tenía el estómago revuelto.

Sintió miedo al día siguiente del baile celebrado en la residencia de los Mindell, el día previo al duelo con Copley que él mismo había provocado. Naturalmente, había rechazado la iniciativa de Nat cuando éste se había ofrecido a ocupar su lugar.

—A fin de cuentas, Rex —había dicho Nat con un despreocupado encogimiento de hombros—, no tengo a nadie que dependa de mí. Y siempre he disfrutado de una buena disputa, sobre todo contra un bastardo como Copley.

No, no lamentaba haberlo hecho. Lo habría vuelto a hacer si hubiera sido necesario. Y desde luego no pensaba dejar que nadie lo hiciera por él, ni siquiera uno de sus mejores amigos.

Pero tenía miedo. Le asustaba morir, claro está. Sólo un idiota fingiría no temer a la muerte. Pero temía también no lograr vengar el terrible daño que le habían hecho a Catherine y la angustia que ella había sufrido a causa de la concepción y de la muerte de su hijo. El temor, sin embargo, el día previo a la batalla, le daba también energía y claridad de pensamiento. Y le volvía atento a su deber y al detalle.

Una visita matinal a Eden confirmó que el duelo había sido acordado. El padrino de Copley había estado allí y todos los detalles habían quedado dispuestos. Nat y Ken también estaban presentes. Lord Rawleigh compartió su nuevo testamento con ellos, hablando abiertamente y con tranquilidad de la posibilidad de su muerte. Su testamento velaba más que suficiente por el futuro de Catherine. El padre y el hermano de ella probablemente le darían el apoyo emocional que necesitaría. Los amigos de Rex se comprometieron a ofrecer cualquier otra protección que consideraran necesaria.

Le acompañaron a llevar el testamento a su secretario. Después pasaron una hora con él practicando con la pistola, pues Rex no había vuelto a manejarla desde que había dejado la caballería.

Durante la tarde salió a visitar con Catherine a las damas a las que había dejado su tarjeta durante los días previos al baile y a las que era sabido que estaban en casa y que recibían visitas. Y a la hora de rigor, fueron a dar un paseo por Hyde Park en carruaje. Si iba a morir al día siguiente, dedicaría el día en curso a poner todo su empeño en asegurar que Catherine recuperaba la aceptación del *ton*. En ninguna parte fueron rechazados. Y esa mañana habían llegado varias invitaciones.

Naturalmente, todos los hombres estaban al corriente. Había en sus ojos cierta mirada que así se lo dejaba ver a lord Rawleigh, aunque nada se dijo en presencia de las damas. Ninguna de ellas lo sabía.

Por la tarde, sus amigos fueron a cenar a su casa y los cuatro hablaron descaradamente sobre su amistad, sobre algunas de las experiencias que habían compartido en la Península y en Waterloo. Hablaron de ello porque Catherine insistió en que así fuera y porque estaba obviamente interesada. No se retiró a solas a la sala al término de la cena para dejarles disfrutando de su copa de oporto sin su presencia. Siguieron sentados juntos y pasaron luego a la sala, donde continuaron la charla durante una hora más.

Si hubiera podido elegir el modo en que le habría gustado pasar la que bien podía ser su última noche, pensaba el vizconde, no podría haber sido mejor: en compañía de sus mejores amigos y de su esposa. Sintió una punzada de añoranza por Claude. ¿Podía su hermano sentir su inquietud? ¿Percibiría acaso…? Pero no pensaba abandonarse a esas cavilaciones, del mismo modo que no lo había hecho durante la guerra.

Sus amigos se marcharon temprano. Según dijeron, tenían previsto levantarse a primera hora de la mañana, pues se habían desafiado a ver el amanecer a caballo. Hicieron una gran alharaca en su intento por convencerle de que se levantara al alba y saliera con ellos, pidiendo perdón a Catherine y asegurándole que jamás volverían a sacarle tan temprano de la cama. Los tres eran descaradamente encantadores. Ella, naturalmente, era consciente de ello y se rió de ellos. Pero no entendía del todo lo que ocurría.

Rex le hizo el amor cuando se acostaron. Después, abrazándola —dio gracias de que ella no tuviera ganas de hablar, como había ocurrido la noche anterior— quiso decirle las palabras que completarían lo que acababa de decirle con su cuerpo, pero tampoco quiso abrumarla con ellas, más aún si al día siguiente quizá tuviera que soportar la gran carga de su ausencia.

La abrazó contra su cuerpo hasta que se quedó dormida y se preparó para hacer frente a las horas de adormecimiento, sueños y despertares que siempre precedían a la batalla.

—*Toby* —dijo Catherine, tomando su cabeza con las manos—, soy una esposa abandonada. Se ha marchado incluso antes del alba a cabalgar con sus amigos y sin duda se habrá ido a desayunar con ellos, del mismo modo que seguramente se irán después juntos a White's. Tendremos suerte si decide volver para almorzar con nosotros.

Toby irguió las orejas, resopló entusiasmado en su rostro y meneó el rabo.

—Pero no estoy ofendida —añadió—. No creas. Me parece bien que lleve su vida y que yo lleve la mía… siempre, naturalmente, que pasemos también tiempo juntos. Pero el problema, *Toby*, es que desde que me casé con él ya no tengo vida propia. Y eso, después de todos estos años de independencia, es irritante, ¿no te parece?

Toby gimió entusiasmado.

—Sí —dijo—, tienes razón, claro. Es hora de que tú y yo salgamos a dar un paseo.

Quedarse quieto mientras Catherine le tomaba la cabeza entre las manos era demasiado restrictivo para *Toby*. Se apartó e inició un paseo circular por la habitación, deteniéndose esperanzado delante de la puerta al término de cada vuelta.

Catherine se rió.

—Si no quieres acompañarme —dijo—, sólo tienes que decirlo, bien que lo sabes.

Paseaban juntos poco después, en compañía de la criada de Catherine. *Toby*, con su correa, intentaba indignadamente arrancarle el brazo a Catherine. Cuando por fin le dejó libre en Hyde Park, echó a correr tan exuberantemente que la criada se echó a reír y Catherine la imitó.

Se encontraron con muy poca gente, y nadie a quien ella conociera. Oh, qué maravilla poder volver a pasear. Hyde Park a esa hora del día era como un trozo de campo. Podía olvidarse de que estaba rodeada de la ciudad más grande y ajetreada del mundo. Hacía un día hermoso y soleado. Catherine lamentó no haber sugerido haberse levantado para salir a cabalgar con los hombres. Aunque quizá fuera mejor así, pensó. Debía respetar las amistades masculinas de su marido, del mismo modo que él debía respetar sus amistades femeninas… con Elsie, por ejemplo. No tenía que estar siempre colgada de su brazo.

No le apetecía irse enseguida a casa. Aunque, ¿adónde podía ir? Elsie vivía demasiado lejos. Tendría que volver a casa y pedir que sacaran el coche. Daphne vivía a escasa distancia del parque. Catherine se iluminó. Iría a visitar a Daphne.

Sin embargo, cuando ella, su criada y *Toby* llegaron a la casa, todo pareció indicar durante unos instantes que la visita había sido en vano. El mayordomo de Clayton Baird no estaba seguro de que lady Baird estuviera en casa. Pero regresó con la invitación de que subiera al salón privado de su señoría. *Toby*, nuevamente indignado, tuvo que quedarse en la cocina con la criada.

Daphne, con los ojos enrojecidos y visiblemente consternada, se arrojó a los brazos de Catherine incluso antes de que ésta cerrara tras de sí la puerta.

—¿Has tenido noticias? —gritó—. ¿Qué ha ocurrido? ¿Está muerto?

—¿Daphne? —Catherine la miró, perpleja—. ¿Qué ocurre?

Daphne la miró, fuera de sí.

—Rex —dijo—. ¿Está muerto? Clay ha salido hace una eternidad para enterarse, pero todavía no ha vuelto.

Catherine sintió que un zumbido le llenaba la cabeza. Sintió también gélido el aire de la habitación en las fosas nasales.

—¿Rex? —preguntó al borde del desmayo.

Y entonces la expresión de Daphne fue el vivo retrato del horror, al tiempo que acompañaba a Catherine hasta la silla más cercana y la ayudaba a sentarse.

—¿No lo sabías? —dijo—. Oh, ¿qué es lo que he hecho? Se está batiendo en duelo con sir Howard Copley, Catherine. A primera hora de la mañana. Con p-pistolas —se lamentó.

Catherine estaba sola en el extremo frío y oscuro de un largo túnel. Alguien tiraba de ella hacia el extremo contrario, frotándole las manos, persuadiéndola… abandonándola. Y entonces oyó voces, y sintió que le pegaban algo a los dientes antes de que el fuego se acercara a ella por el túnel, tirando de ella, entre toses y balbuceos, hacia el extremo cálido y luminoso.

—Está volviendo en sí, señora —dijo una voz de hombre.

—Sí —dijo Daphne—. Gracias. El brandy ha hecho efecto. Deja la copa por si necesita un poco más.

El mayordomo de sir Clayton Baird salió de la estancia tras comunicar a su señora que esperaría delante de la puerta por si acaso.

—Pero sir Howard ni siquiera está en la ciudad —dijo estúpidamente Catherine como si la conversación no hubiera quedado interrumpida por su desmayo—. ¿Y por qué iba a querer desafiar a Rex?

—Estaba en el baile —dijo Daphne—. ¿No le viste? Y, por supuesto, fue Rex quien le desafió. Me he enterado esta misma mañana. Clay ha salido a ver qué podía averiguar, pero todavía no ha vuelto. Oh, ¿adónde vas?

Catherine estaba de pie, balanceándose, mareada. No sabía adónde iba. Tenía que encontrarle. Tenía que detenerle. Tenía que…

—Tengo que decirle que le amo —se oyó decir. ¡Qué palabras más estúpidas! Se llevó un tembloroso puño a la boca.

—Oh, Catherine.

Las dos mujeres se fundieron en un abrazo, sollozando una en el hombro de la otra.

Era demasiado tarde para salir a buscarle. Demasiado tarde para detenerle. Quizá fuera también demasiado tarde para decirle que le amaba. Los duelos siempre se celebraban al amanecer, ¿o no era así? Rex había salido de casa antes del alba.

—Tengo que irme a casa —dijo. Y de pronto la idea de estar en casa provocó en ella un pánico espantoso—. Tengo que irme.

—Iré contigo —dijo Daphne.

A ninguna de las dos se les ocurrió esperar un carruaje. Esperar era algo que ninguna podía hacer. Corrieron por las calles juntas, cabizbajas. Catherine ni siquiera se acordó de que había dejado a una criada y un perro en la cocina de sir Clayton.

Ahora que el momento había llegado, el temor había dejado paso a una gélida calma. Sabía que sería así. Siempre era igual. No había tenido miedo de que le temblaran las piernas ni la mano.

Copley había aparecido con un padrino. Nat, Eden y Ken estaban allí, pálidos y tristes. Aquello debía de ser peor para ellos que para él, pensó lord Rawleigh en un destello de introspección. No estaban acostumbrados a la inacción en la mañana previa a la batalla. No estaban acostumbrados a ver a uno de sus amigos luchar solo. Había también un cirujano a la espera.

El vizconde Rawleigh no miró a Copley cuando se quitó la capa y se despojó del gabán y del chaleco. Le miró a los ojos en el momento en que Eden y el padrino de Copley hicieron el gesto simbólico de intentar una reconciliación pacífica. Rex se negó y Copley le miró a su vez con desagrado. Debían colocarse juntos y de espaldas, dar cada uno doce pasos, volverse y disparar tras la señal.

—Dile a Catherine... —le dijo a Eden en el último instante, pues había decidido que después de todo quería que supiera por qué exactamente se batía por ella. Inspiró hondo—. Dile que la amo.

—Tú mismo se lo dirás después —dijo secamente su amigo. Pero asintió.

Momentos después, lord Rawleigh recorría sus doce pasos, pistola en mano, concentrado en apuntar con cuidado y certeza y no ceder al impulso de disparar rápida e incontroladamente antes de que pudieran dispararle. Podría efectuar un solo disparo. Copley, sin embargo, había tomado una decisión muy distinta. Cuando ambos se volvieron, levantó la pistola, y mucho antes de la señal que anunciaba que podían efectuar sus disparos, disparó.

Lord Rawleigh pensó lo increíble que podía llegar a ser la experiencia. Fue precisamente la experiencia lo que le hizo saber que el dolor era demasiado intenso como para que la herida fuera importante. De haberlo sido, no habría sentido dolor durante al menos unos segundos. La conmoción lo habría amortiguado durante ese breve paréntesis. Sentía un dolor espantoso en el brazo. Vio teñida de rojo la manga de su camisa blanca, aunque no bajó la mirada. Era tan sólo una herida superficial. Dudaba mucho que la bala se le hubiera quedado alojada en el brazo.

También se dio cuenta de que Nat tenía una pistola en la mano, aunque no le miró.

—Eres hombre muerto, Copley —gritó con una voz que el vizconde Rawleigh había oído sólo en el campo de batalla. Aun así, mantuvo su posición.

Lord Rawleigh apuntaba con cuidado, haciendo caso omiso del dolor que, en su caso, era un viejo conocido. Sabía por experiencia que el dolor no mataba. Copley no tenía más remedio que seguir donde estaba y esperar. Se quedó de pie de lado, intentando ofrecer un blanco lo más pequeño posible.

El tiempo transcurrió a una fracción de su ritmo habitual. El espacio se transformó en un túnel, casi un telescopio. Rex así lo percibió cuando levantó la pistola y apuntó con ella al rostro blanco y desdeñoso de Copley. En cuestión de segundos, un mundo entero de pensamientos había encontrado el camino hasta su mente, reclamando consideración. Estaba cansado de matar. Siempre, después de una batalla, se había encontrado vomitando durante horas, consciente de haber matado a hombres que merecían la muerte tan poco como él si el desenlace hubiera sido a la inversa. Había matado para evitar que le mataran y para proteger de la muerte a sus amigos y a sus hombres. No estaba en peligro de muerte. Sus amigos tampoco.

Pero Copley era un violador. Había violado a Catherine y con toda probabilidad también a Horatia. Probablemente lo habría hecho con otras mujeres. Si vivía, si los acontecimientos de esa mañana podían convencerlo para que se exiliara a perpetuidad del país, seguiría vivo para volver a hacerlo. Para hacer sufrir a otras mujeres como habían sufrido Catherine y Horatia.

Hasta el instante mismo en que disparó, lord Rawleigh no estaba seguro de si levantaría el brazo en el último momento y mostraría su desprecio por el gusano que era sir Howard Copley desperdiciando su bala en el aire, o si mantendría firme el brazo para matarle.

Mantuvo firme el brazo.

Acto seguido se dirigió a grandes zancadas hacia sus amigos y su ropa y se vistió con manos temblorosas, sin tan siquiera mirar lo que el cirujano y el padrino de Copley estaban haciendo, inclinados sobre el cuerpo sin vida de sir Howard. Pero sí tuvo que alejarse unos cuantos pasos apresuradamente durante unos instantes para vomitar en la hierba. Estaba mareado con la certeza de que había matado, aunque quizá por vez primera no sentía el menor remordimiento.

Catherine había sido vengada. Y el resto de las mujeres estaban a salvo del bastardo que tanto sufrimiento le había causado.

—El desayuno —dijo con voz resuelta a sus amigos, volviéndose hacia ellos. Tenía tantas ganas de comer como de saltar sobre una hoguera—. ¿En White's?

—En White's. —Nat le puso una reconfortante mano sobre el hombro izquierdo—. En cualquier caso, no habría vivido mucho tiempo, Rex. Yo mismo lo habría hecho si no lo hubieras hecho tú.

—Quizá mi casa en vez de White's —sugirió Eden—. Tendremos un poco más de intimidad y todo eso.

—Tendré que irme de inmediato —dijo Ken—. Debo regresar a Dunbarton.

Los otros tres le miraron sin disimular su sorpresa. Lord Rawleigh reparó en que la expresión tensa y el color ceniciento no habían abandonado su rostro como lo habían hecho en el caso de Nat y de Eden.

—¿A Dunbarton? —dijo—. Pero, Ken… ¿esta mañana? ¿Antes incluso de desayunar? Creía que ibas a quedarte en Londres hasta el final de la Temporada.

El rostro de su amigo tenía un aspecto cadavérico.

—Anoche encontré una carta al llegar a casa —dijo. Intentó sonreír, pero fracasó en el intento—. Al parecer, voy a ser padre dentro de seis meses.

El duelo quedó de momento olvidado. Sus tres amigos clavaron en él la mirada.

—¿Quién? —preguntó por fin Eden—. ¿Alguien que conocimos cuando estuvimos allí, Ken? ¿Una dama?

—No, nadie a quien conocierais —respondió tristemente Ken—. Una dama, sí. Tengo que volver a casa para casarme con ella.

—¿Puedo comentar que no pareces en absoluto entusiasmado? —dijo Nat, ceñudo.

—Su familia y la mía son enemigas desde que tengo memoria —respondió Ken—. No creo que me haya desagradado tanto una mujer como ella. Y está embarazada de mí. Debo casarme con ella. Deseadme felicidad.

Sonrió por fin y lord Rawleigh se vio de pronto apiadándose de la futura esposa.

—Ken —dijo, frunciendo el ceño—. ¿Qué es lo que no nos estás contando?

—Nada que deba divulgar —dijo su amigo—. Tengo que irme. Me alegro de que las cosas hayan salido como lo han hecho esta mañana, Rex. Antes de irte, haz que un médico te vea ese brazo. Me alegro que no le perdonaras. Por un instante temí que lo hicieras. Los violadores no merecen vivir.

Y sin una palabra más se alejó a grandes zancadas hacia su caballo. No se volvió a mirar. Ninguno de los tres le llamó.

—Pobre Ken —murmuró Nat.

—Pobre dama —dijo lord Rawleigh.

—Será mejor que te vean ese brazo, Rex, antes de que te desangres —dijo Eden con tono enérgico, volviéndose de espaldas al amigo que se marchaba—. Veo que el cirujano vuelve a estar libre.

Sí, pensó lord Rawleigh, mirándose el brazo. Tenía la manga empapada en sangre desde el hombro hasta el codo.

Catherine, pensó entonces. Había vivido para verla de nuevo. Para decirle que la amaba.

Ambas oyeron abrirse la puerta de la calle y el sonido de voces procedentes del *hall*, aun a pesar de estar sentadas en el salón de la primera planta. Pero no lograron distinguir de a quién pertenecían las voces.

Estaba sentada muy tiesa en la silla. No podía levantarse como habría deseado hacerlo para salir corriendo al descansillo y mirar desde lo alto de las escaleras o llamar desde allí abajo. Sentía las piernas alternadamente como el plomo y como la gelatina. Supuso que

Daphne se sentía igual. No cruzaron palabra. Escuchaban con demasiada atención.

¿Quién llegaría?, se preguntó. ¿Quién habría sido el elegido para darle la noticia? ¿Su padre? ¿Harry? ¿Lord Pelham u otro de sus amigos? ¿Un desconocido?

Y entonces la puerta se abrió silenciosamente y él entró. Durante un instante, el cerebro de Catherine ni tan siquiera aceptó la certeza de quién estaba allí de pie. Le vio muy pálido. Tenía vacía la manga derecha del gabán. Llevaba el brazo en un cabestrillo muy blanco. Y vestía lo que parecía la camisa de otro.

Se produjo un curioso silencio. Daphne estaba de pie, agarrada al respaldo de una silla.

—Ah —dijo él con voz queda—. Ya veo que no es necesario que cuente que me ha tirado el caballo, ¿verdad?

—Rex —dijo Daphne con la mano abierta sobre su vientre.

—Estoy bien, Daphne —dijo él—. No es más que una herida superficial en el brazo. Apenas un rasguño. Pero el idiota del médico ha insistido en el cabestrillo. A decir verdad, parece bastante impresionante.

Sonrió de oreja a oreja.

—Si tú supieras —dijo ella—, por lo que hemos pasado. La espera es la actividad más abominable del mundo, Rex. Y a las mujeres se nos exige practicarla en demasía.

Catherine se sentía casi como un espíritu incorpóreo que observara la escena sin estar realmente presente en ella. No podía moverse ni hablar. Pero en ese momento él se volvió a mirarla y cruzó la estancia hacia ella. Hincó una rodilla en el suelo delante de su silla y tomó sus manos a pesar del cabestrillo. Tenía la mano derecha más fría que la izquierda.

—No volverá a molestarte, ni a ti ni a ninguna otra mujer, amor mío —dijo afectuosamente.

—¿Le has matado?

Fue la voz de Daphne.

—Sí —respondió Rex.

Pero la puerta había vuelto a abrirse y alguien más entró con paso firme. Un instante después, Daphne lloraba ruidosamente.

—Oh, Clay —decía—. Oh, Clay, me prometiste tras la espantosa Batalla de Waterloo que no tendría que volver a pasar por esto nunca más.

—Sí, mi amor —dijo él—. Acabo de enterarme. No estabas en casa. Supuse dónde estarías, sobre todo cuando me enteré de que Catherine había estado en casa. Sabes que no te conviene excitarte. Debes volver a casa y acostarte sin dilación. Además, Rex y Catherine necesitan estar a solas.

Catherine no les había mirado. Tampoco Rex. Sólo tenían ojos el uno para el otro, y se tomaban con fuerza de las manos. Después de un minuto se hizo el silencio en la habitación. Ninguno de los dos parecía estar seguro de haberse quedado a solas.

Por fin, Catherine encontró su voz.

—Habría sido mucho más feliz teniendo que tenerle a él en el mundo que teniéndote a ti fuera de él —dijo.

—¿Es cierto eso? —Con la mano izquierda se llevó la derecha de Catherine a los labios—. Tuve que hacerlo, amor mío. Y lo hice.

—No hay nadie que pueda oírlo —dijo ella—. No es necesario pues que lo digas.

Su mente parecía tan sólo capaz de fijarse en trivialidades.

—¿Oír qué? —preguntó Rex, visiblemente desconcertado.

—«Mi amor» —dijo ella.

—Tú eres mi amor. —Le sonreía—. Quizá sea algo que no quieras escuchar, Catherine, pero tengo planeado pasar la próxima eternidad, y quizá también la siguiente, ganándome el derecho de decirlo una y otra vez. Mi amor. —La besó una y otra vez—. ¿Cómo? ¿Lágrimas? ¿Tan malo es?

Ella se mordió con fuerza el labio superior, pero no sirvió de nada. Se le arrugó la cara ignominiosamente y la ocultó contra el hombro derecho de Rex. Volvió a incorporarse de golpe cuando él se estremeció ostensiblemente.

—Si me amas —lloró Catherine—, ¿cómo has sido capaz de hacer algo tan estúpido, estúpido, estúpido? Te odio. ¿Crees acaso que te habría querido muerto simplemente por tu estúpido sentido del honor? ¿Cómo habría podido amarte si hubieras muerto? ¿Cómo podría habértelo dicho cuando era ya demasiado tarde?

Él seguía sonriendo. Catherine pudo verlo con su visión ya más despejada.

—Catherine —dijo Rex con voz queda—. Mi amor.

—Tan sólo podía pensar en que no te lo había dicho —dijo ella.

—¿Decirme qué?

—Que te quiero —dijo ella, y esta vez se acordó de hacer uso de su hombro izquierdo.

Volvió a alzar la vista cuando sintió sin lugar a dudas que dos brazos la rodeaban. Rex había sacado el brazo derecho del cabestrillo.

—Al infierno con él —dijo, sonriéndole de oreja a oreja—. En cualquier caso, era sólo para dar un efecto teatral. De modo que después de todo nos encontramos en una pareja unida por amor, ¿no es así?

Ella asintió, mirándole a los ojos y consciente por primera vez de lo cerca que había estado esa mañana de perderle. Sabía que la realidad de ese hecho la atormentaría durante mucho tiempo.

—Y solos. —La atrajo hacia él y posó sus labios en los suyos—. Nadie osaría entrar sin nuestro consentimiento, aunque la puerta no esté cerrada con llave. De pronto me siento decididamente amoroso, mi amor. Suele ocurrir cuando por fin el peligro ha pasado. Es la vida, que se reafirma, supongo.

Pero mientras hablaba, la puerta se entreabrió desde fuera por una mano invisible y apenas un par de segundos más tarde un exultante pequeño bulto se lanzó sobre ellos, ladrando a todo pulmón.

—Bajad, señor —dijo severamente el vizconde Rawleigh.

—Oh, *Toby* —dijo Catherine—. Has vuelto a casa.

Toby se sentó junto a su nuevo dueño, jadeante y golpeteando la alfombra con el rabo.

—Vamos a tener que enseñar a este terrier algo sobre buenos modales —dijo lord Rawleigh.

—No, de eso nada —intervino Catherine—. Le quiero como es.

—Bien —dijo Rex—, quizás intentaré ejercer mi autoridad de un modo más efectivo cuando nos toque discutir sobre un hijo. Y hablando de discusiones, ¿qué te parece si continuamos ésta en tu habitación?

—¿Tu brazo? —dijo ella.

—Sigue pegado a mi hombro y todavía puede abrazarte —respondió él—. ¿Vamos?

Ella asintió.

Pero antes de que se levantaran, él la besó con mucho detenimiento. Para ambos fue un beso de amor desinhibido e incondicional. Un beso de absoluta conciencia del hecho de que había que aprovechar el momento, de que la vida es demasiado corta e impredecible en su curso para posponer el amor.

—Me alegro tanto de haberte confundido por Claude durante un breve instante… —dijo ella durante una pausa momentánea, provocada por la necesidad de tomar aire.

—Mmmm —dijo él—. Error por el cual estás perdonada, mi amor… siempre que no vuelva a ocurrir.

Toby apoyó la cabeza en sus patas extendidas, sin apartar los ojos de ellos, y bostezó sonora y visiblemente satisfecho.

www.titania.org

Visite nuestro sitio web y descubra cómo ganar
premios leyendo fabulosas historias.

Además, sin salir de su casa, podrá conocer
las últimas novedades de
Susan King, Jo Beverley o Mary Jo Putney,
entre otras excelentes escritoras.

Escoja, sin compromiso y con tranquilidad,
la historia que más le seduzca
leyendo el primer capítulo de cualquier libro
de Titania.

Vote por su libro preferido y envíe su opinión
para informar a otros lectores.

Y mucho más...